頌橋廬詩文

曾克耑先生作品選

鄺健行 陳志誠 佘汝豐
梁巨鴻 楊鍾基
選編

中華書局

曾克耑先生影像

頌橘先生姓曾氏，名克耑，字履川，福建閩侯人。冠從桐城吳北江先生受學，治詩古文辭。曾任國立暨南大學教授、國史館纂修、香港新亞書院教授。著有《頌橘廬叢稿》七十三卷，纂有《曾氏家學》、《曾氏家訓》、《曾氏家乘》三書。

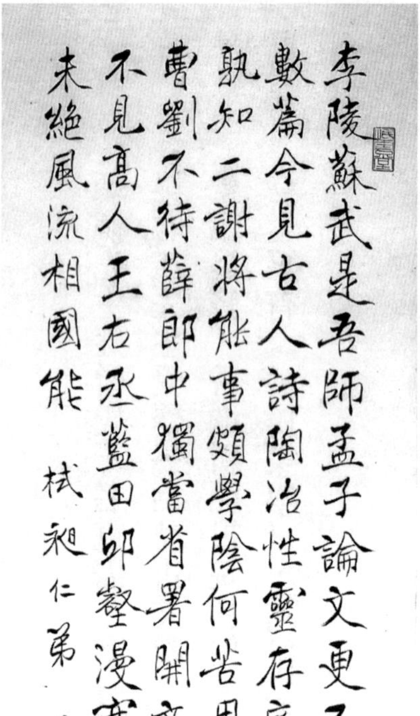
李陵蘇武是吾師孟子論文更不疑一飯未曾留俗客
數篇今見古人詩陶冶性靈存底物新詩改罷自長吟
孰知二謝將能事頗學陰何苦用心沈范早知何水部
曹劉不待薛郎中獨當省署開文苑兼泛滄浪學釣翁
不見高人王右丞藍田邱壑漫寒藤家傳秀句寰區滿
未絕風流相國能
栻昶仁弟 屬
乙亥夏克耑

曾克耑先生書法：楷書

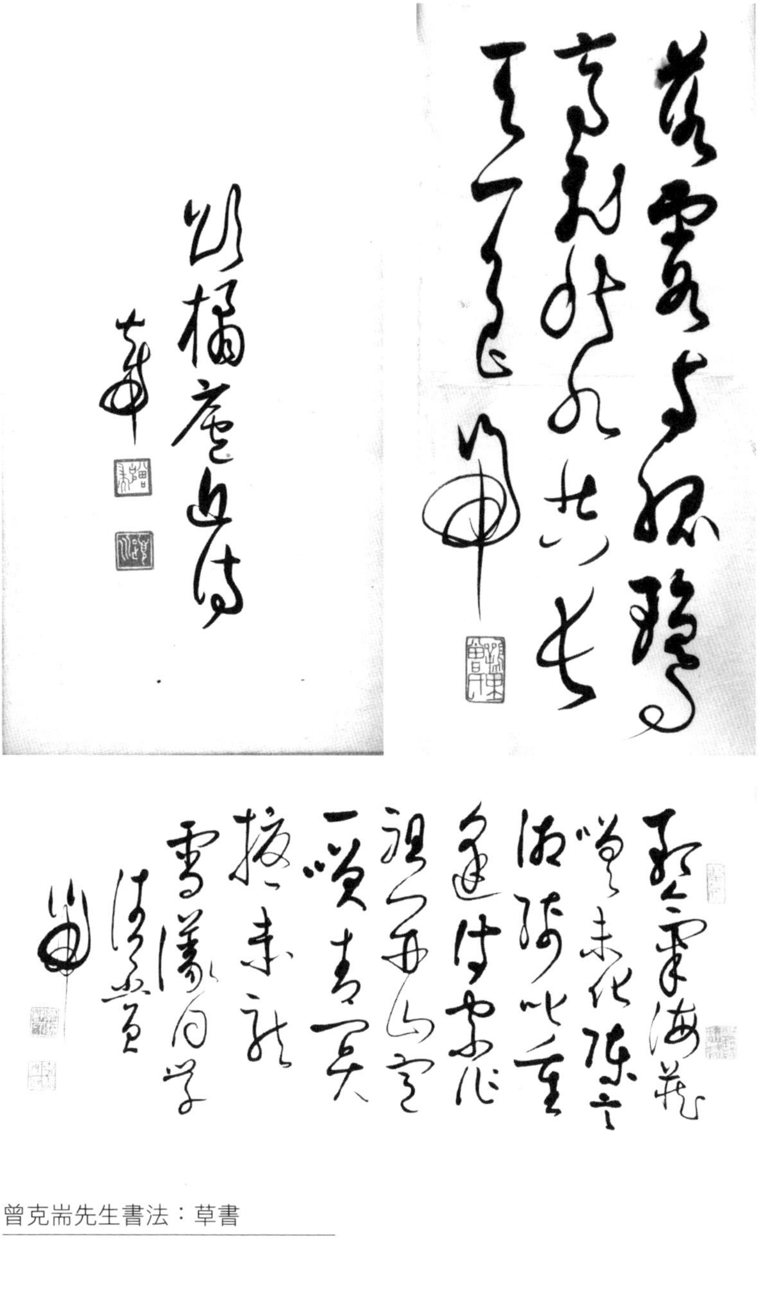

曾克耑先生書法：草書

目錄

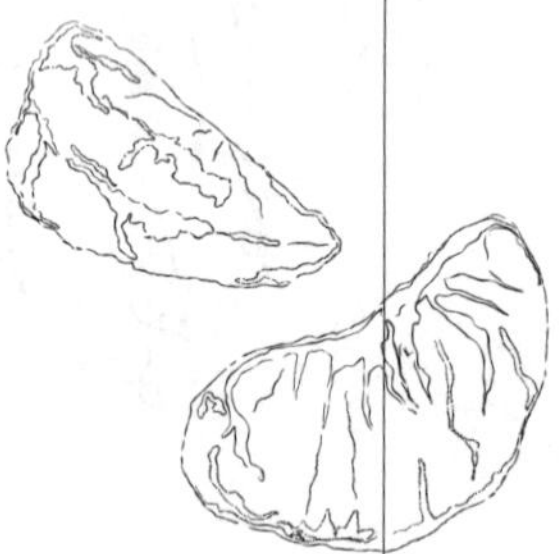

七古十二題

五律十二題

七律十三題

五絕一題

七絕五題

文選

前言

鄺健行

二零一八年年初，我在母校新亞書院雲起軒和李潤桓兄以及跟他學書法的幾位弟子午膳吃麵吃水餃，聽到母校明年要舉辦建校七十周年慶祝活動、計畫出版幾位先師著作選集作為活動內容一部分的訊息，即時想到曾先生。曾先生平生主要撰著，他生前整理出版的《頌橘廬叢稿》、《頌橘廬詩存》和《頌橘廬文存》基本上都收錄了。只是我有一種感覺：三書翻閱的人似乎不多，會不會人們只是把他看成舊派學士文人，以為所言所論不脫陳舊腔調無所裨益，於是忽視不理會？又或者因為三書卷帙巨大，內容繁富，語體以外還有古雅的文言篇章，以致一般讀者開卷之後，一時不容易把握要領，從而卻步？不管怎樣，我想如果有一種比較簡易的曾先生文章選本，也許能讓多一些讀者特別是年青讀者比較容易接近認識曾先生其人其文其學。所謂簡易選本，我籠統地覺得不妨這樣：篇幅不必太大，有平生簡介，有曾先生南來香港後的教學活動紀述，然後是若干學術性文章和古典詩文創作。

母校慶祝建校活動中的出版計畫正好能達成個人一向的企盼。我當時便向潤桓兄表示想向校方申請承擔編纂曾先生選集的工作。說來湊巧，潤桓兄也想選輯曾先生的文章印成集子，外加曾先生傳世的書法。潤桓兄原是藝術系教授，興趣所在是頌橘廬文集中論書法的篇章。我在母校中文系畢業，一輩子從事中文教學，編書的注目點會放在曾先生的古典詩文創作和有關古典文學的論文。曾先生文集中內容豐富多樣，我和潤桓兄各有重點，兩不相妨。

母校很快批准了我們的編選提議；過程應該感謝中文大學中文系樊善標教授的指引及幫忙。得到好消息以後，我第一時間聯繫陳志誠（中文一九六二屆）、佘汝豐、梁巨鴻（中文一九六三屆）和楊鍾基（中文一九六七屆）幾位同學見面。大家都修習過曾先生的「詩選」課，很是高興，同意成立曾先生選集編纂小組。我把個人對全書結構的初步想法提出作為討論引端：一、全書二十萬字左右；二、學術文章選輯，十二三萬字；三、古典詩文選輯，二三萬字；四、生平以及時人與後學種種評論追述，三四萬字。大家交換過意見，基本上同意。

讀者也許奇怪，曾先生師事晚清桐城派大家吳汝綸的哲嗣吳闓生（北江）先生，是桐城派嫡傳後繼人物，年青時便以古文歌詩馳譽當世，受到時流激賞，怎麼古文歌詩的份量不佔全書大部分，而只有十之一二？我以為就是因為曾先生在這方面有盛名，知道他的人比較多，反而不必大費氣力推揚。另外，對後學青年人來說，先行閱誦部分古典篇章，以為日後進一步整體披覽學習的基礎，也就足夠。至於曾先生的學術性文章，我敢說看過的人不會很多；然而這些文章論議往往深入精闢，應該宣揚；況且文章用白話寫成，閱讀容易；所以也定作全書的一個重心，字數佔多。字數所以佔多，那是因為曾先生議論輻射方向多，再加上語體行文的緣故。

曾先生的語體文章都是他上世紀五十年代初南來以後寫成的，有的在刊物上發表過，有些也許不曾發表；後來都編進《頌橘廬叢稿》六冊之中後面四冊去，約七八十萬字（曾先生也說過約六七十萬字）。文章大部分討論學術，還有記敘自己家世甚或感情生活的。文字顯淺自然，學術性文字也不枯燥難懂，十分接近我手寫我口境界。我讀他這類文字，覺得老師就在我面前講話指點，洋洋灑灑，浩瀚奔放；既跟他原本縱橫的才氣相配合，又隱約感受到淺易之中，實具古典深厚工夫的轉移，十分的愉悅受教。

我知道許多人包括一些同學都把曾先生看成古典詩文作者，極力推重他的作品足以上接古人；這固然不錯。彭醇士為《叢稿》內篇文存寫序，說「其文磅礴鬱勃，原於六經而不違乎仁義」。稱許曾先生詩歌的人更多，只要看看本書丙編中佘汝豐兄輯錄的時人對曾先生詩的評語，便可了然。可是曾先生南來後的語體篇章，近時學者文士不見怎麼議論。人們沒有機會見到是一回事；即使見到，也許由於早已認定曾先生只是古典詩文大家，便放棄閱讀他的語體文字。人們倘使真個這樣，未免疏忽了。

曾先生對自己這七八十萬字的語體文很重視，只要讀過他的《自序》的人都清楚。他雖然謙稱自己的「學問文章比起古人，真是卑卑不足道」，但還是說這些文字「絕對不是沒有幾點可取的」(一)。他自我剖白：在大陸時政界銀行幹了二十五年，卻讓「作文畫諾」斷送了二十五年寶貴的中年時光(二)。所謂「作文」，指的固然是他任中央銀行人事處秘書處副處長時的公家文字，不一定包括公餘撰寫的詩文。詩文雖負時譽，他到底還是覺得胸中蘊藏的學術上議論見解沒有機會完全發表，不很滿足。及後南來教學，既應刊物的要求，也配合教學的需要，便把向來積聚的學術見解暢所欲言寫出來。他稱之為「論學文字」，不以為這幾十萬字為「詞費」(三)。奇怪的是：曾先生看重自己的語體文，其他人包括一些我們學生輩卻似乎注意不足；這很不好理解。我這裏想明言：曾先生的語體篇章學術價值特別高。他的古典詩文固然是我們誦習和研究的對象，但是如果不好好讀他的語體文章，那麼對他的認識肯定不全面，特別是他在學術上和藝文上還有許多古典詩文中發端以後還作高明的補充，或者另外嶄新的闡明等方面。我們推尊曾先生的古文舊詩之餘，卻也不妨另加語體，從而益發彰顯他受人景仰的位置。

依據曾先生的文章，結合個人幾年追隨曾先生所聞所見，謹擇要陳述以下幾點：

第一，曾先生思想開明，民族意識強烈。他祖父是清朝進士，他家先代也有眷念前朝風節的傳統(四)，他年青到北京時也跟大批遺老交往；但是他對世代更易無惋戀之意。鄭孝胥一生以遺老自命，後來還出關到偽滿洲國當國務總理。曾先生就詩論詩，儘管對鄭氏許可(五)，但對鄭氏的愚忠十分反感，斥之為「滿洲國的奴才，那知道夷夏大防和革命的真諦」；斥之為「骨穢」(六)。曾先生這樣的態度，他的朋友林庚白很清楚。林氏《孑樓詩詞話》指出民國十五六年間曾先生寫《落花次弢庵韻》四首對遺老「極諷刺之妙致」，並舉詩句說明。又清室末代皇帝溥儀逝世，曾先生寫了三首挽詩，題目作《遜清廢帝愛新覺羅溥儀挽詩》。第一首頷聯云：「何能規揖讓，直是了征誅。」(七)何等的義正詞嚴！而題目稱溥儀為廢帝，直用姓名，不用年號宣統，亦見褒貶之意。

所以這樣，可能跟他少年時期所受教育有關係。他家世世代代本來都是應試準備科舉的，但清末廢科舉辦學堂，他家對孩子教育反而亂了方寸(八)；結果是一面在家裏讀傳統典籍，一面進入學堂。在學堂裏，他有機會接觸到梁啟超的《飲冰室全集》(九)。另方面他自己也找到嚴復、林紓的西方學術和文學的譯本看(十)，從而接觸到新思潮，開拓了眼界。

第二，曾先生對嚴復、林紓的西洋譯著十分欽佩嚮往，《叢稿》中多番提及。嚴、林二氏都是福建人，益發引起他希望繼承鄉先賢事業的心意。他說過自己最大的理想，不是在文藝成就追上「吳摯父、范肯堂、陳散原諸先生便覺滿意」，而是想學好外語，溝通中西文化，成為「時代偉大的作者」(十一)。溝通中西文化好方法，翻譯應是一項，所以他對游學翻譯二事屢屢強調。早在民國十三四年間，他送陳跂曾游學巴黎賦詩，便有「肝膈平生都示汝，相期意氣亦忘形」之句(十二)；而其後對同門黃蔭亭游學歸來，要跟陳衍寫詩，大表遺憾，以為「士所貴通海外學術者，蓋將以宏譯事，以通中西之郵，擷人長以益吾短」。他希望黃蔭亭稍分習詩習古文的餘力，用心在翻譯上面(十三)。

回想起來，一九六三年我決定去希臘雅典大學，師友知道的，很有些人不以為然，替我日後出處躭心，以為最好英美加拿大。曾先生反應不同，他高興極了，見到我慰勉有加，還親書《送鄺健行游學希臘序》長卷給我，方寸正楷。曾先生書法名家，耳目所及，同輩之中好像還沒有人得到如此厚贈。我當時衷心銘感曾先生鼓勵後學的深意。現在想起來，大概還不僅僅這樣，也許還有我此行有跟他一向心願暗合的緣故。他在文中舉玄奘、義淨、嚴復、辜鴻銘作為策勵的先代例子。我十分慚愧，遠未完成曾先生的厚望。雖然也翻譯了幾種希臘典籍，但不應該是我居留希臘達七八年之久的薄弱成果。我不想拿環境生計之類作原因自辯，只有愧赧，有負泉下先師。

第三，曾先生論文學，拈出《中庸》「萬物並育而不相害，道並行而不相悖」兩句，以為是「顛撲不破的鐵律」。他說這宇宙萬物並存、萬派並行的大道理，能使我們編狹的心量廣大。而且萬物並存不只不悖不害，還有相反相成、相爭相濟的妙用（十四）。他本來是寫古典詩文的人，談到語體文時，同樣拿上述《中庸》兩句話論說，不對語體文加以否定。《語體和文言》一文中固然不少給文言申辯的話，但到底承認文言語體「各有它們的用途」（十五）。想到有些極力提倡語體的人要完全甩棄文言，或者有些極力維護文言的人十分鄙視語體，態度寬容處倒不如曾先生了。曾先生只寫散體不寫駢文，但自承欣賞駢文的好處（十六），所以《叢稿》中有讚賞時人駢文的文章（十七）；這又比當日有些人動輒以形式主義、內容空洞諸如此類的口號一棍子打死駢文，態度平和客觀多了。就拿論詩來說，從曾先生的自述看，他是杜甫、韓愈、黃庭堅、陳三立一脈，不屬清微淡遠王維、孟浩然的路子，可是他對專走王、孟詩風的清初詩人王士禛（漁洋）無多貶語，承認王氏的神韻說總算有一部分說得對（十八），詩也寫得「雅飾」（十九）、「雅正典麗」（二十）。到了晚年，曾先生寫《題王漁洋詩翰卷子》，還對王詩作進一步的肯定：「王卷置我案，泯然忘時日。厥詩吾少誦，上口不逾十。…揭鉢覩新題，吾見欲更昔。瑰奇寓隱秀，清初足專席。拔幟起異軍，世久易趙壁。」（二十一）所云「更昔」，就是把往日看法改變，正面看法更推進一步。

記起從前「詩選」及「杜詩」課作詩。曾先生喜愛杜詩（二十二），鼓勵我們學習杜詩篇法修辭。不過我知道同時修課的同學不少人各有所好，但都不是杜詩。好像佘汝豐兄專寫六朝體；梁巨鴻兄初慕李賀，後來好像還沾染了一點清代黃景仁（仲則）的氣味；曾先生也不批評。曾先生詩受陳三立影響，陳三立早年對六朝詩下過工夫（二十三），他不否定慕倣六朝詩的同學，還有話說。但他對黃景仁近李白一路的詩，《叢稿》中有所批評（二十四），卻仍然對沾染黃詩風貌的同學任其暫時自由發揮，只能說是態度寬容了。

第四，曾先生論學，固然也着重歷史社會背景、時代學風等等一般研究者使用的外緣析說方法，也有像一般學者那樣用理性的語言總結歸納文學作品風貌特點的方法。好像在《論同光體詩》中論清詩衰落的三個原因：政治壓力、環境舒適、妄庸主盟（二十五）；又好像在《論范伯子詩》論范當世詩的特點及好處：氣體沉雄、意境高遠、狀寫深刻、詞句雅馴、性情真摯（二十六）；都是例子。據我看來，曾先生論學文字應該有一點不一定和多數學者相同：徵引跟論題有關的大量作品，讓作品本身講話，讀者去尋味領略；或者有時轉引名家評論，或者曾先生通過作品析論發揮獨特之見，引領讀者深入感受理解。好像《論范伯子詩》文後引范氏詩作二十九題四十五首，包括五七古和五七律，數目不少，並加插吳摯父評語（二十七）。這是因為范當世詩名「隨時代而漸漸下沉了」（二十八），曾先生要多引其作品，讓人重新認識。又好像談到陳三立詩風淵源時，曾先生指出確有龔自珍影響痕跡；這是新見。曾先生不僅用他人口述資料作證，還舉陳氏詩作，通過對具體詩篇的理性說明和感性認受，加強結論的可信程度（二十九）。這樣的論證方向，作者如果不懂寫詩、不會品味詩或者詩識不夠，應該是做不到的。

第五，曾先生對怎樣寫詩有非常具體的指引。這首先要從他的文學觀講起。

他的文學觀是古今並重，而不是重古而忽今。他認為杜甫《戲為六絕句》中的「不薄今人愛古人」的態度十分可以取法（三十），所以他相對集中地寫近世文學的文章；因為近世詩文也有好的，值得探究。落到學詩層面，儘管「示鵠要高」，取徑卻也不妨接近（三十一），先學習近世的名家作品，不必躐等逕學唐宋（三十二）；這是因為近人作品「時代較近，所賦事物都和我們同時，比較清切而容易摹倣」（三十三）。他提出初學做詩的三部書，不是甚麼唐宋名家的集子，而是清末范當世、陳三立的詩集，外加陳衍的《石遺室詩話》（三十四）。

這原是他學詩的門徑，他深感受益（三十五），於是直講出來。他去北京前住在鄉間，雖然讀了祖父在北京剪報寄來的近人作品二三千首，有助於聲調的了解（三十六），卻仍然不懂詩（三十七）。到北京以後，祖父送他一冊陳三立的《散原精舍詩》，他讀得津津有味，成為他學詩的「範本」（三十八）。稍後吳闓生先生給他講授范當世詩幾十篇，他從此又領略到范詩的優點，揣摩學習。

曾先生指出：寫詩雖由摹習前人作品開始，但絕對不可以專摹一家，即使學得極似，既然原作俱在，摹作只能是偽古董，沒有價值。明代七子受到譏評，即以此故。而近人如王闓運的摹六朝、趙熙的摹唐人律絕，都犯此病，都成偽體（三十九）。這樣的觀點，早在民國十八年他在《論詩答庚白》中便已清晰表達：「眼中流輩多能詩，十九句摹求字似。模成甫白縱萬千，后有萬年寧須此？」（四十）寫詩是要寫得另成面目才算本領的，但另成面目談何容易，曾先生在此提出一法門：學詩不可專學一家，而是兼綜兩三家；及後融匯，再加上詩人本身的性情，自家面目便容易顯現了（四十一）。譬如陳三立詩，雖然是黃庭堅的底子，卻兼綜韓愈、孟郊（四十二），並且遠則吸取六朝的精瑩麗澤，近則吸取龔定庵的靈思奇想（四十三），加上個人性情，便把原屬比較枯淡的宋詩寫得有光彩。鄭孝胥所謂「源雖出於魯直，而蒼莽排奡之意態，卓然大家，未可列之江西社裏人也」（四十四）。曾先生補充說陳詩「氣息深厚，光彩燦爛，不是在宋詩範圍內討生活的人所能夢見的」（四十五）。鄭孝胥指陳詩兼綜韓、孟處，曾先生補充陳詩另攝六朝清人處；從而見出陳三立多方取資，自成面目。就以曾先生的詩作論，他也講明白自己兼綜的過程：陳散原詩骨重神寒，范伯子詩實大聲宏，他調攝兩家，再由此上溯宋代蘇、黃，唐代杜、韓，再上溯到六朝的陶、謝（四十六）。這樣各體結合，形貌自然不易跟別人雷同。

至於詩歌的內容，曾先生提出三點寫作方向：寫史實，輸新理，用樸語（四十七）；都跟當下現實有關。寫史實是指把眼見耳聞的當今世界國家動亂情態，進行描寫。這是因為古代的情景理差不多被前人說盡了，今人很難再有突出的表現；只有事實每個時代不同，用高明技巧寫出便能站得住腳（四十八）。我們看曾先生的《大隧行》或《中國發射衛星》（四十九）等作品，就是例子。至於輸新理，則是把外國的思想新事新物寫出來，像黃遵憲那樣，並且還要比黃詩的領域擴充。所謂用樸語，在傳統詩歌用語「由華反樸」（五十）的含義以外，也包括寫新事新理時使用新詞的含義。曾先生說：「現在科學發達新發明東西太多，做詩不把這些東西寫上去那裏可以？」（五十一）他認為作詩形式不必改動，但要寫新事物得用新詞（五十二），而運用新詞則需要高明的藝術技巧安排，才能使舊形式舊表現手法和新事理新詞彙融合一片，不顯生硬。他推許陳三立以新詞入詩的技巧，舉《讀侯官嚴氏所譯社會通詮》及《讀侯官嚴氏所譯群己權界論》二詩為例，認為二作雖是舊詩風調，卻全寫新思想，同時技巧地安排新詞如「圖騰」「軍國」之類，「讀來只覺其新其雅，並不覺得礙眼討厭。」他在《記陳散原先生》文中還舉出陳氏其他大量新詞入詩的例子(五十三)。不讀曾先生的文章，我們真個想不到我們心中以為極端守舊的詩人竟然那麼趨新。而曾先生一些早期詩篇，像《孔才生女有詩次韻奉和》，已對傳統要求女子「祇合閨中老」有所議論，寫道：「海通世驟進，變革實不小。豈合雌而英，長甘伏以槁？」(五十四)這是新觀念。他的《讀北江師近詩次風字韻為長句奉呈》起首幾句：「陰陽翕闢搏長風，火雲一氣摶當中。散為億千萬星界，孰為雌弱孰為雄？大地球耳運萬紀，海豁陸露陽精紅。萬木怒生茁群卉，龍奔蛇逐跳羆熊。群生演進人始茁，初祖紛說源猿公。」(五十五)寫的像是天文學的宇宙大爆炸論說，再加上人類由猿猴演變而來的進化論，境界便非古人所有。這也就是上面引詩《論詩答庚白》所寫的「誰歟發奮匯舊新，異境獨開絕傍倚。盡搜萬態入肝腸，一掃陳言屏爪鬋」。這也就是他《文存》卷一所載早年文章《世界漫游吟草序代》的主張：古今時代不同，一味摹古，只會成為偽古，因為「無足表其所際時會」，沒有意義。當今時會不同，「今瀛海大通，自古耳目所未經，心思所未及，其山川風物飛潛動植之奇，名數質力聲光電氣之學，飲餟游嬉歌舞戰鬥可驚可喜之事，不可以悉數。苟能翕噓而鎔鑄之以入吾詩，詩境必為一新，殆可決也。」

詩課題目同樣顯示出曾先生作詩的新意念。他固然出很傳統的詩題，像《重陽》《秋風辭》之類；也出一些在傳統框架內而跟現實有聯繫的題目，像《維港晚眺》《耶穌誕》

之類；另外還出專詠新事物的題目像《原子彈》《暖水壺》。最難寫的當然是全新事物的題詠，絕無舊句舊典可用，絕無古人可以憑倚，怎樣落筆？這卻見出曾先生希望詩國開新的想法和努力。

編纂小組同學工作這樣分配：志誠兄簡介曾先生編著各書，汝豐兄搜羅時人對曾先生的評述，巨鴻兄寫曾先生教學及弘揚詩教，鍾基兄負責曾先生年譜，我嘗試選曾先生語體文章。曾先生的古典詩文，大家合作，每人選出古文十五篇，詩歌五十題，隨後開會比對各人初選篇目，經過討論定去取補充。

《頌橘廬文存》篇目隱依姚鼐《古文辭類纂》分類先後編列，既是桐城家法，也是學界承認精當的文體分類法。本書一依《文存》，選了可視為序跋、書說、贈序、傳狀、雜記、箴銘、哀祭等類別文章。至於《頌橘廬詩存》篇目，不分體裁，一據作年先後編列。這種編年法有助了解詩人生平行事及詩風可能的轉變。後世一切杜甫集的母本、宋人王洙所編的杜甫集即用此法。不過我們希望讀者能更清楚領會曾先生詩作每體的風貌，改據詩體分類：五古、七古、五律、七律、五絕、七絕，每類選詩依《詩存》編年。好在本書末編已附曾先生年譜，讀者儘可用年譜證詩。再者，吳闓生先生稱曾先生為「曠代偉才」，陳三立評曾先生詩「才氣橫溢」[五十六]。本書選詩中有次韻、疊韻、集杜等題目；這類作品固然不是詩人表現才氣的主要方式，不過沒有才氣的人一定不會寫得好。《詩存》中有不少這樣的題目，所以本書選入一二。

本書選了六篇語體文章。五篇是圍繞清代下至民初述論詩歌與古文的學術性長文。曾先生在文統上屬桐城派，在詩統上屬同光體一脈，所以寫了《述桐城派》、《論同光體詩》二文。他的詩歌寫作受同光體詩人陳三立（散原）和范當世（伯子）啟迪入門，所以寫《記陳散原先生》和《論范伯子詩》二文。又同光體和宋詩淵源很深，這派作家對宋代一些詩人都下了鑽研工夫。平常人開口閉口多推重唐詩，以為宋詩比不上。曾先生指出宋詩其實另有從唐詩深入之後另闢的境界，形成了足以和唐詩並峙的地位（五十七），足供後人學習，宋詩不宜輕議；於是寫《唐詩與宋詩》一文。我們小組讀《叢稿》後都明白：這幾篇文章是曾先生寫一己的貼心感受與析解。所謂「貼心」，也許可以從他以下的話去理會：

關於《論桐城派》，我是從桐城大師受學得來的。《論同光體》，我是同光體大師的再傳弟子或弟子。在這派中堅人物大半是我的師友（五十八）。

這等於是現身說法。曾先生反對學術上的「崇妄而失真」（五十九），所以又是誠實不妄的說法。然則文章之中有關的敍述議論，自然有看法有價值，應該重視。如果吳摯父等人以桐城文派作者身份、陳三立等人以同光詩派作者身份提供本派資料言論，我們一般會十分的看重，因為對研究大有幫助；同樣的事情放在桐城後學及同光體後繼作者的曾先生身上，何獨不然？

不錯，用現代學者高舉的論文標準格式去衡量曾先生的文章，是不合論文規格了。但文章要看內容，合不合規格算不算論文關係不大。我們要是拋掉格式至上的套路去讀曾先生的文章，肯定大有所穫。曾先生談學問，同時反對「知因而遺創」(六十)。就是說：他反對左抄右襲、只會因循剪貼前人說法、毫無自己主張的文字。他重視創新，他自信發表的議論「不管對於古人今人，都有我的創解，絕不是陳陳相因的東西」(六十一)。這便表示他的語體論學文字之中極有創意的寶藏，值得我們注意探尋。事實真個這樣，譬如講同光體詩，他極力辯析范當世詩在詩派中應該有的位置(六十二)，這是一般人沒講透的，連陳衍也沒講明白；這就是曾先生所說的「創解」。

第六篇長文《自序》是《頌橘廬叢稿外篇》的序言，倣《史記》體例，放在全書最後。文章一半寫曾先生家世和他平生經歷，等於自傳；文章另一半交代三十七篇語體文章大概內容和所以撰寫的緣故。凡此對我們認識曾先生和他的全部語體著作，都有莫大幫助。

下面談談編纂有關事項：一、古典詩文文字據一九七一年在香港重刊的《頌橘廬詩存》和《頌橘廬文存》。語體文章據一九六一年在香港刊行的《頌橘廬叢稿》三至六冊，也就是《頌橘廬叢稿外篇》。二、古典詩文原文有時不用流行字，如用「均」而不用「韻」

之類，照錄不改動。語體文中有時原書部分用字不統一，如「個」「个」、「于」「於」之類，照錄不改動。但語體文章個別字明顯排印有誤時，作出改正。三、《詩存》和《文存》每卷之後有詩或文《本事注》，簡單解說題目或所寫人物內容。《注》文附選篇之後，方便讀者理解文意。四、全書加新式標點。古典詩文原文本無標點，新加上去。語體文原有標點，不過不是出自曾先生手筆；錯誤影響文意處時有出現，作出相應改動。

全書斷句標點由我完成，由於時間和個人能力關係，錯誤肯定不少，我應當負上錯誤的責任。古典詩文的斷句標點雖經編纂小組各位成員過目，然而餘下出現的問題，依然由我承擔責任。

十分感謝在香港中文大學任教的青年學者兼詩人程中山博士。幾年之前他便花了很大搜索工夫（其實目前仍在搜求補充之中），給曾先生編年譜。年譜經鍾基兄參訂推介，程博士稍作簡化後，惠允本書採用。這對讀者了解曾先生的生平行事有莫大幫助，編纂小組同仁不勝感激。

曾先生一九七五年逝世，距今已四十六年了。他平素的坦誠開朗、樂善助人，以及他教學上的評講指引、提攜後進，我相信每位同學都忘不了。我們感銘曾先生教誨之恩，本書的編成，希望能稍稍弘揚師德師說，表謝忱於萬一。

二零二一年十月定稿

【注釋】

（一）《自序》六—一五〇九（「六—一五〇九」表示《頌橘廬叢稿》第六冊一千五百〇九頁，下同。）

（二）《自序》六—一五四一

（三）《自序》六—一五四二

（四）《自序》六—一五一〇

（五）《論同光體詩》四—四九一

（六）《論同光體詩》四—四五一

（七）《頌橘廬詩存》卷二四

（八）《自序》六—一五一八

（九）《自序》六—一五二九

（十）《自序》六—一五二二

（十一）《自序》六—一五七二

（十二）《頌橘廬詩存》卷一《送陳跂曾遊學巴黎二首》。引詩為第二首起聯。

（十三）《頌橘廬文存》卷一三《瀛槎重泛圖記》

（十四）《語體和文言》三—一

（十五）《語體和文言》三—一二三

（十六）《自序》六—一五七〇
（十七）《二黃的駢儷》六—一三八三
（十八）《論同光體詩》四—四二五
（十九）《頌橘廬詩存》卷二一《詩本事注・王漁洋》
（二十）《初學做詩的三部書》三—一一一
（二十一）《頌橘廬詩存》卷二一
（二十二）見《李白與杜甫》等文
（二十三）《論同光體詩》四—四八七
（二十四）《論同光體詩》四—四二六
（二十五）《論同光體詩》四—四二三以下
（二十六）《論范伯子詩》三—三三〇以下
（二十七）《論范伯子詩》三—三四九以下
（二十八）《論范伯子詩》三—三三六
（二十九）《記陳散原先生》四—六九四以下
（三十）《自序》六—一五四二
（三十一）《初學做詩的三部書》三—一〇七

（三十二）《唐詩與宋詩》三—五七

（三十三）《自序》六—一五五一

（三十四）《初學做詩的三部書》三—一〇七、一三二

（三十五）《自序》六—一五五二

（三十六）《自序》六—一五二三

（三十七）曾先生這時年紀不大，他說不懂詩，大概指不懂詩中之意和他祖父加上去的圈點。及後到北京入吳闓生先生門下，「因為不會做詩」（《自序》六—一五二八），吳闓生先生為他講授范伯子詩數十首，曾先生遂作七律《四烈士墓》。這時的「不會做詩」，應該指未解高層次的作詩方法。

（三十八）《自序》六—一五二四

（三十九）《唐詩與宋詩》三—五七

（四十）《頌橘廬詩存》卷五

（四十一）《唐詩與宋詩》三—五七

（四十二）《初學做詩的三部書》三—一二七；又《記陳散原先生》四—六九二

（四十三）《論同光體詩》四—四八七；又《記陳散原先生》四—六九三、六九四

（四十四）《記陳散原先生》四—六九二
（四十五）《記陳散原先生》四—六九四
（四十六）《論閩派》六—一四七三
（四十七）《論同光體詩》四—五〇六以下
（四十八）《唐詩與宋詩》三—五八
（四十九）分見《頌橘廬詩存》卷一四及卷二四
（五十）《論同光體詩》六—五〇八
（五十一）《論同光體詩》六—五〇九
（五十二）《記陳散原先生》四—六九八
（五十三）《記陳散原先生》四—六九九以下
（五十四）《頌橘廬詩存》卷一
（五十五）《頌橘廬詩存》卷七
（五十六）《頌橘廬詩存》卷首《評語》
（五十七）《自序》六—一五五一；又《唐詩與宋詩》三—四八以下
（五十八）《自序》六—一五四九
（五十九）《自序》六—一五四六、一五四七、一五四九

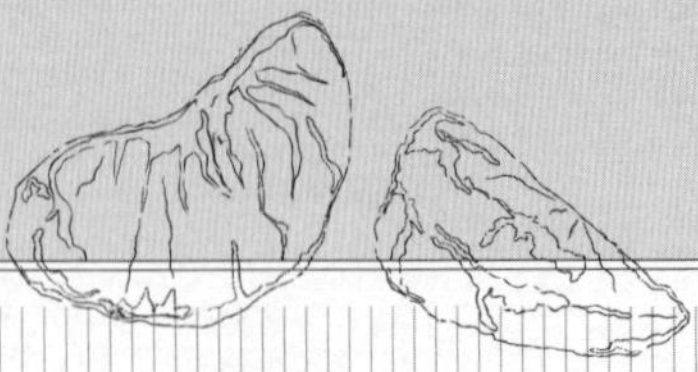

甲編

・古典詩文選・

•詩選•

哭畏廬先生三首

白日墮虞淵，羲和挽不起。疾風扇洪波，奔騰未可止。那堪狼豕突，隳墜到倫紀。少微炳孤光，光芒亙萬里。一震懾萬嚚，魂魄褫賊子。先生冠羣倫，人天澈表裏。早歲奮孝俠。義問動神鬼。窮探遷騷精，馬鄭揚糠粃。笑抉雲漢章，排雲忽下視。瀝血有哀音，文成淚盈紙。精微貫萬變，燭計無窮世。嚴冬大風雪，九度崇陵跽。平生戀恩心，歲晚不肯已。劫餘賸孤臣，恩無負養士。相望三百年，亭林實儔比。亮節挺孤標，孔孟抱微旨。誅亂肆大聲，盛氣挾真宰。頻危屢無恙，自顧嘗愾喜。謂是抱道躬，彼蒼不忍死。烏乎此天道，茫茫甯可恃？哲人一以萎，萬象日凋圯。運厄起龍蛇，野曠號虎兕。心喪痛無極，悲來不能涕。招魂極寥天，精爽迷尺咫。魂氣如有知，倘恍靈視此。嘘噏肆披猖，魑魅雜蛇虺。切齒而嚼舌，九天應髮指。

南服稱奧區，左海青茫茫。精靈炳會之，獨以斯文昌。二陳值乾嘉，實登齊魯堂。歌詩得陳鄭，鏗若鳴鸞皇。海外青珊瑚，金碧何琳琅。光精燭南天，誰為發其藏？滄溟萬里波，誰則通其航？萬古長委棄，至寶奚由章？惟師陶萬化，寶書歸括囊。精氣所鎔貫，牙角肆恢張。槖籥鼓化機，寶鏡森雄鋩。虞初九百篇，鑄象窮要荒。區區救世心，沈痛到肝腸。教澤所浸灌，萬彙蘇其僵。婦孺震名聲，百國驚如狂。理窟闖嚴翁，實與為頡頏。大哉兩鳴鳥，上下相翺翔。合傳排雲翼，九天恣飛揚。豈意不三歲，並圮此靈光。眾流失仰鏡，來者迷津梁。歸魂暗閩嶠，武夷橫蒼蒼。誰復據其巔？聳身作高岡。成茲開繼業，閩學揚其芳。窮睇望八荒，天風何浪浪。嗚咽此海水，天地為悽愴。流涕絕續交，佇立徒徬徨。何當負艱巨，慷慨增激昂。

至人羅萬化，邱壑藏胸腹。般礴忽解衣，真氣相倚伏。雁宕墮白雲，滃然出幽谷。匹練垂明光，龍湫飛寒瀑。西湖萬柳絲，歷劫作慘綠。興亡太液波，夢寐縈心目。縮此造化功，萬象歸尺幅。森森茁芒角，簌簌影萬竹。寒潭浸明星，荒山聞落木。鬱蒼吐深秀，秋氣淒以肅。神妙窮微茫，忌者猶歎服。輦金爭羅致，寸縑擬尺珏。嗚乎世競利，磨牙吮人肉。膏血竭無餘，貪饕未厭足。師獨食其力，微尚抱茲獨。垂老迫米鹽，餘以活親族。謁陵屢月圖，把筆涕盈握。哀來輒無耑，即事成棖觸。圖成遺子孫，知蘊淚幾斛？逼視起悲風，覽者宜痛哭。丹青寫寸心，隱以維化育。忠憤得所宜，甯復知顧陸？即此寄痛思，所南信有續。惲王妄比次，見適等流俗。墨瀋嗟未乾，乘虬去何速？流徙遍神州，蒼赤禍益酷。髣髴誰為圖？斯人追不復。

林紓號畏廬，原名羣玉，字琴南，福建閩縣人。光緒壬午舉人。為文章誦法桐城，著有《畏廬詩文集》。嘗譯泰西小說一百五六十種，國人知西洋文學自先生始。與吾鄉嚴幾道並稱嚴、林。又工畫，有《畏廬遺跡》行世。吾祖之友，吾嘗從問學。

上石遺先生三首

老去亂屢經，名高禍踵至。頗哀石遺翁，看盡湖海氣。索句有閉門，海內馳姓字。廿年騰驥子，家學未憂墜。豈意來鬼瞰，天故不子惠。欲窮使愈工，憂患巧位置。嗟哉骨肉恩，終等形骸偽。闔棺如欲語，一瞑旋長棄。淚盡思子亭，萬里猶馳轡。浩劫看已來，蒼生日凋瘵。哀此垂危軀，眾手爭一試。死所誰復知？瞪目視諸帥。

怪奇鬱文字，萬世甯能滅？沆瀣感意氣，造化疑預設。大羣委未化，慘痛紛跛躄。橫流跳猛獸，世亂嘻胡烈？夫子吾鄉彥，聲譽照江國。仰天自撫膺，震名咸撟舌。抱一式天下，餘事包孔墨。神慮迴濤瀾，一卷凜冰雪。眾流納亘浸，匯諸尾閭穴。洪鑪鑄神劍，妙技試點鐵。平生百慮灰，師友念獨熱。此意誰復知？刳肝有瀝血。學雖未可知，氣不甘人下。騏驥超天衢，吾甯怠十駕？豪桀摧萬古，高視奪王伯。懷此頗有年，獨唱畏人和。豈伊知者希？念之輒悲詫。顧瞻鄉里親，愛就耆舊話。儼若父祖臨，或者警余惰。髮白亂愈催，龢恐漸凋謝。謦欬接所尊，私意珍無價。顧念招致勤，尤幸及親炙。奇才愧長吉，敢賦高軒過？心肝嘔示公，所求在譏罵。

陳衍字叔伊，號石遺，福建侯官人。光緒壬午舉人，學部主事。嘗佐張文襄幕。任南北大學教授有年，所成就甚眾。著有《石遺室叢書》，《詩話》尤有名。吾祖之友，為吾受知師。

秋懷三首

長嘯四山秋，縱意萬態暝。郊原霜露積，羣卉失芳潤。商飆爾何來？萬馬疑突陣。所惜歲寒姿，凌厲獨與競。剛腸難為熱，餘灰亦向燼。焉知烈士胸，猶可六合孕。繫茲將斷髮，及此未斑鬢。不見楚重瞳，沈船破釜甑。

霧歛月轉清，孤蹤寄僧院。微涼逼深宵，骨瘦不成顫。神功竟反覆，風雲忽遞變。窺簾韻猶新，恍失素娥面。九霄恣游嬉，萬方病瞑眩。忍令不死藥，高居快獨嚥。鼇柱看將傾，鷄肋復何戀。書生雖無能，草檄尚餘硯。

沸天亂哀吹，不復辨宮徵。曠野莽痍瘡，傷重難為起。登臨空掩涕，絕歎山川美。秋江澄落日，巫峰凝暮紫。歸夢墮層波，意逐孤舟駛。平生輪囷抱，掬水擬一洗。豈意日月光，終晦層霧裏。詩成憤未宣，餘意欲裂紙。

孔才生女有詩次均奉和

萬彙判陽陰，得時斯為寶。形氣秉偶殊，何須問蒼昊。舊俗重生男，所期能跨竈。生女畏貽罹，祇合閨中老。海通世驟進，變革實不小。豈合雌而英，長甘伏以槁？鑾韡何登登，蓬髮何草草。騰超意絕憙，險巇曹未曉。遂令父母心，變色走相弔。斂肆艱折中，無生信為好。嗟此萬口詆，舊典胡不考？不聞金輪帝，臣妾足億兆？不聞秦將軍，風雷資叱嘯？徵今既飫聞，於古例非少。運會與移遷，賦予豈顛倒？丈夫迫室家，世亂艱一飽。分半得卸肩，已幸不吾擾。又況妖霧橫，太陰亦失曜。欲剚凶蟆腹，尤待痲姑爪。靈苗降自天，秀茁挺其表。合家動千歡，子胡鬱孤悼？萬族日陵夷，吾儕幸暫保。后顧極茫茫，來日誰復料？正當慎寒饑，調護得其要。縣知周晬日，解語益姣好。千金買無愁，顧弄有餘樂。生事亦區區，何用縈懷抱？

賀培新字孔才，河北武強人。祖濤，摯父先生弟子，有文章大名，世稱松坡先生。光緒丙戌進士，與吾祖為同年。孔才與吾俱受業桐城吳北江先生門下，工詩古文辭。又從秦宥衡學書、齊白石學篆刻。大陸易色，投北海自盡，妻亦殉節。有《天游室集》。

鯤鵬篇贈躬庵墬庵昆弟用十賄全均

鯤鵬振南溟，蛟鼉窟左海。精怪所奔趨，人文於斯在。茫茫造化機，陰陽坐相待。槎枒聳肺肝，突兀為頷頦。嶙峋露骨幹，青碧儼鬃髼。萬態幻千形，風雲日變改。或燦若金葩，繁枝茁玉蕾。或瀉如縣瀑，高浪激硊礧。或怒若蹲獅，拳毛霜雪皚。或淡若遠峰，淺黛益幽塏。砥礱映棱角，遏蔽蘊光彩。淵含見渟滀，壁立聳嶀隗。輪囷蟠老幹，葱蒨抽新蒠。鏗鏘鳴石金，晶瑩轉珠琲。發露此奇靈，翩翩橫俊寀。漢魏望非遙，班蔡追不怠。江夏譽無雙，倏忽挺雙蓓。卻笑明清來，坐被袁吳紿。造句祗飣餖，砌典疑砢磥。有若歸方徒，奮起窺千載。臃腫雖決癭，堅瘦亦病瘣。非不志騰超，偃蹇等駑駘。非不勤磨瑩，一拂嗟敗櫑。非不具形似，轉動則傀儡。蝕腐無足珍，乃欲擬商鼐。苦澀無足餐，乃復號特乃。真氣無復存，乃欲起㱡㱩。筋骨無所麗，乃欲健腰骸。疾痛論斯文，膏肓非痱癗。淵淵發大聲，突突被堅鎧。皎皎揭曜靈，騰騰挾真宰。氣若怒潮奔，一奮忽百倍。廓清極掃蕩，誓將洗庸猥。可堪豺虎橫，鳳麟日就餒。到眼皆痍瘡，填胸積磊磈。神州試窮睇，千痛無一愷。豈憚肆征伐，自殘忍執錞。豈憚奮口舌，恐被羣兒詒。天衢若可超，舉足愁萎腇。雲門若可奏，沸耳皆猥欸。旁皇岐路間，焦思每忘饋。回頭望學津，茫然艱測漼。要使元氣實，那畏橫流浼。意境必精微，骨幹必𡾊嵬。褒譏自有權，利勢寧能賄？乃知文字海，道德為源匯。何哉儷散分？爭議起每每。屏耦餘崇奇，知子乃遺亥。豈知虞夏書，巍乎峙巋崋。大易炫神奇，玄黃極藻綵。葩經麗以則，形容賦崔嵬。騷些泚怨哀，芳椒雜蘭茝。下逮揚馬作，賦頌何燦璀。所貴聖者徒，博搜肆旁采。自將龍虎氣，獨調鸞凰醢。大冶若能鎔，小知何足辠。政恐儒冠溺，詩書詆敗餒。草昧噓精靈，六籍惻將殆。聖文振孔姬，夷意屏羌廆。違俗信可哀，抱蜀終不悔。

黃孝紓字公渚，號匑庵，福建閩縣人。石蓀太守之仲子。工駢文詩詞書畫，占卜風鑑無不通。山東大學教授，著有《匑庵文稿》。與余同年生，平生所推許者也。黃孝平字君坦，號甦庵，福建閩縣人。石蓀太守之叔子，匑庵之弟。亦工駢文詩詞書畫，與乃兄有二陸之稱。

上香宋先生

人生廣結交，氣當籠宇宙。會合苦難幷，時地每相囿。吾生嗟漸壯，所學固未就。惟此向道心，責在敢自宥。生長錦官城，才弱齒復幼。十七武陽居，未袪聞見陋。弱冠劬學年，京華人文藪。負笈遂北行，所期接尊宿。斯文桐城學，淵源得親受。嶷嶷番禺公，遇我良獨厚。吾鄉石遺翁，西江昀谷叟。文字相過從，反後極討究。抵掌論蜀賢，屈指每公首。豸冠諫諍姿，實欲觸昏瞀。運去拂衣歸，淒然感朱咮。餘事肆歌詩，謦痛發深秀。道途阻且脩，極思艱一覯。翻恨昔鄰邑，竟闕侍左右。神京豺虎横，郊原麒麟鬬。一官猶落拓，變起寧能救。況我白髮親，念我貌加瘦。十年一歸省，何只為婚媾。時危念每摧，秋來行復驟。平生願見誠，急起吾敢后？烏乎吾先妣，畢世艱辛遘。言遭先君喪，自剄幾絕脰。神迷志逾堅，遇蹇節彌茂。卅年忽告終，萬里未歸匶。釋服始歸奠，終天獨心疚。仰惟先生筆，鸞皇出金奏。碑版照四裔，求者相輻輳。吾聞蓋代筆，非可財賄購。節義動地天，奮筆始一搆。意氣萬夫雄，文字千古壽。執贄一詩先，倘復指其謬。

趙熙字堯生，號香宋，四川榮縣人。光緒進士，御史。工詩善書。鄉先輩陳弢庵、鄭海藏、林畏廬皆其交舊，而與先師石遺先生交尤密。吾每自京歸省，道出榮縣，必詣之。君嘗推吾真書為靈勁；草書則以為已得藏真之縱，如得其歛，則五百年一人。年八十，卒于家，有《香宋詩詞》行世。

發井研途中雜詩四首

輿夫奮步行，客程每苦緩。寧知行逾迅，去親乃益遠。荒荒百里程，起伏環疊巘。攜婦復挈弟，羣書為之伴。方吾辭親時，城郭幾微辨。含痛遂登輿，忍淚常在眼。如何彼穹蒼，飜作雨潸潸。天低日易昏，道滑行益蹇。而彼輿者徒，流汗敢辭喘。回頭望吾親，念我腸百轉。某山復某岡，某水復某阪。感此風雨急，掩面應餘泫。烏乎骨肉恩，萬里詎能限。遠行苦饑驅，南北忽分散。逐逐步層巒，惻惻痛兵燹。世難誰復救，行矣吾知勉。

二十下犍為，廿一過戎州。吾家似愚子，款我意至周。飽我青精飯，宅我以危樓。日夕復我語，指點風物幽。濤聲叫秋江，塔影蘸橫流。遲舶久未至，駕言偕我游。脩篁夾複岸，羅列山花稠。一角山谷祠，乃在山之陬。危石聳崔巍，勢若蟠龍虯。裂罅盤磴道，漸進若可猱。峭厓恣睇眄，斷句窮冥搜。曲水浮羽觴，詠歌堪夷猶。斷瀑流淙淙，諸峰蒼然浮。奈何橫兵氣，愁雲彌九州。烏乎大千震，變滅本浮漚。羣兒恣私鬭，瞬息還見收。恭維夫子操，高絕無與儔。孝友百世宗，詩筆窮雕鎪。千載仰遺風，每於文字求。何意戎荒間，復此遺蹟留。極望徒增悲，長謠詎盡憂。擲筆吾且歸，置身將何謀？

我心日以西，我行日以東。維舟發字水，翩然凌長風。江水何滔滔，瞬息失諸峰。諸峰有時盡，吾意何能窮。計程二千里，二日猶從容。如何次涪水，兵氣塞玄穹？持戟三千士，列隊來相從。荷戈相交衛，隙地艱一通。夜半互叫罵，雜以濤聲洶。凌晨爭渡去，毛瑟復隆隆。惟時吾偕弟，俯仰艱鞠躬。呼飯甑已空，轉顧鈹交胸。雄談高中士，出語真由衷。平時楊將軍，遇我若魚蟲。事發起征調，譽我若羆熊。塗我肝腦去，博彼名位崇。權勢日尊貴，蒼赤罹荒凶。此曹擬優倡，君視當勿同。指點高家店，山勢何葱蘢。妖兵迫官租，奮起帕首紅。號召勢益大，屢剿嗟無功。吾儕征調去，所願誠亦宏。生死誰復知，疾隱真當通。吾聞天下定，游食咸歸農。商旅得所歸，安從歌天工。世亂競爭奪，百里遽傳烽。厚斂恣重征，一飯不得傭。事急鋌走險，健者斯為雄。雲合遂霧集，崩潰艱彌縫。書生袖手來，四海聊寄蹤。斧柯不我假，何以起疲癃？書罷仰天歎，煙江月空濛。

飆輪鼓急浪，沈冥天地昏。絕壁截高江，巍然立夔門。蒼頑擬積鐵，鑄蒸雲氣奔。石根裂驚浪，劈若斧鑿痕。想見開闢初，蟠結塞厚坤。源出昆侖墟，厥勢若建瓴。苟惟恣一洩，汪洋失湘沅。屈折為頓束，水迴諸峰屯。危灘枕江心，與水相吐吞。時於風濤中，間作雷霆喧。險哉灩澦堆，惻然驚心魂。猗歟吾先祖，昔歲茲邑尊。世易人已非，所餘遺愛存。烏乎阿姨氏，吾母之同根。於是生吾婦，舊事難具論。回首望瀼西，草堂聳丹垣。畢生希杜公，真愧審言孫。何當執大鈞，潛淵鼓蛟鼉。竭水斬巫祁，一洗千歲冤。沈沈天宇晦，兀兀塵劫溫。煙鬟掠巫峰，凝對終何言。

井研，四川縣名，距成都三百里。民國肇造，川南鹽務稽核所於產鹽區設局榷鹺，井研蓋井仁榷稅署所在地。吾父嘗榷井仁鹺者幾二十年。

荔園褉集分均得霧字

淒淒海角春，黯黯天邊霧。佳辰荔園觴，流人集無數。吁嗟癸丑來，神州窘天步。死生寧可一，喪亂看如故。右軍千歲人，旦暮疑可遇。經世懷未伸，孤哀餘誓墓。夫子吾鄉彥，妙論久流布。大聲祓不祥，月旦恣廣播。風雅得導揚，萬族被嘉澍。避地歎勞生，眾狙伺喜怒。斷句酬餘春，誰為賞韶濩？

荔園，香港娛樂場之一，在荔枝角。

題王漁洋詩翰卷子

王卷置我案，泯然忘時日。厥詩吾少誦，上口不逾十。獨標神韻超，法自李何出。濯濯楊柳姿，春風媚簾隙。揭鉢覩新題，吾見欲更昔。瑰奇寓隱秀，清初足專席。拔幟起異軍，世久易趙壁。

王士禛，字貽上，號漁洋，山東新城人。工詩，倡為神韻之說。雖氣魄不足，雅飭視袁、趙勝矣。

新亞心聲刊成賦示來學諸子

自我教上庠，忽逾三千日。衰微痛詩教，所冀千存十。昭昭正聲揭，漸漸佳句出。名章孕瓌才，老師艱抵隙。豪傑推一時，斯語吾鄙昔。義當摧萬古，杜韓試睨席。絕笑鄉曲儒，虛造矜鄉壁。

《新亞心聲》乃余集新亞書院諸生學詩之作，間有點竄，多有可誦者。

孔才出示石鼓拓本屬作歌次昌黎均

横風破海軒層波，愁來高誦昌黎歌。車攻吉日今不作，望古魂夢傷如何。雄文法物震廊廟，龍蟠蛇屈森矛戈。字奇語重爛金石，綠文丹篆寧能磨。神風海上忽引送，長鯨萬怪森包羅。北斗瑩瑩揷霄漢，昆侖萬仞何嵯峨。嗟哉神物世罕覯，豈能終古淪巖阿。珍如球鼎列大學，至今神鬼猶護呵。重鋟十鼓亦照爛，面目雖似神則訛。紙本摩挲發高唱，子歌視愈無殊科。長劍倚天吐光怪，獨以赤手搏蛟鼉。風雲震電交摩戛，深山大澤蟠虬柯。雲章霞彩耀八極，蓬萊織女飛機梭。新篇照耀已如此，更兼腕底奔蛟蛇。會看六丁下攝取，一笑皓齒發青娥。黃河派流何蕩蕩，吾細流耳等滹沱。廿年兀兀遂至此，頓轡無術迴羲和。雖嘗埋頭誦文史，陋儒寧識籀與蝌。迷途躑躅長漫漫，百勞一獲終無多。桐城大師執鞭策，恨我駑蹇非明駝。周鼎商盤有摹寫，經眼僅若雲煙過。燕石錯比金璞鑛，枉勞大匠為磨磋。精魂況役佉盧字，把筆寧暇論磔波。鋩鍔森森逼向我，飄然禦敵思牧頗。舊拓流傳終有待，豈真由命非由它。昔歲大學曾瞻視，欲行不忍增嫜婀。深恐碧眼胡輦去，淚眼不惜千摩挲。退之歌聲滿天地，歸來不敢賡吟哦。何來君詩摩韓壘？作書早換山陰鵝。得此朝摹兼暝寫，應有剛健含婀娜。君不聞岣嶁神碑鬼莫識，遑論大道綿邱軻。倘使至精無人會，與子擊楫浮天河。探源倘窮星宿海，百年應不嗟蹉跎。

上散原先生

萬靈號呼神鬼馳，天吳魂碎罔象啼。乾坤盪側海水沸，攪碎萬頃青頗黎。沈沈萬象墮蒼莽，飛龍逐雹相娛嬉。橫掣日月猛開闔，須臾宙合歸清夷。散原先生體元氣，獨與造化相推移。吐吞六籍孕百氏，微茫墜緒紹孔姬。盤誥頌雅通肸蠁，寤寐自發人天思。意度汪汪蓋湖海，蟠胸況鬱千蛟螭。豫章誦法得初祖，山川千歲猶神奇。玄言自發天地秘，噫氣聊洩黎元悲。巨刃獨劃鴻濛裂，鋒鋩上欲逼參危。舉世駭汗奔且跳，震鑠海角橫天涯。左海波瀾恣洶涌，蜀山聳秀何嶔巇。吾生飽飲山海氣，童年夢欲追黃羲。飛駟已挾羲和往，倉皇灑涕傷危時。茫茫學津何寥廓，冥幽邃窅風凄迷。甫白不作退之死，綴句無復詩騷遺。蛙鳴蟬噪遍海甸，天外橫風吹斷之。鈞天忽奏洞庭野，大聲滌震人肝脾。摩挲伏誦無旦暮，口角流沫右手胝。恍惚精靈來告語，此六丁秘汝能窺。風廻水弱蓬萊遠，瞻忽前後艱攀追。九垓破碎十日死，半天隱見蚩尤旗。星辰飛墮不周折，斬六鼇足傾四維。忍淚試睨人間宙，膏肓廢疾箴起誰？袖手神州看沈陸，生茲賢哲獨何為？詩亡春秋繼述作，表裏勸懲相為資。萌蘗曾無斧柯斬，忍令蕭艾紛猖披。口誅筆伐氣獨厲，妖要亂領供箠笞。豈其風月肆嘲弄，長短得失爭纖兒？麒麟竟絕素王筆，杜鵑再拜臣甫詩。那知隱痛已到骨，紛紛但賞瓊琚詞。先生哀吟事如昨，直與杜老同襟期。上數千歲下萬紀，道術在是真吾師。三世況兼孟韓誼，欲從末俗敦澆漓。干戈卅年尚滿眼，關山萬疊極隇陝。夢寐雖戀瘦蛟句，謦欬未接孤鶴姿。側聞廬嶽已投老，縣瀑長映雪霜髭。姑射神人所居處，吐納冰雪絕癘疵。山水政要文字助，歌詩耑足敦民彝。雲霞萬態弄暉變，好杜德機養天倪。西江源流衍萬派，奔騰直會海之湄。靈源一點倘許挹，白波萬丈當揚鬐。渾涵滉瀁納光景，風雲霧電交霆霓。九天騰踔試變化，六合上下隨指麾。

陳三立字伯嚴，號散原，江西義寧人。光緒丙戌進士，吏部主事，坐佐父寶箴行新政革職。工詩古文詞。詩法韓、黃，為同光體魁桀。與鄭孝胥齊名，世稱陳、鄭。著有《散原精舍詩文集》。子寅恪最知名。吾知學詩，自先生始。吾祖會榜同年也。

題范伯子詩后

森森老范胸中兵，十年前已震其名。冥搜不得忽到手，如聞嘯海飛春霆。高蹤直躡蘇黃奧，九天仙人下玉京。即今龍去空遺跡，騷壇狐兔縱橫行。吾師神力伏萬虎，談詩獨拜天花女。洪波大海一覽餘，斷潢絕潦皆汙渠。心源倘揭千聖要，汗牛充棟非時須。嗟彼人間勇丈夫，追逐秘怪神為枯。至寶終邀識者賞，何須遠引波斯胡？

范當世字肯堂，初名鑄，字无錯，江蘇南通人。諸生。張廉卿、吳摯父弟子，工詩。陳散原稱為橫絕千古，姚叔節推為有清弟一。有《范肯堂全集》行世。吾師北江先生嘗從問學。

北海篇 並序

丁卯中秋飲舅氏家，外弟秉益新自海西至，痛飲盡歡。乘醉泛月北海，醉舟不進。李大歸川至自閩不數日，適亦盪舟其間，聞聲相呼求繫挽，得登岸。加子自舅氏家歸，月色甚朗。而吾離家已八載，高堂弟妹散處各天一方。引杯醉歌，知念吾甚至。而吾乃阻干戈衣食，不得歸省，奉一觴博堂上歡笑。而知交淪離亂、其遇甚於吾者，又不知凡幾。而暴骨沙場者，又孰無父母妻子可念？驅遣殺戮，徒以供一二人權勢之圖，曾不顧萬家悲怨之無極。感念古今，萬感縈集，不知涕之何從也。范伯子先生次高季迪、張校理宅翫月均益高，因亦次一首寄上大人弟妹，呈舅氏，兼示朋好焉。

茫茫何物為蔚藍，幻此海水橫煙嵐？天高沈醉問不得，人間大月應同探。姮娥顧我忽笑視，雙鬢一謫看成鬖。焉知微生鬱奇抱，上下天海相濡涵。渾淪滉瀁納光景，茫然此境誰當參？大地河山正破碎，剎那幻景寧足貪。却笑一星萬世界，佛說粒粒當空嵌。何哉微塵擬國土，猶聞爭奪起詁諵。著我為人於茲世，豈合老作詩書蟫？大千朗澈意有會，極思抱月棲禪龕。漲海沈沈莽無極，終成無地尋茅庵。月窟瀛壖蹴踏返，眼中壽骨真杞楠。長嘯劃波星斗碎，蛟龍影寂森寒潭。白也騎鯨發大叫，橫波來自南海南。尋聲顧視雜嘲弄，橫斜偃仰嗤眠蠶。糟醨啜哺世猶競，地天席幕吾何慚？世間萬事容撥置，朋友性命平生躭。合眼江湖忽淪散，長夜不得為深談。解醒何物足稱意？翻然三峽思霜柑。風雨晦明視汝月，十度猶能圓二三。團圞一觴尚吾靳，彌天酒淚知難含。腸迴輪周共萬轉，欲追月御停征驂。嗟汝一歸吾未老，高堂白髮非所堪。歡笑飄零各有慨，此味何只吾曹諳。夜深月寒白骨動，沙場森立皆奇男。胡塵中原亦何辨，深閨好夢仍同甘。夢醒月落望不返，九州哀怨何時戢？安得揚輝蕩塵垢，萬家咸荷功施覃。一歡來歲得慰藉，痛飲倘視今宵酣。何用水天明鏡裏，長對樹影垂毿毿？

北京城內有三海。北海子舊為御苑，今闢為公園，中有湖山亭臺之勝。

中秋對月有懷

沈沈冰霧浸人間，江波無際江月閒。璇宮霓裳響欲歇，銀幕悄護歌聲寒。杯酒江南足歡喜，清影娟娟呼不起。嬋娟咫尺隔秋煙，廣寒一夢艱如此。桂花墜露弄蕭寥，殘夜荒園佇玉宵。淺笑迴眸思愁絕，液池夢戀霜華潔。

廬山三疊泉瀑布歌

疾風破山雷闐闐，驚起老蛟愁不眠。奔厓裂石吐奇怪，陰陽噴薄為飛泉。一飛勢若垂匹練，散珠纚纚聲濺濺。金敲玉戛作異響，松風萬籟鳴神絃。頓折散分為二派，若騁白龍蒼厓巔。矯夭迴旋作三疊，奔騰下注空潭圓。羣峯合沓色積鐵，屏風九疊來眼前。九江橫攬接彭蠡，波光金碧搖空鮮。鳥飛不到日色綠，吁嗟聖境知誰傳。晦翁作郡纏痼瘵，作圖自向空山縣。荊榛斬夷峻崿削，遊從雜沓紛摩肩。冰綃霧縠飄婀娜，碧眼高鼻叢腥羶。探幽索奇無餘蘊，會使山靈生忿悁。我生宦服久縶繫，五嶽常欠登臨緣。雷風大麓試珥筆，觀瀑先辦游山錢。凌晨萬峯恣橫跨，荒巒霧海飛輕篗。斷厓直下五千尺，黑風吹夢吾怡然。晶簾映日弄嬌姹，恍若臨鏡朱顏妍。四山空翠染夢寐，厜㕒縣趾忘吾顛。吁嗟乎！吾生不學佛與仙。猖狂甯為天所憐。廬山瀑布香鑪煙。蘇吾倦魄釋吾肩。恨此猶細非厥全。嗟我初無二頃田。手携十萬橫腰纏。塵羈世網不吾攣。誓將高舉追飛鳶。遨遊八極窮垓埏。近若龍湫之瀑縣無邊、日光之瀑不可搴。偉若尼羅之廣淵、密西西比之巨川。百丈橫瀉來九天。白波九道橫相連。蛟龍叫號愁扶鞭。雷霆震盪傾坤乾。氣象壯闊逾萬千。左挹浮邱袖，右復招嬋娟。風鬟霧鬢何便嬛。安得携之乘雲軿。星河銀漢追斗躔。天風徐引歌扣

舷。天孫罷織一笑嫣。凌風為我舞翩躚。我將樂此三萬五千年。高居不為萬物先。獨與造
化相推遷。潮音瀑響皆棄捐。世間何物為枯禪？

登峨嵋山絕頂放歌

噫吁嚱！造化之說何窈荒，開闢之事何迷茫。窺宇測宙洞無外，歷歷星紀橫天閶。坤輿繞
日運萬紀，涑斯縮斯變無方。峻則為山為列嶽，窪則河海何汪洋。海納萬怪非所詳，惟
茲山勢磅礴而鬱積、煙嵐萬態橫空蒼。吾生好遊出天性，兒時跼蹐樊籠藏。弱冠北游始縱
目，高秋曾踏西山岡。鼓山岁崱誇秀絕，嗟培塿耳雄吾鄉。瀑布晶簾號三疊，廬山秀出南
斗旁。幽鎚險鑿動經月，匡君雲際遙相望。巍巍峨湄聳西極，廿年夢寐甯能忘？金頂極天
幻紫氣，拔地萬尺嗟猶強。鬱蟠蜿蜒數百里，神靈異蹟看章章。時維共和廿五祀，月號且
兮星在房。頌橘先生居圜府，翩然直渡河與漳。南窮故山挾妻子，海波萬里闖天長。淮徐
北走大河橫，龍庭高坐東踰梁。泝江西行叱烈日，洪流漲峽風泱泱。輕車直犯峨水側，三
峰壁立森開張。雲氣迷茫忞開闔，疑有鸞鶴中焉翔。田埒小徑試縱步，環溪徑曲如羊腸。
籃輿奮飛出叢篠，異境接目增怯恇。懸崖密樹互抱擁，中通一水何湯湯。橫流踐石忞眺

矚，九溪三峽堪頡頏。黑龍淵深尤險絕，曲梁傍壁難為航。沈碧幽窅鑑毛髮，幾疑倒影翻銀潢。舍輿逡巡作細步，心摧膽落歡如狂。映空雙橋落虹影，黑水白水爭飛揚。飛花散雪作異彩，牛心一石橫中央。盤磴而上逾險絕，紅椿到寺嗟昏黃。傳言大木自太古，斧斤不夭誰其戕？峯高雲重徑忽轉，大嶂削壁爭劍鋩。九老洞虛巢蝙蝠，間以百鳥鳴笙簧。寺僧宏法意何苦，佛龕嚴飾窮輝煌。石遺題句香宋記，雕鐫寶氣光琳瑯。洪荒窅茫不可紀，誰見問道來人皇？黃昏到池曰洗象，當窗星斗吐寒芒。眾狙喜怒莽莫測，栗爭芧攘紛跳踉。飛枝越幹無行迹，嗟哉誰作猢猻王？夜深月黑羣動息，僧言佛鐙茲山祥。霧氣明滅忽隱現，流星點點山風涼。或言鐙光所倒影，或言燐燭來方塘。木葉之精為熠燿，嗟哉斯說非荒唐。吾友孔君曾示我，一葉巨螢枯欲僵。聚螢萬千隨風盪，光光互映相低昂。誰歟家戶速喻曉，嗟此瞽說方披猖。翌晨雷音跨絕壁，峨峨金頂羣雅翔。朱喙怒睛食人骨，臨崖下視千傍徨。晴午佛光忽矣閟，層雲不作徒悵悵。斯螮蝀耳何足異，老僧徒見妝點忙。眼中雪山遙相睇，藐姑仙人凝靚妝。瓊闕瑤臺遠莫到，安得八駿為騰驤。風高氣薄火不爇，沙彌疥指工趨蹌。雲餱銅釜羹初嘗，一飽縱步思徜徉。千佛萬佛非咫尺，吾友憊矣足有創。吁嗟乎！吾聞天學所明窮陰陽，星纏運轉乃厥常。如日之星不可紀，一地球耳真若稊米蝨太倉。於此稊米而有拔海萬尺之巨嶽，真當微茫視粃糠。又聞佛說三千大千世界不可量，嗟此南瞻部洲真若巨海一葉之枯桑。茲山號為普賢之道場。吾意佛力所加被，何必一峯一巒窮指目，若人各據東西廂？吾當擴吾心力孕六合，橫貫三界誰吾妨？發吾大心之寶光，獨與我佛通聲香。佛其許我脫紲纆？吁嗟茲願何時償？歌成擲筆餘淒傷。

峩眉山，在四川峨嵋縣，高海拔萬丈以上，有大峩二峩三峩之勝。太白嘗有詩。余以民廿四返蜀，與中央銀行同僚共游。世稱峨嵋，趙香宋改定之。

大隧行

城頭吹角聲烏烏。平岡錯落縣虯珠。鬼車氣驕淩行都。慘霧沈冥氣不紓。寒月朦朧陰萳胡。顯貴自飛摩托車。滴膏滴血說何迂。縱橫馳道忘艱虞。娉婷嬌擁語喁喁。談諧間復牽其裾。巴山突兀照寰區。洞天雹炬何燦如。神仙官府潭潭居。鋁帔橡冠錦襜褕。有酒如澠餌如酥。胡牀橋戲兼樗蒲。天狗墮地裂汝軀。汝曹黔首將何趨？赫赫政令遍窮閭。皇皇大隧臨通衢。曲折盤亙數里餘。四門既闢環以樞。大官司市萬躊躇。斥貲鉅萬民所輸。嗟汝曹來休踟躕。老攜厥幼夫挾孥。盡室以行空室廬。豪賈珠玉藏襟襦。貧子亦戀簞篋壺。萬人駢足若束芻。蒸汗成雨非斯須。惟月建未臨孤虛。妖鳥作勢故迴紆。九翼十翼為前驅。逐隊三五挾彈俱。自申加酉來徐徐。嗟此萬眾徒嗟吁。翕吐新故誰為噓。跼天蹐地痛已痡。怨憤叫噪無時無。虯珠上下厥拘株。暫出大隧氣少蘇。怪鴟來矣驚相呼。訛言噓毒非一隅。狂奔爭避無趦趄。顛前躓後誰為扶？踐者蹴者無完膚。司防司護怒不愉。令闔爾戶塞爾闍。汝曹叫號寧闢渠。孰主張是孰揭虆。眾非服氣之蟾蜍。生氣盡矣死氣敷。裳裂氣塞面紫汙。重股疊髀若積葅。肥尫弱老形態殊。中有絕世傾城姝。亦或黃口啼呱呱。嗟此萬口無囁嚅。黃泉莽莽真坦途。鬼車逝矣賦歸與。死者已矣真何辜。生者萬一一歎盱。來乎大官執金吾。兵衛前導紛執殳。剔之輿之爬兼梳。十尸五尸覆以菰。纍千疊萬載之桴。黃流混混盍投諸。花裙綷縩來渝巫。鐃鈸喧攘飛朱符。环珓一擲舞氍毹。若有神兮降丹旟。烏乎萬骨嗟其魚。河伯使者歡且吺。強吏盡取璠與璵。小卒亦拾巾與袽。黃金七寶雜硨磲。紛攘肆奪各有需。天帝勃然翹厥鬚。九霄仙誥降紫書。嫗嫗哀痛若老儒。有司削職貸一誅。淵謨神策摧強胡。懲前毖後將何圖。蝦夷薦食狠如貙。黃圖萬族方淪胥。炎羲遺胄恣翦屠。禹甸萬里悲邱墟。橫目萬眾嗟何愚。區區微命何當蘇？紀以月日誌非誣。嗟吾族姓何適乎？歌成擲筆千欷歔。

此賦行都大隧道案。因日機來襲久不去，而衛卒又不令隧中人出，故釀成數千人之死。

浮生篇贈陳跂曾疊北海篇均

浮生何地覓精藍，兵氣已罩天邊嵐。東龍西龍互拏攫，機牙萬變誰能探。我昔笑顧常儀語，廿年餘此雙鬢鬖。眼中九州半沈陸，北溟萬怪於中涵。汝持孤光燭大宇，可能洞澈為窮參。彼月凄然若有語，巨君大欲方坐貪。殿陛已遺眾星衛，樓閣更索七寶嵌。羣生驅役入渾渾，一經持誦教喃喃。敝精錮智扼人吭。誅求會見無遺蟫。閻浮末劫看已至，莫呼彌勒來同龕。擔簦行腳竟何適，權以黌舍為行庵。衡嶽插天毓瓌異，況子曾斲巴山楠。中秋招我共良夜，故人情重深桃潭。酒酣神嶽起四顧，誰歟置我天海南？營巢無計喚秋燕，食葉祇合師春蠶。平生拄腹五千卷，一飽捫腹真無慚。君忽指月笑語我，清輝杜句君所耽。鄜州歔浦各有憶，應思倚幌為宵談。白雲孤飛香霧濕，何來噀霧登雙柑。我家骨肉怨流散，散處八地非兩三。持柑把酒對汝月，鄉心異地千愁含。何當夢中御八駿，一夕赤縣周飛驂。嗟嗟赤熛毒秦餤，鞭笞桎梏民不堪。翕噓妖霧迷大宙，廣寒高處寧不諳？揚輝盪垢幸勿怠，黃炎遺胄皆偉男。冤憤極天信得直，腦肝塗地應同甘。時無英雄莽豎子，嗚呼禍亂誰為戡？安得繁星揚前纛，神功武德諸方覃。萬家團圝笑共汝，狂歌醉舞情逾酣。凌風我亦賦歸去，不須晞髮披毿毿。

陳烈字跂曾，湖南長沙人。北京財政商業專門學校畢業，嘗游學法國巴黎習工程。曾任國民政府社會部總務司長。吾同學也。

九龍篇有寄再疊北海篇均

九龍戲海海掀藍，噓氣直化澎湖嵐。人間離合豈有數，欲呼青鳥殷勤探。廣寒宮闕渺何許，霓裳舞罷飛鬖鬖。秋香畫闌境亦絕，或云大地影所涵。高居素娥艱問訊，我佛或喚蘇摩參。青天碧海共良夜，茫然對此吾何貪。我若晶波碧海涌，汝若璧月青天嵌。翻波擁月入我抱，離愁訴盡千喃喃。嗟我玉京寫丹篆，誰為秘笈搜仙蟫？巴山有寺曰羅漢，諸佛歡喜各據龕。寒宵促膝語荒怪，恍若衲子尋禪庵。孤飛送汝石城去，半山記共摩梓楠。天崩地坼各分散，倩影輝汝日月潭。我亦投荒蹈窮海，夜夜夢繞鍾阜南。比翼九霄豔飛鳥，作繭一笑嗤蠶蠶。文君眉嫵文姬筆，照爛二漢嗟何慚。吳江萬頃寫綽約，清詞麗句雅性耽。

虞初九百出鞮寄，新論夙已卑桓譚。一鐙說法破良夜，解渴纖手勞分柑。天邊的皪星河萬，海上縹緲神山三。藍橋氣接鵲橋永，仙家亦有芳思含。九州已厭貙虎橫，八極試叱鸞皇驂。歸來江山容坐嘯，清影破碎情何堪。登山臨水吾有慨，翻書賭茗汝所諳。此樂南面真不易，何須槐國矜侯男。琅函鳳紙永夕憶，香衾蟲夢何時甘？天寶淒涼法曲在，我當為子呼何戡。十年未悔夢魂戀，一諾倘有恩波覃。吾貌堂堂骨不醜，吾詩芳惻逾雄酣。刳肝劙腹遠寄汝，勿使撫樹傷毿毿。

為吳江孫女史而作。

聽徐鏡齋盛獻三蔡德允呂振原吳純白彈琴因用山谷聞崇德君彈琴均賦示諸君兼呈季遷莘農二君

徐公盛侯龍堂中，黃昏歛夢彈焦桐。蔡姬呂子咒鉢龍，對撫泠泠來天風。吳生鈍聞根，神絃揮寧難？漁歌再三弄，坐我瀟湘間。越山蜀水仙乎仙，雲門曹洞禪非禪。琵琶嘈嘈四壁靜，海國鳴機攝相應。清歌一曲出雙聲，微妙圓音通佛性。搜腸破睡句初成，惜抱漁洋試吾定。

徐文鏡字鏡齋，浙江人，善琴。
盛獻三，廣東人，善箏。
蔡德允，浙江人，能詞善琴。
呂振原，江蘇吳縣人，善琵琶。
吳純白，四川人，大千之友，善琴。
王季遷，江蘇吳縣人，湖帆弟子。善畫，教畫于美利堅。
姚克字莘農，美國游學。聯合書院教授，以導演話劇名。

君實用余上散原翁詩均為長歌見贈再用是均答之

祅氛四塞羣魔馳，蚋蠅絕類蛙噤啼。千村赤地萬壑潦，呼天詛日悲烝黎。彼凶誕妄肆殘賊，控摶有眾疑兒嬉。狂藥縱飲入迷瞀，自雄予智偏師夷。禹跡軒胤號神異，彝倫天秉誰能移？五常九法樹綱紀，上起昊嚳下姒姬。儒生至治道堯舜，夢寐猶作華胥思。雲龍鳥後奇紀絕，擾擾千祀騰蛟螭。上窮天根下月窟，摩星摘斗恢愈奇。彼智超我苟我賊，為犧吾屬嗟乎悲。虛空粉碎了一擲，富媼何術禳斯危。余生岷峨學幽薊，東游吳越窮天涯。渤澥南溟恣涉歷，匡廬峨嵋摩層巇。涵濡百氏孕六藝，迴馭無術呼二羲。曹司依違役圜府，官書私記艱救時。戎首西溟簇烽燧，蓬山煙霧方沈迷。十載雄雌決龍戰，哀哉萬族無孑遺。黃圖赤標肆焚灼，投荒四裔將何之？絕島雲連十洲遠，故山回首摧肝脾。上庠芳洲試傳學，口講指畫非胼胝。菁莪長養看茁壯，堂奧姬孔容探窺。詩國廣漠試導覽，甫白堅軾相追飛。洞庭張樂響天半，背水一陣建鼓旗。縋幽鑿險造深邃，幕錦席練張藩維。雕鎪大化試身手，吾徒雋者君知誰？巠筆漆壁揮斥了，小窗短几吾何為。朱墨紛綸試點竄，琬琰入手驚瓌資。用思緜渺窮豪髮，到眼秀釆紛離披。大呂黃鐘待撞敂，雄龍雌鳳供筆笞。天衢踔踸雖未至，知卑世上游俠兒。何期異才出西序，蹈我故步輝新詩。雄奇跌宕六百字，摩眼諦誦真瑰詞。世道交喪風雅廢，真賞何意來牙期。吾衰才盡媿對子，萬古陶杜真當師。杜合元氣入無間，大筆濡染何淋漓。陶若孤雲蟠空際，飄忽變化卑隇陜。嗣杜昌黎盤硬語，眉山踵陶橫逸姿。容易乃自艱辛出，臨川一語撚千髭。瓌文入手快心賞，字奇語重艱尋疵。況子書畫絕芳倩，試摩周鼎窮商彝。永興登善信超絕，何物贗鼎誇陰倪。貝闕鮫宮紛在眼，喜子生際南海湄。蜿蜿雲際露爪甲，荒荒海氣揚鱗鬐。子身自挾風霆起，九天何用呼霆霆。凌飈乘霧掉尾去，詩海一笑揚旌麾。

黃君實，廣東台山人，崇基書院文學士，工詩文書畫。余嘗以與余弟子新亞書院文學士鄺健行稱「一臺二妙」，蓋皆台山人也。

夜坐三首

遙夜人天感，蒼茫數列星。微涼霜氣白，孤味電鐙青。黨論知何極，兵氛苦未停。十年游賞地，飛夢入江亭。

六朝金粉舊，歷劫幾蟲沙。髡柳行行樹，高荷默默花。蛙聲喧野水，鴉陣警殘霞。臏欲扁舟逝，蒼波未可賒。

一歎艱危際，扶持要有人。蔦蘿餘附託，樗櫟亦經綸。醉夢沈天帝，勞歌遞僕臣。橫縱成底事，愁顧九方歅。

感事三首

節鎮雄遼海，倉黃撤國藩。擁兵千屈抑，淪劫萬煩冤。鶯燕徵歌煖，豺狼得食喧。燎原星火勢，共盡更何言。

接席看揚搉，蒸沙與控摶。論交期刎頸，抒議倘披肝。萁豆煎仍急，藩籬固已難。焚巢成底事，吾夢自槐安。

臥薪謀未具，破竹勢堪驚。不作申胥泣，空尋向戍盟。孤軍期湔恥，苦戰獨鏖兵。援絕終何恃？殘烽黑水明。

為張學良不抗日軍而作。

春意

春意冥然合，沈陰又幾旬。寧嗟跅弛累，終覺嘯歌真。卑論千人廢，高居萬象親。一樓納天地，孤夢自嶙峋。

返井研一來復還渝臨發作二首

山郭猶沈霧，倉皇行迹分。佯嗔訶稚子，忍淚別嚴君。警夢煩羣動，催歸謝虜氛。盤胸千萬語，斂遏欲何云。

壓頭雲氣濕，惜別是今晨。斫地噫嗟久，看天出入頻。何時知再返？獨客有孤辛。蜀國兵戈氣，山川可有神。

己卯元日四十初度十首

縣命人間世，孤身歷亂叢。羣方張劫大，聖已泣途窮。墮地無餘子，開天有異功。眼中杜陵老，悲詫或差同。

庚子吾初降，勞生太不辰。六州方鑄錯，八海忽揚塵。殘劫翻翻變，神州赫赫新。何由安喘息？嗟爾太平人。

明德難為後，皇然念厥先。著書分寂寞，傳業自蟬嫣。名世三千首，昌期五百年。繼開餘責在，何只發遺編。

有婦如康子，艱難自得師。腕疲西狹頌，魄動北征詩。調鼎誇知味，持家慣作癡。電鐙明又定，課我衰師兒。

閉門書餓隸，驥子亦縱橫。淳樸吾終讓，精能世已驚。固超垂志業，庸蜀走名聲。丱角寧知此？啼呼兩弟兄。

往受桐城學，源瀾歷歷分。八家非絕詣，六藝盡高文。已洞人天際，誰泯儒釋紛。郢書騰萬口，真欲斷知聞。

師友平生契，交游幾狷狂。詩聲殷蘇李，賦手接班楊。喪亂疑能聚，流亡未可方。雄門何日過？目斷薊煙蒼。
浮海孤心壯，涉江百慮煩。縣流開牯嶺，陰峽冷龍門。瓊島春餘戀，胡園夢亦恩。兩京游賞地，回首萬啼痕。
十五年來味，頭銜老秘書。工曹餘濩落，圜府足乘除。用世懷猶屈，憐才意豈虛？相公艱造命，斯事不關渠。
壯老看相續，今朝四十過。深杯元日酒，孤憤百年歌。道喪思焚筆，時危待枕戈。生涯除爛醉，何術慰蹉跎？

張蓋丞上將挽詩三首

一死泰山重，千哀赤縣振。謗寧傷日月？精已貫天人。諸將黯無色，羣酋畏若神。睢陽家法在，取義迹彌新。
江漢孤勳大，幽燕私議驚。同仇天不相，立節志彌貞。百勝輕強虜，專征失勁兵。伏弢襄水暮，遺令見生平。
望氣雲皆墨，天乎奪將星。驍騰看部曲，哀痛泣精靈。溟渤波初蹙，川原血尚腥。鬼雄當殺賊，披髮下冥冥。

張自忠字藎丞。初領軍北方。抗倭軍興，與敵戰于漢襄之間，死節。

送永闓之武昌造船廠三首

制作精能聖，聲施爛有功。何論形上下，直判世污隆。巧拙原心力，成虧豈化工？濟川非小技，看汝躡長風。

弱歲業初就，大江跡始親。無言叢萬感，此去挈孤身。眠食應知慎，音書倘許頻。卅年前別父，吾涕尚横巾。

道路千山隔，心魂永夕縣。寧期學精進，還祝夢安便。潮激東西海，雲封南朔天。餘生孤嶼老，見汝定何年？

曾永闓字樂父，福建福州人。交通大學造船科畢業，吾仲子也。幼從吾友吳稚鶴學隸，六歲能作擘窠書。在渝所作聯，為俄領事購去。

海內兩大詩世家刊成集杜敬題其耑三首

國有乾坤大，猗蘭奕葉光。風騷共推激，胡羯漫猖狂。浩劫浮雲衛，儒門舊史長。精微穿溟涬，迥立向蒼蒼。

誰並百代則？難教一物違。森羅移地軸，出處各天機。已結門閭望，其如儔侶稀。家聲蓋六合，宗祀日光輝。

造化鍾神秀，異香泱漭浮。雲山已發興，江漢忽同流。雄筆映千古，長鯨吞九州。嶷然大賢後，二美外何求？

次前均集杜三首

奕葉班姑史，巴牋染翰光。歌謳互激遠，裘馬頗清狂。浩蕩風塵外，提攜日月長。貫穿無遺恨，中道許蒼蒼。

鴻寶寧全秘？馨香舊不違。未辭炎瘴毒，永息漢陰機。一覽眾山小，高懸列宿稀。沖融標世業，衰白已光輝。
神物有顯晦，蒼茫雲霧浮。故園當北斗，大火復西流。江國踰千里，乾坤到十洲。兩家誠款款，不待致書求？

月次杜均示諸生三首

海上蟾華滿，瓊霄素暈新。穿簾憐獨客，把琖酌何人？清淚瑩千琲，愁腸轉萬輪。簫聲傳弄玉，迴夢向西秦。

疏星光盡斂，芳霧訝逾清。寒覺珠襦薄，輝添玉臂明。嬋娟千里夢，悽悒十年情。不寐長看汝，真教河漢橫。

應悔偷靈藥，翻教妬玉弦。沈沈生碧海，故故滿青天。鳳髻人何在？霓裳曲尚懸。廣寒今夜夢，至竟落誰邊？

遜清廢帝愛新覺羅溥儀挽詩三首

金鏡沖齡擲，璽書末代數。何能規揖讓？直是了征誅。夷夏防初泯，人天義自殊。虞賓尊禮在，徐偃任傳呼。

新室方誅莽，舊邦豈念周。兩摶神器夢，終墮鬼方囚。秦贅椎心謝，殷頑攘臂媮。逼宮諸老疾，環覷又何求？

赤縣山河沸，青衣涕淚親。鶡聲啼更切，鶉首賜無倫。未擬追莊烈，終嗟負愛新。凝旒過一瞥，當扆識彌神。

清廢帝溥儀，遜位受民國優待，居清宮。徐世昌為民國總統，膺清室太保銜，所謂徐偃也。張勳、鄭孝胥兩度復辟，所謂殷頑也。儀為日傀儡，滿洲稱帝。日欲以貴族女嬪之，謝焉。後又為蘇聯所拘。及還中國，以勞動役之以死。

中國發射弟一繞地衛星用杜公詠月均賦之三首

環地一星茁，威光赤縣新。揚精初照世，衡質遠超人。敵詗覘雲壘，空游躡月輪。雙城嚆矢縱，款款邁西秦。

霆逐太虛蹙，崩雲盪霧清。摶聲千界震，分野十洲明。目極穹旻淚，心傾宗國情。霓梁氳彈在，恣汝態豪橫。

御氣乘時運，嗟非望帶弦。墨經說迎日，平子作渾天。秘奧羣賢闡，光芒九囿懸。神明姚姒胤，意跨列星邊。

落花次弢庵均四首

幾番開落暮春時，一例興亡接所悲。文采賸能留豔大，繁華何用怨醒遲。飛騰逐逐層霄傍，飄墜紛紛四海知。莫倚枝柯際天地，試從柯爛與觀棋。

塵沙九陌枉猖狂，飄散何曾損故芳。豈謂摧殘關宿業，更堪零落看終場。山河故國空垂涕，風雨高樓且命觴。滿地殘英如可擷，好留芳潤漱肝腸。

不疑過眼色成空，掃蕩難禁八極風。魂返枉期隨夢蝶，劫餘莫漫誚沙蟲。孤鸞舞鏡春將老，么鳳臨窗曲易終。何必來春思爛漫，祗應歸作采芝翁。

一去韶光未可留，賸飄殘蕊寄枝頭。極呼后土知何補，欲逐前溪不自由。養豔曾聞張錦幔，酬恩倘擬墜珠樓。名花身世終堪羨，底事春歸怨不休？

陳寶琛字伯潛，號弢庵，又號橘叟，福建閩縣人。清同治戊辰進士。會辦南洋軍務大臣。坐保張佩綸督師敗績，罷家居廿載。後以禮學館徵，起為溥儀師傅。官至太傅，謚文忠。有《滄趣樓詩集、奏議》。工詩，與鄭海藏齊名，世稱陳、鄭。

書先妣事畧後

灑血陳哀寧述德，傷心永憾話承歡。家貧骨肉凋摧易，世降文章痛哭難。九死餘生神惘惘，一棺萬里路漫漫。微時阡表憑誰識？祗合孤兒掩淚看。

先妣姓林氏，福建閩縣人。少知書。來歸不二載，先嗣考用逵公以喉痹卒，殉節獲救不死，遂失神智。年五十九，卒于四川井研先本生考榷廨。先師北江先生有墓誌銘，石遺先生有哀詞。其生平詳克耑所為《事畧》。

上問琴先生二首

絕代輶軒揚子雲，黃冠老去欲離羣。舊聞齊整歸方乘，新徑荒茫闢典墳。落落故交公尚在，騰騰異說世彌紛。正宗微學如當振，才薄猶堪張一軍。

薊蜀烽煙橫萬里，倉皇省覲一歸來。牘從耆舊論文獻，猶有詩歌託怨哀。瓊島幾回纏夢寐，草堂一望入蒿萊。秋高便叱孤舟起，重向中原問霸才。

宋育仁字芸子，號問琴，四川富順人。王闓運弟子。光緒丙戌進士，吾祖會榜同年。嘗任出使英國大臣參贊。著《采風記》。晚為四川通志局總纂，著有《問琴閣叢書》，刊不及半。

耑午攜妻兒遊靈谷寺牡丹謝矣二首

兵氣黃塵塞九垓，疏林蕭寺一徘徊。法雲縹緲諸天靜，落日荒茫萬影哀。健鶻巢縣遺構古，游蜂夢戀好花開。江山易世吾親見，何用僧窗話劫灰。

江表榴花未解顰，浴蘭佳日復茲辰。妻孥提挈足歡笑，節物推排有故新。華表崇陵看赫赫，敝車羸馬走踆踆。冥鴻夢逐層霄外，不向人間泣鳳麟。

靈谷寺，南京名勝之一，在中山陵園區。有無梁殿，樹木蓊翳，避暑勝地也。

等是二首

等是閻浮歷劫身，射屏影事半成塵。豈知字水塗山合，及見風鬟霧鬢真。萬憾纏綿吾未老，十年愛玩彼何人？他生緣會君休說，一夢迷離未許親。

廣寒宮闕悄無塵，絕憶南峯黛色新。何物鬼車墮天狗？幾回神馬動尻輪。梨渦記暈金尊酒，蘭夢猶虛寶鏡春。咫尺蓬山看未遠，不成幽獨祇傷神。

此蓋為林子有女公子而作。吾往北居，族父雲沛召至天津，撰壽序二篇。子有讀之大喜，擬以女妻我。以我已訂婚，不果。後其女公子適高某，避難西來。世交陳曉六知其事，因邀飯于吾家，賦詩記憾焉。

贈真如

勁健飄逸兼有之，落落神思寫天倪。道州懷寧何足數？鄱閣褒斜堪並馳。威力自與伏龍象，苦志政欲剸鯨鯢。橫縱筆陣笑共子，草聖顛素皆吾師。

陳銘樞字真如，廣東合浦人。嘗從桂伯華、歐陽竟無學佛。能詩，工隸。官至行政院副院長、交通部部長、廣東省政府主席。

有寄二首

清才絕艷夐無倫，碧海迢迢易愴神。殘劫三年皮骨盡，寒宵一夢笑啼親。蛟吟響答虛堂雨，鳳紙魂噓小閣春。銀漢藍橋莽何許，有人夜夜數星辰。

幽夢私書幾去來，芳春逝水苦相催。望中員嶠猶煙霧，劫外窮溟自草萊。紘澀金徽休譜憶，盟縣玉鏡祗凝哀。靈鶼叫斷驚鴻影，愁絕當年賦洛才。

蓋寄吳江孫女史者。

書憤

嵚崎歷落懷寧識？屈抑摧傷意每加。照世高文供覆瓿，居夷孤夢幻乘槎。龍蛇機發應同盡，鴻鵠風微豈獨嗟。大海前橫天莽蕩，出門一笑悟生涯。

送大千遊阿根廷三首

山川南美恣雕鎪，摶狎鵬鯤與盪秋。敵國富纏一身債，敷天憤切十洲游。風標異域傾心慕，文物中原剚骨憂。歸夢漫嗟蟲鶴化，殘氛淨掃看潛虬。

虬髯海外道非孤，逃劫親知待呴濡。望入仙源心膽躍，割殘寶墨腎肝吁。開宗絕藝搖溟涬，遯世高懷謝覬覦。送反自厓君遠矣，域中無地起黃虞。

大風堂上海隅觴，涕笑杯盤話海桑。恩怨忍哀牛李黨，釣游同戀馬揚鄉。翕雲戸牖驚真氣，壓浪緘縢鬱異光。天漢浮槎孤夢永，窮溟縣睇劚荒茫。

張爰字大千，四川內江人。畫名震一世，近避地巴西。

答漁叔二首

垂天大月漾孤清，隔夢層霄惘惘情。一例流人為世棄，百哀殘劫以詩鳴。論心溟渤騰高唱，噫氣雷風鬱變聲。荷鍤乘桴吾夙分，故應飄泊付餘生。

平生九牧論交期，歲晚才微辱見知。地負海涵終自謌，川崩山竭欲何為？大儒精魂追難復，諸佛威神接未遲。便擬摧燒文字了，獨參般若斷聞思。

李明志字漁叔，湖南湘潭人。工詩，有《花延年室詩》。

作書

飄然凌紙渥洼姿，不作千秋萬歲思。奇氣填胸聊一吐，故人縣夢倘相知。龍跳虎臥餘孤吒，鼠囓蟫嚽有夙期。便共太空摩盪去，崩雲驚電鬥酣嬉。

宋王臺三首

遺臺片石九龍環，駐蓼鑴哀宿淚斑。事去漫訾胡運數，我來重酹宋江山。孤忠柴市天寧鑒，末路厓門帝不還。摩眼興亡問誰對？寒潮嗚咽野雲閒。

煙塵大漠又南飛，蹈海君臣淚滿衣。風急曾聞鸞輅過，月明猶想鳳簫歸。千年蜀魄精應化，萬里堯封夢亦非。高宴昆侖莽愁絕，莫呼穆駿挽羲暉。

流徙餘生涕笑艱，分無詞賦動江關。夢中故國摧魂魄，劫外殘山弄髻鬟。海氣夜噓蛟蜃吼，夕陽暮詗雁烏還。經空本穴知誰喻？淚盡蠻煙蜑雨間。

宋王臺在香港九龍。相傳宋帝昺南來駐蹕之所，今餘片石耳。

螢二首

輝輝弄夜幻非常，絕漢疑爭星斗光。囊底夢迴憐腐草，簾腰影亂雜啼螿。金盤仙露霑餘瀝，銀燭瑤階撲更揚。碧血秋原迷處所，滄江臥念故山涼。

傍水穿林作勢飛，高樓逐逐點羅衣。煙叢霧砌摶魂久，琴軫書囊掠影稀。蜻蛚有情答秋唱，蟪蛄無夢借宵輝。霜嚴風急星將隕，咄爾荒陬底處歸。

題人畫水仙四首

涉江采夫容，開筵思芳草。秋菊薦寒泉，俊意入孤抱。

霜月影澄江，天水相與定。山林窅眇音，疑有游鯈聽。

作畫意通書，勁腕飛強笴。葉葉相交加，飄飛作婀娜。

淩波生塵襪，當風舞羅帶。不寫洛川神，蓄意作狡猾。

題王調父猛悔樓詩二首

姑射天人絕世姿，玉京孤夢寫靈詞。碧函丹篆神仙字，此意人間那得知？
長吉飛卿骨作塵，王郎窈思久通神。區區蕭寺秋泥句，夠掃樊山一輩人。

王世鼐字調甫，又號心雪，安徽貴池人。北京大學肄業，美國華盛頓大學政治博士。官終蘇浙皖專賣局局長。工詩，樊增祥亟賞之。年四十二卒于贛州。著有《猛悔樓詩》。余為刊行其生平，詳余所為行狀。

曉風四首

曉風吹夢月如鈎，香國魂纏一角樓。單舸休嫌輕霧逐，要憑江水與量愁。
朱戶沈沈鎖碧楊，仙山消息入微茫。彌天四海相思意，那有心情賦豔陽。

春陰沈曀幻溫涼，離合神光百億場。欲掬苦心叩蓮子，他時雙槳下南塘。
一瞥驚鴻語未全，高樓迷霧更迷煙。何當一櫂銀河去，清淺蓬萊不計年。

此為嚴女史而作。女史武漢大學文學士，為吾友劉蕙農女弟子，以論蘇詩論文卒業。

李麗華執贄吾宗后希門下學畫為賦三絕句

吾宗墨妙撼蓬瀛，曾見飛瓊跨鶴迎。今夕翠華新授記，絳箋親接女門生。
驚才麗質奪春星，仙李風華映八溟。銀幕四垂霓采爛，看渠凝黛寫娉婷。
長傍妝臺影亦嬌，眼波伺了拂生綃。莫愁妙筆檀郎竊，眉憮須教着意描。

李麗華，電影女明星。

杜鵑花二首

飄飛十載客無家，海角春風拂鬢斜。故國魂迷歸未得，蠻山紅老杜鵑花。

老對名花意每慵，如花人遠渺難蹤。枝頭點點啼春血，化作蓬山夢萬重。

睇電戲示仲蘭二首

探險地心隨電逝，憐才天意喚春回。愛神月下親為證，記受蛾眉一諾來。

吳江燕影華都渺，湘水琴心夢已遷。浮海國香歸昵我，白頭高隱意疑仙。

余新聘婦姓陳氏，名鴻若，又名虹若，字仲蘭。浙江瑞安人。曾遊學日本。燕影謂孫燕華，琴心謂趙湘琴。

．文選．

古文十五首

詩義會通序

六經皆文也，而《詩》獨以葩豔麗則著。其視《書》《易》精微渾噩，抑有辨矣。其為解說，亦著於其燦然者矣。然自玄聖刪定，三千之徒，蓋莫不聞其說。而孔子獨許子夏、子貢為可與言《詩》。子思之傳，惟孟子為善說《詩》。夫去聖未遠，或親受持微言。而奧旨所在，乃非盡及門所能識。況越在數千百年后，微言放絕，簡編錯亂；而注疏家小智自私，以所知為秘妙；墨守一家說，紛起相聚訟；而欲掇拾叢殘，推掃眾說，以窺見至隱，以無悖古人作詩本恉；不大難哉！不大難哉！然克耑獨以為古今相去雖寥絕，文字詁訓雖異，風俗禮教雖莫同，要之人情事理不甚相遠。誠能以意逆志以察其情，得其理，則《盤》《誥》可說也，《易象》可贊也，何有於三百篇？顧自秦火后，漢之說《詩》者三家。遺說既放失，獨毛公以西漢大師，獨多精語。而歷經竄亂，往往失其本真。后儒考疏其文，乃莫能察其增損錯亂之跡。承訛襲謬，奉若宗主。曾不敢出單詞隻字以繩發其覆，徒事附會穿鑿以遂其誣。是曰以文害辭，其失也奴。逮婺源朱氏起而矯之，摧廓箋疏之陋，以尋繹其理趣，一若其真可見。然信夾漈說，削《序》而冥思。至乃盡以淫奔說鄭衛，為世大詬。不審古人託辭興感憂傷君國之思，其於溫柔敦厚之教，違離抑甚矣。是曰以辭害義，其失也妄。二者交譏，而文章大師深知其意，又以為明白曉暢無待說。此所以二千年來，《詩》之為教愈明，而其旨乃愈晦也。蓋往者太夫子摯父先生嘗汎掃眾說以說《書》《易》，千古疑滯，賴以發露。而以《詩》說口授吾師北江先生，獨未及成書；以為世固有能說之者，無待專著也。抑知世降文敝，至今益甚。其不學者無足論，即號稱當代宏碩，覽其所著錄，或摭拾訓故瑣碎，或偏執穿鑿曲說，於微言大義鮮有能發明者。說解愈繁，其謬妄乃逾甚，蓋是歷千祀而終無真能說之者矣。聖文絕續顯晦之交，所關詎不重？然則先生奮然有作，獨手是經；泯寒燠，忘昏旦，博稽眾說以觀其會通；批卻導窾，一以文義為主；霍然察其情之隱，洞然發其理之微；有以默契千載上古人闓識孤懷所寄，而下開百世治經行文之法；則是編之作，所以為終不可怠歟！克耑猥以下資，獲聞微恉。謹以所窺見萬一者，序而上之；先生其以為可與說《詩》而有以終教誨之也。

《詩義會通》，先師北江先生著。先師往承太夫子摯父先生之說以釋《詩》。漢宋兼采，以觀其會通，此書之微旨也。

晚清四十家詩鈔序

必謂雕鏤肝腎歌泣鬼神之作，無當於溫柔敦厚之教、興觀羣怨之旨，則三百篇可無作也。然而自三百篇而漢魏，而六朝，而唐宋，而元明，世愈降而詩愈卑。陵夷至於今日，江漢之游女，兔罝之野人，亦揚徽立幟以詩教天下；而民德乃日偷，國勢乃益紛牾不可救。嗚呼！是孰使之然哉！天下事不難於倡，而難於倡之不其得人，尤難於傳之之不力。詩之有待於倡，蓋不自今日始矣。自李、杜源本《風》《騷》，胎息漢魏，極天地古今之變，視三百篇無媿色，而猶不免蚍蜉之謗。得韓文公起而倡之，孟郊、張籍、樊宗師、李長吉和之，然后天下惟李、杜是宗。宋承五代，西崑方盛，歐陽文忠公又起而倡之，一以李、杜為歸；東坡、山谷巍然起傳其緒，規模益大。至今天下言詩者，翕然稱李、杜、蘇、黃；非此四家，幾不得為詩。而凡以詩鳴者，其格律聲色神理氣味苟不出入此四家，得其神似，即不為正宗。何其盛也！何其盛也！自是以降，陸、元承其流，王、姚綿其緒於不墜。覃及勝清之末，肯堂范先生卓然起江海之交，憂時憤國，發而為歌詩，震蕩翕闢，沈鬱悲壯，接跡李、杜，平視坡、谷；縱橫七百年間無與敵焉，洵近古以來不朽之作也。自范先生沒，當世負盛名者多，能與范先生同源一趣，而軌轍較近，感發較切，示天下學詩者所從入之途，固莫捷於是矣。此吾師北江先生選錄《近代四十家詩》之微意也。先生秉太夫子摯父先生之學，以古文詔后進。又嘗問學於范先生，於詩所得尤深。慨輓近異說紛騰，李、杜、蘇、黃之學將絕於天下；於是取師友淵源所自、及當代名流所為不大背乎斯旨者，凡四十一家，都六百四十六章，甄而錄之，要以范先生為之主。精加評點，分別涂徑，積載二十，乃克成書。蓋精力之勤，無過先生；開示始學，又無過斯集者矣。先生蓋自擬於惜抱先生《今體詩選》，而有待於方來。又以克耑為可教，命為之序。克耑竊以為惜抱生當承平，其所兢兢者，別裁偽體耳。若當茲異說紛紜，國學日蹙之時，求一尋常知詠謌嫺音律者且不易得，況語夫正宗之學邪？先生雖以韓、歐之才，倡李、杜之學，非更數十百年之久，其孰有篤信其說者邪？然苟得其人，感寤於意言之表，嬗傳於精微之際，安知其不相喻於旦暮間邪？君子獨行其是已耳，縱環天下無解人，亦何足憾？而況斯道之未必遽絕邪？嗚呼！此同門諸子所不敢自已，而克耑誦習之餘，不自知其感奮興起也。以克耑之庸鈍，而猶感奮不能自已如此，則凡天下士才氣千萬倍於克耑者，其感奮興起宜如何邪？日月出而爝火熄，雷霆震而萬物昭；是書之行，其亦詩學昌明之兆乎？吾師之傳於是遠矣。

《晚清四十家詩鈔》，此書為先師選晚清詩之作。書分三卷：上卷以范伯子、李剛己為主，中卷以吳門高第弟子柯鳳孫、姚叔節為主，下卷以陳散原、鄭蘇戡為主。先生嘗笑謂同門曰：「吾所選上卷為弟一等詩，中卷為弟二等，下卷則弟三等矣。」此序為余作，蓋發明師門選詩微恉者。

北江先生文集後序

克耑幼時嘗聞東海泰山之鉅觀，僻處西陲，不獲遠游，託諸想象而已。弱冠北學於京師，遂泝嘉陵，出巫峽，濟漢水，順流而東入長江，以泛大海；左轅而登岱嶽，然后北首入都。方其乘江流，下三峽，以為嶙峋之勢，浩蕩之觀，已足驚矣。及入於海也，時則狂飆怒飛，雷霆霹靂；沆瀁沈冥，水天無色；澎湃奔騰，波逝濤接；瀏漓浩汗，溟茫無極；驚電翕張，砰訇奮擊；飄忽淜滂，慓怒浪激；萬靈噭嘑，乾坤傾側；罔象閃屍，魚龍惶惑；懾目駭心，蕩精亡魄；其勢足以震駭如是。然而蕩幽恠，掃障霾，發蘇萬彙，非風雷其孰當之乎？若夫嵂崒嶙峋，隱轔鬱律；突兀玲瓏，龍盤虬屈；蕩蕩天門，霞雲巢窟；輪囷迷濛，滃然湧出；縹緲蜿蜒，紛紜蓊鬱；聳若巒岡，幻若殿闕；麗若綺繡，蹲若夔獝；萬態千形，變化倏忽；晻靄蹐黮，颯灑摩戛；霶霈山川，滌盪邱壑；草木萌生，萬象清越；此則雲行雨施之鉅觀，初若與風雷少異，而究其煦涵萬化，亭毒六合，其為用豈異也。夫以天地之大，化育之繁，動植之孳，皆有待於震動滋澤；而非大海喬嶽不足蓄其勢，容其量，以利澤於無窮。嗚呼！熹育之功，嘆觀止矣。文章者，洩天地之菁英，寄聖哲之精神；轉移乎風俗，翕闢乎坤乾；上通造化，旁薄垓埏；何異風雲雷雨之在天地間乎？非有淵淵之量，嶽嶽之尊者，其吐納何足言，其言何足以存乎？克耑嘗上下千古求文章之臻斯境者。周、孔以上，吾不得而知之矣；遷、固、韓、歐，吾不得而見之矣；近代姚、曾，亦不獲覿矣；蓋未嘗不低徊仰望而嚮往之。及來京師，得太夫子摯父先生遺書讀之，覺風雲雷雨之滂沛激盪，若置身泰山東海間，又恨生晚不得親謦欬。及請業北江先生門，而淵然嶽然之度，使人莫測其高深，然嘗以未獲盡讀先生文為憾。今歲七月，同人再三申請，先生乃發篋出其文三百九篇，付武強賀君培新、秣陵吳君兆璜編刻之。克耑得與校訂，悅然至父先生精神意態，猶在於人間。其淵源所自，卓然桐城吳氏一家言，豈它家所得而並者哉！天下事創始難，而繼起尤難。古今以世業光耀藝林者，以勝清論，若宣城梅氏、高郵王氏、元和惠氏、武進莊氏、儀徵劉氏，昭昭在人耳目。然此特訓詁考據之末耳，至文章之業，則自談、遷、彪、固、向、歆、洵、軾外，雖以韓、歐、姚、曾為一代正宗，曾不能綿其業於奕世；豈非精神微眇之事，雖父子固不能相喻歟？抑經國之大業，非一姓所得而私歟？先生之文出，而后談、遷、彪、固、向、歆、洵、軾所以恃自岸、異世之詫為不可幾及者，乃不足以異。而當此橫流潰決之際，先生以繼事述志之宏規，作振敝扶衰之偉業，其用意之微，悲閔之極，又豈淺識者所得而窺邪？大海喬嶽近在尺咫，世有欲聞澎湃波濤之音、覩紛駭雲霞之狀、盡宇宙之大觀者，克耑請以斯文為之導。其諸吾師所樂許、而世之知言君子所不棄歟！

《北江先生文集》，先生文本太夫子摯父先生之教，雄視一世。惟摯父先生文以無意為之，先生似尚有着意處。此不獨先生為然。古今不經意為文如莊子、馬遷、陶公、東坡，其最也；若孟、馬、揚、杜、韓，斯皆著意者也。

花延年室詩序

太史公以《詩》三百篇皆聖賢發憤之作。屈平之《騷》，蓋自怨生也。其後名能詩者，自曹、阮、陶、杜、蘇、黃、陸、元之倫，雖所造有高下，而其感慨身世，憂傷宗國，則猶《詩》之憤、《騷》之怨也。然則世之以和聲鳴盛，作歌詩以薦廟廷，自為詩人遭際之隆者，則又何邪？曰：詩與世之若相違離背牾也久矣。世愈治而吾身遭際休明，則所發者皆歌詠盛美之詞，極其至不過《郊祀》之歌、《清廟》之頌而已，何足感奮而興起？獨其遭際離亂，百無所施。所遭愈酷，則其憤怨愈切。而發於詠歌也，慘怛鬱於中，涕淚橫於外，情愈迫者聲愈悲。所為叫九閽、訴真宰、驚天地、泣鬼神者，一皆刳肝瀝血，變風變雅之遺也。而後之讀其詩者，亦未有不魂悸魄震，惻然而叫號，潸然而流涕者。詩人所遭之世之不幸，乃詩之大幸也。審乎斯義，然後可以論漁叔之詩。漁叔生騷人之鄉者也。值國家顛危之交，出入兵火，轉戰千里。其志非僅僅甘為詩人已也。磨盾補闕之餘，發為歌詩。身世所遭，吾知其不能無怨憤。然其詩寓雄摯于婉約，納悲詫于芳惻，則猶《騷》之遺也。其意量所極，寧甘終為詩人，寧欲世之亂以益其詩之工？然今時會所乘，漁叔欲不終為詩人，欲不因世之亂而益其詩之工，其可得邪？分崩離析之禍，淪胥流徙之慘，迫在眉睫，無可遁免。則吾雖隱遁海隅，將拭目以觀漁叔之詩之進而益工。於棲皇靡騁之會，誦忠愛獨絕之篇，以極呼天蹈海、無可如何之痛於終古也。

李明志字漁叔，湖南湘潭人。嘗遊日本，佐軍書，教授大學。工詩，有《花延年室詩》。

侯官嚴氏評點荊公詩序

荊公經世大慮，為唐以來弟一人。其文章節行經術志事，雖異黨猶且稱之；獨以變法故，被謗者且千歲。烏乎！是孰使之然邪？然則錮習之不易革，陋儒之不易喻，聞道大笑之之言為不誣；而超絕不世出之士，其襟抱識力終不為世知世諒世則，終于世無救也；豈不哀哉！獨其文章光燄猶足震一世，世莫敢非也。然僅以文求公，抑非公之全，尤不足探其學之本源也。自金谿蔡氏為之《譜》，而其誣以雪；自新會梁氏為之《傳》，而其學以顯；自閩縣陳氏、鄭氏起而倡其詩，而閩派以立。蓋公之政術詩歌沈伏且千載，一旦而悉發其真，于公可謂無遺憾矣。顧陳氏、鄭氏于公詩，僅以聲色格律求之，悉其剽竊摹擬而已；于公詩本源所在，則猶未窺其微也。獨侯官嚴氏以通貫中西通儒，既評釋《老》《莊》以通其郵，復以餘力手公詩而評騭之。其于公詩之格律聲色，既有以發其微；而于學術本源之發于詩，而與西哲相通貫、淺學所不知者，則反覆稱歎之曰：此王氏之《天演論》也，此馬爾塞之《人口蕃息論》也，此老胸中社會主義固甚富也。其識見既非同時諸公所及，則以公詩而較蘇、黃，蘇、黃適成為詩人之詩，而非所語于政學之大也。氏鑽研既久，所獲益深。圈識之不足，則評贊之；評贊之不足，乃復取其談禪論古之作一一而追和之。魂游魄戀，上下千古，若非公無足以發其意、厭其望者。噫！何氏向往公之至于斯極邪？曰：二子者，皆千古不常見之人也。荊公當北宋積弱之初，知非變法不足以圖強。時君用之，而阻于曲學。陋儒不之助，而反攻誹之。其說未盡行，而國以敝。嚴氏覩清政不綱，又知非變法不足圖存。時君未之用，而曲學陋儒盈天下，叫囂鼓噪，與北宋無殊也。其說不行，而國亦以敝。遇不遇，雖若有維綱施設者存，而二公破俗警頑、救世澤民之旨，終懸于冥漠而莫之喻也。然則生千載之後，舉世無喻之者，仰望千載之前，有先覺焉；其閎識孤懷若與吾同焉；則氣類相感，若唯諾於一堂，有不咨嗟詠歎以向往之者邪？心神既接，曠世鮮遭，有不相喻于意言之表、而發其心聲以疏通證明之者邪？氏于公治學之廣，擇術之正，用心之微，既有以默契之矣；則本其通識深賞以批卻導窾，抉其精、發其真以示來茲，有不渙然冰釋、怡然理順者邪？而豈世之沾沾以箋疏自憙、尋章摘句之流所可望者哉？烏乎！遠矣！

嚴復字幾道，原名宗光，福建侯官人。英國格林尼次海軍大學畢業，精國學。嘗譯赫胥黎《天演論》、斯密亞當《原富》、孟德斯鳩《法意》、斯賓塞爾《羣學肄言》、穆勒《名學》、耶方斯《名學淺說》、甄克思《社會通詮》行世。又著《英文漢詁》、《政治講義》。所評點有老子、莊子、王荊公詩。

新亞心聲序

余既以新亞書院諸生所為歌詩請於校長錢公、副校長吳公付剞劂，俾資觀摩，廣播傳，乃集諸生而詔之曰：「若知吾國詩學衰敝所自乎？自國家搶攘以還，妄人不學，務立異為名高，恣其謬說。以為吾國文學久而不知變，乃倡為市井鄙俚不經之語以為詩，而祇敬之曰：新體足以諧俗也。抑知詩之為道，本性情，發忠愛，裨政教，移風俗。其體至尊，其用至廣，其事非甚易；非可執途人而強以必能、家喻而戶說之也。且吾自四言而五七言、古體而今體、而詞而曲，未嘗不變也。而其變之故則好奇也，好勝也，好難也。好奇則另闢戶牖矣，好勝則自為宗祖矣，好難則大試身手矣。蓋愈變而愈進而益難，非若今之號為新體者，雜累詭異鄙淺不通之詞以成篇，乃以為泰西之芳軌；而泰西之歌詩，彼乃未嘗一寓目也。斯真所謂詩道陵夷者矣，安足為世則哉？謬說既滋，其流毒乃不可勝窮。而二三俗師奮其不學之躬，欲起與之角，其不足箝妄人之口，亦固其所。甚有不諳綴句而妄次詩史，不通聲律而高談詞學。恣其狂瞽之說，乃幾於歷詆並世名碩，以為卑卑不足道，以自高其聲價，以為可欺天下。而觀其所作，其淺鄙妄陋，乃去所謂新體不遠；微特通人碩彥目笑而存之，上庠之秀亦羣起而誶之矣；而彼猶夷然若無其事。而茂異之士為所壓抑摧損，以即于萎敗而莫之拯也，豈不哀哉！然則何適而可？曰：亦惟排謬說、斥俗師以絕其源，示正鵠、發真蘊以端其本。鼓其氣莫之遏也，引其趣掖之進也，拔其尤加以磨礱也。詩道雖難，知所從入之途、致力之方，非甚難事也。諸生比者能成詠矣，其高者足以俯視時彥矣。惟詩之為道至廣，其用至弘，勿以一得自畫，一技自衒。當求所以本性情、發忠愛、裨政教、移風俗者探其本，而不徒爭字句之奇、文詞之美。苦心深思，岸然獨立，以求古人立言之旨而從之，庶幾詩教可復興于今日，而謬說俗師乃可一鼓盪掃刮絕盡也。諸生勉乎哉！」

上陳散原先生書

聞吾丈名久矣，而誦習所為詩歌亦既有年矣。山川間阻，形勢格禁，不得親訓誨；而慕戀想望之忱，蓋未嘗不夢寐見之也。質魯而志偉，智小而謀大，弱冠而學無所成就；每欲上書求教益，下筆輒自慚悚者數矣。繼而思：學以求教，雖淺陋何傷？苟諱其疾疢弗言，將俞跗莫之救矣。且大師之所為涵煦羣倫、風被一世者，苟慕道而來歸，固不之拒也。況克耑之於吾丈，師友所漬漸，淵源所自，家世所傳，交誼所繫，固有孔李之契者邪？則以年家子而請業，其亦丈人所許者乎？用是忘其謇陋，妄論為學之徑途、學術之流變，幸有以開示而恕其妄，幸甚幸甚。克耑聞世之以文學詩歌鳴者眾矣。當其摛藻掞詞，莫不奮精竭慮，慨然有千秋萬歲之思。其究也，其足垂永久、與造化同不朽者，乃代不數人，人不數篇。是豈為之易而成之難歟？毋亦於立身存誠之學未之講，故遂泯滅湮沒而莫之知也？蓋古之為文者，本於身之所行，而參以世變，以蘄至於道與天地合其德，日月合其明，鬼神合其吉凶。斯其所發露，乃足以建天地而不繆，質鬼神而不疑，百世以俟後聖而不惑。是豈摛藻掞詞之致力於竊摹曲肖者所得而幾邪？然則欲學為文章詩歌者，非師法其人，不足以耑其本。即其立身行己之大要，而進求其立言之術，用自砥礪則傚，庶幾其有合乎？然而未易旦暮遇也。克耑之生二十有六年矣，以先大父宦蜀，故生習於蜀者二十年。家貧俗陋，莫可得師。博誦旁搜，無所歸適；若野馬之奔馳而無所繫羈也，若泛舟大海而莫知所向也。弱冠北學於京師，於治西文之餘，研誦故書，幾虞時之弗給。然而好愛文學之念，則未嘗須臾忘。間嘗問先大父孰為當代詩人最，曰：「無如吾同年生散原者。」則取吾丈詩賜之。克耑則大喜，反覆研誦，醰醰乎其有味也，雖寢食未嘗去手。又於公交游唱酬詩所稱頌，知有范肯堂先生。求其詩不能驟得，引為大憾。然慕戀想望，固無時不形諸夢寐也。如天之福，獲從吳北江先生遊，學為詩古文詞。北江先生夙從肯堂先生受學，因獲讀其詩，知丈所稱道先得吾心也。克耑之所為慰幸，抑可知矣。竊嘗綜丈及肯堂先生詩，比量而觀之，則范詩如窮冬嚴凝，北海積雪；峨峨層冰，天柱欲折；悲風怒號，玄黃慘烈；極目茫茫，萬里一白。其悲壯蒼涼之境，淒厲沈痛之音，蓋得於杜公為多。而丈詩則如盛夏鬱蒸，玄雲起伏；暮景沈沈，萬象森鬱；金蛇蜿蜒，雷霆間作；慘慘天地，自為翕闢。而其沈鬱蒼莽之致，瑰奇雄偉之觀，似得於昌黎為多。極知所論妄謬，不足當大雅一噱。而思即其詩以求其人，思為終身法；則縱其所學不足以追古人，其意當亦非公所拒乎？夫賢人君子去我千百世之遙，而有志之士猶思慕歎；而私淑之畸人國士生後我千百世，而守道之士猶將嬗傳而付授之。彼豈有所冀而為是哉？氣味相通感，有不得不然者耳。則克耑生與丈並世，而先大父同譜之以詩歌名天下者又獨丈最，而克耑學術塗徑其得有吳、范兩先生者，又與公聲氣相應求。時移世往，摰父、肯堂兩先生既不可接謦欬，其教誨獎掖、愛護克耑尤至者，惟北江師獨深。而克耑盱衡並世作者，中心所佩仰，則惟丈獨至。克耑不敢謂並時無知我者，而於丈之中心誠服，則當今之世，蓋無弟二人矣。探詢尊寓，久不可得，前日忽於封可世兄所悉丈投老西湖，江山之幸也。事羈道阻，不克面奉教，用草詩四十五均，並舊作若干首，寄呈左右。伏乞賜覽觀，加以斧斲。知其志之所存，其不屏諸門牆之外乎？

陳三立字伯嚴，號散原，江西義寧州人。光緒壬午舉人，丙戌進士，吏部主事。坐佐父寶箴行新法，得罪革職，以遺民老。詩宗韓、黃，為同光體魁桀。吾祖嘗稱為當代弟一，以其詩授余。余讀之，醰醰有味，是為吾啓蒙之師。平生嘗兩請謁，真有所謂光風霽月之度、春風化雨之化者。吾祖會榜同年，生平所最服膺者也。著有《散原精舍詩文集》。

上鄭韶覺先生書

違侍半載，而家國感痛萬端。煩冤抑鬱之詞，既不敢以觸清聽；而尋常慰藉語，度亦非公所樂聞；故寧默默，未嘗以隻字上達，公所重固不在是。而知遇之感，慕懷之切，固未嘗一日去懷抱也。每神馳南望，有故舊自南中來，必因以詢起居，得以悉尊體日加健則以喜。繼聞長上庠，宏規鉅模，卓然為海南學府。公以閒老之身，遂其作育之志。蓋將廣育羣倫，悉萬彙而陶甄之，備儲為國家異日用。風聲所樹，氣類所感召，豈惟海南子弟爭負笈擔簦以期沐教澤者肩屬於道，喜慰相告語也；天下懷奇抱異之士，又孰不欲出所學以犇集於大賢之門，以佐成教化邪？又況若克耑者夙侍公，久辱公知，提挈拔獎之甚力；獨不思竭尺寸自效，以廣公教澤邪？斯克耑所以上為天下慶，而下兼以慶其私者也。夫極感而不能忘者，知也。極困而欲自拔者，境也。蓄之而思用者，才也。傳之而欲廣者，學也。去而不可追、追而不可復者，時也。用之而當，養之以俟其成，此則大雅君子以廣育博甄、拔獎後進者之宏任；而克耑所為不敢自外作育，慨然有近依左右之意也。克耑自維以寡啓窾昧之身，辱公特達知，拔於眾人之中，而游揚之於知交之前。既授以事，而督教以所不及。既拯其寒饑，而猶勉以讀書。拔獎提挈之盛意，雖至愚極陋，猶當感涕；則以克耑之銘知遇肝腑間，寧待自襮表？蓋不特往者居幕下時，即不敢稍暇逸以負公知；即居法曹，亦不敢不勤恪將事，以答公薦舉之雅。當是時，俸雖不時給，猶得以資挹注。出入雖有定時，猶得暇歸治其學。知克耑若公者雖去京師（「師京」疑當作「京師」），而猶有公友羅公在，足以自效。今則政局變易，羅公既去位，克耑雖幸得留，然浮沈百僚底，午入酉歸，乃一無所事。游閒送日，大懼時序流遷，而學業無所成就。而一二長官，誰復愛才育士如公摯者？既已一不措意，則雖高位厚祿畀之，亦既無聊賴矣。況祿日以減，給不以時，值此生計日艱窘，寧足資其養？此雖闒茸之士所不能安，況若公之望於克耑、克耑所以自期許者？苟不用其才、行其學，就令不至以寒餓死；抑鬱久，或亦將發狂疾。瞻顧前後，中夜起，輒慨然悲咤，恐遂泯沒無所表現。斯不惟大負公期許意，即公為思：俯察其境，憐其才學無所獲施，忍令其夙手所拔植者而任其委敗邪？抑思拯拔長養之，使至於拔天地拂雲霄邪？意公必有以處克耑矣。抑克耑所尤亟亟者，則以方今文學放絕，士不悅學，而國學恐遂斬焉絕。南服雖不習於學，然克耑以為溝通新舊，非文無以行遠；恢宏教澤，非得人無以導以正而植其基。自來文學一事，異說分歧，言人人殊，益以語體行而大恣其說，益淆亂不可理董別白。克耑竊不自揆，以為博聞彊記以待問者，世當不乏其人。至若明習文章義法，有以窺古人精義微言所在、而下導後人立言治學之方；則自以為摯父先生再傳弟子，夙受學桐城，又嘗從鄉先輩畏廬、石遺諸先生問；故淵源所自，所蘊於中而發於外，能垂之久遠者，於並世賢豪未敢多讓。何則？本源既得，則以一持萬，進退百家，一不能出吾衡鑒。而學者能得所從入之途，自不為異說所惑。若義法無聞，詞華是騁，是逐物而移。定識既無，安所廣其傳乎？克耑平昔持論若此。而所以自負者，亦自以為聞見較切，師法差真而已。克耑從公久，公當知其學之本原。所以喋喋不休者，以學絕道喪如今日，而公又以振衰起敝為己任者，適於此時出長上庠；則克耑負承啓責者，苟不以此時出，為公揚聖文之化、弘南服之教，是自暴棄，非所以答公知也。公其將授以事，則中國文史兩宗並所樂任。非公無以發克耑之狂言，惟公有以終始成其志。幸甚！幸甚！

鄭洪年字韶覺，號櫜園，廣東番禺人。清諸生，為縣令。民國官至交通工商實業諸部次長、國立暨南大學校長。民十四，余以族父雲沛介見。公讀吾文，亟賞之，辟為交通部秘書。欲妻以女，以已訂婚，辭之。其後復聘為暨大教授。相從垂三十年，平生之知己也

送鄺健行游學希臘序

世蓋無時無地而不資學，學非山川江海所得而域也。舟車所極，鞮譯所司，必求其通焉。通則必有鎔滙之跡、補苴之事、增益之效焉。交感互利，而為用益大，澤世益宏。此往古以來，賢豪所亟亟，而非陋儒曲士所及知也。世推吾學術之盛，咸曰周秦諸子也，晉唐佛法也，晚清西學也。凡歷三時而三變，變則無不有外學之漸被、大師之播傳，而于吾政俗人心有所變革焉。佛法西學之入中土，傳譯之事，世之所知也。獨晚周先秦之際，諸子爭鳴，說者以為雖孔、老異宗，《詩》《騷》異體，固猶中土之學也。不知老、莊、屈、宋之超人天，薄仁義，持論大異儒者，蓋楚學也。楚固當時所目為夷狄，其地非中土之地也，其人非中土之人也，其學尤非中土之學也；而其用思之超敻閎博，豈鄒魯之士所能望邪？斯非外學入中土之先導明證乎？至若鄒衍大九州之說，《爾雅》歲陽之名，真人服氣之方，方士丹鼎之術，意皆當時海表所傳，重譯所獲，非儒墨名法諸家所及知也。然則學之必資外漸而後益弘，其事至明。治學者苟其識不能綜貫三古，周知四國，其何足與于博通之數？此吾所以低徊歎慕于淹貫之士，值嬗傳之會，肩鞮譯之任者，其超識苦志，有造于吾族姓家國文物之大也。周秦遠矣，老、屈之書譯自何人，吾不得而知之也。晉唐之譯佛經者眾矣，惟玄奘、義淨為碩師。晚清游學泰西者夥矣，惟幾道、鴻銘為巨擘。相需之殷，相值之難，相喻之鮮，而能肩是勝是者之寡，此吾所大懼也。且所謂通貫云者，非僅挹彼注茲也，吾當有以資之焉。奘師嘗譯《老子》流布五天矣，鴻銘嘗譯《學》《庸》《論語》、著《春秋大義》以詔西士矣。居今人將相食之會，非僅擷人長以彌吾短也；尤當以吾知足無競、崇仁尚義之教，化其競利尚權之習，庶幾世之獲拯也乎。然非精通中外文字學術，焉能勝是而無所捱撓乎？吾每以是語來學，鮮有喻者。獨台山鄺子健行以將游希臘告。鄺子從余學有年。其歌詩既冠絕儕輩矣，希臘又泰西學術所從出也。吾知鄺子斯行必有所獲也。奘、淨、道、銘之盛業歇絕久矣，鄺子其能肩而紹之邪？于其行也，書以勗之。

先大母事略

嗚呼！大母之棄克耑，四十年於茲矣。然音容如在也，訓飭猶新也；而煦育葆愛之德，乃歷千劫而使克耑永不能忘。顧平生志事，百無一成，負吾大母期望。今把筆狀大母生平，乃不知涕之何從也。大母姓林氏，諱淑杰。家素封。年十五來歸，時大父年僅十四也。高王妣薩太恭人猶在堂。太恭人老病，大母侍牀褥，足不出户者三年。年十九而先君生，以次育諸父諸姑，凡十一，皆躬乳。吾家故貧，大父連歲應試，或出就幕，謀升斗，南朔奔馳，無寧歲，無寧趾。米鹽瑣屑，兒女煦育，舉事畜籌維之任，萃大母一身；而旁皇周浹，事無不舉。迨先君舉茂才，娶婦，以為可稍息肩矣。不幸先君長姑以喉痹卒，諸父諸姑繼逝者三。大母覩所親鞠育者將成而夭，慘痛至不可狀，猶強起策勉先大父。迨先大父成進士，歷南洋各島，試吏於蜀者十年，以為可不憂貧矣。乃大父以廉直忤上官，以讒去官，而大母晚境乃愈困。迨大父旅京師逾歲，擬籌資斧迎大母北行，而大母則以勞瘁卒矣。哀哉！大母明慧伉爽，教子女慈而嚴。大父嘗語克耑曰：「吾往家居結詩社，梁俊年翊軒者，若大母外兄也。一日語若大母曰：伯厚詩工絕矣。則應曰：兄故與伯厚契也。吾權崇寧邑試，有介姻眷以千金賂案元者，若大母謝之曰：吾未嘗見縣官受是金也。」其敏決守正皆類此。克耑之生也，以嗣大宗，故大母撫愛尤至。外大母家蜀之彭邑，去成都百許里。某歲，吾母擬挈克耑弟妹歸寧，行李具矣。先一夕，命辭大母行。克耑乃趦趄不前，倚門抱簾泣。大母曰：「是殆不欲去我耶？」因止不行。其後大母寢疾，召西醫至，驗心脈，出語家人曰：「不逾今夕矣。」克耑聞而大慟，亟奔投大母懷大哭，大母亦哭。已無淚，強曰：「遺物悉以遺汝，惜不及見汝之立也。」家人皆泣。烏乎！大母之詔克耑者，猶赫赫若前日事，而已四十年於茲矣。克耑身不加修，學不加進，於大母葆愛煦育之恩，曾無所報答萬一。大亂方滋，俗益澆漓，區區文字，恐不可復存。若大母懿美之德，恐三十年後讀之，乃疑若不可信，或以為非婦人行矣；而世將安適哉？烏乎！恫已。

先大母姓林氏，諱淑杰，福建閩縣人。父豪于資。年十五歸吾大父，時大父年方十四也。以余嗣大宗，故撫愛獨至。年六十，卒于四川成都。

饒世忠傳

饒世忠，字默全，湖南長沙人也。世業農，而君資稟瓌特，自其為童子時，已異于常兒。未冠，肄業湖南大學，病上庠所授雜亂無統紀，乃請於校長輟學一載，于其鄉居發篋讀蕭氏《文選》、范氏《後漢書》。既卒業，乃益肆力于文章。奮志淬勵，忘食飲節，體日羸。而所為賦頌淵懿樸茂，自六代入，駸駸乎躐漢魏矣。會倭夷入寇，中樞播遷，建行都于蜀巴縣。而長沙適以鎮者數驚敵，大縱火，全市以燼。君乃間關歷百艱，至行都。章士釗行嚴者，以通貫中西學術為世重，夙負獎拔任，而君之鄉邑前輩也。君至行都，窮無所歸。其校長皮君適旅巴，為言於士釗。士釗讀其文，大驚歎，以為鄉里後進所未有也，乃為揄揚于朋輩。于是吳興沈尹默尹默、吳縣汪東旭初、桂縣陳毓華仲恂、永安黃曾樾蔭亭、貴池王世鼎調父、懷寧潘伯鷹凫公、閩侯曾克耑履川，咸以為其才異恆等，非今世所有，爭折節與交，引與游讌談論。于是聲譽漸隆起矣，而君顧不以此自多。會寶山張嘉森君勵欲揚闡吾文教也，於雲南之大理創民族文化學院。君乃跋涉險阻，歷煙瘴崎嶇波濤數千里往學。不數月，學院以費絀輟業，君乃復返巴。吾嘗讀其上院長張君書，累千言，論歷代學術之要歸，始於持躬涉世，終於成業達材，以救敝箴俗改過自克為亟。於天人之故，古今之變，中外之同異，莫不洞貫。慨然有以道自任之意，非僅欲以文章顯著也。當是時，太谷孔祥熙方掌邦計，懔于人心世道之日陷溺。又聖裔也，欲以家學矯之，乃創孔學會於行都。以余宗聖裔也，命董其事。余以君有志於道也，乃假以一席。顧以費絀，亦無所表著也。士釗旋復為言于教育部長吳興陳立夫，立夫大異之，辟為編譯館編審。命下而君已寢疾，卒于歌樂山醫院矣。春秋二十有五，未娶，無子。以阻兵亂，無由以耗達其家，就行都某所槀葬焉。其喪其葬，士釗實經紀之。方君之疾也，余與伯鷹數往視。既知其不可為也，乃悉收其遺稿而藏之，閒以示吾友同邑黃孝紓匑庵。孝紓讀其《曾文正公墓頌》，歎曰：淵懿樸茂，魏晉之遺響也。其詞曰：「丁丑之秋，余遊平塘，清故毅勇侯曾公歸骨於此。撫事懷賢，徘徊平原，意有悽然，遂奏章通情，並為之《頌》，以歌詠盛烈。湖南大學生饒世忠，謹上書清故毅勇侯曾公閣下：伏維君侯膺當期之正統，體天地之純精；邈列聖之遐蹤，包生民之睿智。在昔上帝鑒顧斯世，宣尼既沒，生民流蕩，取則無處。乃乘時應命，生德於君侯。俾其修德弘躬，通神太上；流聲光赫，師表於天下。是以異符星象，表之自昔。神隆在淵，底命元吉。有清偷位，漸虐黎獻。祲沴薦臻，民人弗康。九域飆回，南土波詭。欹皇位於綴旒，危神器於碁壘。乃命君侯，龍驤漣濱，虎步衡嶽。黃旗繽紛，紫塵熛爍。英風章於解服，孝思深於投紼。推心納貞吉之謀，廣宇進出奇之客。於是林居穴寓之士，垂竿卜肆之哲，莫不投巾釋耒，忘幽解素。企斗極而知歸，望長淵而鱗萃。負氣程力，思效微命。爾乃楊、彭蛟騰，布、羅虎噬，李、郭獻籌於右，羣賢補闕於後。思謀無遺，道義畢湊。驍騎長驅，威聲載路。乃凌江夏，江夏無波；乃抶匡廬，匡廬不震。元猾灰分，遺疥雲散。還皇輿於夷庚，光天步於清穆。率土離沸麋之亂，有眾蒙再造之慈。自古輔臣股肱，翼戴王家，立功立事，未有若君侯之箸盛者也。世忠頓首頓首。

忠聞聖人所以作人倫之表式，英功所以定生民之流極。得其表，則非常之功可觀；依其人，則日章之道彌新。是以程極瞻影，長騖天衢。遺業延壽，逸而有終。而忠身生百年之外，命違風雲之會。不得廁立胥附，與在奔走。徬徨塵路，不知所裁。遠惟聖靈，實含罔極。忠聞歌詠所以彰盛德之隆，銘頌所以宣成功之烈，是以《書》載伊、呂，《詩》述山甫。雍容餘韻，久而愈新。伏為君侯，英謀超於在昔，道德冠乎前世。斯故生民之所詠歎，詩頌之所揄揚者也。忠文敝質陋，思穆如之清風。徘徊德音，不勝踴躍之情。謹作

《頌》一篇，雖不足敷宣盛烈，亦後生之至思也。世忠頓首頓首。厥初生民，有聖有則。上帝降監，文思在昔。宣尼既邈，典型斯息。乃作君侯，俾民是式。是式伊何？隆身自微。則天箸跡，考典成機。矩地必順，重元不違。通幽洞冥，珠光玉輝。有清不競，靡定羣獻。赫赫洪、楊，乘運虎變。發迹南荒，紛綸宇縣。金陵席捲，地坼淮甸。巖巖君侯，乃奮厥武。釋服投篇，黃旗乃舉。服畝成兵，巖居心膂。耀威湘潭，振響天宇。湖南既出，克殄江夏。龍躍順流，樓船屢駕。懷寧既服，潯陽冰化。四方風從，克承英霸。洸洸英霸，威靡不陵。荊楊之旅，其會如林。燮伐元寇，至於金陵。推師羣帥，據節高吟。元寇既殄，宇宙蒙乂。哀我人斯，既溺而濟。三光復陽，折柱重契。禹維陻洪，茲亦等肄。帝祚豐戎，命爵命位。銘誓於金，繡華於黻。仗鉞京畿，逡巡三事。玉璣載光，典文垂藝。皇皇君侯，既受帝祉。遐思崇替，垂典述禮。遺德延祊，施於孫子。布濩天區，流輝萬禩。」君所為文僅存者凡二十篇，詩八十八篇，都凡一百有八篇，曰《饒編審遺集》。

君卒後二十年，其友福州曾克耑乃得躬理董，為刊布於香海。

論曰：昔太史公傳司馬相如，悉其詞賦之工者錄之。文士雖無位業勛勳可稱，而主文譎諫，文章光氣足焜燿百世者，或亦非功烈富貴所能並也。世忠去相如且二千歲，其文采雖未極，其感憤何減相如？況年僅逾冠邪？昔茂陵以書為人取去為恨，而世忠之書赫然在几案，余獨得備論而簡擇之，其遇不愈於相如邪？而終未能躋乎相如者，則年為之也。豈非天哉！豈非天哉！

張大千巴西筆冢銘並序

大千居士將穴地於巴西三巴之摩詰山園，瘞所珍敗穎千百管，而督克耑為之銘。余以君畫名震一世，交舊彌宙合。意量所及，舉天下事無足措意者，胡猶戀戀于一物之微若是？意其為物雖微，而為用則宏，又居士平昔所葆愛倚若左右手者也。役之也久，資之也勤。于其老且禿也，忍令其與蟲沙草木同腐朽以盡、而不為之所邪？坎而藏之，斯真仁人君子之用心也，是不可以不銘。銘曰：

緊龍髯，君之先。追吾髯，窮垓埏。盪溟渤，孕雲煙。摩虎頭，驚龍眠。鑄萬象，垂千年。精已盡，蛻欲仙。斵文梓，濯靈泉。妥君魄，蜀大千。誰其銘？閩履川。鬱光怪，輝南天。

北海展上巳禊集序

共和六年，歲丁巳，番禺公嘗展禊集於京師之陶然亭，觴詠賦詩，極一時盛。維時先大父實與斯會。十六年春，公復大會賓客八十餘人於北海畫舫齋，克耑又以公賓僚，幸廁其列，蓋距曩禊集之辰已逾十稔。其間人事遷變興廢死生之迹，不可勝紀。引觴列座，歌嘯自適，所為俯仰感慨，其情萬殊；而其所為契曠，今古一也。夫祓不祥亦事之常耳，而山陰之會，流風所被，照映千古；豈不以右軍志節高敻絕塵，值典午末造，雖游心山水，顧未嘗忘經世意；興感亂離，忠憤之抱，往往溢文字書問；精誠所寓，斯其風概所被，雖曠千歲，猶歷歷於心歟？然則並世有右軍其人，覩玄黃易色鼎沸，禍乃過典午。經世之懷，既不克大行其意；而迫危難之餘，值令辰，懷往哲，曠代相通感，其能無所恫於懷邪？然則公昔之展禊云者，意必曰：鼎革之初，禍變雖未烈，羣公蕩漂，其猶有未盡者在乎？其必有待再祓除者，庶幾不祥其可悉滌蕩也乎？歷十稔，而禍變乃歲異而月不同。則公今之展禊云者，意必又曰：中原垢氛太烈，庶幾猶得少減其疹癘乎？亂之既極，凋瘵痍瘡，或將因是而復歸於清夷乎？夫逃空虛而遺世者，逸士之躅也。居廊廟而樂江湖者，達人之抱也。至若憂樂心乎天下，至時事日非，而澄清拔濯曾不敢稍後，不敢逃物外以自放逸；

至於蒙詈譏、搆禍難、危身命，以拯拔焚溺不濟而終不悔。人事既無不盡，所不知者天命耳。夫今之造物之瞶瞶也久，寧足以感通？乃不惜屢展禊以冀滌垢。氛已祻變，至於天心，未嘗稍悔禍；猶不惜合眾誠呼號強聒，冀以稍迴其意，以至十一百一千一而期有萬一之效焉。夫非寓悲閔之極者，其孰能與於斯？夫人之相感，曠千載而上，則以不得望見而生其愾慕；曠千載而下，每以為不及見而極其望期獨至。並世而有其人，乃忽焉不克深識其微而行其意。嗚乎！右軍遺書所為終不見聽，而蘭亭一《序》，乃欲以感後之覽者，其不以此也歟？夫使所感及於後之覽者，其效誠末。而當時之士，其皆漠然無動者，而將何以自處邪？余恐公孤抱悲懷之終懸於天壤而莫之喻也，故為發其意，以質今之覽者。

此番禺葉公遐庵招賓僚遊宴之會也。上巳原為三月三日，展則後十日矣。北海在北京宮禁內，民國闢為公園矣。

瀛槎重泛圖記

同門黃子蔭亭，夙遊學法蘭西，邃工事，精文學，嘗見器於其國碩學。歸從吾鄉石遺陳先生游，為詩古文詞，精卓過儕輩，蓋將鎔東西學術為一冶。吾嘗引為畏友，以為窮老盡氣所不能及也。既而黃子以《瀛槎重泛圖》出示曰：「吾以遊學，嘗再浮海。比議置郵奉使遊歐非諸洲，蓋瀛槎三泛矣。吾所見其風物山川之奇詭怪偉懸吾夢寐間，久未能忘也。湯子定之既為之圖，子其能為我發其意乎？」吾以為以黃子之學之才，鬱鬱居京師久，得一遊海外，以發其抑鬱之氣，恣壯偉之觀；其於黃子之歌詩，則誠有裨矣。抑吾聞士所貴通海外學術者，蓋將以宏譯事，以通中西之郵，擷人長以益吾短也。輓近自有譯筆以來，惟吾鄉幾道嚴先生所譯書為獨出，絕其儔對。比士不悅學，學術陵夷。詰屈聱牙不可誦之書遍中國，而學子乃祇敬之曰：此真譯事之指歸，吾所以存其真也。其謬妄淺陋，誠無足論。吾獨怪以黃子之通貫東西學，胡不稍分其治詩古文餘力，以稍致力於是？吾知黃子之書苟出，其必能趾美嚴先生，而有以箝輓近不學者之口無疑也。胡黃子久秘藏不一試邪？抑將有待也。九州裨海之學，不可以不溝而貫之；鄉先輩垂絕之業，不可以不振而續之；

固賢者所有事也。而今之能肩是者，舍黃子莫屬，黃子其有意乎？因書以問之。

是吾友黃蔭亭乞湯定之作圖，紀其三泛重溟之跡者也。蔭亭名曾樾，法國里昂大學文學博士。歸國執業石遺先生門下，治詩古文詞，皆卓然有以自立。吾同門也。

祭林畏廬先生文

嗚呼！修羅孕劫，血飛骨暴。妖星際天，萬靈夜哭。麟傷鳳嘆，嗟公何歸？魂精飛喪，肝腸裂摧。維公之生，人豪天挺。挾與俱來，孝弟忠鯁。赴義濟危，若忘踵頂。瞋目彼昏，欲掊以梃。俠聲動天，奮志折節。漏盡膏殘，映以霜雪。灑淚為文，繼之以血。左史之奧，班揚之華。周《盤》商《誥》，渾噩無涯。抉其籬籓，門庭大闢。海宇洞開，橫覽八極。英法俄意，下逮日米。婦誦《孺歌》，虞初稗史。公顧謂是，足維綱紀。民俗化成，捷無逾此。寸晷千言，曾不覆視。目誦口眂，日傳萬紙。遽躋迭莎，韓歐儔比。非公博綜，通郵誰始？聲名播越，九有震驚。名山大澤，萬古含靈。雷峰聳翠，月落參橫。白雲雁蕩，飛墮無聲。龍湫懸瀑，豗逐喧爭。奇峰兀突，揷天晶瑩。松陰縈覆，洞古窈冥。泰山西望，莽莽煙青。長波浩渺，秋風洞庭。風雲激盪，千態萬形。窮探造化，縮以丹青。餘事所極，僤王喪精。公獨顧謂：是豈吾榮？吾所悲痛，懼亡天下。滔滔洪流，奔騰東瀉。狺狺猛獸，咆哮大野。一吠萬喧，若金躍冶。白日沈冥，羣陰搆禍。公曰梟獍，汝胡為者？同此覆幬，敢肆虓虎。是何肝肺，流毒區夏。盛氣大聲，目口張哆。誅伐賊亂，不毛髮假。顧念方來，有淚盈把。赫赫皇祖，實始公知。一官萬里，載奔載馳。棱棱傲骨，世則莫宜。誰實擠之？豎子纖兒。載攜清風，載客京師。誰實迫之？號啼寒飢。冠蓋昔遊，廉藺相期。瞪目而語，知子為誰？歲暮天寒，腸枯精爍。呻吟相對，孤鐙獨鑠。公忽臨視，悲涕交作。謂子苦寒，吾為子燠。謂子苦飢，吾為子酌。謂子苦病，吾為子藥。子苦索居，雜以笑謔。旦夕臨存，途人為愕。不有高義，焉知涼薄？生死之交，非公奚託？嗟予壬戌，痛搆鞠凶。述哀表德，知我首公。猶有精誠，以感以通。擔簦負笈，敬公之從。如出蓬蓽，驚覩崇隆。我啓我誨，發我顓蒙。我式我法，坐我春風。出公肝膈，置我腹胸。策我勵我，朂我無窮。名園古殿，大柏虬松。以遊以宴，講論從容。躡韓循孟，闢茲鴻濛。距楊別墨，萃於公躬。合臻耋耄，竟厥始終。庶幾霾翳，摧擊其空。排疏決蕩，纘禹之功。如何昊天，不世之卹。壞我哲人，酷矣其烈。憶在首夏，我猶公謁。談笑勝常，喙剛如鐵。謂無死徵，私竊愉悅。荏苒云秋，悲風來穴。凶問驚聞，心摧骨折。焉知昔面，千古長訣。橫睇九州，紛起盜竊。迫此淪胥，儔免魚鼈。家國之痛，傳受之親。巨艱誰負，慘痛切身。登高四望，天地悽然。茫茫大野，莽莽荒烟。望公不見，隕涕如泉。陳詞代哭，嗚呼蒼天。尚饗！

林紓字琴南，原名羣玉，號畏廬，福建閩縣人。光緒壬午舉人。教授大學有年。譯泰西小說一百五六十種，凡一千餘萬言。雖不識外國語文，而文學機杼，中外一致；益以文筆婉麗，故所譯者皆能曲肖情事。間有誤者，則舌人傳譯之過，先生不任其咎也。吾祖晚年北遊臥病，先生朝夕臨存，為策生事甚至。先祖之卒，余草行狀，乞先生點定。先生批其後曰：「文長而語有斷制，決為文孫手筆。故人有後，悲而且慰。」余感先生之知，因執業門下。

乙編

·語體文選六篇·

唐詩與宋詩

近代舊詩壇裏鬧得最起勁的問題，便是於唐詩和宋詩的爭執。有的尊唐薄宋，為明代前後七子和清末王闓運這班人所主張；有的祧唐祖宋，為清末做同光體詩人所主張。但是明人的尊唐薄宋是完全不折不扣的，他們把宋詩看到毫無價值；而在唐代裏，又特別推崇盛唐，大概是震於李、杜的大名罷了。至於近代同光體之祧唐祖宋，卻並不把唐人完全抹殺。他們雖然提倡荊公、宛陵、后山、簡齋、山谷，但對於杜、韓，仍是傾心佩服的；甚而至於孟郊的奇險，柳州之深秀，和晚唐綺麗之作，也都在他們祈嚮之列；所以當時便有「宋骨唐面」以及兼採「晚唐北宋」這些話頭。但其結果，明人尊唐，只成了偽體，清末諸賢，倒有了成就，這是甚麼緣故呢？現在可以引清代第一詩人、我的太老師通州范肯堂先生（當世）的話來解答。范先生在他答俞恪士先生（明震）信裏，有如下的話：

抑願恪士守吾言者，無為尊唐薄宋，蹈明人之陋習。且明人何嘗不說到做到，何嘗不有絕特過人處，而何以卒不逮蘇、黃諸君子耶？此有道焉，依人與自立之不同，為己與為人之各別也。不但此也，文章有世代為之限。賢豪之興，心氣萬古一源，皮色判然殊絕。五六百年間，薄近代之所為而力求復古者，未有不流於偽與俗者也。

上面這一段話，把明人的毛病，說得何等真切，何等詳盡。本來強分唐宋，是一件極無聊的事。宋詩由唐詩出來，是無可諱言的事實，但宋時能在詩壇佔領時代之一席，當然有他的道理。唐代有唐代的作家和作風，宋代也有宋代的作家和作風，在表面看來，似乎有區別，而骨子裏卻是一脈相承。我以為唐詩譬如祖宗，宋詩譬如子孫；唐詩譬如老師，宋詩譬如學生。我們不能說祖宗一定好過子孫，老師一定強過學生；我們更不能說子孫絕對趕不上祖宗，學生絕對超不過老師，只看各人努力罷。但無論那方面出色，他們本是淵源一脈的啊。這就是范先生所說「皮色判然殊絕，心氣萬古一源」的道理。如果學詩的人，不在心氣上追求，而只在皮色上分別，那便大錯特錯了。至於唐宋本是一家的說法，我現在還要引清末詩壇的批評大家、我的同鄉老師陳石遺先生（衍）的話來證明。陳先生他所選的《宋詩精華錄．序》上有如下的話：

清袁簡齋，文士之善謔而甚辯者也。有數人論詩，分茅設蕝，分唐宋之正閏，質於簡齋。簡齋笑曰：「吾惜李唐之功德不逮西周，國祚僅三百年耳；不然，趙宋時代猶是唐也。」由斯以談，唐諸大家，譬如殷之伊尹、仲虺、伊陟、巫咸，周之周公、太公、召公、散宜生、南宮适；宋之諸大家，譬如殷之甘盤、傅說，周之方叔、召虎、仲山甫、尹吉甫矣。

由這段議論看來，簡直可以說唐詩和宋詩本是一朝代的產品。各朝大詩家，不是開創的人物，便是中興的元勳，還有什麼時代可分，正閏可談呢？不過朝代是分了，這「唐詩」「宋詩」兩個名詞，在詩壇成立了，我們便不能不分別來討論，不能不細心去探討：它們的淵源如何？它們演變到甚麼地步？它們各有所長在那裏？這兩朝代的詩的成功因素在那裏？如果把這些問題解決了，那麼甚麼正閏、尊卑這些無聊問題，便不必去解決而自解決了。

在最近新文壇裏，都喜歡談創作，以為無所依傍，自我作古，便可以為所欲為了。我不知道像近代英國的曼絲裴爾、蕭伯納這些人寫詩、寫劇本是不是先有所摹倣而後來創作的呢？如談到中國舊詩的話，照我們傳統習慣來講，那第一步不能不從摹倣入手，第二步才能談到自己創造；這便是昔人所說的：「有所法而後成，有所變而後大。」「法」便是摹倣古人，「變」便是自我創造。我今天來談唐詩和宋詩，便是說我們要從「法」字入手。但談到詩的範圍，可法的不只唐宋；唐宋而上，還有三百篇、楚辭、漢、魏、六朝；由唐宋而下，還有元、明、清三個朝代。為甚麼我們單提出「唐」和「宋」兩個朝代呢？因為這兩個朝代的詩是一班詩人爭論的焦點，所以我們不能不詳細討論一番，使一般人有明確的認識和深切的了解。

我現在且把中國詩分為四個時期。我們除三百篇不論外（這是照韓文公的辦法，韓詩有「曾經聖人手，議論安敢到」的話，其實四言古詩已是詩壇裏過去的東西了），五言古詩是成立於漢代。我可以說，漢代是童年時期，那時的詩是天真未鑿，淳樸簡古。六朝是少年時期，那時的詩是風華掩映，詞藻紛披。到了唐代是盛年時期，那時的詩是眾流朝宗，萬花齊放，無體不備，無美不臻。到了宋代便是晚年時期，那時的詩是去蕪存精，剝膚存液，抉發幽隱，直湊淵微。唐詩是集大成，宋詩是更深造。詩到了宋代，差不多可以說天地元氣，山川精華，都發洩盡了，所以元遺山有「詩到蘇黃盡」的慨歎了。元明清已到無可發揮時代。所以只有在唐宋兩個時代中找出路，兜圈子形成了相爭相輕的形勢。

我們今天先來談唐詩。唐詩何以有輝煌燦爛的成就？我概括起來是有如下的四個因素的。

第一是詩體大備：我們知道詩體的轉變是由四言而五言而七言，但自漢到六朝，只有五言古詩（其三言、四言郊廟樂章，不在討論之列）；七言古詩雖說自柏梁體開始，鮑明遠也有七言詩，但律詩絕句很少看見。齊梁的新體詩，大概便是由古轉律過渡而未成熟的作品，所以讀起來不大調協。我們看初唐作品，也每每如此。這並不是他們故弄玄虛，作拗體（拗體另有拗的方法，但絕對不是未成熟的），也實在還未十分成熟，我們絕對不能拿古人的錯誤奉作金科玉律的。因為有了齊、梁詩人努力在求轉變，所以到唐初就有了宋之問、沈佺期出來，律詩便成立了。而唐人對於體裁作法，還另有革命創造的表現。如漢代的樂府是可以合樂來唱的，大概是三言、四言、五言的古詩；到了六朝有長短不齊的句調；到了唐代，絕句由齊梁新體詩出來卓然成立，而七絕便代五言起而為唐代的樂府。當時伶工所唱的，多半是唐人七絕詩，如玄宗叫李白做《清平調》三章以及旗亭賭唱的故事，都是說明絕句在樂府上的地位。而另一方面，像杜工部、白樂天這些詩家，以為六朝人的擬古樂府，舊調陳陳，實在討厭。所以杜公便自創新題來詠時事，如《三吏》、《三別》這些寫現實的詩，不用樂府舊調，而實有漢魏遺意。白樂天更是痛快，他簡直創出新樂府來諷刺時政了。這是一種轉變。至於五言古詩，據王漁洋說，漢魏古詩，沒有超過十韻的，以為言簡意足，而杜、韓竟用好幾十韻，他以為不合漢魏一脈。我不知道我們做詩是要死守古人成法呢？還是要發揮自己本能呢？如果說漢魏五言用韻少，我們便不該做長詩，那麼律絕都是漢魏所無的，何以王先生還是以絕句見長呢？我更不知道王先生曾讀過《孔雀東南飛》和蔡琰的《悲憤詩》沒有，這些詩是否只限於十韻？我們要曉得杜、韓所以做長韻，乃是他們才力過人處，用革命精神來創造。王阮亭那裏配懂得這個道理呢？

又如律詩在唐詩正規辦法不過八韻，而杜工部竟能夠擴充到自十韻到一百韻，這便是元微之所恭維的，以為李太白還不能經過他的門外藩籬，那能夠升堂入室呢？杜之所以如此的做，也實在因為他的力才過人，所以才能如此的創造。

第二是人才極盛：體裁大備了，並且有增加改變的趨勢了，如果沒有人才，還是不行。唐代詩所以極盛，真由於詩人之多。我們試把《全唐詩》打開來看，計共有四萬八千多首詩，而作者竟到了二千三百多人。這二千多家中，足以代表整個唐代的，至多也不過一二十人。我現在試把這個時代，照古人的分法，分作四個時期來敘述：自高祖武德到玄宗開元初約九十幾年，叫作初唐，這期的代表作者有王勃、盧照鄰、楊烱、駱賓王、沈佺期、宋之問、陳子昂、杜審言、張九齡這班人。自開元天寶到代宗大曆初年約計五十多年為盛唐，這個時期的代表作者有李白、杜甫、王維、孟浩然、韋應物、高適、岑參、李頎、崔顥、王昌齡。而因為在這期裏產生了中國最偉大的詩人——李白和杜甫，所以盛唐兩字，似乎念起來更響亮些。自大曆初到文宗太和九年約七十餘年叫作中唐，這期的代表作者有韓愈、柳宗元、孟郊、賈島、白居易、元稹、劉長卿、張籍這批人。自文宗開成到昭宗天祐末年約八十餘年叫作晚唐，這期的代表作者便是李商隱、溫飛卿、杜牧、韓偓、司空圖、陸龜蒙、皮日休這批人。這四期的作者都是相當了不起的詩家。他們的作風，有沈雄的，有豪放的，有奇險的，有深刻的，有澹遠的，有典麗的，有飄逸的，有高秀的，有老嫗都解的，有高文典冊的，真是五花八門，各有各的面目，各有各的特點。我們應該細心虛心的去搜求他們各個優點，而不能一筆抹煞的說，中晚不如初盛，元、白不如韓、孟。因為繼清微淡遠之後，一定要有沈雄悲壯之作；在驚險奇麗之後，一定會有平易舒婉的詩；而矯正平淺，又必定要來一個典麗的作品。相代相救，相反相成，譬如四時的代謝，五味之各別，只能說我欣賞這種，卻不能把不欣賞的排斥，因為各有它的特點啊。我們懂得這個道理，對於古人的作品，便不至有是丹非素，黨同伐異這些謬見了。

第三是思想的繁富：思想是文學之母，這是無可否認的。我們看戰國時代，百家爭鳴，九流並舉，那真可以說是黃金時代。在諸子著述裏，真正有文學最高意味如莊周、韓非兩家的並不多，然而他們在文學界都站住了，這是甚麼緣故呢？就是因為他們思想豐富，見解和學術超卓，各有各的主張，內容充實，所以他們的文章也就隨之而站住了。唐代詩歌的發達，也逃不了這個公例。唐代是我國文化學術傳播到外國極盛時期，而國內學術，也和儒道釋三家有絕大關係。儒教自隋末王通河汾設教，唐代開國功臣如房、杜之流都出他的門下。唐太宗開文學館討論經義，又立了周公、孔子廟，又叫孔穎達作《五經正義》（這部書一直傳到現在奉為治學圭臬）。因為儒術的發達，所以詩人都有一種內聖外王的抱負，憂民愛國的心腸。而杜公便自說：「法自儒家有。」他的「一飯不忘君」、「窮年憂黎元」的念頭都是儒家精神的表現。韓昌黎更是以道統自負的人。至於道家和道教，本來是兩樁事，但因方士的附會，帝王的推尊，便儼然成了一宗教，與儒釋分庭抗禮起來。唐代帝王姓李，便以為是老子之後，對李老子特別推尊，而玄宗還有御注的《道德經》，所以當時方士神仙的思想是充滿了詩壇，李太白神仙出世的詩便是受這種影響。但這兩派思想領域還不夠大，自從佛法入中國，它那種精深超妙的哲理，竟然把中國文學另開了一個新天地。晉代謝靈運這位大詩人，便是《南本涅槃經》的再整理的人，可見他的佛學的湛深。到了唐代有玄奘、義淨兩大師求法歸來，大肆譯經，太宗、高宗且為作《聖教序記》，而譯經潤文，又都是當時有名學者。政府既如此提倡，學理又能饜服儒者的心靈，所以吟詩的人沒有不通佛法的（只有韓昌黎除外）。不只王維、柳宗元，白居易是崇信佛法極深的人，即儒家詩人杜工部也有「願聞第一義，迴向心地初」這些句子；而刻劃萬象的孟東野，也有「曾讀大般若，細感肸蠁聽」這些句子；可見佛法流被的普遍。因為詩是寫心靈的東西，如果沒有微妙玄遠的佛法滲入超世超物超人生的意境，那能使人讀了飄飄然好似要遺棄萬物而與造物者遊的思想呢？

第四是時代的偉大：大凡世間的事，大而國家，小而個人，大都不外盛衰兩字的循環推動着。而個人的身世，又隨着大環境走，和國家、時代息息相關。唐代是中國文治武功極盛的時代，但到後來的衰亂，也是一個不平凡的局面。詩壇因感受兩方面的影響，所以能夠產生偉大的作品。我們讀杜詩「憶昔開元全盛日，小邑猶藏萬家室……九州道路無豺虎，遠行不勞吉日出」，可見當時的承平和富庶。人民生活優裕，文化自然容易發展，可以大吟其詩。一方面又因為國家的文治武功卓絕，外夷向化的多，如新羅、百濟、高麗、吐蕃、日本都派遣弟子僧徒來入國子監讀書，接受中國文化。因為民族活動力強，創造意識也極其豐富，又加以中外一家，交通便利，所見所聞，超過前代。人民眼界既闊大，心胸又開展，智識因之越豐富，思想因之也越超卓，所以他們寫出來的詩歌，也就波瀾壯闊，盛極一時了。但這不過講盛的一方面。自安史倡亂，一鬧便是好幾十年，人民陷於動亂時期，不止政治紊亂，社會經濟崩潰，人民生活也極其流亡奔竄之苦，啼飢號寒之慘。詩人經喪亂之後，對於現時代有了深切的認識，聽着人民的慘痛呼聲，不由他不發出悲哀的共鳴。表現是沈痛的，內容是真實的，意境是逼真的；這種文學，那能不使人感動呢？所以我說，沒有唐代開、天之亂，絕對產生不出像杜工部這樣偉大的詩人。詩本是言志的東西，心中有憤憤不平的感慨，平時無可發洩，到做詩時，便和盤托出；所以太史公曾說《詩》三百篇大半是聖賢發憤的作品。屈原為甚麼寫《離騷》呢？是因為「怨」產生出來的啊！這所謂怨，便是心中不平之感；而這些不平，並不只是自身遭際上的窮通得失，而是國家民族的盛衰存亡；詩人本着憂民憂國的心理，發出悲天憫人的歌詠。在盛世寫豪華，不見得人人讀了有同感，而在亂世寫流離，便會使讀者流淚。現在我們處在這個大動亂的時代裏，如把杜公的《三吏》、《三別》、《北征》、《奉先》這些詩拿來讀，好像我們也曾經過天寶之亂似的，也可意味着他是為現代寫照。唐代有了兩個極端相反的極治和極亂的鏡頭，所以那時詩界裏的大攝影師的攝影題材便不枯寂了。

有了上面所說的四大因素，唐代的詩是不由得它不造成昌明盛大的領域。唐詩領域的廣大也許可以和唐代的強盛等量齊觀。唐代的政治早完了，而詩歌還燦爛輝煌地籠照着赤縣神州，從這一點可以知道立言的不朽了。功名事業可以煙銷雲散，惟有文字精靈，雖歷刧而常新的。我們做詩的人，遇着現下的大時代，可不勉力麼？唐詩是夠盛了，但盛極又何以為繼呢？宋詩何以能繼唐而起，並且有和唐人分庭抗禮的趨勢？在明前後七子和清末王湘綺這班人，以為唐代有了杜、李兩大詩聖，便可壓倒一切（其實李遠不如杜）。杜雖包羅萬象，為詩壇不祧之祖，但宋代諸大師也不是杜所能完全範圍得住的。他們有他們超絕的天資，精深的工力，獨闢的意境，豈是唐人所能壓倒的呢？我們應該知道豪傑的產生是不限時代的啊！我們雖然不能尊唐薄宋，但是近代祧唐祖宋的人們，又多半以為唐詩膚廓，宋詩精切，想拿宋來代唐。我以為這都是一偏之見，看見一部分而未看見全體的說法。唐人固然有膚廓的毛病，但如杜工部、韓吏部、柳柳州、孟東野這些詩人，雕鏤萬象，精能之極，你能批評他們的詩在皮面上做嗎？宋詩誠有空疏毛病，但如梅宛陵、王臨川、蘇東坡、黃山谷這些大家，他們的詩超乎萬物，玄微之極，你能說他們沒有內容嗎？所以我們不讀詩則已，如要讀詩，那麼一定對於某一代、某一家、某一派都要作深刻的研究，虛心的探討。這才可以知道授受的淵源，別擇的途徑，綜合的工夫，自開户牖的本領，某家、某派和我性情相近，我應該走那一條路；那麼對你才有益處。既不可人云亦云，即使是古今名人的話，也未必十分可靠，一定要自出手眼來衡量。當你自己還不甚懂詩的甘苦，你的眼光靠得住嗎？當然是不可靠。那麼我們只有靠古大家的指示，參以自己的體會；還要自己會做，要做得好，知道古人甘苦所在；然後才可以論斷古今人的高下好壞。大概古今大詩人的議論必定精確不錯，因為他們是內行的原故，因為他們知道甘苦的原故，因為他們是過來人的原故。如果有些人，作詩未作到家，或者有偏見，甚至於一句詩也不會做，也要來編詩學通論、詩學史這類書，那只有東鈔西鈔毫無主見的一團糟而已！拿這種書來指導，來學，真是荒天下之大唐，滑天下之大稽，終於誤盡天下蒼生而後已。要把這種風氣挽救過來，我是主張一定要找行家、專家來寫，這才不至會鬧笑話，才對於後學有益。譬如叫一位不會弄菜的廚師寫食譜，不懂得修飾的小姐寫美容術，這結果是可想而知的。我的廢話也拉得太長了，現在言歸正傳。我要問：到底宋人具何種本領在唐詩極盛之後，公然能自開領域來和唐人抗衡呢？我以為這也有四大因素：

第一是別擇的謹嚴：宋人生在唐後，學詩如果想不從唐人入手是不可能的，但學唐人而能夠真正別擇的，只有宋代聰明的詩人。我們看見唐人派別和作者的繁多，真有目迷五色之感，但到宋人眼裏，便給唐人一個總清算總結帳。他們不只把唐人應制詩打倒了，膚廓堆砌的毛病擯棄了，學樊南的西崑體被歐、梅打倒了，元、白的長慶體也被驅入冷宮了，用險怪字眼的玉川子、樊宗師又被開除了，連世所稱為詩仙李白的詩也被荊公貶入第四家了。即如杜公五言長排為元微之所極端推崇的，宋人似乎對此也不甚起勁；並且杜公「致遠思恐泥」的小毛病句子，也被東坡搜剔出來了。他們這種作法對麼？我以為十分對的，因為他們有真知灼見，知道某種當學，某種不當學；就是有大名氣的詩人，他們也一樣的搜瘢索疵，不為他們的大名所駭倒；這是學者應具的精神。他們一方在揚棄，那麼所宗尚又是何人呢？當然他們都是以杜、韓為宗。杜公是包羅萬象的大詩人，韓公是古文大師，也是講修辭立誠的詩人。因為歐公推尊韓公的文章，介甫也是古文大師，所以他們不知不覺都走上韓門。他們都是用立意先於造詞、內容重於外表的方法來做文，也用來做詩。昔人說杜詩所以聲譽如是之高，全是由宋人推尊起來，這話一點不錯。王介甫題杜公畫像，推崇到無以復加；黃山谷推為《國風》、《雅》、《頌》的嗣音；可見他們的祈嚮了。但有一點是我們值得效法的，便是如王介甫、黃魯直、陳后山、陳簡齋這些人都奉杜為宗祖，而絕對不襲杜的面貌。他們各有其面目，即使彼此之間也截然不同，這才叫作善於學杜。李詩初期只有歐公贊賞，東坡也頗相近，山谷也有點淵源，其他諸家便與此公不大來往了。我以為還有一件奇怪的事，西崑雖為歐、梅所排斥，但是王荊公卻說：唐人之學杜得其藩籬者，以義山為最。又有人說：黃山谷曾從事玉溪，所以他能用崑體工夫，而造老杜渾全之境，禪家所謂更高一着也。可見王、黃二氏的詩都不能不受義山的影響。又如白氏長慶體，在宋代是無人理的，但白氏絕句仍受人歡迎，東坡便是學樂天的。其後如楊誠齋、范石湖、劉後村這批田園詩人，都不能不與白氏有點淵源。這又可看出宋人論詩、學詩、判別詩，實在精明正確。各人祈嚮不同，各人性情又不同。知道別人的疵病而揚棄之，知道別人的優點，更加發揮而光大之，或棄其一節而取其另一節；這都是宋人可愛處。他們的成功處，是值得我們效法的。

第二是用思的深入：我上面不是說過中國學術卑今尊古的陋見麼？這種陋見如不除去，一切學問是萬難進步的。我的老友慈谿徐曼畧（韜）先生是新詩人徐訏的老太爺，對於中國學問如醫學、文學、佛學都有深切的研究；而對於外國文字，他能讀懂英、德文的哲學書。有一天，他對我說：「自來我國論文學的，都以為今不如古，這句話實在太籠統了，我以為應該分別來看。如果拿文章來講，自然漢高於唐，唐高於宋。因為漢人的文章既樸茂又充實，又合邏輯，真是文章極則。到了唐人，已不免在字句上做，但還謹嚴矜錬。到了宋代，像三蘇的文章，簡直是發策決科的應試文，那裏還能要得？就文章方面來說，真是一代不如一代。如就詩歌而言，那又適得其反，真是一代好過一代。漢魏六朝不過有五言，也不能盡情發揮；到了唐朝是諸體大備，作者如林。漢魏作者只會擬來擬去，我擬《上留田》，你擬《艾如張》，千篇一律，有何意味？唐的境界擴大，但還有膚廓的毛病；到了宋人，真可謂入木三分，精入無間，真能做進去了，比之唐人又高一着。唐人有草創之功，宋人收改進之效，所以詩是愈做愈好。」我聽了這段議論，馬上起來和他握手，稱為石破天驚的議論；以為談學問，如果沒有像徐先生這種透闢見解，那配著書立說呢？因為談到用思深入，所以我把徐先生的話作引子。我們試看工部詠昭君，不過說其身世可憐，怨恨無人知曉而已。到了宋代荊公的《明妃曲》，便把她作為自己的寫照。他的「咫尺長門閉阿嬌，人生失意無南北」是恐君信的不專。他的「漢恩自淺胡自深，人生樂在相知心」，陳石遺先生批曰：「這就是和我好的便是好人的意思。」意境翻新，逼進數層。又如韓愈的《石鼓歌》，只能到「雨淋日炙野火燎，鬼物守護煩撝呵」，不過希望神鬼護這石鼓，石鼓仍然是死的東西。到了東坡詠石鼓，他便說：「暴君縱欲窮人力，神物義不污秦垢。」竟把石鼓人格化，自動避開秦之暴政，不受他的汙辱，簡直是忠貞之士了。又如杜公詠梅花只有「江邊一樹垂垂發，日夕催人到白頭」和「巡檐索共梅花笑，冷蕊疏枝半不禁」，也不過感慨到人生易逝和無聊時找梅花索笑而已。到了宋代林和靖的「疏影橫斜水清淺，暗香浮動月黃昏」寫出梅的意境；蕭德藻的「湘妃危立凍蛟脊，海月斜挂珊瑚枝」寫出梅的姿態；到了王荊公的「向人自有無言意。傾國天教抵死香」寫出梅的懷抱；到了東坡用七古詠梅，更是淋漓盡致；不能說古今人不相及。大概宋人長處，唐人已說的他們不再說，唐人未說的他們要說，唐人說未盡的他們要詳說。他們苦心思索，極力發揮，不是推進一層，便是高一層，曲折務盡，如剖芭蕉，層層剝進，不剝到最內一層不放手。這是宋人獨到的地方，也是所以能夠與唐人抗衡的地方。

第三是異軍的特起：宋代詩人太多，陳石遺先生曾照唐代的分法，分作初宋、盛宋、中宋、晚宋四個時期。他以元豐、元祐以前為初宋，他把楊億、劉筠、蘇舜欽、梅聖俞、歐陽修等來比唐之王、楊、盧、駱、陳、杜、沈這些人。由二元盡北宋為盛宋，他把王安石、蘇軾、黃庭堅、陳師道、晁无咎、張文潛來比唐朝的李、杜、高、岑、王維、龍標這些人。南渡以後為中宋，他把曾幾、陳與義、尤袤、范成大、楊萬里、陸放翁來比唐代的韓、柳、元、白這些人。四靈以後為晚宋，他把謝翱、鄭思肖比韓偓、司空圖這些人。人數雖多，但還沒有全宋詩的編印，所以我們得不到正確的統計。但我以為足稱為異軍特起的，只有四家。第一位異軍是梅宛陵。歐陽公極推許他的詩，以為是深遠宏淡。張舜民更說：「梅聖俞詩如深山道人，茅衣葛履，土木形骸；雖王公大人，見之不覺屈膝。」陸放翁又以為他的詩：用字如禹之鑄鼎，鍊句如后夔的作樂，成篇如周公之致太平。劉後村推他為宋代開山祖師。近人夏敬觀更以為古今詩人只有一個梅宛陵。這種推許可以算得到了極點了。第二位異軍要推王介甫。黃山谷說：「荊公詩暮年雅麗精絕，脫去流俗，每諷誦之，便覺沆瀣生齒牙間。」楊誠齋說：「五七字絕句最少而難工，雖作者亦難得四句皆好，介甫最工於此。」《載酒園詩話》裏也有如下的推崇：「宋人惟介甫詩尋繹於語言之外，當其絕詣，究自可興可觀，特推為宋人第一。」而近人嚴復推許他的詩是有社會思想，有經世大畧；如拿他的詩和蘇、黃來比，蘇、黃不過是詩人的詩而已。他的意思是以為荊公的詩乃是有大抱負的政治家的詩，而不僅是詩人學人之詩；這又是何等景仰的話！第三位異軍便是蘇東坡。蘇詩所學甚多，取徑甚廣，能出能入，能匯通能融貫，所以呂本中稱他的詩為「波瀾浩大，變化莫測」，王阮亭推他的七言是杜、韓後一人。近人趙熙論他的五古說：「東坡五古，昌黎勁敵也。昌黎有鬥勝意，東坡則游戲自在，遂若視昌黎為妙矣。水與月兩無心也，而空明蕩漾，湛然萬象之表。故嘗謂天地四時之景，以秋色為最奇，得之於文者莊子耳；東坡獨能於詩出之，吾不知其心之玲瓏而萬竅，水為之邪？月為之邪？」他又說：「能於唐後自抒胸臆開徑獨行者，東坡也。」第四位異軍便是黃山谷。自來言詩派的雖多，但流傳最廣遠的還只有山谷老人所領導的江西派。東坡說他的作品「超逸絕塵，獨立萬物之表」。劉後村說：「豫章稍後出，會粹百家句律之長，究極歷代體製之變，蒐獵奇書，穿穴異聞，作為古律，自成一家。」陸象山說：「詩至豫章而益大肆其力，包含欲無前，搜抉欲無秘，體制通古今，思致極幽顯。貫穿馳騁，工精力到，亦宇宙之奇觀也。」洪真序文更稱他：「發源以治心修性為宗，放而至遠聲色，薄軒冕，極其憂國憂民，忠義之氣，隱然見於墨筆之外。凡句法置字，律令新新不窮，包曹、劉之波瀾，兼陶、謝之意量，可使子美分座，太白卻行。」由上面諸家對每一位的批評看來，似乎每一位都是宋代第一人。但以我綜合觀之，我以為像宛陵意味的古淡，荊公抱負的偉大，東坡思想的超妙，山谷工力的精深，都是了不起的人物。其餘如六一、子美、后山、誠齋、放翁、石湖、茶山、後村、簡齋，也都各有其過人處，但比之這四大家，便不可同日而語了。

第四是研究的精神：唐代論詩的只有一二篇文章和幾首詩句而已。唐末司空圖作《詩品》，才把詩作抽象的品評，但還不甚切實。到了宋人，便有深切詳明的研究，明白懇到的指示了。他們論詩，如梅宛陵的「必能狀難寫之景如在目前，含不盡之意在於言外，然後為至」。嚴滄浪說：「大抵禪道在妙悟，詩道亦在妙悟。」又說：「詩有別才，非關學也；詩有別趣，非關理也。」姜白石曾說過「人所易言，我寡言之；人所難言，我易言之。」陳后山說：「寧樸無華，寧拙無巧，寧僻無俗。」蘇東坡說：「天下幾人學杜甫，誰得其皮與其骨。」黃山谷的「隨人作計惟恐後，自成一家始逼真」。這些名言名句，我們今天還時時引用，看作金科玉律，可見他們研究之深，才有這些至理名言的發掘與流布。又如東坡評詩，他說：「李、杜之後，獨韋應物、柳子厚發纖穠於簡古，寄至味於澹泊，非餘子所及。」又說，「退之豪放奇險則過之，溫麗精深則不及也。」又如荊公之批李白的詩，他說：「李白詩豪放飄逸，人固莫及，然其格止於此而已，不知變也。至於杜甫則發斂抑揚疾徐縱橫無施不可，斯其所以光掩前人而後來無繼也。」這些批評真是精確到無以復加，都是他們積若干年的經驗體會而說出來的，所以我們可以奉為寶訓。不只如此，他們還把個人所聞、所見、所批評的意見，用詩話寫出來供後人研究。我們試看宋人詩話中如《全唐詩話》是尤袤著的，《六一詩話》是歐陽修著的，《後山詩話》是陳師道寫的，《紫微詩話》是呂本中寫的，《滄浪詩話》是嚴羽寫的，《誠齋詩話》是楊萬里寫的，《江西詩派小序》是劉克莊寫的。這些作者都是宋代有名詩人，他們把古人的詩逐一衡量，加以批評，雖各人看法不同，宗尚各別，但他們對於一字一句的得失，總不放鬆的，探索得很深，解說得很詳，來啓示後來作詩的門徑，真是便利之極。唐詩可以說是創業垂統，宋詩便是繼體令主的開疆拓土。唐詩攬其綱要，宋詩更加分析。唐詩的境界，宋人無不推闡盡致，而宋詩的境界，有時竟不是唐人所能限制的。這就是說有了唐詩還不夠，還不能不有宋詩。如果宋詩沒有自開户牖，自具鑪錘的本領，那麼人們讀唐詩已經夠了，何必再研究宋詩呢？

從前有人傾向唐人的，便有如下的批評，他說：「唐詩厚，宋詩薄；唐詩豐腴，宋詩枯瘦；唐詩結響高，宋詩結響低；唐詩多金鼓之音，宋詩多木石之音；唐詩以社會國家為題材，宋詩以個人身世為題材；唐詩含蓄，宋詩易盡；唐詩規模大，宋詩規模小。」這都是尊唐薄宋的論調，可以說用來批評某一人或某幾篇是對的，拿來批評全體是錯誤的，是不對的。又有一批人為宋詩張目的，也有如下的批評，他說：「宋詩真實，唐詩膚廓；宋詩深入，唐詩淺嘗；宋多感興之作，唐多應制之詩；宋詩精練，唐詩鬆懈；宋詩清純，唐詩駁雜；宋詩內向，故多內心，唐詩外向，故少內心。」這又是尊宋卑唐的偏見，也可以說拿來批評某一人某幾篇是對的，拿來批評全體是錯誤的，是不對的。以我個人見解來看，就好的一方面來看，唐是博大，宋是精深；而在壞的一面來看，大而無當便成空廓，深而過當便入窅冥。在好的一面來看，唐是華腴，宋是勁拔；而在不好的一面來看，腴而無制，便成臃腫，勁而不已，便入槎枒。唐詩是詞稍勝於意，宋詩是意稍勝於詞；唐詩是肉稍多於骨，宋詩是骨稍多於肉。但這種說法，也只可衡量小家和普通作品，指一部分或個人來講，至於大家是不在這批評範圍之內的。我想唐宋本是一脈，原用不着分別。用許多抽象的批評，還嫌不夠明白，我現在拿實際東西來作一比喻，或者更能明白些。我們認唐宋是一家。拿飲食來說，如以茶來比，我以為唐詩是普洱、武彝的濃郁，宋詩是龍井、香片的清香。拿菜來比，唐詩是紅燒魚翅，濃厚之極，宋詩是清湯乾貝，清腴之極。拿酒來比，唐詩是威士忌、白蘭地的醇烈，宋詩是香檳、白葡萄酒的清洌。拿居處來比，唐詩是清宮之殿陛崇隆，宋詩是西湖的湖山秀美。拿衣服來比，唐詩是峨冠劍佩的朝服，宋詩是東坡巾逍遙履的自在。我們對於衣、食、住的希望是於魚翅、乾貝都要吃，香檳、白蘭地都要喝，禮服、便裝都要穿，正廳、別墅都要住；那麼對於唐詩、宋詩也都要兼收並蓄，這又何妨呢？當然我們吃東西有偏嗜，當然對於文學，也不能沒有偏嗜，所謂「學焉而其性之所近」，這是絕對對的。但眼光要放遠些，胸襟要放寬些，不能說我專嗜某家詩而把其餘的都罵得一錢不值，這是不可以的。所以我希望做詩的人們要有博觀慎取的態度，不可有黨同伐異的見解，那麼你的詩才能達到圓融廣大的境界，這是我第一個期望。我又曾見過一些詩人篤信某家，便拼命去學，到後來真是學得像了，放在本人集中，可以亂真了。這不只明七子等學盛唐的如此，以我所知，近人如王闓運的摹仿六朝，趙熙的摹唐人律、絕，虞和欽的摹杜，真是像到極點。但有了真六朝、真唐、真杜，何必又看這些假六朝、假唐、假杜呢？這些人費了大勁，結果弄成偽體而不自知，真可憐啊！學古絕對不可專摹一家，這是我第二個期望。還有一點，就是我們要學唐是可以的，但唐代距我們遠，宋人離我們較近；宋人詩深入淺出，更容易了解接受；由宋追溯到唐，才有途徑可找，這就是前人所說的「由荊公學韓，由山谷學杜」的說法。學古要循序漸進，不可躐等，這是我第三個期望。專學一家，既會弄到偽體的毛病，那麼我們怎樣辦呢？所以聰明的人都是兼綜二三家的，不只宋人如此，同光體詩人也是如此。我們能綜合二三家的面目，再加上我們自己的性情，那麼我們自己的面目出來了。譬如調顏色，攙合兩三種顏色，便會變到若干種不同的顏色，就是這個道理。要吸收多方面的精華來創造自己，這才可以成家，這是我第四個期望。最近詩壇還有個謬論，說是某人以文為詩；以為詩是詩，文是文。在表面看來，當然有不同，在骨子裏講，詩文本是一件東西。如你作律詩，而不懂做古詩，你的律詩一定不會好；如不懂做古文而去作古詩，古詩依然做不好的。所以要想做詩，必定要會做文，這是我第五個期望。此外還有一個謬論，就是以為山谷槎枒，昌黎險怪，以為不如元、白的平易近人。不知學詩必須從艱深險奇這條路進去，最後才可以到平澹；如一開始便學平澹，那便終身無進步的日子。王荊公詩有「看似尋常最奇崛，成如容易卻艱辛」，便是為此而說的。所以我們入手一定要從韓、黃這條路，這是我第六個期望。我們在今日來做詩，最大困難即是格調差不多被前人用盡，意思差不多被前人說完，我們還寫甚麼呢？我以為一方面把眼見耳聞的世界國家動亂情態，用高度技巧來描寫，這便是史詩；杜工部和近代金和、江湜之所以成功，都在這類詩上面。另一方面應該把近代歐西的發明和思想、新事、新物、新理寫出來，這才足以表現時代，成為今日之詩。黃公度、康更生的詩才雖粗豪一點，但他們能在詩界占一席地盤，全靠這套法寶。寫近事、新理來開拓詩的新意境新領域，這是我第七個期望。我願讀者能這樣做，我希望我自己也能如此做；但言之易而行之難，要做真正的大詩家，並不是一件容易的事啊！

述桐城派

「桐城派」這三個字在清代文學史上佔了相當重要的地位差不多有二百多年，但是它受了無謂無聊的譏評毀謗，也有二百多年。當然有好些人，凡是要想做好文章，如不從這派入手，是得不到文章真諦的；所以這桐城派便為一班有志為文者所祈嚮，以為這是最正最好的途徑，至精至當的說法。而在另一方面來講，也飽受了一些人的奚落，好似文章一學桐城，便流於空疎軟弱。我以為這兩種議論，也都有其片面的理由，但對於桐城派的真相，却都未曾道着。因為恭維的是隨聲附和，人云亦云，而詆毀的也是挾有私見，肆意攻擊；這都對於桐城派的真正面目，未曾看得清楚，對於桐城派的一貫宗旨，未曾研究明白，才有這些似是而非的恭維和謗議。我以為要談學問，除非有深造自得的本領，是不允許並且不應該信口雌黃，隨便是丹非素的；因為你自己對於某派學問未曾深切研究，知道其中甘苦，怎可以胡亂批評呢？但是我國自來學者都犯了這毛病而不自知，即如孟夫子的排斥楊、墨，硬罵他們是無父無君，是禽獸；韓文公排斥佛、老，簡直要硬燒他們的書，殺他們的人。這種未曾虛心研究而用鹵莽滅裂的手段來打倒別人，罵是罵得痛快，排斥却是排斥得沒道理。但究竟效果如何呢？墨子在戰國時是和孔子並稱的，可想見其勢力之大，而他這種犧牲自己來救世的精神，正是我民族所缺少而極端需要的，豈是孟老先生憑一時意氣用無父無君空洞不切實的罪名所可打倒的嗎？至於佛學的精微深妙的道理，自到了中國以後，所有我國第一等聰明人都走上這條路，又豈是盛氣凌人、毫不讀佛書的韓先生所能排斥的嗎？因為我國產生了這兩位鹵莽滅裂的儒學宗師，他們打倒人所用的方法不過如此，這也難怪後來一班人的排斥桐城派了。

到底桐城派有它的存在價值沒有呢？是不是能被人打倒呢？我就要問一問以孟夫子的力量來排斥楊、墨，在當時是否把墨子打倒呢？以韓文公的力量排斥佛、老，到了今天學術界對於佛、老又是如何看法呢？我以為凡是一種學術，只要自己有獨特的見解，得着人心之所同然，宗旨正大，方法簡要，自己本身站得住，那怕他狂風暴雨的襲擊，它是不會輕易被打倒的，是要永久存在的；這也就是說真理不會被毀滅的道理啊！

桐城派之得名，並不是桐城作者自上的尊號，而是由於並時學者的推服。也就等於宋代江西派的詩、近代閩派的詩和清代經學裏面吳派、皖派、常州派之分，詞學有浙派、常州派、廣西派之別，理學有婺源派、姚江派之各異而已。在最初總是某地的學者有一種獨特的作風，引起人們的佩服，所以因其出生地，就名他所創的派。後來大家也就跟着這派的開山祖師提倡的宗旨、方法、好尚走。每一種學問的開派大概都是如此而來的，桐城當然也不能例外了。桐城是怎樣開出來的？價值在那裏？傳授的淵源是怎樣？他們所主張的對不對？謗毀的有無價值？推崇的有無見地？流布情形如何？特點在那點？是不是永遠可以存在？有沒有應該修正補充的地方？我想這些問題是一班人所急於要知道的。以我三十年來跟桐城大師學做文章的人來解答這問題，斷不致於有鹵莽顢頇的毛病。現在容我一一的解釋如下：

一、桐城派要自創一派的原因

我們如果照普通眼光來談文章，那凡是寫在紙上通順而文法不誤的都可叫作文章。但是如果嚴格的來講，用專門眼光來看，這裏面便有「正宗」和「偽體」的分別，「內行」和「外行」的不同。我們要知道為甚麼桐城派幾位大師要創派，簡單說來就是不滿於當時的文人或某一時期的文章而要想來糾正，所以才有這一派的產生。我現在姑且先把桐城派大師如歸震川、方望溪、姚惜抱、曾滌生四位先生對於當時文人的批評來看，便知道他們的宗旨、他們的注意所在了。在明朝前後七子提倡「文必秦漢」這個旗幟之下，隨聲附和者不知有多少人，但歸震川獨詈王世貞為「妄庸巨子」。後來震川死在弇州以前，弇州為他題象贊，還有「千載有公，繼韓歐陽。余豈異趨？晚而自傷」的贊語懺語。這也見得歸氏之明辨是非，而王氏之推崇異己，都是不可多得的啊！方望溪對於不講文章義法的人，更是絕對痛斥，他曾說：「南宋、元明以來，古文義法不講久矣，吳越間遺老尤放恣（大概是指錢牧齋、龔鼎孳、吳梅村這批人），或雜小說，或沿翰林舊體，無雅潔者。」這是何等不客氣的大聲呵斥。姚惜抱有感於當時漢學所生的流弊，曾慨然說道：「學者頗厭功令所載為習聞，又惡陋儒不考古而蔽於近，於是專求古人名物制度訓詁書數，以博為量，以窺隙攻難為功。而宗漢之士，枝之獵而去其根，細之蒐而遺其鉅，夫寧非蔽歟？」這是他對於漢學的看法。到了曾滌生，更是昌言排斥漢學家文章的蕪雜，他曾說：「當是時海內魁儒畸士，崇尚鴻博，繁徵旁證，考覈一字，累數千言不能休；別立徽幟，號曰漢學，其為文尤蕪雜寡要。」由上面所引四家之說綜合來講，是桐城派作者看到當時文章的不好，不是館閣體，便是摹仿秦漢的偽體；不是小說體，便是繁冗重複的考據文字；可以說都是文學界的敗類蟊賊。因為要消除肅清這些敗類蟊賊，所以他們要自開戶牖來創出一種正宗的文章：一方面排斥壞文章，一方面來建設文壇的新生命，這是諸老先生的一貫宗旨。

二、桐城派所提倡標舉的是甚麼？

他們幾位先生對於文學界的敗類驅之惟恐不盡，而他們所建設的又在那裏呢？方先生說別人不講文章義法，到底「義法」兩字作何解釋呢？我以為「義法」兩字首見於《史記》。在《十二諸侯年表序》裏面說：「孔子治《春秋》，約其文辭，去其煩重，以制義法。」

這是「義法」二字的來源。而這兩個字，向來解釋都是很籠統的。據我看來，這兩個字應該分別來解釋：「義」就是應該做的事，即是宗旨，即是近人所謂主義；「法」就是做文章應該用的方法。義就是說某種人某種文章是應該作的，而某種是不該作的；法就是某種文應該學，某種文不該學。積極的方法是如何，消極的方法又是如何。我們試就方、姚諸公所標舉的，引證如下：望溪於其《書史記貨殖傳後》有云：

《春秋》之制義法，自太史公發之，而後深於文者亦具焉。義即《易》之所謂言有物也，法即《易》之所謂言有序也。義以為經，而法緯之，然後為成體之文。

方先生的主張是：「非闡道翼教、有關人倫風化，不苟作。」「凡筆墨所涉，皆有六籍之精華寓焉。」姚先生的說法是：「苟非吾言足以發經意、前人所未明者，不可輕書於紙。」他又說：「夫古人之文，豈第文焉而已。明道義、維風俗以治世者，君子之志；而辭足以盡其志，君子之文也。達其辭則道以明，昧於文則志以晦。」這兩先生對於「義」的解釋，可以說都是一鼻孔出氣的。

至於「法」呢，方先生指出，積極方面「地名、官名應該用當時語」，而消極限制的是：「古文中不可入語錄中語、魏晉六朝人藻麗俳語、漢賦中板重字法、詩歌中雋語、南北史佻巧語。」而姚先生更有明白的表示，他說：「鼐嘗謂天下學問之事，有『義理』、『考據』、『詞章』之分，異趨而同為不可廢。凡執其所為而訾其所不為者皆陋也，必兼收之乃足為善。必義理為質，而後文有所附，考據有所歸。」在他《答魯絜非書》中，更暢論文章分陰柔、陽剛的真諦，現在畧引於下：

> 鼐聞天地之道，陰、陽、剛、柔而已。文者天地之精英，而陰、陽、剛、柔之發也。……其得於陽與剛之美者，則其文如霆如電，如長風之出谷，如崇山峻嶺，如決大川，如奔騏驥；其光也，如杲日，如金鏐鐵；其於人也，如憑高視遠，如君朝而萬眾，如鼓萬勇士而戰之。其得於陰與柔之美者，則其文如升初日，如清風，如雲，如霞，如幽林曲澗，如漾如淪，如珠玉之輝，如鴻鵠之鳴而入寥廓；其於人也，漻乎其如歎，邈乎其如有失，暖乎其如喜，愀乎其如悲。觀其文，諷其音，則為文者之性情形狀舉以殊焉……

後來曾滌生先生更推廣他的說法，在《聖哲畫象記》裏說：

> 西漢文章，如相如、子雲之雄偉，此天地遒勁之氣，得於陽與剛之美者也，此天地之義氣也。劉向、匡衡之淵懿，此天地溫厚之氣，得於陰與柔之美者也，

此天地之仁氣也。

他又說：

吾嘗取姚惜抱先生之説，文章之道，分陰柔之美，陽剛之美。大抵陽剛者氣勢浩瀚，陰柔者韻味深美；浩瀚者噴薄而出之，深美者吞吐而出之。

他又說：

嘗慕古文境之美者，約有八言：陽剛之美者，曰雄、直、怪、麗；陰柔之美者，曰茹、遠、潔、適。各作十六字贊之：

雄　劃然軒昂，盡棄故常。跌宕頓挫，捫之有芒。

直　黃河千里，其體仍直。山勢若龍，轉換無跡。

怪　奇趣橫生，人駭鬼眩。《易》《玄》《山經》，張、韓互見。

麗　青春大澤，萬卉初葩。《詩》《騷》之韻，班、揚之華。

茹　眾義輻湊，吞多吐少。幽獨咀含，不求共曉。
遠　九天俯視，下界聚蚊。寤寐周、孔，落落寡羣。
潔　力掃陳言，纇字盡芟。慎爾毀譽，神人共監。
適　心境兩閒，無營無待。柳記歐跋，得大自在。

而姚氏更在他的《古文辭類纂》類中標舉論文要旨：

凡文之體十三，而所以為文者八：神、理、氣、味、格、律、聲、色。神理氣味，文之精也，格律聲色，文之粗也；然苟舍其粗，則精者亦胡以寓焉？學者之於文，必始而遇其粗者，終於御其精者而遺其粗者。

而曾滌生氏亦有關於戒律之說，他與人書曰：

竊以為自唐以後，善學韓公者，莫如王介甫氏。而近世知言君子，惟桐城方氏、姚氏所得尤多。因就數家之作而考其風旨，私立禁約，以為有必不可犯者而後其法嚴而其道始尊。大抵剽竊陳言，句摹字擬，是為戒律之首。稱人之善，依於庸德，不宜褒揚溢量，動稱奇行異徵，鄰於小說誕妄者所為。貶人之惡，又加慎焉。一篇之內，端緒不宜繁多，譬如萬山旁薄，必有主峯，龍袞九章，但挈一領；否則首尾衡決，陳義蕪雜，茲足戒也。識度曾不異人，乃競為僻字澀句，以駭庸眾，斲自然之元氣；斯又文士之所同蔽，戒律之所必嚴。以茲數者持守勿失，然後下筆，造次皆有法度……

以上方、姚、曾三先生所標舉治學的根本原則，為文的宜忌，陰陽論文的精意，精粗取舍的先後等等，可以說就是桐城派大師所宣佈的文章教條。必定要照着他們的說法去自學為文，學問才能得到真詮，文章才能走入正當的途徑；好似航海的指南針，照幽的大圓鏡，黑暗中的太陽一般。如果想做好文章而不跟着諸老先生所頒佈的教條走，必定走了許多冤枉路而茫然得不到究竟。因為諸老先生所說所談，全是就他們畢生經驗體會出來的，毫無欺人之談；由他們內心所感發而說出來的，更無虛浮的話。所以近二百年來有志做文章的人們，都把這些說法當作金科玉律。

三、桐城派的授受淵源和流衍情狀

我以為凡是治一種學問，如果不能得到良師指導，是徒勞無功得不到真諦的。有了提倡開風氣的大師，還要有繼承的豪傑之士。我們試看有了韓文公的提倡古文，所以有李翺、張籍、孟郊、皇甫湜的特起。有了歐公的提倡古文，所以才能造就出王、曾、三蘇這些人才。桐城之學，自方望溪先生倡導於前，姚姬傳先生推廣於後，因為他們所排斥和主張的是精當正確，得着人心之公；而他們自己的作品，又能實踐所言，法度嚴謹，韻味深遠；所以就引起了當時有學問的人們的傾心推服。曾滌生氏在《歐陽生文集序》裏有如下的說法：

乾隆之末，桐城姚姬傳先生善為古文辭，慕效其鄉先輩方望溪侍郎之所為，而受法於劉君大櫆及其世父編修君範。三子既通儒碩望，姚先生治其術益精。歷城周永年書昌為之語曰：「天下之文章，其在桐城乎！」

同時吳敏樹先生也有如下的說法：

為古文詞之學，近代數崑山歸太僕。我朝桐城方侍郎，於諸家得文體之正。侍郎之後，有劉教諭、姚郎中，皆傳侍郎之學。三君皆桐城人，故世之言古文有桐城宗派之目。

姚先生在他所撰的《劉海峯八十壽序》文中，也有如下的話：

曩者鼐在京師，歙程吏部晉芳（魚門）、歷城周編修永年（書昌）語曰：「為古文者有所法而後成，有所變而後大。惟盛清治邁前古千百，獨士能為古文者未廣，昔有方侍郎，今有劉先生；天下文章，其出于桐城乎！」

由這三位先生所述的看來，我們可以知道桐城派名稱所由來，是因為桐城這幾位大師的作品，實在值得一般人佩服；因為他們都是桐城人，所以就把桐城兩字作為文章派別的尊號了。到後來陽湖惲子居（敬）、張皋文（惠言），也都聽了桐城義法，傾心來學古文。有的人便因為惲、張二人是陽湖人，所以又把「陽湖派」的尊號，加在他們兩人身上。其實這是不合理的，因為桐城派的流衍差不多到了十幾省，如果把每一省或每一縣的作者都要稱一派，那不知要弄成幾十派了，天下寧有這許多文派嗎？張之洞在他的《書目答問》裏，列有所謂不立宗派古文家，這也是不合理的；因為若要講做文章的方法，桐城諸老差不多已包舉無遺，如因為陰用其法而陽避其名，那又怎麼可以呢？若是要避法桐城，要自立一宗，恐怕也不是一件容易的事啊。現在我把惲、張學古文得法的經過寫在後面，大家可以做一個參攷。惲子居說：

後與同州張臯文、吳仲倫、桐城王悔生遊，始知姚姬傳之學出于劉海峯，劉海峯之學出于方望溪。及求三人文觀之，又未足饜其心之所欲云。由是由本朝而推之于明，推之于宋、唐，推之于漢與秦，齗齗焉析其正變，區其長短。（案桐城諸老教人為文，乃由宋、明上溯漢、唐、三代，並非以其文章強人效法。惲氏得法桐城，而于三先生若有微詞，可謂儇薄。太炎以儇目惲氏，不為無故也。）

張臯文也曾有如下的說法：

魯斯大喜，顧而謂余：「吾嘗受古文法於桐城劉海峯先生，顧未暇以為，子儻為之乎？」余媿謝未能。已而余遊京師，思魯斯言，乃盡屏曩時所習詩賦，盡不為而為古文，三年，乃稍稍得之。其言曰：「吾見子古文，與劉先生言合，今天下為文，莫子若者。」（案臯文以詞賦漢《易》專家而有志古文，惜不永年，故未躋大成，至可惜也！）

由上面異派的人所說的話來講，可見桐城文派之足令人佩服，不是偶然的。惲子居博極羣書，張臯文是詞賦經學名家，乃能傾心古文，他們的見識真是高出一班清代駢文家、經學家之上。有了許多學者的傾服，有了許多豪傑之士（姚先生說「今世之有志為古文者必為豪傑之士」，所以此處引用。）的嚮往，所以傳授越來越廣，黨徒越來越多，地域的分佈，也日見其擴大。現在我根據曾滌生《歐陽生文集序》所列的人列為第一表，以見方氏、姚氏以後的傳布情形。另外根據我所知道的授受淵源，列為第二表，以見曾氏以後的傳布情形。不過我要預先聲明的是：第一，我只能把已有成就的作家列入，至若曾氏所舉未成名的湖南作家恕不列入；第二是我要將授受關係注明，因為有的是親受業，有的是聽着友人所稱道，有的只有在師友間的關係，有的還是私淑的，所以不能不注個明白。（請參看後列附表）

四、桐城派在文學上所祈嚮的是甚麼？有甚麼標示宗旨的讀本沒有？

桐城諸老因為痛恨當時文體的浮靡蕪雜，又恨學術的駁雜不純；所以他們祈嚮的書，除了六經以外，便是下列各書了。方望溪先生以《春秋三傳》、《管子》、《荀子》、《莊子》、《離騷》、《國策》、《國語》、《史記》、《漢書》、《三國志》、《五代史》、八家文為必讀的書，他曾在他所選的《古文約選》上面有幾句話說：

古文所從來遠矣，六經、《語》、《孟》，其根源也；得其支流而義法最精者，莫如《左傳》、《史記》。

曾滌生先生也曾有如下的說法：

韓退之千古大儒，而自述服膺之書，不過數種：曰《易》、曰《詩》、曰《書》、曰《春秋左傳》、曰《莊子》、曰《離騷》、曰相如、子雲。柳子厚自述所得，正者曰《易》、曰《詩》、曰《書》、曰《禮》、曰《春秋》；旁者曰《穀梁》、曰《孟》、《荀》、曰《莊》、《老》、曰《國語》、曰《離騷》、曰《史記》。二公所讀之書皆不甚多。余最好高郵王氏父子之書，懷祖先生《讀書雜誌》中所考訂之書，曰《逸周書》、曰《戰國策》、曰《史記》、曰《漢書》、曰《管子》、曰《晏子》、曰《墨子》、曰《荀子》、曰《淮南子》、曰《後漢書》、曰《老》、《莊》、曰《呂氏春秋》、曰《韓非子》、曰《揚子》、曰《楚詞》、曰《文選》，又別著《廣雅疏證》。伯申先生《經義述聞》所考訂之書曰《易》、曰《書》、曰《詩》、曰《周官》、曰《儀禮》、曰《大戴禮記》、曰《禮記》、曰《左傳》、曰《國語》、曰《公羊》、曰《穀梁》、曰《爾雅》，凡十二種。王氏父子之博，古今所罕，然亦不滿三十種也。余于四子、五經外，最好《史記》、《漢書》、

《莊子》、《韓文》、《通鑑》、《文選》、《姚纂》及《十八家詩鈔》。

大概上面所列的幾十種書，是諸老先生所認為文章的宗祖，斷斷不能不讀的。

至於標舉宗派義法，還有他們所選的選本和評點的要籍。方望溪、梅伯言都有古文選本，但流傳不廣，流傳最廣的，應該推姚氏的《古文辭類纂》和曾氏的《經史百家雜鈔》兩部書。姚氏自屈原、賈誼、司馬遷選到清初劉才甫，凡分十三類，每類都有一段說明。他因為《昭明文選》分類太雜，所以把古今文章分作十三類，真可說得是包括詳盡，分類簡明。《經史百家雜鈔》乃是曾氏擴大姚纂而作的；他分文章為十一類，把經、史、子、駢文等等都選進去，真可說是包羅萬象，無美不臻。除了這兩部有名的選本以外，他們以為最應該讀的書是《左傳》、《史記》兩書。《史記》是文學、史學的老祖宗，這是任何人不能否定的。但這書自漢以後，一直讀了一二千年，恭維的雖然很多，而真正懂得，能夠用評點方法把精要標舉出來的，只有明代歸震川先生和清初的方望溪先生。因為兩人深于《史記》，所以做出來的文章便與眾不同。而他們不忍自秘，要拿來啓示後學，所以這歸、方合評《史記》，便成了桐城派教人作文的教科書。後來又經過梅伯言、曾滌生、張廉卿諸先生繼續加以評論補充。而吳摯父先生對《史記》研究尤其深刻，後來他彙集各家評點，印了一部《諸家評點史記》，真可以說是最完善的讀本了。

至于《左傳》這書，望溪以為高于《史記》，他有一部《左氏義法舉要》，但只批了五大戰幾篇文章而已。雖說嘗鼎一臠，可以知味，但未免太簡單了。摯父先生有評點全書，聽說託蕭敬孚帶到上海付印失掉了。後來先師北江先生把方氏範圍擴大，就馬驌的《左傳事緯》改編，另加評點，叫做《左傳微》。當然一部分有摯父先生的啓示，其餘都是先師自己發明，將心得一一批上，真可說是一部最好評點本。摯父先生又把《老》、《莊》、《管》、《荀》、《韓》、《揚》、《淮南》、《呂覽》這幾部名著，綜合諸家評點，加以己意，彙集印行。于是在議論文方面有諸子，在敘記文方面有《左》、《史》，而各體文章的示範，又有姚、曾兩選本；對于有志學文的人，這幾部書是夠他們畢生鑽研的了。這幾部是桐城諸老為一般學者定的教科書，所以我不憚煩的簡述如右。

五、桐城派作者對於所從受法的師說著述持何種態度？

談到這個問題，我願引歐西哲人所說「吾愛吾師，吾尤愛真理」這兩句話來說明桐城派對于所從受學各大師師說所持的態度。他們對于本師是傾心佩服的，但對于本師的著作是用極公平的態度去批評，一方面表揚他的長處，另一方面却也不諱言他的短處。這才是補闕拾遺，這才能發揮光大，是學者應持的態度，而不是奴才對主子之奉命唯謹的辦法。

我們試看桐城派後輩對于方、姚的批評：

劉孟塗對於望溪的批評是：「望溪豐於理而嗇於詞，謹嚴精實則有餘，雄奇變化則不足，亦能醇不能肆之故也。」

曾滌生對望溪的批評是：「精與細謹，而未能自然神妙。」他又說：「望溪規模極大，而未能妙遠不測，風韻絕少。修辭雅潔，無一俚語俚字，然其行文，不敢用一華瞻非常字，此其文體之正，而才不及古人也。」

曾氏不只對於望溪有所不滿，即對於震川、惜抱，也都有不足之詞。他說：「歸文妙遠不測，然有質而近俚者。」他又說：「震川自然神妙，而未能精與細謹者也。」他對惜抱的批評是：「蓋惜抱名為闢漢學，而未得宋儒之精密，故有序之言雖多，有物之言則少。」他又說：「姚氏深造自得，詞旨淵雅，如《莊子章義》等篇，義精詞優，夐絕塵表。其不饜人意者，惜少雄直之氣，驅邁之勢。」

這幾家的批評本師都是揭其所長，而並不諱其所短，真是公平允當的品評。而諸老所選的讀本，評點也有異同，去取也有各別。我們常在諸家集評《史記》和《古文辭類纂》裏面，看出各大師不同的意見：有時方以為是，姚以為非，前以為是，後以為非的。這並不是他們存心和本師過不去，而是自具見解不肯苟同。這種精神是值得我們效法的。

我們試再把《古文辭類纂》和《經史百家雜鈔》兩書來比較一下，便知曾氏分類雖簡，而包容的更多。如姚氏分十三類，曾氏分十一類，在表面上看來，似乎少了兩類。不知曾氏增了敘記、典志兩類，而將傳狀、碑誌併為傳誌，贈序併入序跋，頌贊、箴銘併入詞賦，已經比較簡括。又另立三大門：論著門來統論辨、詞賦、序跋三類；記載門來統典志、敘記、傳誌、雜記四類；告語門來統詔令、奏議、書說、哀祭四類。這不是更有系統，更有條理，更有進步嗎？他還有一個宏通的識度，大膽的作風。自來把六經當作聖典天書，而他却把經、史、子都當作文章看，通通擇好的選入。不只如此，他還把宋儒的說理文章，庾、潘的駢體文章，馬貴與的《文獻通攷．序》的實用文章，統選進去。這一下子可把文章的祖宗認清了，文章的範圍擴大了，文壇的舊觀念改革了。何以見得呢？從前學者都以為經是孔夫子的書，乃是天經地義的聖書，應該尊崇而不該把它當作文章看的。其實六經也不過是古代的文章：《易》、《春秋》、《禮記》是論著；《詩》是詩歌；《尚書》、《左傳》是敘記；《周禮》、《儀禮》是典志；本不是希罕特別的東西。我們固應推尊孔子，但不能把他的書當作聖典而不敢議論。自曾氏把經入選當作文章，可以說已經將前人的舊觀念打破；而由流溯源，把文章的本源也弄清楚了，豈不是一件快事嗎？子書自來是被儒家目為異端的東西，雖有賞其華詞，但絕對不敢和經並列。實際說來，孔子在從前也不過是儒家之祖，孟子也與荀子並稱的。照《班志》諸子出於王官的說法，儒家出於司徒之官，原與諸家並列，並不十分了不起的。就是我們尊孔，也不應該抹煞諸子百家，況且諸子的說理如莊子、韓非，都是世間的絕好文字，那可以棄而不顧呢？曾氏於經史之外選錄子書，一來把子的地位提高，二來也可以把古代高文叫人們易於學習，真有功於文壇不小。他還有一個驚人的創舉，就是想把駢、散一關打通。姚先生曾說，古文不選六代是嫌它太華麗，但詞賦裏面，晉、宋還有古人韻格，所以他選了張茂先、潘安仁的賦；而曾先生便把庾子山的《哀江南賦》這些有真實情感的文章統統選入。我以為文章本無駢、散之分，只要有內容，有真實情感，無有不好的。我們讀了《哀江南賦》那種亡國之痛，和屈子《離騷》有甚麼分別？豈不比無聊的墓銘、壽文好得多嗎？他又說：「世人論文之語，圓而藻麗者莫如徐、庾，而不知江、鮑則更圓，進而任、沈則亦圓，進而潘、陸則亦圓，再進而東漢之班、張、崔、蔡則亦圓，又進溯之西漢之鼂、賈、匡、劉則亦圓。至於馬遷、相如、子雲、可謂力趨險奧，不求圓適矣，而細讀之亦未始不圓。至昌黎戛戛獨造，力避圓熟，而久讀之無一字不圓，無一句不圓。如能從江、鮑、徐、庾、四人步步上溯，直窺卿、雲、馬、韓四人之圓，則無不可讀之古文矣。」他又說：「古文之道，與駢體相通，由徐、庾而進於任、沈，由任、沈而進於潘、陸，由潘、陸而進於左思，由左思而進於班、張，由班、張而進於卿、雲。韓退之之文，比卿、雲更高一格，解學韓文，則可窺六經閫奧矣。」

由曾氏這種打破經、史、子和文章的界限，又把理學、政治、駢儷各種文章，統統選入他的《經史百家雜鈔》，所以後來便引起了他的大弟子吳摯父先生的把羣經諸子當作文章來看而徧加以評點。另一方面也就有《漢魏百三家集選》的出版來繼承他的論文不限駢、散的原則。後來林畏廬先生也曾說過，六朝文自有其古艷的地方，是不可一筆抹煞的。我們試看柳子厚的遊記，用字鑄詞，你能說它不出於六朝麼？就是韓先生的《進學解》，又何嘗不是駢句連篇呢！（關於駢、散問題，我要另寫一篇文章來討論。）

桐城諸老對於本師是在服膺之中，又加以批評；在遵守之下，更加以修正補充；所以對於文章甄選，範圍是愈來愈大，內容是愈來愈充實。在初期的作者，是不能不自立崖岸，謹守範圍；而在後期的大師，便不能不踵事增華，補其不足；門庭堂奧，所以越發崇高了。這本是學術進展自然的趨勢，但桐城諸老是運用得非常之純熟而巧妙，所以在有清文壇上有了絕大的成就，這可不是一件容易的事啊！

六、桐城派諸老的做人方法

我以為桐城諸老對治學是有一種不苟同和時時改進的精神，而他們做人的態度，更是有特立獨行的風度和身體力行的美德；這可以分兩方面來講的。我們凡治一種學問固然有些要跟着時代走，但是真正有巨眼絕識的人却並不隨波逐流，與世推移。這一來是表示自已不為風氣所轉移的獨立性，二來也可顯出我們所提倡的東西有它的特別價值。我們試看孟子，當戰國大談功利爭奪的時候，他老先生却大談其仁義，排斥楊、墨、蘇、張。韓文公當六朝文盛行，佛教輸入極盛時期，他却悍然不顧的一手提出儒家的道統來排斥佛學，一手提出三代的文統來打擊駢文。佛教和駢文是否被他打倒，另是一個問題，但他那種獨立不懼和當時風氣作殊死戰的勇氣，是值得人們崇敬的。孟、韓二子是古文的宗祖，儒家的臺柱，也可以說是桐城派的祖師。祖師們對於學術，既然有剛正不隨俗的態度，那麼桐城諸老繼承本師的作風，自然也有不同尋常的表現了。我們試看桐城初祖歸震川先生，在王弇州、李夢陽提倡文必秦漢之時，他偏偏要由韓、歐上溯子長，而大聲呵斥弇州為妄庸巨子。他以一介寒儒而敢和當時文壇鉅公作對頭，可見他的魄力了。到了清代，如方望溪的排斥吳越諸老。姚惜抱生當乾隆考據極盛時期，他獨不為所動，昌言排斥漢學；他對於孔廣森、錢獻之等，都有文章箴戒他們。他所提倡的古文，雖當時不甚為人注意，但過了百餘年，便大行其道。在道、咸時候，已傳布到吳、贛、湘、桂諸省；到了清末，更推廣到河北、湖北、四川、福建、貴州、山東這些省分去。可見提倡一種學術，如果是真正好的話，一定會得到大家的歡迎；但在開始的時候，一定要遭受到許多阻力。如果沒有獨立不懼、排除一切的精神，那會有最後的勝利呢？他們這樣的做，乃是因為見理清楚明白，料到這種學術雖然短時期內被人輕視，最後一定成功。有了這種信心，再加上堅強的毅力，所以桐城派在清代文學界是站住了。

我現在要談桐城諸老的做人方法。他們能夠言行相符，合文行為一，這更是自來學者文人所少有的。我們常聽見人們的批評，都說「文人無行」。我想這四個字拿來罵駢文家、考據家、詩詞家，或許有這類害羣的分子，但對古文家，則當敬謹璧還的。大概我國文人，只要多讀幾句書，會寫幾句俏皮艷麗的詩詞駢文，便自以為了不得；第一步是狂傲乖戾，第二步是忘所自來，第三步便是無所不為。我們試看六朝做艷詩的人們，不是昏君弄臣，便是妖姬蕩子，一批無恥的壞東西。而在清代的考據家，如戴東原，本從江慎修先生受學，到了自己聲名大了，便稱江為「吾邑老儒」。又如章太炎，為清末樸學大師，他早歲曾從俞曲園、譚復堂問學，到了名氣大了，便有謝本師的荒謬文章寫出來。而王鳴盛自己嘗說：「吾著書之名可以三百年，而貪污之名不過三十年。」這種無恥的坦白供狀，真虧他大膽供出來，真是肺肝如揭了。其他如汪容甫之狂妄不近人情，龔定庵之嗜賭好色之類，更是不勝枚舉。他們的見解都是以為自己了不起，我是名士學者，世間禮法豈是能拘束我的麼？這都是因為他們把讀書和做人分作兩橛，所以會替我們文人賺下這「無行」的尊號。但是談到作古文的人，遠的如孟子、司馬遷、韓愈、歐陽修這些人的品節，暫且不必提起。我們就把歸太僕來說，他對於母親、妻子、家人、骨肉之間的情感，是何等的肫誠；所以寫出來的文章如《先妣事畧》等等，能夠感人心脾。方望溪先生生平以「學術繼程朱之後，文章在韓柳之間」自勵。聽說他因未服上輩的喪服，終身肉袒以示有罪，可見他律身的謹嚴。此外如姚惜抱、曾滌生、吳摯父諸先生，他們都是拿宋學自勵，對於朋友、兄弟、家人、骨肉之間，都是情感洋溢，禮法周至。因為他們這些行為都是由內心發出，所以在外表現的，都是動中禮法，可以為人模楷。所以我敢斷定說，凡是有志做古文的人們，他們的品行一定比較好。我們試看他們對於師傳的看重，篤愛本師的誠摯，豈是做謝本師的無行文人所能及的麼？但是他們何以能做到文行合一的地步呢？這也許是諸老先生的天性淳厚所致；而我認為最重要的原因，還是他們標舉出文非有關世道人心不苟作的徽幟。他們既然拿道統、文統兩面大旂擺在肩上，他們覺得自己責任的重大，指目的眾多，又那敢做那言不顧行的事呢？又那能不把自己的行為加以檢束呢？內恐良心的譴責，外懼世人的譏評，兩面夾攻，想不學好也不可能，這頂榮譽的帽子是不容易戴的啊！所以姚先生在他傳學的時候常常說，當今之世，如有願意做古文的，這才是豪傑之士。這雖然是姚先生誘掖的盛心，也可見這豪傑是不易做的啊！諸老先生要做聖賢，要做豪傑，所以他們把做人和做文打成一片，把人格的表現來做文章。而文章的描寫，便是人格。把兩件事併在一起，所以他們的行為是不能不走上無可指摘的途徑上去的。

七、關於指謫桐城派各點的辨正

凡是一種學術，如不深加研究，是不容易了解的；況古文又是洗淨浮詞以意為主的東西，那裏是普通人所能了解的呢？但這些謗譏桐城的人，我以為要分兩種。一種是自恃博學故意輕蔑的，如王闓運說：「八家者八比之祖也。」康有為有一天忽然問林畏廬說：「你為甚麼要學桐城？」這是一種看不起桐城的態度。（其實湘綺的文章，只做到摹仿而成偽體。康氏之文冗漫無節，更不配罵桐城。近人有說康、梁是桐城變種，真是瞎說也。）這一點我不想反駁，因不值得一駁也。至於第二種的譏謗，乃是對於桐城派未能深切了解，所以才有無謂的批評；現在容我一一解釋於後：

（一）一班人以為桐城派是奉韓、歐為宗師的，韓氏便是揭櫫「文以載道」的。這四個字似乎太空洞而不落邊際，好像作古文的人們也都以此傲然自以為了不得，殊不知這「道」字並不神秘，也不空洞，更不值得驕傲。我們知道古文是原本儒家的，而孟子的解釋「道」字是：「夫道若大路然，豈難知哉？」他又說：「欲為君，盡君道；欲為臣，盡臣道。」那就是說，人生所應該走的路叫作「道」，做國君有做國君應該走的路，為人臣的有為人臣所應該走的路，推而至於父子兄弟、夫婦、朋友之倫，以及士、農、工、賈各業，也都有他們所應該走的路。孔子也說過：「道二，仁與不仁而已。」那就是說，世間有兩條路：一條路是君子好人所走的「仁道」，一條是小人壞蛋所走的「不仁道」，只看你自己選擇罷了。道既然是每一個人應該走的路，也可以說是人人應盡的職分，這有甚麼神秘呢？我們再拿道家的說法來看「道」，他們以為「道」是萬物萬事造成和運行的定律，萬化之源，所以莊子說：「道在稊米，道在矢溺，道在瓦礫。」那就是說，萬物萬事之中，莫不有道存在，那怎會空洞呢？由儒、道兩家的解釋這「道」字，我們可以體會出來古文家所謂「文以載道」，就是說文章是記載描寫世間萬事萬物的工具；換句話說，即是世間的一切一切，沒有不靠文章來發揮表現的。說穿了，這並不值得驕傲，更用不着謗毀，也並不神秘啊！

（二）有些人又因為古文不尚詞華，不重考據，就疑心桐城派讀書不多，有空疎淺陋的批評；並且說學桐城的只知取法方、姚，並不能上溯古人。這些話也都是不加深究的話。我以前不是說過，文章是以意勝於詞為好，以詞勝于意為不好嗎？若只知繁稱博引如考據家之所為，妃青儷白如駢文家之所為，這並不足折服古文家，因為這些東西是古文家所排斥的啊！我們講究讀書，是要將道理融化，並不是要生吞活剝。譬如做菜請客，請鄉下人吃的是要滿盤滿碗的大魚大肉，若要請上等知味的客人，那只有用鷄湯來配蔬菜，這才是不必吃鷄肉而鷄味具足，才是懂得吃的精要。做古文是要提取精華去掉渣滓，既不需要華詞，更不需要繁徵，只要有內容有組織便是第一等好文字，豈是一些考據、駢儷文章所能相提並論的嗎？我們更要知道，我國文章是越古越好，當然他們所見的書，是越古越少。如孟子、莊子，就不知道司馬遷、相如這些人，司馬遷、相如就不知道班固、張衡這些人，班固、張衡就不知道庾信、潘岳這些人，庾信、潘岳就不知道韓愈、柳宗元這些人，韓愈、柳宗元也不知道歐陽修、王安石這些人，王安石、歐陽修也不知道歸有光、方苞這些人。書是古人讀得少，文章是古人做得好，這讀書多和做文好有甚麼影響呢？我以為不只沒有好影響，而且還有壞影響。李善注《文選》甚有淵博之名，而他却不會做文章。劉貢父譏歐九不讀書，究竟劉氏的文章做得過歐公嗎？再如清代考據家所讀的書想來總比古文家讀得多，但考據家除了汪中一人以外，有一個懂得做古文的嗎？所以讀書多少和空疏不空疏，並不成一個問題。

（三）有些人又以為桐城諸老用評點八股方法來批點經史文章，是淺陋的方法，這也是一種謬見。我們要知道凡是一種方法的興起，必定有他的原因和需要。譬如漢儒掇拾秦火所賸餘的經典，把它支分節解，考定某章、某句，這才有所謂「章句之學」發生。又如劉向、劉歆父子校書秘閣，刊正脫誤，稽合同異，這才有所謂「校讐之學」發生。因為劉勰、鍾嶸這班人對於詩文加以批評，區別它們的好壞，後來或用黃筆、紅筆來分別高下，這才有「評點之學」發生。可見每一種方法的興起都是為着需要。我們對於一篇文章的評價，設使不用評點，那裏能看得出呢？所以說評點是一種了解文章最簡捷的方法，雖然不知始于何時，但韓文公有提要鈎玄的說法，歐公有紅勒帛的抹劣句，當然對於好句子也應該有一種標誌了。但這評點之學做得最成功的，是明代歸熙甫先生；他用評點方法施于《史記》，於是《史記》的精要地方，完全顯露出來。不只他自己得着《史記》的好處來成就他的古文，可以說清代治桐城派文章的，沒有一個人不從這部評點《史記》入手的。後來做八股的也用這方法來評點時文，我們却不能承認是由批八股而轉用來批古文的。我們不能倒果為因，更不能因這評點辦法經八股文家用過便不敢再拿來批古文。並且評點這件事，看來雖然似乎容易，但做起來却也甚難。因為你知道某句當圈，某段當特加注意，不是你的學問見識到家，他那裏會知道呢？自來批《史記》的恐怕也不少，何以歸、方評本為世所重呢？這就是名家的眼光不與一般人相同的地方。評點之學豈是容易的事，可以輕易為之的嗎？所以桐城派中人便有「評點啓發人神智，有愈於解說者多矣」的說法。而吳摯父先生更有如下之言論：「陋不陋在學識而不在評點。學識至矣，雖點竄經典，以示來茲，皆可法式；如其未也，縱緘默不言，寧能免於陋乎？」這真是一針見血之語、作文的至寶南鍼，我們那裏可以因一些無聊的議論而看輕它呢？

（四）又有一些人說，姚氏雖曾提出為學之要，即考據、義理、詞章缺一不可，但考姚氏可能做到的只有詞章，至於考據、義理兩方面，便沒有甚麼表現，這可算得名實相符嗎？這又是一種似是而非的說法。因為桐城諸老所說的「考據」，乃是對於一切事物的真實性，如做一篇孝子傳，必要將這孝子生平考問清楚；如做一篇駁難的文章，必定要將事理考究明白；所謂無徵不信，並不同於漢學家僅在訓詁名物上考來考去，才是考據。至於所謂義理，也是指：凡處理一切事物應該用的合理的方法；如于理上義上覺得不安，那便不可做不應做，也並不只限於宋儒之高談心性。好比我要為人做一篇廉吏傳，而我本身便要先是一個十分廉潔的人，然後才配做這篇傳，不然做傳是一回事，做人又是一回事，這合理不合理呢？所以我說他們所談的義理、考據，乃是廣義的，真實的，合理的，我們不能拿漢、宋來範圍他們的。即以書本上的學問而論，方、姚兩先生於經都有著作，且都在求聖人之意上面着想，不是清儒情願做漢儒的子孫奴才的作風。因為清儒願意做名物訓詁工夫，所以鄙視宋學，而宋學方面又少身體力行的人，所以被考據家看輕。你看清代兩《經解》所收的都是漢學，對於宋學或漢、宋兼採的一字不收，可見門户之見甚嚴，心胸之不夠廣大。我們今天論學問，要為天地立心，生民立命，豈可以博而寡要的漢學、空而無實的宋學來衡量一切呢？來批評桐城呢？

（五）又有一些人說，文章是不要行氣的。因為古文空洞無實，所以一定要有氣，若作徵實文字，就不需此了。這真是一種謬說。我們知道文章本來是語言的精華。如果我們登臺演說，如我的中氣不夠，說話無精打彩的不能有盛氣貫注，沒有抑揚、高下的聲音，能夠動人之聽麼？如果聲音洪亮，中氣充實，講得激昂慷慨，能夠不動人之聽麼？演講如此，作文也是如此。孟子說：「吾善養吾浩然之氣。」所以他的文章光明俊偉。韓文公說：

「氣盛則言之長短與聲之高下皆宜。」古文中的好文章斷無沒有氣的，並且多是盛氣驅邁，如水之出谷，雲之出岫，海波之洶湧，那裏可以說不要氣呢？講這種話的人，大概是考據家，以為文貴多，不必講行氣。不知文章沒有氣便不能念下去，考據家的文章所以要不得，一方面固然是為書所累，一方面便是無氣的結果。但氣是從那裏看出來的呢？所以前人便提出「因聲求氣」的一種方法。我現在可把姚、曾兩氏關於氣的說法，引證於後。姚氏之說曰：

詩文美者，命意必善。文字者，猶人之言語也。有氣以充之，則觀其文，雖百世而後，如立其前而與言；無氣則積字焉而已。意與氣相御而為辭，然後有聲音節奏，高下抗墜，反覆進退之態，采色之華。故聲色之美，因乎意與氣而時發者也，是安得有定法哉。

曾氏之說曰：

……以茲數者守持勿失，然後下筆造次皆有法度，乃可專精以理吾之氣，深求韓公所謂與子雲、相如同工者。熟讀而強探，長吟而反復，使其氣若翺翥於虛無之表，其跌宕俊邁而不可方物……論其末則抗吾氣以與古人之氣相翕，有欲求太簡而不得者。兼營乎本末，斟酌乎繁簡，此自昔志士之所為畢生矻矻而吾輩所當勉焉者也。

由姚氏、曾氏所言，可知行氣的重要和養氣的方法。你如果能高聲朗誦古人的文章，氣就在聲音裏可以覺得；久之，你的氣和古人的氣似乎打成一片，將來你寫文章的時候，一下筆氣便汩汩而來，不愁其竭了。這是為愛好古文的人們說法。如果終身只會默誦而不能朗誦，那麼古文之氣，仍是找不到的，只好終身作外行而已。

（六）有一些人對於文章看不起，以為這不過是隨筆寫來的東西，比那有系統的著作便差得很遠。這也是一知半解的話。自來著作之體，原分兩種：一種是有系統的，一種是隨便談談的。有時是需要有系統的，有時是不需要的，但却都無高下好壞的分別。因為要適合兩種場合，所以便不能不用兩種寫法。從前吳摯父先生曾有如下的說法：著書原有二種體裁：一種是集錄，是把單篇的詩和文集攏來的，這是由《詩經》、《書經》來的，衍成後來的詩集、文集；一種是著作，是一幹眾枝，用有系統的方法論一種學問或一種記載的，這是由《易經》和《春秋》這條路來的，後來便衍為子、史兩部。我們知道六經中《詩》、《書》和《易》、《春秋》，並無高下的分別，一樣受人看重，我們何能把詩文集輕視呢？我們要知道單篇和長篇，不過是形態的差別而已，內容有繁簡，分量有多少而已，其實精微之點，還是一個東西；歸納起來是一篇文章，演繹出去便是一部長篇著作。譬如杜、韓論文的文章詩篇，如果放大了些，不也就是《文心雕龍》一類的書麼？古人卻認為不必如此做法，所以只以一文數詩了之。我們又看《尚書》雖是集錄之體，那裏面的《洪範》一篇，不是有系統的著述是甚麼？又如三禮之中，《周禮》、《儀禮》兩書，好似有系統的著作了，但那論禮意的《禮記》雖是集錄成書，你可以不重視它麼？妄為軒輊，這是不學無術的流俗見解，並不知道著作文章的真諦所在啊！

（七）又有一些人要問：何以明前後七子學秦漢而落得偽體之名，明代歸震川，清代方、姚學韓、歐而有正宗之號？同是一樣的學，而且秦漢比韓、歐早，文章也比韓、歐高，何以學來的結果，反落得一個不好的名聲，這是甚麼道理呢？我的解答是：第一，我們做學問斷斷不可有躐等之弊。秦漢固比韓、歐早，但我們生今之世，已在韓、歐之後。譬如一幢四層樓房，三代是頂樓，秦、漢是三樓，韓、歐是二樓，明、清是地下。當然人人總想到頂樓，但由地下上去，是不是要經過二樓才能到三樓，由三樓才能到頂樓呢？明人想越過二樓而到三樓，如果他們沒有跳高的本領，當然要跌斷腿了。第二是韓昌黎曾語學者，他說他學三代、兩漢，是師其意不師其詞；換句話來說，就是我們學古人是學古人的精神和精意，而不需要句摹字仿。我們看韓氏佩服揚、馬到了極點，但他卻不摹一首漢賦。歐陽修曾對王介甫說過這話：「孟、韓文雖高，不必似之也。」東坡也有「世人紛紛學杜甫，誰得其皮與其骨」的話。他們都是以字摹句仿為最大戒律，所以唐、宋八家，各人都有各人的面目，我們一望便知這是蘇，這是王，這是韓。如明人的摹秦、漢，是真像秦漢，而他們的真面目又在那裏呢？不是偽體是甚麼呢？真正講來，八家和歸、方何嘗不講摹仿，但摹仿要能變化，要能遺貌取神，要能自具面目，這才配學古人。所以桐城有兩句論文要語，便是「有所法而後成，有所變而後大。」明人不知變，所以弄到費力不討好。不料此風到清代還未息，如王闓運之摹秦、漢、盛唐，又是一種新偽體出現了，有甚麼辦法呢？

由上面七點看來，我已經憑我的知識經驗，一一為解釋。想來不是故逞意氣或固執己見的人們，看了我的說法，必定會把以往的謬見誤解消釋，然後體會桐城派的真精神所在，這才可以看得見桐城的真相。而他們教人做文、做學問、做人的方法是兼提並顧，毫不偏向一方面的。我想由桐城的方法去學做文而得到成就，不知道有多少（我後面所列兩表，不過就知名的列入，其餘無名英雄或我所漏列的還不知有多少）。我們可以輕加詆毀麼？最可笑的有些人公然說，學桐城的只會抱了歸、方、姚、梅幾部集子看看，便以為是古文家。而據我所知，當然歸、方集子，並不是不許學桐城的人去看，但諸大師所指導人們應看的書，如我在前面所引的，是凡治桐城的所必讀的書，也就是凡治古文的人們所必讀的東西。但其中有經，有史，有子，又何嘗只以歸、方為法呢？我們知道曾滌生平生所愛的七部書是一刻不離手的，摯父先生對於《史記》、韓文是時時擺在身邊的，何嘗是以近師為法呢？這種無聊無識的話，不知道如何造出來，也不知如何流布出去，也還有許多人相信，真是一大怪事。

摯父先生是晚近桐城派大師，他生平所點勘之書，遍及四部，精博無對。但他曾說，現在世界學術一天比一天複雜，中國之書如此之多，那裏讀得完？他以為除了六經以外，這部姚氏《古文辭類纂》，乃二千年中國最高文章的總滙，他以為別的書可以不讀，而這部書乃萬萬不可不讀。他對朋友講了好多次。我以小門生的資格，也願意大聲疾呼，對一般有志中國舊文學的人們來一次呼籲：即是說，你們如要想在古文中覓出路，那只有跟着桐城派所說的戒律，所指示的途徑走。只有這是一條大路，一條正道，除此以外實在沒有甚麼捷徑可循。走其他的歧途，我敢包你費力不討好，會生出毛病來。若跟這條路走，不只可以知道入門的途徑；就是達到文章至高至善的境界，把他造成一個震古鑠今的大文學家，也只有這條坦途。至于近人章太炎所說「桐城足摧魔外」，還是未得桐城真諦而淺之乎視桐城的說法。

八、必須補充糾正的桐城派缺點

最後我想一定還有人來問，你把桐城派說得如此之完善，是學古文唯一的途徑，這話是不錯的；到底桐城派有沒有缺點，必須加以補充和糾正呢？我以為這一問是對到極點，凡是一種學術都不能說毫無缺點。就以桐城派而論，初期、中期、後期的各大師的修正前人說法，補充自己意見的實在不少，這在我前面文章裏早有提及。到今天，好似桐城派的一切一切，已經擴充糾正到了無可再盡力的程度。但以我後輩的立場來講，我的淺陋眼光所見，以為還有四點應該糾正補充，這才能達到完善地步。現在我把我的意見敘述於後：

（一）我在前文不是解釋「文以載道」的「道」字並非神秘嗎？此外還有一個「理」字，也是桐城做古文的所禁說的。我以為他們所指的理，乃是宋、明理學家所說的理，因為宋、明理學都是談心說性，並且他們記師說都是用白話記載，曾滌生所以有「古文之道，無施不可，但不可以說理」的話。他的意思，一來怕用俗語近俚，談心性近腐，所以他便懸為厲禁了。我以為如果只把理當作性理之理，當然不可入文，但是世間萬事萬物莫不有理，如周、秦諸子的討論學理，兩漢人奏議之討論事理，文章是何等雅馴。就是近代侯官嚴幾道所譯西書，用文雅的詞句，譯了泰西經濟、法律、政治、論理、生物、社會、哲學的書，吳摯父先生推為和晚周諸子不相上下。這些書那一種不是說理，不過不限於性理的理罷了。所以我們今後做文章，不管事理、物理、學理，只要世界上的東西，人們的意所想到的，都應該由我們筆下寫出來，把理字範圍擴大，使它不為宋明理學所限制。就是講身心性命，如果有高文閎筆，又何嘗不可自鑄偉詞呢？孟子、荀子、揚子又何嘗不是儒家言理的魁傑呢？這也只有看各人的本領。這是我想糾正前人之說而加擴大的。

（二）我國自來做古文的人，還有牢不可破的一蔽，是以儒家道統自命。所謂「軻之死不得其傳焉」，這是退之先生自命不凡，意謂只有我能承其傳。他們把道統和文統合而為一，都拉在自己身上。他們以為文必載道，道便是儒家命脈，如一涉佛說，便是叛道，便是異端，便自己站不住。韓文公寫《原道》，本於佛、老毫無所知，而宋儒歡迎他的原因，便是排佛、老。我以為我國人治學犯了兩個大毛病：第一是不加深究，逞意氣罵人；第二便是不夠坦白，自欺欺人。前者是孟子的排楊、墨，韓子的排佛、老；後者便是宋儒受佛學影響而倡理學，因為衛道崇儒關係，便玩了一套把戲，來一個改頭換面工作，叫作陽儒陰釋。這也許是文廟的冷豬肉在作祟，而中國學者的不夠坦白誠實，也就可想見了。《中庸》上說：「不誠無物。」提倡理學的人既然不誠，那其他還有甚麼可說的呢？這也難怪世間的偽理學、偽道學一天比一天多了。因為宋儒看重《原道》，歐公因有《本論》一篇，都是衛道之作，所以做古文的人們，便要崇理學而排佛學了；這又與殺鄧析而用其竹刑有何區別呢？因為崇理學的關係，所以方望溪在排斥吳越諸老的時候，也就連帶譏諷着的說：「子厚、東坡，以之自瑕。」他的意思是說，如果柳、蘇兩先生不談佛學，豈不更完善，而今有了談佛之文，不免是污點了。我們要知道天下的理原是相通的，我們不能說孔子說的便對，佛氏說的便不對。柳子厚曾說，佛說與《易經》《論語》理相通；他的集子裏替和尚作的碑可不少。李習之與韓齊名，但他的《復性書》三篇，全是用佛理來釋《中庸》。至於荊公、東坡，更是貫串百氏，深通內典，所以他們兩人的文集中，關於佛學的文字不少。這正足以表示他們意度的寬大，而真正懂得學問的源頭。他們談佛，於儒並無礙，也並不礙他們古文的大名。我們在今天看來，只覺韓、歐的狹隘，程、朱的不誠，並不覺得子厚、東坡有瑕疵的地方。所謂以之自瑕者，乃方氏之陋見，不能作為定論的。這也許不僅是方氏一人之謬見，或者可以說自韓、歐、程、朱以來所共存的妄見。這種妄見不除，文章領域何由開濶，世界學術何由溝通？我以為我們在今日談做文章，應該學柳、李、王、蘇的做法，把儒佛一關打通，這才有滙通廣大之效。陸子靜不是說過「東海有聖人出，西海有聖人出，此心同，此理同」的話麼？陸之見識，畢竟高過程、朱也。這是我第二件要想改革的。

（三）我曾聽顧炎武說過，韓文公如只存《原道》這些衛道的文字幾篇，而把那些諛墓的文字刪去，豈不是自成一子麼？曾滌生也以為贈序這種文章，韓文公做得最好而多；但他以為這種文體，絕對不應該存在。我以為何只贈序，就是無聊的墓誌銘，推垛的詞賦，千篇一律的詩集序，又有什麼價值呢？這也難怪受一班漢學家、駢文家的譏謗了。我以為最重要的文章，只有議論、敘記兩體。議論如周、秦諸子、漢人奏議都是顛撲不破之作。敘記只有史傳之一途。所以從前古文家都亟亟於修史，因為文藉史以傳，比文集好得多了。而議論談理之專書，漢以後都不多見，因為見識不夠的原故。自著不能，只有在譯書方面想辦法。晉、唐的佛經傳譯和近代嚴、林兩氏的譯西洋哲理、文學要籍，也是一種法門。所以我希望以後的古文家少做無聊的文章，多在翻譯外籍及修史兩件事上注意，這才能顯出古文的真價值和用途。

（四）近代古文家對於新名詞，常常視同蛇蝎，好似文中一着新名詞，便不成東西，這也是一蔽。我以為詞無所謂新舊，更無所謂雅俗。我們常常聽見社會土語，倒反是古代雅言，這雅俗何由分呢？還有一點是心理的作用，我們總以為舊名詞是好，新名詞是不好。不知道古人所用當時語，也都是當時新名詞，不過到了今天，日子一久，我們便不覺其新，不覺其俗了。這種心理障礙不除，於名詞的解放是不可能的。但話又說回頭來，他們所以討厭新名詞者，因為中國在新東西進來的時候，並未有專家去翻譯，去審定，只有一般不學無術的人去造詞，所以造出許多俚俗不堪或不合理的詞，這也難怪古文家不願用不屑用。但儘管是消極抵制，而名詞是侵入了，這又如何對付呢？嚴先生在他譯書時，常感覺到中國字不夠用。林先生也希望政府設一機關，網羅海內名宿，把外國的名詞，一一用雅切簡當的中國字譯出，制定專名，頒佈海內。這一下子，無論譯外國甚麼學術文章，都可揮灑自如；學術界和國人，自然受益不少。兩先生的話是前幾十年說的，而這事是否完全做到，翻譯界是否完全遵守，是不是收了譯名統一之效，這我倒要問一般譯學或文學界的朋友們了。

綜上面所希望的：第一是把理字範圍擴大；第二是不要有排佛的陋習；第三是要在實際上討生活；第四是要把新名詞採用。我所說的這四點，不過是我個人的感想，對與不對，還要請教海內知言君子的教正。

桐城派授受源流表一（據曾滌生文編列）

姓名	字	里籍	傳受淵源	事蹟及著述
方苞	望溪	安徽桐城	上承歸熙甫下開劉、姚	進士，禮部侍郎，有《望溪全集》。
姚範	薑塢	同前	友劉大櫆	進士，有《援鶉堂集》。
劉大櫆	海峯	同前	方苞所稱	副舉人，黟縣教諭，有集。
姚鼐	姬傳	同前	姚範、劉大櫆弟子	進士，刑部侍中，有《惜抱軒全集》，選《古文辭類纂》。

方東樹	植之	同前	姚鼐弟子	諸生，著《漢學商兑》、《昭昧詹言》等書。
管同	異之	江蘇上元	同前	舉人，著《因寄軒文集》。
梅曾亮	伯言	同前	同前	進士，户部郎中，有《柏梘山房集》。
吳德旋	仲倫	江蘇宜興	同前	諸生，有《初月樓集》。
魯九皋	絜非	江西新城	姚鼐友	進士，山西知縣，有《山木集》。
陳用光	碩士	同前	師九皋及姚鼐	進士，禮部侍郎，有《太乙舟集》。
呂璜	月滄	廣西永福	德旋弟子、友梅曾亮	浙江知縣，有《月滄文集》。
朱琦	伯韓	廣西臨桂	德旋、呂璜弟子	進士，道員，有《怡志堂集》。
龍啓瑞	翰臣	同前	同前	進士，江西布政使，有《經堂德集》。
王拯	定甫	廣西馬平	同前	進士，通政使，有《龍壁山房集》。
吳敏樹	南屏	湖南巴陵	友梅曾亮、朱琦、王拯	舉人，瀏陽訓導，有《柈湖文集》。
郭嵩燾	伯琛	湖南湘陰	私淑姚氏、友曾氏	進士，兵部侍郎，有《養知書屋集》。
孫鼎臣	芝房	湖南善化	友梅氏	進士，翰林院侍讀，有《蒼筤文集》。
楊彝尊	性農	湖南武陵	私淑姚氏	進士，有《移芝室文集》。

桐城派授受源流表二（據我所知道的編列）

姓名	字	里籍	傳受淵源	事蹟及著述
曾國藩	滌生	湖南湘鄉	私淑姚氏、友梅氏	進士，兩江總督，太傅，大學士，毅勇侯，有《曾文正公全集》。
張裕釗	濂亭	湖北武昌	曾氏弟子	舉人，蓮池書院山長，有《濂亭集》。
吳汝綸	摯父	安徽桐城	同前	進士，冀州知州，京卿，蓮池書院山長，有《吳先生全書》。
黎庶昌	蒓齋	貴州遵義	同前	諸生，日本公使，有《蒓齋集》。
范當世	肯堂	江蘇通州	張氏弟子、友吳氏	諸生，冀州書院山長，有《范伯子全集》。
賀濤	松坡	直隸武強	吳氏、張氏弟子	進士，教諭，有《賀先生文集》。
王樹枏	晉卿	直隸新城	吳氏、張氏弟子	進士，新疆布政使，有《陶廬全集》。
柯劭忞	鳳孫	山東膠州	吳氏弟子，女夫	進士，提學使，有《蓼園集》、《新元史》。
馬其昶	通伯	安徽桐城	吳氏、張氏弟子	貢生，學部主事，有《抱潤軒集》及說經之書。
姚永概	叔節	同前	吳氏弟子	舉人，有《慎宜軒集》。

趙衡	湘帆	直隸冀州	賀氏弟子	有《叙異齋集》。
李剛己	剛己	直隸南宮	吴氏、賀氏弟子	進士，山西知縣，有《李剛己遺集》。
張獻羣	獻羣	直隸南皮	賀氏弟子	有《雄白集》。
吴闓生	北江	安徽桐城	摯父子，賀氏、范氏弟子	教育次長，有《北江先生集》。
陳三立	伯嚴	江西義寧	取徑張、吴，友范氏	進士，吏部主事，有《散原精舍詩》，文集。
嚴復	幾道	福建侯官	嘗以譯著請益吴氏	海軍留英學生，北京大學校長，有嚴譯八種及詩文集。
林紓	畏廬	福建閩縣	私淑方、姚，嘗請益吴氏	舉人，教諭，北京大學教授，譯西洋小說二百餘種，有《畏廬集》。
趙熙	堯生	四川榮縣	友馬其昶	進士，御史，有《香宋詩詞》，文未刊。
陳衍	石遺	福建侯官	私淑方、姚，友馬、姚諸氏	舉人，北京大學教授，有《石遺室叢書》。

論范伯子詩

一、身世簡介

近來談同光體詩的人多半知道推崇陳散原、鄭海藏，但是這位為桐城吳摯甫、姚叔節、義寧陳伯嚴三位先生所最推服的清代三百年第一詩人、南通范伯子先生的詩，似乎還不為一班文人學士所知。這便是我寫這篇文字的動機。因為像這等好詩，弄到沒有人知道，而一些普通吟風弄月的作品，反受一班人的歡迎贊歎，這真是詩壇的憾事，藝林的恥辱。但是話又說回來，老子不是說過「大音希聲」、「知我者希，則我貴矣」這些話嗎？但就文藝本身來講，好作品本來是不容易懂的；就是別人不懂，也對於他本身絲毫無損。但是就我們負責提倡文學的人來說，一方面抱着闡幽發微的志願，一方面負着承先啓後的責任，那就不能不做一番表彰提倡的工作了。

文學本來是難懂的東西。社會是盲目的，跟着人走的，一班人也不會有甚麼真知灼見。從學術這一門來說，我們二千年來所崇拜文化宗祖的孔夫子，當時雖然有三千弟子，七十二賢人，但是如果後來沒有孟夫子的推崇，以為是「生民未有」、「集羣聖之大成」；再加和漢太史令司馬子長的贊揚，以為是「中國言六藝者，折衷於夫子，可謂至聖矣」；再加以漢儒董仲舒的服膺，漢武帝用政治力量來表章；那孔子學說雖然精深博大，恐怕不會昌盛到這步田地。又如《莊子》《離騷》的文章，司馬相如、揚雄的賦，司馬遷的史，杜甫的詩，不是經後來作者如韓昌黎、柳子厚、王荊公這班文人學士的推崇，我怕流傳也不至如此之盛。所以我們讀到韓昌黎「莫為之前，雖美而不彰；莫為之後，雖盛而不傳」這兩句話，深深體會到一件事業，一樁學術，一派文章，斷斷不是一兩個人和短時間所能做成的。必定要有提倡的在先，繼承的發揮在後，如此繼續緜延的推衍下去，這才可以建立一個宗派，成一種氣象。韓文公的文章，在唐代是何等有光芒。我們讀到歐陽公《書舊本韓文後》這篇文章以後，才知道韓文在北宋時已不大通行了。若非歐公出來提倡，恐怕到現在，我們也不會知道這位古文泰斗了。又如杜詩在唐時本了不起，但是不因為元微之、白居易、韓昌黎一班人的推崇，再加以宋朝蘇東坡、王荊公、黃山谷的服膺，我恐怕他也不會安穩地坐在他詩王詩聖詩史詩祖宗的寶座罷！又如孟東野、梅聖俞、王荊公、黃山谷的詩，雖然在當時有名，但自宋以後，一直不被人稱道。到了清末同光派出來，提倡宋詩，這才把這幾位詩人的好處發揮盡致。一班學詩的人，才知道唐詩而外，還有這些大詩人。我記得我的老友慈谿徐曼署先生（徐訏的父親）對我說過一句話，是值得我們傾心佩服的。他說：中國人多半有尊古卑今的習性。以文學論，一般人總以為是越古越好，越近越不好。這完全是人云亦云耳食的話。其實詩和文應該分開來講。我以為文章如周秦諸子的論理，漢人的論事文章，既合邏輯，又有內容，做得好極了。到後來一代不如一代。到宋朝如三蘇的文字，發策決科的文章，簡直是考試科舉文字，那裏還要得？至於詩，那是一代好過一代。六朝的詩華而不實，陳陳相因。唐人詩只講聲響色澤，膚廓無當，多半在表面上做。到了宋朝諸賢，這才做進去了。所謂於詩境能夠深入，又能淺出，剝膚存液，去粗取精，這才做到盡處極處了。（當然他所指的是中下等的詩人。如晉之陶、阮，唐之杜、韓、孟不在所批評之內。）這真是內行話，真是懂得詩的人講的話。我當時為之擊節不已。元遺山先生不也有過「詩到蘇黃盡」的話麼？他以為做詩的一切法門，都被這兩位先生發洩盡了，以為我們再不能出了他們的範圍。其實以技巧形式論，我們似乎不能出了前人的範圍。但是拿思想和時代來說，我們在詩的內容方面來說，似乎不能不跳出他們的範圍。也可以說，我們不應該沒有獨創的精神和寫實的本領。所以一時有一時的風尚，一代有一代的改變。詩歌當然一代也應有一代的代表作者，這並不嫌其多的。

我們既然不必尊古卑今，就可以放膽去做我們要想做的詩歌了。我們試看杜、韓的詩，是唐代的代表作者，一班人以為不可及了。但到了宋朝出了蘇、黃兩位先生。蘇、黃的詩雖然不能壓倒杜、韓，但是唐代的一般小詩家，都被他兩人打倒了。蘇、黃而後，似乎又無從再出大詩人了。不料清末產生了范肯堂、陳散原兩位先生，雖然不能壓倒蘇、黃，但是宋以後這般小名家，也都被他兩位推下去了。所以豪傑之士，是不要氣餒的。如果我們第一步能知道途徑，能用功；第二步能自闢途徑，能創造的話；我們對於前人第一流作者，雖然不能蓋過，但是次一流作者，是一定可以打倒的。我們生在這個空前的大時代，一定會產生一兩位空前的大詩人。這真是我日夜馨香祝禱的啊。

散原先生詩的妙處，一班作詩的朋友，是深知道的，我也不用重複的敘說。范先生詩的好處，便不是一班作詩的朋友所能了解；除非像吳摯父、陳散原、姚叔節這幾位大師，是不會懂得的。這是甚麼原故呢？因為東西越好越是難懂。乍看是好的，看久了便覺得毛病百出；反之，乍看看不出甚麼好處的，倒是看越久越耐人尋味。我記得前人看某一碑，乍看一下，覺得無甚出奇，到後來重複來看，竟在碑下坐臥了三天。這就是這個譬喻。范先生詩精深雄遠的地方，當然不是淺嘗和乍看的朋友所能了解的啊。

我們要知道范先生的詩，便先要知道他的身世和時代背景、師友交游，這才能全部了解他的詩，孟子所謂知人論世是也。袁子才曾說道：「天要造就一個文人，也並非容易的事。第一要有好姿質，第二要有好師友。又要到通都大邑，聞見博，交游廣。還要時代太平，能夠從容做學問。最後還要年紀活得大。有了這些條件，這才可以造成一個文人出來啊」！范先生的生平，有他妻弟桐城姚叔節先生做的一篇墓誌銘，我現在把它鈔一段在後面：

君諱當世，字无錯，號肯堂。世為江蘇通州儒族。祖某父某皆不仕。君少出語驚長老，壯而益奇。武昌張先生裕釗有文章大名，客江寧。君偕張謇、朱銘盤謁之。張先生大喜，自詫一日得通州三生，茲事有付託矣！……吳先生汝綸官冀州，見君與謇、銘盤唱和詩，貽書鈎致。君亦樂依吳先生，遂之冀。而張先生亦來主講保定，益相與論定古聖賢人微言奧義，學更大進。是時君方喪前夫人，吳先生為介，聘吾仲姊，因就婚先子江西安福署中。……其後吳先生居保定，吾往從之，君方携吾姊客李文忠公所。見即飲酒賦詩，詼調間作；別十日不見君寄詩，即寄聲誚責以為樂。迨甲午戰敗，文忠公得罪，君與我皆東歸，不復北游。視曩時游讌，如易世矣。

我們從這二百幾十字當中，可以看出，范先生是世代書香。我在他文集裏曾見有《通州范氏詩鈔序》，就這篇文章計算起來，一共有八代的詩人。這先天的遺傳，是與一班不同的。他是年少聰明，長大更是了不得的天才。所以他一去見張廉卿先生，張先生讀了他的文章便許他是具有陽剛天才，可以繼承韓昌黎一脈。後來吳摯父先生看見了他和張季直、朱曼君聯句唱和的詩，嘆為大家手筆，一定要他到冀州書院去替他教學生，作育人才。你看張先生不過是一位書院山長，吳先生不過是一位州官，但他們的認識人才，獎拔和羅致人才的本領可不小。後來因為李文忠要請一位先生教他的兒子，摯甫先生便舉薦范先生去。吳先生的意思，不只期望范先生做個名師，還希望他能將李文忠生平一切記下來作為史實，來糾正國史和輿論的錯誤。范先生不過一個秀才，年紀四十左右，而李文忠對待這位老夫子，真是恭而且敬。我聽說每逢朔望，文忠一定穿着冠服，到老夫子處請安。束修之外，還時時送魚翅海參這些珍品，真是當作老師看待。而范先生在首相幕府備受尊禮，如是現在的人，不要藉這種權勢，「麥克」「麥克」，滿載而歸嗎？但是范先生是以窮秀才來，還以窮秀才回去。他雖憑藉他的地位聲望，幫了不少死友窮親的忙，而他自己個人，卻是安貧樂道，一介不取的人物。我們看了這段事實：文忠的不挾貴，范先生的固窮，真是各盡其道。而吳先生的愛才若渴，不只薦他入相府，還要硬作冰人，把姚慕庭的二小姊倚雲配與肯老續絃，終於結合一段美滿姻緣。使我們在今天看起來，真是有唐虞三代的感想了。後來范先生回通州辦學，也受當地人士的反對。最後在光緒卅年因肺病到上海就醫，年紀不過五十一歲，這位有清三百年的唯一大詩人，就與世長辭了。他如果能活到散原先生的年紀，恐怕成就還要大。但是杜工部、韓昌黎都不是活過六十歲的人，這壽數的修短，是不足肯定學問的成就與否的，我們在這裏也不用多講了。

二、名輩推崇

范先生詩的好處與其我來談，不如引他同輩師友的話來說，更覺得適當。我現在只有把吳摯父汝綸、陳散原三立、姚叔節永概、俞恪士明震、夏劍丞敬觀五先生對他的評價寫在下面：

吳摯父先生《答范肯堂書》上面說：

大詩所詣益高，賦品當在鮑、江之間；此乃追還古風，非時俗所有。吾讀竟不以為君喜，乃反怨恨。既歎老頹，又深惜執事詩賦益奇，益復無人知者。奈何！奈何！

又《答范肯堂書》上面有如下的話：

大詩純乎大家。此數詩尤極縱恣揮斥之致。

姚先生做的《范先生墓銘》上面說：

維我聖清載逾二百，五洲交通，藝術競勝。僅恃一國窳敗不振之故習，不足敵彼族之方新。而朝野之論，又斷斷不可合並，故釀為甲午庚子之再亂。於時范君起江海之交，太息悲傷，無所抒洩，一寓之于詩。其詩震盪開闔，變化無方。讀者雖未能全喻精微，無不知愛而好之。以一諸生名被天下，噫！何其盛也！……方今海宇學術棼起，雲變川增，治斯事者，材力已患不給。而吾國文至繁奧，習之尤費時日。議者乃欲更張之，就淺易。君詩雖至工，真知其意者無幾人，數世之後，又孰能測君所用心乎？然巴比倫埃及之古碑，希臘印度之詩，西士好古者搜釋之不遺餘力也。以吾國文字之精深微妙，實有不可磨滅者存。意必有魁桀之士，寶貴而研索之，殆其決也。於君詩又何憂乎！

姚先生又有《與人書》的大意說：

後來很多後生青年，問我做文章做詩的方法和門徑。這批人的來意，我不知道是真正的求學呢？或者要我來替他們捧場呢？如果要我來捧場，我這老頭子是不耐煩來做這等事的。如果要我指示塗徑，我只能告訴他們說：「近代做詩的人，只有范先生的詩雖然是開闔縱盪，卻是法度不悖于古人，是清朝第一位詩人。」聽者不明白我所說的真話，反說范先生是你親戚，當然要恭維他到九天之上了。我聽了這種論調，只能閉嘴一句不響了。

我們又可在姚先生《寄李建甫孝廉》一首詩裏看出他的推許，而且說是遺山以後一人。

太白源風騷，杜陵兼頌雅。鬱勃忠孝懷，流轉飢寒踝。此義遺山來，到今鮮作者。豈乏深雄姿？境或不相假。觥觥通州范，奮起百代下。同時張與吳，不自居陶冶。意氣無韓蘇，沈憂類屈賈。屯蹇五十年，一棺戢荒野。公子嗜好奇，愛古勤搜把。更作千秋謀，雕印出廣廈。抱潤筆真雄，素園經世寡。平生三不如，欲以名唐庌。倘是吾言乎，斯文金玉也。

我們再看看陳散原的詩和他對他小門生說的話。他對李芋庵說：「你們千萬不要學我的詩，我詩是學不得的。最好還是多看范先生的詩，范先生詩橫絕千古，是清代三百年第一詩人，我是萬萬不及的。」我寫到這裏，又想起我們貴同鄉的鄭太夷來了。他生平甚自負，在沈濤園詩集裏記得有太夷忽推散原的詩為清代第一的話。此老在關外的時候，有一次還對人說：「我的詩是不是可勝過陳散原呢？」有人將這句話傳到散原先生耳裏，散老大笑說道：「太夷還有與我競勝的心理，這便落第二乘了。像我的話，詩要做就做。做出來就好似吐痰一般吐了就了，絕對沒有絲毫和人競勝的念頭。」就這一着來講，不已經勝過太夷了嗎？太夷推散原為清代詩第一，散原又推范先生清詩第一，倒底誰第一呢？我以為都可稱為第一。這話怎講呢？因為兩先生面目不同，所以不能相提並論。范先生是以白描見長的，陳先生是以着色見長的。范先生在氣體上講究，陳先生在字句上磨練。范先生詩縱盪開闔，若白雲卷空；陳先生千錘百鍊，若黃金在冶。拿古代詩人來比，在晉宋來講，范先生近陶，陳先生近謝。拿唐人來講，范先生近杜，陳先生近韓。拿宋人來比：范先生近蘇，陳先生近黃。我們再拿做菜來比：范先生的詩好比清湯乾貝、清湯蚌，陳先生詩乃是紅燒魚翅、大烏參。拿唱戲來比：范先生是譚鑫培、余叔岩的老生，以悲壯蒼涼勝，陳先生是郝壽臣、金少山的花臉，以沈雄響亮勝。拿畫來比：范先生是南宗的淡墨山水，陳先生是北宗的金碧山川。拿酒來比：范先生是清冽的竹葉青、香檳酒、葡萄酒，陳先生是濃郁的汾酒、威士忌、白蘭地。拿寫字來比：范先生是二王的淳化大觀，陳先生是北碑的張猛龍、張黑女。拿茶來比：范先生是龍井、香片、碧螺春，陳先生是水仙、普洱、鐵觀音。

我做詩的開蒙老師，第一位便是陳散老，第二位便是范肯老。我對於兩家的律詩，多半能成誦，是沒有偏嗜的。我曾同我老友李彌庵、栩庵兄弟說，我們不妨將二家詩最好的選出十分之五作為讀本，也許還可沾溉後學呢。現在讓我將陳散老關於范肯老作的詩寫在後面。便知他對於肯老佩服的程度了。

肯堂為我錄甲午中秋玩月之作，蘇、黃之後，無此奇矣。

吾生後晚生千載，不與蘇黃數子遊。賴有斯人力復古，公然高咏氣橫秋。深杯坐惜長談地，大月難窺澈骨憂。悵望心期指江水，為公灑涕記南樓。

哭肯堂　三首之一

江南號三范，子也白眉長。早歲綴文篇，躋列張吳行。承傳追冥漠，墜緒獲再昌。歌詩反掩之，獨以大力扛。噫氣所盪摩，一世走且僵。玄造豁機牙，眾派探濫觴。手攬槖籥炭，緇此萬怪腸。慚汗視故技，八荒恣搴揚。永夜鬱自語，摧燒篋中藏。愚闇退抱蜀，几案引嘐喤。子亦笑相謀，鐙火逐評量。嵲屼放人世，孤感依微茫。鄙事得熙怡，坐對髮蒼浪。敬禮復不待，餘生信倀倀。

雪夜誦肯堂詩

雪窗寂眾籟，寒鐙不肯憐。取誦肯堂詩，重接生平歡。汩汩寫胸腹，匯海迴濤瀾。神慮濯飢寒，罄欬虛空旋。誰言死無知，宛宛出我前。老至親故稀，況有深語傳。憂患棄一瞑，撫此歲月延。向怪古人癡，牙琴為絕弦。

我們又看同輩恪士先生明震《觚庵詩存》裏兩首詩，是對范先生何等的佩服。現在我把俞先生的詩鈔在下面：

和范肯堂兼示李剛己

自我來天津，一日課一詩。出門泥沒踝，峴屼窺天倪。登高夜氣靜，得此晨風吹。日光附大地，萬象皆離披。拓境無留影，一隙天所悲。悚身伺其間，寸寸還自持。百年太散漫，魂魄遂從之。卓哉范長公，黯澹天人姿。談詩有餘地，割取晴空絲。及門盡賢達，李子尤恢奇（指剛己）。深談破蒙翳，真氣相因依。悠悠人間世，擾擾長安兒。道德偶中人，耳徇心為疲。何哉寂寞中，獲此真支離。

讀范肯堂遺集愴然賦此

達人齊恩仇，沈憂吐珠玉。並世毀譽情，待向滄桑哭。誰知一卷詩，早定浮生局。君詩大國土，未屑計邊幅。精神在蒼莽，萬象生斷續。放筆奪天機，窅然龍象伏。甲午造君廬，飢驅一月宿。家貧國多難，畏行轉踖踧。幽吟互贈答，一放嘗千曲。相知在肺肝，影不隔明燭。收淚入歡娛，持瑕又抵觸。當年篤愛情，歷歷詩在目。此境不可追，此詩安忍讀。墓門宿草深，昨夜夢海角。

我們又看夏劍丞敬觀敘范先生兒子彥殊的《蝸牛舍詩》上面說：

光宣間天下言文章者咸推通州三范，而伯子詩名尤著。始予與仲林鄉舉同年，往來南京通州上海，因以詩謁伯子。時時聞緒論，至一變往所為。……予曩論彥殊詩有其尊甫伯子之風。伯子丁世衰微。愁憤悲歎，一寓於詩。其氣浩蕩，若江河趨海，羣流奔湊；滋蔓曲折，納之而不繁；審而為淵，莫測其深。竊意世知重伯子之詩，未必能盡喻其旨也。

又有《讀范伯子詩集竟題其後》的詩

伯子平生龍鶴氣，蜿蜒夭矯入篇中。能教天下翕然變，豈謂其文窮始工。齊楚大邦真不媿，同光諸士問誰雄？詩葩騷艷多疑義，猶及生前一折衷。

由上面這五大名家推許的言論來看范先生詩的真價值在那裏，這是不難知道的了。

三、論詩宗旨

我以為自古以來，凡是對於文學有偉大造就的，都有論文最精到的話；但並不像現代的文學史文學通論的編法。第一現在的一班編者並不人人在行，不過東鈔西鈔來欺世盜名。二來為的是要充塞篇幅，裝點門面，不得不寫長篇大論，敷衍一番；其實全不相干。我們看古人論文，少的如「辭達而已矣」，「修辭立其誠」，「言之不文，行之不遠」等不過一二句話便是金科玉律。後來文家論文，詩家論詩，也不過在文裏詩裏有一兩篇的作品而已。如韓文公的《答李翊書》、柳子厚的《答韋中立書》等，自道心得指示門徑；所以我們讀了這些文章，便知道他們得力所在，宗尚所在了。范先生也並未曾寫過文學通論這些書，但是他的論詩宗旨和他祈嚮所在，我們是不難在他的詩裏看出來的。我們知到他的宗旨來論他的作品，那就十分容易了。現在我把他老先生論詩的詩寫後面。

除夕詩狂自遣

歲歲年年有更換，不見流光可稍玩。惟獨今年除未除，雄詩百首長為伴。人言詩必窮而工，知窮工詩詩工窮。我窮遂無地可入，我詩遂有天能通。

我與子瞻為曠蕩，子瞻比我多一放。我學山谷作遒健，山谷比我多一鍊。惟有參之放鍊間，獨樹一幟非羞顏。徑須直接元遺山，不得下與吳王班。

我們讀了以上二首詩，可見得范先生是祈嚮蘇黃的。他要綜合兩家之長處，自成一家；要直接元遺山，不和清代吳梅村、王漁洋來比。這是何等的自負！今天我們讀他的遺詩，真是覺得可以直接元好問而無媿色。吳、王以辭藻風韻見長，真是卑卑無足道了。

與義門論詩文書二絕句

六籍英靈葬死灰，憑虛喚得幾聲回。弦歌已落伶人手，豈憶尼山學道來。

最有空詞盡樂哀，網羅故實定非才。請看鐙雨檐花句，便值高歌餓死來。

（二詩乃不佞之常談，以為工部當時，若作「檐前細雨鐙花落」，便不成語，更不值得高歌餓死也。聲音之道，亦莫知其所以然。高才若從此悟入，豈尚有死法可循哉！）

再與義門論文・設譬一首

雙眸炯炯如秋水，持比文章理最工。糞土塵沙不教入，金泥玉屑也難容。搓摩日月昭羣動，摺疊河山置太空。正要當前現光景，不能向壁造方瞳。

與仲實論詩境

詩家王氣必深寒，秘鑰誰能拔數關？龍虎相遭風過水，鸞皇自舞雪盈山。眼光料得千年在，心事無由百道閒。與子婆娑見真意，公然一蹴杜歐間。

聞況兒誦吾文，因示之要

能譜吾文作歌吹，汝從何處得真詮？行多磊落抛人外，氣有瀠洄在筆先。筆底聊浪三數處，弦中高下五千年。要令事少文無累，此妙空空竟不傳。

恪士止我寓廬四旬，大願余所為而作詩，以堅寂寞之約，且為我偏教其徒也。酬之二十六均。

皇天不示畫，上聖不修辭。爾我飯牛去，焉用嘵嘵為？大哉文字域，奧絕真難窺。茫茫九等味，純以聲和之。弦將一二激，薄發有藏遺。聖人所自得，潑水甘如飴。口耳則四寸，美實充肝脾。臨文一唱歎，逐態生妍媸。時流不善學，截膏來佐脂。猶割虎狼理，以飾羔羊皮。迂生之所曉，云云古如斯。華鮮愈不得，腐朽良堪悲。湖南有家法，人來多清奇。恪士乃可畏，持全抵人巇。悲來必飄忽，下筆三五遲。是以風雲際，歷弄煙霜姿。坐我北堂上，召我游徒嬉。承之苦不媚，擊用醜詆訾。我語諸子聽，此事古迷離。三公九牧責，面受侏儒欺。其能丈夫者，世上皆嬰兒。少年有際遇，感激為金椎。行乎植汝骨，廓汝空中思。陳身對霄壤，萬古長軒眉。一鬣所辛苦，終得衣人肌。不得組文繡，長為履下綦。

由上面范先生論詩的詩看來，我們可以知到他老先生對於詩的主張。我姑且統括起來分為六點，敘述於後：

（一）要着重白描：白描即是「白戰不許持寸鐵」的意思。我們所以討厭駢文，就是因為駢文太沒有內容，只用些字眼典故塗飾堆砌；按之實際，毫無東西。他主張白描，即是將所有不相干的堆砌字面故實的句子，完全洗得乾乾淨淨。譬如一個絕美的女子，一絲不挂，赤裸裸將他聖潔的美表現出來。又如真有武術的人，不拿一件武器，赤手與你決鬥，這才把他真實本領顯得出來。所以他詩裏有「天仙化人妙肌理，墮馬啼妝百不須」、「糞土塵沙不教入，金泥玉屑也難容」，以及「網羅故實定非才」這些句子，可見此老宗旨所在了。談到這裏，有人問：「照你這樣講來，豈不是一句典故不許用嗎？」這卻又不然。我以為典有兩種用法：一種叫作用典，一用叫作用事。這兩種不同之點在那裏呢？用典以用古人的事來比擬現在的事，不是不許用，但如死板板去用，或者僅僅為的是字面好看，對仗工整，而全沒有別的寄託，那就所謂「典用人」，也即一般所謂「用典」。這是要不得的。如果能把古事反過原來意思來用，或深一層高一層去用，或者斷章取義去用，人們讀去，只覺其生其新，不見其陳其腐，這便叫「人用典」，也就是我們所說的「用事」。古來大家名家的詩，無不能用事的。但是無論如何去用事，只許用人人懂得的典，而不許用僻典怪字來驚世駭俗，自矜淵博。因為能做好菜的廚司，所用材料，也還出不了雞鴨魚肉海錯蔬菜的範圍。是要靠着你的烹調的技術，並不需要龍肝鳳髓熊掌象鼻等名貴的東西啊！

（二）要講求氣體：一般吟風弄月的詩人，會哼兩句律詩，幾首絕句，在字句上湊得幾個好看的字眼，便以為做詩的要妙在這裏；這是完全不懂得氣體的淺人。甚麼叫作體？就是所謂整個的全體。譬如一個人只有兩隻手而無兩隻足，或者有頭無眼，殘廢不全，可以算成體麼？就是因為體是整個的完全的。但你只在某一部份注意，而不顧其他部分；如只知到弄得油頭粉面，而對於身體的清潔，衣服之裝配上全不講究，這可以見得人麼？可以稱得完全漂亮的人麼？甚麼叫作氣？氣就是呼吸的氣，也就是你身體能生存活動能有一種精神的力量。再進一步講，也就是人生天地間一種頂天立地不屈不撓的偉大精神。如果人沒有氣，豈不是與死人一樣嗎？有了呼吸，但萎靡不振，毫無精神，可稱得有用的人嗎？有了精神，但為人沒有光明俊偉的正氣，而但具上海人所謂「邪氣」或「陰陽怪氣」，那還能算得有價值的人麼？所以說體要緊氣更要緊。講到人是如此，應用到詩歌上，也是如此。所以我們論詩，要從整個去做；不許支支節節去做。要用全副精神去做，不許懨懨一息去吟。所謂在氣體上講求，便是無論五七古大篇，五七言絕句小品，都是整個的東西，要叫他成體段，要叫他有氣勢。做出詩來，先要有卓然的體，再運以浩然的氣，那便是一首極好的詩；斷不是專門在一字一句上面講究可以得來的啊！

（三）要講求聲音：自桐城諸位老先生主張「文章要從聲音證入」這個道理，便是從佛法聞根證入這點來的。此外還有個道理，即是文章上一定要講究「氣」。上段說過，人沒有氣便是死人，文章沒有氣，也使是死文章。但是文章裏的氣，是從何處表現出來呢？我們只有從聲音上來找氣。譬如一個人演講，他具有宏亮的聲音，滔滔不絕的講，就表示他的中氣足。如果講得若斷若續，懨懨沒有生氣，我請問這種演講也能夠動人麼？這便是沒有氣。氣是看不見的東西。但是可以從聲的大小長短高下久暫，辨得出他氣的旺不旺，充不充實，夠不夠盛。做文章也是這個道理，一篇文章讀得響亮的，便是氣盛；讀不成聲的，便是氣不夠，或沒有氣。所以桐城諸老主張文章要朗誦，纔把古人的聲和氣讀出來。

所謂「以吾之氣與古人之氣翕合」。又有所謂「因聲求氣」的說法，都是這個道理。范先生在這一點，尤其注意。他詩裏所說的「茫茫九等味，純以聲和之」、「六經遍可歌」、「能譜吾文作歌吹，汝從何處得真詮」。又有評杜詩「鐙前細雨檐花落」的句子，他說：「若當時杜公作『檐前細雨』便不值得高歌餓死。聲音之道，有莫之然而然的道理。高才從此悟入，豈尚有死法可循哉？」這幾句話，可見此老對於聲音是何等的講究。本來古代詩歌，是都可以入樂的，可以配合音樂唱來聽的。後來不知怎樣失傳了，弄到做詩的人不懂音樂；而會唱的人，又不懂文藝，截然分作兩條路，以致文學日見衰落下去。所以范先生又曾有兩句詩說「絃歌已入伶人手，豈憶尼山學道來」的嘆惜的句子。在當前詩歌和音樂不能打成一片的時候，要想出一種補救方法，就是要講究聲音。這原和「氣」是分不開的東西，尤其是做詩的緊要法門。所以他老先生不惜一再言之啊！

（四）要注意生造：甚麼叫生造呢？也可以說近代文學界的所謂創造。但是純粹的創造，恐怕只有信耶教的人們相信上帝造萬物，可以說是獨創的。其他所謂創造，大概都是「以因為創」的。范先生所講的生造，就是避「俗」、尤其是「熟」的法寶。大凡做一首詩，開始總有尋常普通的意思和詞句。我們必定要把一般人的見解作法撇開，剝進一層，再進一層，至於若干層，才可以用得。譬如剝黃芽白，剝冬筍，是要把外皮一層一層的剝，到了最後，才有最生最新的東西發現。把生而新的部分下鍋，又要火候適宜，不要煮得太爛太熟，這才鮮美可口，人人嘗所未嘗。所以做詩的人懂得這個訣竅，就是把尋常習見的意思詞句，通通丟掉不用。要用心苦思，想出一種出奇制勝的方法。要獨具，要特別，要自出花樣，與眾不同。所謂人人要說的，我偏不說；人人少說的，我偏要詳說。而人人所說不出的話，而你能代他說了。你所說的，都是人人心坎裏所想說的。前人所謂「人人意中所有，人人筆下所無」，便是這個道理。你能說出人所不能說而想說的話，豈不是可博得人們的同情嗎？但是這種「生造」功夫，不經苦思，是不能得來的。杜詩所謂「語不驚人死不休」，如果沒有生新的面目，獨到的見解，能夠使人震驚麼？而使人震驚的句子，完全是從苦思得來。一般才子們搖筆即來的詩，是只可騙庸眾，而不可騙內行啊！他們那裏懂得「生造」呢？

（五）要懂得橫接：近代一般人詩做不好的緣故，就是不懂得「橫接」的道理。只知道一直往下寫去，筆調直率，意思單簡，雖然長篇累牘，讀起來只覺詞費，有何意味呢？所謂「橫接」者，就是說寫了兩三句以後，要突然從外面新起一個意思，橫插進去。這局面便迥然不同。橫接地方愈多，就是說意思愈多；局面愈熱鬧，愈緊張，就愈覺有意味了。譬如兩個人在房裏說話，話未說完，忽然闖進一个人插入說話，便拉他入內；此一人說了兩三句，忽然又闖進一人來接着說下去；第三個人未說完，第四個人又撞進來說話了；人來越多，越是熱鬧，文章便越是有聲有色。太史公便獨具這種本領。所以歸熙甫評

《史記》說：「事跡錯綜處，太史公敘得如大塘上打繂，千船萬船不相妨礙。」又說：「曉得文章掇頭千緒萬端，文字便可做了。」又說：「太史公到熱鬧處，就露出精神來了。」又說：「史記如兩人說話，忽撞出一人來，即挽入其內。」這些都是形容橫接的妙處。所謂千頭萬緒，千船萬船，所謂熱鬧，都是說意思多，亦即是橫接的地方多；而太史公處置得一絲不亂，這便是此老的本領。古人所說「口前截斷第二句」，即是說「已說的意思，不必再衍下去」。而所謂「破空而來」，「無端而來」，便是另起一意，從旁面插進去的接筆。如做文章的朋友們，懂得這個巧妙，便不至走上平庸空衍的路上來了。

上面五點，都是范先生所主張的辦法。也可以說這並不是范先生個人的新發明，乃是自《左傳》《莊子》《離騷》《史記》以至韓、柳、歐、王、歸、方、姚、曾、吳、張諸位先生，師師相承一貫的作文章的定法。因為漸漸失傳，或為其他說法所蒙蔽，使後來學詩文的人走入歧途，所以范先生不得不把他所聞、所承、所體會得到的，傾筐倒篋的說出來，來做後學的南鍼，為學詩文的人們指去一條走上成功正當的大路。我現在把這幾點抽象的提出來，再加以詳細的解釋，一方面或者可以說闡發師門的緒餘，一方面也可以說，使一般學詩的人們更容易得着正確的門徑。這也許對於今天衰落的文學界，也有一點補救的微勞罷！但是我們要曉得上面所說的五點，那不過是技巧上的功夫；而在做文章的根本上，還有一件最重要的條件，那便是做人的問題了。我們在歷史上看來，在文學界看來，除了詞賦家、專作弄月吟風的詩人詞人和六朝綺麗的駢文家，或者有品行不大講究外；至於作古文的人們和有大成就的詩家，他們都在做人方面極力講求；多數拿忠孝廉節，做為人的根本原則。遠的如杜公一飯不忘君，韓公的諫諍不怕死，蘇的忠愛，黃的孝友，都是歷史有紀載的。近如桐城諸老自方、姚、梅、曾到吳摯父、張廉卿諸先生，那一個不是內行淳篤，品節高尚的人？他們拿文以載道的大責任負在身上，覺得文與行是要相符的。如言不顧行，這便失去文學家的抱負。從前李習之先生曾說過：「其能到古人者，則仁義之辭也。惡得以一藝而名之哉……仁義與文章，生乎內者也。吾知其有也，吾能求而充之者也。」方望溪先生也有「學問繼程朱而後，文章在韓柳之間」的自勉的話。他們是把「文統」和「道統」、「做人」和「做文」打成一片。我要扶持世教的文章，我可以做一切拆爛污的事嗎？我負着救世拯民的責任，我可以做出傷天害理的事嗎？范先生是濂亭先生的大弟子，起初是做古文的，後來因為摯父先生看見他同張季直、朱曼君三人聯句的詩，馬上把他請到冀州去做書院山長，替他作育人才。范先生的家世，是世代讀書，孝友傳家的家風，兄弟三人尤其友愛。馬通伯先生序他文集說他們父子兄弟每到分離的時候，都是痛哭了半天，這才忍痛分手的。拿他孝友家庭的底子，又加上張、吳兩位大師的薰陶，他老先生的品節那能不高，氣度那能不廣呢？他在冀州教了些時候，後來吳摯父先生又薦他到李文忠公那裏作教讀老夫子。以文忠公在當時一人之下，萬人之上的顯赫聲勢，而又對於這位老夫子尊禮備至，如果是現在的無聊文人，那還不藉着宰相賓師的地位，大招大搖，麥克麥克，弄幾十萬兩銀子回家享福麼？但是他老先生卻是愛國愛民，為親為友。有朋友死了無以為殮，只要范先生招呼一聲，文忠幕下將士，沒有不把銀子送來幫忙的。但是范先生自李文忠處回來，卻仍是空空兩手，一錢不名，最後窮到死，喪葬費用，還要靠朋友幫忙。在現在人看起來，范先生入寶山而空手回去，簡直是一個大傻子。但是范先生的做人方法，豈是銀紙所能搖動的麼？有了他做人的孝友根本，加以高尚的品節，所以在他文字上發出來的東西，才是真摯的超妙的偉大作品。這豈是一般吟風弄月的詩人所能夠和他比並的麼？

四、作品特點

由上章所說的五點技巧問題，加上做人的根本問題，於是便造成了有清三百年獨一無二的偉大詩人的詩出來。有人便來問說：「你稱范先生的詩好到無以復加，到底好處在甚麼地方呢？」當然這是應該問的，也是我極願意回答的問題。我的老友桐城馬叔文先生（諱振理）有批評說：「先生冀州以後詩，大抵有意為奇崛，晚年則漸近自然；枯淡中極麗，率易處極工；又善能使筆如舌，縮千萬言為一語。真觀止矣。」先師北江先生評云：

「公詩初徑，頗涉荒怪，近盧仝、樊宗師一派；後乃馴深雅練，歸於自然；及晚年又流於率易。綜其生平，蓋凡三變云。」這還是統括的批評。以我的意見，綜括起來講，他老先生詩的好處，約有以下五點：

第一是氣體沈雄；關於氣體的解釋，我在上一段已說過了。但是甚麼叫作沈雄呢？雄可以講是雄偉，是雄深；雄偉是外表的姿態，雄深便是內部的力量。雄是好的，但是雄而不深，還是不夠好。譬如一個人，相貌堂堂甚為雄偉，但是他意度不夠深沈，這行嗎？又如雄偉的力量，要潛伏在裏面，並不要像大力士的張脈僨興，握拳透爪的表現出來。你看真正懂得內功的行家，外貌大半是不夠驚人的。而他那付炯炯射人的目光，卻是他潛伏力的表現。我們做文章詩歌，也是這個道理。清代詩人裏面，那一派專講詞華的，是不用提了。就是有要在氣勢上講究的，多半都是冒充大力士的朋友們。他們內蓄的魄力不夠，但要揚眉努目，裝腔作勢。在他們以為有氣勢，其實他那種矜持作態的神氣，實在叫人看了難過得很。這就是本來不夠雄不夠深，所以有這種醜態出現。像范先生的詩，他氣體的沈雄，是不用造作的，不用雕琢的；隨便寫去，行若無事，毫不費力的舉重若輕。而他那一種潛力的表現，是無重不舉，無堅不摧的。他自己有「沈雄乃不死」、「雄詩百首長為伴」的句子，這便是他老先生自己的寫照。而陳散原的「獨以大力扛……一世走且僵」、俞恪士的「放筆奪天機，窅然龍象伏」，這便是別人為他的攝影。你想如果他沒有深沈的、雄強的力量，那能使龍象貼伏、一世走且僵呢？

第二是意境高遠：甚麼叫作意境？這回答可就難了，我們姑且拿繪畫來說。西洋人注重寫實，就是眼前的實際看見的東西，一件一件的翔實描繪下來。中國早期的繪事，也是如此。但到了後來南宗盛行，便產生一種寫意的畫，他筆下所繪出的，不必一定是實境，而是憑他的想像力造出的一種境界。在寫實方面，當然有許多不夠美或者比較醜惡的地方。但是從寫意來講，他那一種幻想力的結晶，是必定很美麗的，很秀雅的，或者一般人所想不出來的。而畫師寄託他的仙山樓閣，超世的境界，崇高的理想，就在幾筆畫上表達出來。繪畫如此，作詩也是如此。詩人要展拓做詩的領土，開闢未來的世界，全憑他的既崇高又遠大的想像力所造出來的境界。使人讀了他的詩，真能夠有置身三古以前，九天之上，萬里以外的感想，把世間一切塵俗的事，富貴功名的念頭，一切洗得乾乾淨淨，真覺得世間上祇有唯詩獨尊的境界。古來大詩人窮是窮得要死，倒霉是倒霉到極點，國破家亡的味道，是嘗夠了的；然而他們還自得其樂，把做詩當作比茶飯還是更需要；原來詩國是另有一个天地！但是這天地卻還是詩人自己創造出來供自己和同志們神遊意嚮的，而這些詩人們如果沒有偉大的胸襟，包舉宇宙的度量，民胞物與的懷抱，超卓的識見，玄遠的思想，又那能造出一種優美的境界呢？所以說做詩還要歸根在做人啊！

第三是狀寫深刻：我記得從前讀過陳石遺先生的《石遺室詩話》，裏面有這句話說：

「古來詩人狀寫景物，能十分之十逼真的，只有老杜一人。其餘的不過寫到三四分以至五六分，能描寫七八成的，已經少見了。」這就是說一般詩人的狀物寫情，不夠深刻的原故。描寫譬如現在的照相。我們照相，無論風景人物，總希望他逼真，不希望似像不像。但是照相比較容易，只要好鏡箱，好手勢，好光線，便可成功。作詩是憑你學力才力筆力觀察力夠不夠深，來判斷你描寫的夠不夠真，或者像到某種程度，某種階段。要會深刻的描寫，第一要筆力夠強勁。譬如射箭寫字，腕力強的，可以透過紅心，可以力透紙背；反之，便不能夠。第二要善於觀察。所有我們眼見耳聞身歷的一切現象，不管天上的日月星辰，地上的山川花草，人間一切一切的喜怒哀樂歌哭的情態，忠奸智愚仁暴的動作，我們如果用我們冷靜的頭腦，作細密的體察；尤其要在小處微處人所不經意的地方，特別注意考驗領會；你便得着事物情景的真象。再配上你的堅強的筆力，那造出來的作品，就可以無往而不深刻了。筆力是天生的，但也可以人力來補助。如果能把古大家的作品，常常諷誦，學得到他的用筆的方法，那你的筆力也可以了。譬如身體不好的人，手無縛雞之力，如果去拳師處學打拳，你的力量自然會增長的。

第四是詞句雅馴：我們中國人談到藝術文藝，第一件要辨別的，便是雅俗。當然我們是希望要百分之百的雅；而俗字只要稍沾一點，便是中了黴菌之毒，整個東西便全完了。在執筆作文章的人們，當然希望我的作品是雅到極點，但是古今來作者，真夠得上這個條件的，並不太多。第一個條件，是要的本身做人的雅，然後在你的作品上表現出來，才能夠雅。如果此人滿身俗骨，那他哼出兩句詩來，那裏會登大雅之堂呢？但這是根本說法。我們這裏討論的，還只是字句上來講，但也就夠難了。我們姑就清末來說，如諸詩老所提倡的：鄭子尹、江弢叔、金亞匏這幾位先生，詩當然做得不錯，但是拿「雅」字來衡量起來，鄭子尹古詩是做得夠質樸；儘管用土語，但他經學好，所以能做到「質而不俚」的地步。若江、金兩位先生，去鄭先生便遠了。而鄭先生的律詩，還未能十分雅馴。雅已經夠難了，馴更是不容易。我們單來說「雅」，可以說超乎流俗的高深的意境；而「馴」呢，可以說是含有生動而安詳的姿態。雅是把所有俗念俗見俗字俗句，通通洗刷乾淨；馴是比如馴野獸，要把獷的、粗的、野的、生硬的，通通訓練成熟。就是生龍活虎野犀狂象，都要叫他們伏伏貼貼的聽我指揮，但又不能失掉了他們生動偉大的精神姿態。雅是夠難的，馴是尤其難的事情。我們讀了范先生的詩，沒有不雅的，更沒有不馴的。可見此老工力的精到了。

第五是性情真摯：做詩歌談到性情上面來，恐怕是唯一主要的條件，也就是我上段所說的要從「做人」入手，你的文章才做得好一個道理。詩歌本來是寫性情的東西，如果這個人根本沒有性情，我可不客氣的勸他不必走上這個路上來。因為沒有真性情，縱然你具備了上面四種好處，你的作品還是偽的假的，站不住立不牢的。所謂「真」，就是沒有半點的虛偽；所謂「摯」，便是具足十分的誠懇。我們想想看，如果一篇詩既沒有虛偽，又非常誠懇，個個字，句句話，都是從肺腑中流露出來；他的眼淚，是真正悲傷流出來的；他的歎聲，是真正難過發出來的；而對於萬事萬物的情態，又是十分懇切，十分誠意的；拿這種詩歌來讀，那能夠不令人感動到流淚呢！我們知道有了陶靖節的高風亮節，才有他超世絕塵的詩篇；有了杜少陵憂國憂民的念頭，所以才有那驚天動地的詩歌。誠於中，形於外，這是不可以絲毫掩飾得來的。當然世間也有不少作偽的作者，滿口仁義道德，一肚皮男盜女娼，說得是真好聽，行起來是見不得人的。但這種無病而呻以及無其質有其文的作品，只要內行人，不必考察他行為，也就可以斷定真偽的。古人說「誠之不可掩如是夫」，就是說一切真的是不可掩飾或偽造的啊！范先生對於家庭、朋友、國家，具有極豐富的情感，做出詩來自然流露。別人讀了，自有一種悱惻動人的感想了。

五、隱晦原因

有人又問：照你所說，范先生所論詩主張如彼如彼，而他作品的好處又如此如此，那當然要名滿天下了。何以到現在一班做詩的朋友們，不只沒有讀過他老先生的詩，而且連他的大名，恐怕知道的也不多罷。這是甚麼緣故呢？你又如何解答這問題呢？我以為范先生的名聲，在六十年前，是相當大的。姚叔節先生在他所作范先生墓銘裏面曾說過：「其詩震盪開闔，變化無方，讀者雖未能全喻精微，無不知愛而好之。以一諸生名被天下，何其盛也。」可見當時是沒有不知道他的大名的。姚先生又說「君詩雖至工，真知其意者無幾人。數世以後，又孰能測君所用心乎？」這是說愛好的人雖然不少，但真正懂得的人並不多，所以時過情遷，他老先生的名氣，便隨時代而漸漸下沈了。這是不是關於先生詩的價值？我以為絕對不是。這是一班程度的低落，於先生詩的價值，是毫無關係的啊！我們看姚先生最後又說：「然巴比倫埃及之古碑，希臘印度之詩，西士之好古者搜釋之不遺餘力也。以吾國文字精深微妙，實有不可磨滅者存，意必有魁桀之士，寶貴而研索之，殆可決也。於君詩又何憂乎？」這是說時代無論如何演變，文體無論如何趨於大眾化平民化，但是純文學古典文學作品，那做到成功的最好的作品，是無論如何不會被淘汰的。不只不會被淘汰，或者還有寶貴愛護來研究的人們出來。本來精微的作品，超妙的文章，那裏是可以執途人而喻的？不只現在一般倡平民文學的人們不能懂，就是號稱做舊詩的人們也未必盡懂。不只一班詩人不能懂，就是有名氣的大詩人，對於古代的詩也未必全懂。我們試看孟東野詩的精深，而蘇東坡反看不起他，比他作寒蟲的叫聲。太白的詩雖然有飄忽的好處，不過在神仙、酒、女人身上轉念頭，那裏比得上老杜？但是韓退之先生卻是五體投地的佩服。到了宋朝經東坡、山谷、荊公諸位的論定，才把杜公推尊的了不得。又如山谷的奧瑩，荊公的精妙，宛陵的古澹，自宋迄明一般人都不理會，只知道盲目的學所謂膚廓的唐詩、六朝的爛調。到了清代姚惜抱、曾滌生先生出來提倡，山谷先生才為人所注意。到了清末同光派詩人提倡宋詩而推想到唐宋被冷落的詩人，於是柳子厚、孟東野、梅宛陵、王荊公諸先生的詩才有人去讀去研究去學。然後他們幾位的好處長處，才豁露出來。可見詩是一件極不易懂的東西，大家名家公然不識另一大家名家的好處，這還能怪一般淺嘗的詩人麼？更還能談到初學的人們麼？那麼范先生的詩之不為一班人所懂得，那是更無足怪的了。但是同是作宋詩的人們，何以故陳散原、鄭太夷、陳滄趣有人知道，而范先生這有清第一位詩人，倒反沒有多人知道呢？要不知道可以通通不知道；要說知道，何以最好的反被冷落，而次好的反走運呢？我曾經對於這問題研究了時些時候，以為范先生的詩名，不及陳、鄭諸公，是有原故的，是有因素的。我概括的分析起來，大致有下列的五種原因，現在讓我一條一條的寫出來罷！

第一個原因：是因為范先生年壽不夠高。我曾聽見一位能詩的朋友對我說：「范先生詩是好的，但還不夠頂好。如果他能活到七十八十的高年，那他的詩當更成功，當更出色。而且一般老輩都是如此說法」。我聽了這話，因為是老朋友，不便立刻當面駁他。我們在這裏論詩，便老實不客氣想反問他道：「一個詩人詩的成功，是靠天資學力的過人嗎？是拿年紀作標準呢？是不是非到老了不夠成熟呢？」如果他承認這句話，我就可以質問他，李長吉和王逢原都是二十七歲便死掉了的。一個為昌黎所賞識，一個為荊公所推許。他們的詩是不是成功的作品呢？又如杜工部、韓昌黎都不過活五十幾歲，謝靈運只四十九歲，柳子厚只四十七歲，他們的詩成熟沒有呢？宋朝的蘇東坡、黃山谷、王荊公都不過六十幾歲，他們的詩又是不是成熟的作品呢？就中只有陸放翁活過八十幾，可算最老壽的詩人，但是他在詩壇的地位，是能夠超過杜、韓、蘇、黃嗎？現在還有一班人因為陸詩多爛熟的地方，如果由他入手去學，一定會出毛病的。在古代我並未聽過拿歲數大來斷定人的成功的。到了近代，才有這種謬論。又恰好晚清末文人像王湘綺、樊樊山、陳弢庵、鄭太夷、陳石遺、陳散原、柯鳳孫、王晉卿諸位老先生，恰都活到八十開外。因為他們年紀大，壽數長，便大家都尊為老宿，奉為大家；這真是荒謬的見解。要成功在三四十左右便成功了，不成功雖活到七十八十仍是無用。因為文學這件事，與人的精力有絕大的關係。在他精力充沛的時間，作出來的詩歌，也是精神飽滿，氣勢充沛的。反之，到了老年一定日就衰退的。就以最近晚清諸老來說，他們到了四十左右，差不多都成功了。散原先生的詩，到是他四五十的作品，比六十七十歲的好。有人批評鄭子尹詩，說是精光寶氣，盡在中年。由這個例子看來，范先生雖然只活到五十一歲，而他的詩歌，在三十四十歲中間，是早已成功為大家的了，何必要活到頭童齒豁才算成功呢？這是一般人的第一個謬解。

現在我把古代著名詩人壽數列一個表在後面：

姓名	年歲	姓名	年歲	姓名	年歲
曹植	四十一	王維	六十一	蘇舜欽	四十一
劉琨	四十八	韓愈	五十六	王安石	六十六
阮籍	五十四	柳宗元	四十七	蘇軾	六十六
陶潛	六十三	孟郊	六十四	黃庭堅	六十一
謝靈運	四十九	李賀	二十七	陳師道	四十九
謝朓	三十六	杜牧	五十	陸游	八十六
李白	六十四	李商隱	四十六	元好問	六十八
杜甫	五十九	梅堯臣	五十九		

上表，過八十者一人，過六十者八人，過五十的五人，過四十的七人。范先生在剛過五十之列。古人過四十便已成熟，若李長吉、王逢原不過二十餘歲便已成熟。豈能拿年紀來論呢？就中最老的是劍南，然陸詩評價，並不甚高，老而老筆頹唐反為不美也。

第二個原因：是因為范先生不是達官。中國人是一向勢利的。只要你官大，甚麼都行。但是在文學方面講來，古人似乎尚沒有這種卑污的見解。遠的不必說，我們知道文人如唐宋八大家裏面，韓是侍郎，柳是刺史；但韓、柳是並稱的。就中只有荊公是宰相，歐公是樞密副使，比較官大。但是東坡一個學士，聲名並不在他們之下。詩人李、杜都不過翰林拾遺的小官，李長吉不過是八九品的奉禮，東野不過一個溧陽尉。但是張文襄有這句詩「堂堂僕射三持節，猶幸流傳藉腐儒」，是說生前杜公是依四川節度使嚴武過日子的，而千秋之後，人們知道嚴武的名字還要靠工部員外郎杜二先生的詩。唐代王維比他弟弟王縉官小，宋代蘇東坡比他弟弟蘇子由官也小，但是以文學方面來講，一般人是佩服哥哥勝過弟弟的。本來學問是與官爵毫不相干的，不知怎樣的，到清代就改變了。自從紀昀、阮元一般拿考據來提倡學術，好像學術便是濶人所獨佔的東西了。到了道咸以後，如祁文端、曾文正、張文襄諸公，都是不只會考據，而且會做文章詩歌開派的宗匠，也就一下子便弄到非濶人不配提倡風雅了。到了易實甫提出「近代達官皆工詩」的口號，這窮人所抱的詩篇，又為達官搶去了。那麼一般沒有政治地位的超世詩人，又從何地去發展呢？拿功名來說，陳弢庵是太傅，鄭太夷是偽國務總理。散原雖然只是一個主事，但他老太爺右銘先生也是達官之一，並且參加過維新運動的人，與政治當然發生過關係。可憐范先生不過是一個窮秀才。李文忠勸他去鄉試，他毅然不去。雖然在文忠幕府，尊為賓師，在社會上看來，到底還是一位窮秀才。內行的人，當然會知道佩服他，一般滔滔皆是的崇拜濶人的人們，那裏會尊崇這窮秀才做文章宗師、詩壇泰斗呢？這是一班人第二個謬解。

第三個原因：是因為范先生不務聲氣。甚麼叫做聲氣？就是我要想出名，就找一個人來彼此互相的捧場。你恭維我是杜少陵，我馬上就敬你一個李太白。彼此要有名聲，便要彼此通聲氣。在古人叫作標榜，在現在叫做互捧。這有甚麼好處呢？當然有，並且好處是很大的。因為社會本來是盲目的，對於政府的措施，或者有雪亮的眼睛，至於談到文學的精微，是有幾個真懂的人？只要你自己拚命的造作名聲，那名聲自然來的。有的要故意創出一種新奇的理論，有的去招致大批的學生，有的拚命去刻出自己的著作來宣傳，有的藉交游的廣濶來作捧場的工具。形形色色，總是要出風頭，得利益，至於作人方面，就不顧得到了。范先生的品格如此的高，他肯做這等事麼？他第一個老師是張濂亭先生；第一個知己是吳摰父先生；固然張、吳兩先生都拚命獎拔他，但是他卻不因此圖名。再說到他的朋友方面，知名之士如張季直、朱曼君、陳伯嚴、馬通伯、姚叔節、俞恪士、沈愛蒼、嚴幾道、陳敬如、柯巽庵都對於他甚為傾倒，但他有一個謹守的原則，就是朋友一到濶了，他便和他不通音問了。濶朋友尚且不願通信，他願意自造名聲麼？學生當然是他最愛護的，但也大半是越好的學生越窮。他只想傳他的學問，並不要學生替他大大的宣傳。他的名聲怎會比別人大的？我記得他詩裏有《近日湖湘間甚稱吾弟仲林秋門及吾婦之詩，而吾詩仍寂寞無人道者》。又有一首詩說：《有惜余文後時而不知者，答兩絕盡意。》那第二首末二句有「萬事祗餘甘苦在，名聲祿位總無奇」的句子，可見此老是對於祿位名聲，看得何等不重要。而甘苦自知的話，又和老杜所說的「文章千古事，得失寸心知」有何不同呢？你不務聲氣，聲名便不會太大。這是范先生吃虧的地方，也可以說這才是范先生岸然獨立的作風與一班不同的地方。

第四個原因：是因為范先生詩格太高了。大凡一件東西，有聲響，有彩色，有姿態的，是容易被人欣賞的。若把這些都去掉，只賸下赤裸裸的質、莽蒼蒼的氣、澹泊的味、妙微的聲，我恐怕懂得的就太少了。譬如唱戲，青衣花旦，是以容貌取勝；刀馬旦武生，是以技術見長；黑頭是用聲音出色；都可以擁有一部觀眾。至於鬚生悲壯蒼涼的戲，恐怕懂得就不多了。就以近代詩來講，龔定庵的妖艷，陳弢庵的蘊藉，鄭太夷的俊拔，陳散原的奧瑩，曾剛甫的婉麗，一般人都還看得出他們的好處。至於范先生的詩，將所有字眼辭華，一洗而空，既不裝腔作勢，又不搔首弄姿，只把一味的蒼涼沈着樸雅真摯的東西拿出來，那會叫一般淺嘗的人們能夠懂呢？所以古人說：「知我者希，則我貴矣。」又說：下里巴人，國中屬而和者數千人；至唱到陽春白雪，則國中懂得的便無幾人了。從古如斯，不能單獨怪現在一班的人。但是像范先生做第一等詩的人，是不是願把標準降低，來做迎合時尚的詩呢？我想他老先生是一定不願意的。文章自有他真正價值，斷不是靠一時人們的恭維捧場或不理而來定他身價的。真正好的東西，就如柳州、東野、荊公、宛陵的詩，雖然埋沒了一千多年，但是最後是要發出光耀的，是要被後來的人推崇的。楊子雲所以要待後來的楊子雲，就是這個道德啊！

第五個原因：是說范先生以文為詩。如果有人具了這種見解來批評范先生的詩，我以為這種人不只不懂詩，並且不懂文。我請問文與詩，究竟有何區別？我想在外表上，不過一個用韵，一個不用韵；一個句子不必整齊，一個句子要一律整齊而已。至於內容和動手去做的方法，可以講簡直是一樣的。你看古來文人像韓昌黎、柳子厚、歐陽永叔、王荊公這班人，那一個不會作好詩，那一個不會做好文章？我們如果問他們做詩做文，是有二種方法，或者只有一個法門，我想他們的答覆，一定是後者。蕭統不算甚麼了不起的文人，但他還知道把詩和文都選在《文選》這部書裏。不知道甚麼時候，有一班不知本源的文人，提倡所謂「詩文分途」的說法。他們大概拿絕句律詩，做模仿的標準，以為隨便做兩首吟風弄月的艷體詩，便是詩人，便是才子，便可與佳人作配偶，大享其艷福，大哼其艷詩；而那些長篇古詩以及大家的律絕，也都未曾夢見過，至於古文更談不到。他們所奉為圭臬的，不過袁子才、趙雲崧的性靈派詩；再高一點知道學黃仲則、龔定庵；再高一點知道摹王漁洋、吳梅村而已。拿這等眼光識見程度也要來評文論詩，那真可以說是「以管窺天，以蠡測海」，那會知道詩壇領域的廣大，文囿範圍的崇高呢？

寫到這裏，我對於范先生身世交游學問，都介紹過了。尤其是對於范先生論詩的宗旨及他詩的好處，以及一般不會知道他原故，也可以說詳盡無遺了。大概讀者也可以知道他老先生的為人和詩的造詣的高下了。但是無徵不信，我空口的介紹，還不如將他老先生的作品披露出來，使讀者就我所說的幾點，得個印證，或者更可以啓發靈機，造就一兩位真正的大詩人來，豈不更有意義麼？所以我在結論後，附鈔范先生代表作品五十首與天下人士以共見的機會。他的詩是自己生前編定為十九卷，文集十二卷。詩約一千多首，最初係排印本，附有他夫人姚倚雲的《蘊素軒詩》。隨後通州有木刻本，錯字極多，印得不好。文集最初有小字排印兩小本，最後有民廿四前後浙西徐文蔚氏北京合刻本，把詩文通通刻在一起，板式仿汲古閣本，名《范肯堂先生全集》，仍附有姚夫人詩和先生書札家書等等。這可以說是最全最精的刻本，北京或者還可以尋得着。聽說經幾次兵亂，這板片還保存得很好。如有佩服先生的人，把它重印行世，那更是我馨香以祝的了。

我以為凡是談一種學問，和廚子做菜，我佛說法是一個道理。淺學的不能告訴他深的道理，和不懂吃的不能拿頂上等的菜給他吃一樣。我們如果請鄉下人吃飯，非大魚大肉十分濃厚的，就不能滿他們的食慾。「洋大人」吃中國菜，也只知道油酥花生米、炸鴨子是無上佳肴。如果你拿清湯乾貝、清炒芥菜心、四川的竹蓀湯、口外的口蘑湯給他們吃，他們不只吃不出味道，反要大罵雞鴨魚肉都沒有，非敬客之道，誰希罕青菜冬菰呢？照這樣講來，對一般說法，是不需要太深太高的。但是范先生的詩，做得如此之高，我不用最高理論方法，就解釋不出他的好處。並且這些理論方法，不只不是我獨創的，也不是范先生發明的，乃是自古以來能文的人，師師相承的法門。范先生在他詩裏，一再提出來教人。我現在又用大眾化的白話把他所說的再歸納分析起來，作一番詳細的說明，我想來也許有一部人會同意我的說法——恐怕是極少數；但是不贊成或反對這說法的，恐怕卻就不少。然而真理還是真理，要旨還是要旨，不二法門還是不二法門。我為表揚范先生的詩起見，也可以說揭發自古以來文學最高的真諦起見，我並不管人們對我這篇文字反響如何，我總歸是要講的要說的；至於聽得看得懂不懂，理會不理會，反對不反對，諷刺不諷刺，那我卻都不能不去管他的。寫到這裏，又想起兩件故事：一件是說清代某位太史公（即翰林）看見人讀《史記》，就問「你讀的甚麼書」？回答說是讀《史記》。又問「《史記》是何人著的」？答是太史公。問「太史公是那一科的」，答是漢朝的太史令司馬遷。最後這位清代太史公把漢代太史公的《史記》拿去看了兩三頁，說道「也不見佳」。又有一件故事說是釋迦牟尼在雪山敷講華嚴圓教時，諸大菩薩聽了，都如醉如癡，因為這種說法是他們向所未聞的。不解其義，所以覺得如醉如癡。程度對於講演的關係如此重要。太史公不懂《史記》，我以為這無足怪。因為他們除高頭講章而外，是甚麼都不曉得，並不知道天高地厚的。至於諸大菩薩聽不懂如來最高說法，這到使人感覺到學問是不可躐等的東西。有一個台階未曾走到，他便看不見更遠更美的景。我這裏所說的，在文學方面講來，也可以說是等於如來之說圓教。但是不是有諸大菩薩在座，我是不敢妄測的。我很希望讀者讀了之後，將此篇文字撕毀無餘，因為不懂得的以為這一大堆廢話有何用處？不如拉雜摧燒了了事。這是我所料定的。如果真懂的人，一定要說「你何必說這些廢話，我已完全懂了；這篇廢話，不燒了作甚麼」？這尤其是我所歡迎的。佛經上說：「法尚應舍，何況非法？」不想登彼岸的，筏是用不着。要登彼岸，是需要「筏」。等到一登了岸，這「筏」馬上便丟了，還要他作甚麼呢？

六、名作示例

我在上五章中已經把范先生詩的好處，其所以能為清末諸名流推許的原因和他之名不太著的緣故，敘述了一個大概，大家可以得着一個概括的觀感了。但是有人問我說：「你所說范先生的詩是清代第一，但是他的詩我並沒有寓目，到底你所說的話是否可靠？」我回答說：「你且不要性急，我在本章便要舉出他的作品來和大家相見。也可證明我所舉他的優點的不虛。但是范先生的詩是甚難懂的，如果你對於詩沒有深切的研究、精深的體會，乍讀之下，是莫名其妙的。但這是讀者程度的問題，而不是作者的問題。一個偉大的作者決不能為牽就讀者的程度而降低他的作品的啊！」本章所鈔的詩，是根據先師北江先生所選《晚清四十家詩鈔》中鈔來的。原選一百零一首，現在為篇幅所限，只能選出五十首來與大家相見。嘗鼎一臠，我以為也就夠了。每篇括弧內所批的字，乃是先師手筆。內面所稱先大夫或先君，乃是指摯父先生。因為范先生的詩，是先師父子所最推許的，所以我把他們的評語，一字不遺的敬謹鈔錄下來；也可以作為讀者一個讀范詩的途徑，現在請讀我所重選的范詩如後：

龍虎篇上吳先生

撓撓龍虎爭，萬年域此海。空文在空中，知有幾何在？孔聖已囊括，諸公復君宰。所得非孔疆，一君各萬載。後來開創稀，臣多吏更猥。空中還自生，蕭散無人采。吾見殊爛然，生人目無彩。生人徒目茫，其實亦磈磥。班馬點竄之，一一堪鼎鼐。精靈吁草間，晻昧獨何辠。萬行耳此名，前知則已怠。那況洪鑪機，兩儀坐相待。一朝風火微，色曜盡衰改。山川本無能，諸神日就餒。真麟獷不回，蛟龍變儗儓。滿地狐鼠鳴，仁者聞之悔。嗟嗟夫子心，虛明復悌愷。方且博我文，矜狂策其駘。寧肯九仞山，蒼然不復絫？大哉欲無言，百倍我噎嗆。小子升堂來，萬事棄如蓓。念此非世資，操刀試求膗。勝固無所殘，敗亦不為醢。何況夫子豪，還雄舉而追。九天星辰敷，九州萬花蕾。罄翩未可翱，殫聲不成唻。安得和琴聲，一對南風颽？（先大夫曰：句句橫亘萬里，字字捫之起棱；不知肯堂胸中，吞併幾許古人也。至其振懦起頑之盛心，挑戰致師之猛勢，令人和戰無策矣！）

雜感用臨川集每詩之題句以窮吾興端（二十八首錄六）

春從砂磧底，氾濫神州中。一風萬竅足，一雨千林紅。陂陁織紈綺，雀鳥為笙鏞。吾觀上下際，託物為纖洪。乘時借春力，一一收奇功。人為萬物主，名大實不崇。牢為自生活，不與造化通。冥情對生理，掩耳過春風。誰能撫其體，琢冶施天工？古來聖人智，智必師凡蟲。聞譽遍天下，吾方自責躬。

少年見青春，窮力追侈驩。中年見青春，獨為故人歎。誰念故驩易？誰念新驩難？新驩若大道，駿馬被雕鞍。操之慎毋躓，萬里亦能殫。故驩似巒嶺，曲折千迴盤。異時所經歷，往往摧心肝。嗚乎諒今昔，孰知余所安？

聖賢何常施，要在心胸大。令今生邱軻，小小亦如我。少陵憂憤辭，見者歎婀娜。他人輒效顰，不覺眇且跛。太白佞丹砂，子瞻説因果。兩皆有至味，互易且不可。空空笵雅言，敗絮金銀裹。人於萬族閒，一族自為妥。歌斯哭亦斯，歌斯哭亦斯，吾不笑其瑣。乃至十百千，附著益以夥。歌斯哭亦斯，吾不嫌其過。嗚乎此亦難，畢代為私課。

散髮一扁舟，飽讀相如傳。亮哉漢代師，斯人尤可戀。堂堂六經旨，語貌壹已變。妙設不可機，待彼帝自轉。耿此剛直腸，而帝特驪抃。遲君十年死，漢豈有封禪。將令漢不文，君亦無由見。（此首尤為夭矯深至）

今日非昨日，昨即萬古前。來日非今日，來即無窮年。來日吾寧在，昨日何存焉。道人通大化，惟此乃悁悁。日日有俛仰，諦觀而後遷。可知山日永，曷怪山花妍。

秋庭午吏散，藹藹冀州時。翺籍相炫燿，遷雄相諾唯。伋軻相責難，鞏軾相阿私。曩時屈莊氏，並代無聞辭。相如遷共使，作傳因相知。甫白長相憶，宗元使愈悲。在宋更相阨，何曾吝友師？茲驪亦已泰，吾意固當離。

入灘河易舟聞舟人言往月安福使人迎探狀慙恐彌甚心神益焦輒復為詩十九韻

順康元老家，乾嘉大儒系。道咸名公孫，同光詩人子。藹藹敦詩媛，持以配當世。當時卻不言，咄哉吳刺史。持我煙霧中，德我亦已詭。令今尚在塗，我獨望公耳。（望，怨也。公之就婚姚氏，先公力為之媒，故詞若有怨焉。）金陵逢諸昆，玉樹得相倚。依依定後期，期在月建子。豈知歲寒累，隔月不能指。

紛如敗葉多，掃去復填委。江流入大湖，湖窮見灘水。一月四易舟，偃蹇莫能駛。已聞安福君，迎探日有使。人生重然諾，大諾矧可爾。感此宵寐淹，對燭彌慙己。韓公詩萬篇，翱也數十紙。培塿附泰山，不爾將安恃？伐肝取新作，急索勿令徙。持為到門獻，薄咎庶能理。

成婚有日內子為詩三十韻以道其相與為善之意與其廹欲事舅姑之忱余亦作三十韻答之。

吾昔山中年，恐懼畏人識。一詩落人間，遂為吳公得。苦作珍奇收，過求美珠匹。輾轉歸丈人，逃藏更無術。丈人氣淵淵，諸郎勢英特。或戰或養之，吾意固低抑。誰令吾子來？咄咄更相逼。房有刀劍光，入我常懍慄。惜此蘭蕙芳，不得在親側。吾親天下慈，作婦百無值。身御必蕭條，好婦美衣食。獨恥家庭間，一體畫數域。曩人非有奇，覽此將身克。遂得親堂驩，死去立為則。吾寧誓獨深，滋恐後來忒。苟合豈不危？吾忍將卿失。（二句中有轉折。不得其人，是苟合也。若得人如卿，則吾又安忍失之？）丈夫貞則凶，物理靜而吉。極冬放春回，冥靈始得茁。驩言告吾親，不復慙其筆。子有懷歸忱，能使我心惻。兩盡無公私，在處必愛日。吾親日中昃，子日在西北。不得事尊章，宜盡祖孫職。（時姚夫人母已卒，而祖母在堂，故以盡職為勗。）古人君父間，隨分蓋無慝。子有翺翔詩，（「詩」集刻作「時」，蓋誤字也。以臆正之。）我無奮飛翼。明星爛在天，凫雁不可弋。與子今偕潛，靜言撫琴瑟。琴瑟鳴愔愔，寒水流汩汩。服芬亦為君，與子花閒逸。

徐椒岑先生壽詩

雷霆震山嶽，不能驚浮漚。臨深莫不懼，湛鱗獨不憂。融風拂膏壤，草木青紅稠。樓臺遞歌吹，惜晚又驚秋。崇高若政徹，極縱復何求。一言不死藥，墮淚東海頭。流光捲人去，大智莫能廋。切身有多寡，苦樂斯不侔。豪門金玉海，旦暮恐見收。園傭販水賣，弛擔東西遊。以茲悟生理，萬金買無愁。含靈媚天側，冥漠亦不羞。曷況一身外，仍有幾希留？駪駪徐夫子，達識高其儔。行藏入迂叟，亦復通王侯。有文之萬世，不與命為讎。家貧任子債，老至無身謀。親朋惜情話，忽聚天一陬。城根菊花酒，上壽爭卷韝。賤子亦何語，但用平生投。公毋再拒我，謂子奚湛浮（湛浮，猶徇俗也。言子何必以俗例壽我）。憂端太無際，生人當自由。古之適性者，龜鶴寓蜉蝣。六十化理遂，四十疑團休。但悲吾道細，天地良悠悠。（情詞深美，全集中壓卷之作。）

次韻王義門景沂見贈之作

江湖是何風？漂流滿蓬梗。豈無迴瀾才，使汝不得逞？寒星夜相照，餘曜自耿耿。殘陽入九地，曾無繫天梗。路逢傷心人，欲語輒悲哽。灑泣念所私，往復共酩酊（一起蒼涼沈著）。王生爾何來？華鐙照臞影。淮南有草廬，曷不遂幽屏。烈烈好丈夫，饑來失剛梗（感喟深至）。四民皆痍瘡，國成定誰秉？海隅多大風，午夜寒入頸。好會寧弗珍？死喪在俄頃。造物畀我能，犀通木有癭。真當學老漁，生計一笭箵。（先大夫云：跌宕自喜，大似太白。）

至父先生出行野四日不歸極望成詩

先生與奴食同品，腐魚酸菜腹中裹。與我讀書同苦甘，宵吟夕咀三倍我。前日驚呼走出城，田間蝗子大如蠃。寧關自古循良心，祇為此官食者夥。妻兒弟姪十口家，萬口從君索餅粿。萬口不飽君無財，數十之家不舉火。君亦一口張，我亦一口哆。我食何嘗似君艱，我亦一家待君妥。玉階仙露三千年，一樹瓊華長婀娜。中有彩鸞非帝驂，朱戶沈沈下青瑣。君歸休，但安坐。此邦亦不謂君惰。我與君亦暫不餓。氣化終留蝨賊心，聖人豈免昆蟲禍。面顏昔枯還未腴，何苦風塵日摧挫。（玉階四句。先大夫曰：「奇峯聳天，戛然忽止，此非真通古人消息者，不易辦也。」）

依韻酬叔節

我思叔節不可聊，一夜無眠聽風水。叔節思我其如何？耿耿丹心在詩裏。嗟吾與子忽然親，謂天不仁天固仁。萬物洶洶道將喪，願翻百代求其真。攀天下視嗟何極，並駕扶攜必有人。一馬從來悲遠道，爭先接跡斯難馴。子之文章若冰雪，已有聲名揚鳳闕。世上安知學道心，斯人對我方愁絕。糞土榮華亦等閑，瓣香前哲無休歇。悠悠逝者幾千年，句留文字如浮煙。淺淺嘗之澹如水，耽如食蜜甜中邊。耽此方知能不死，瑰然大欲憑虛起。作者牛毛成者稀，差以毫釐謬千里。君家世世皆有聲，天下舉目姚桐城。摩挲先澤與人共，豈是尋常伐木情。嗟我於今弗可道，發憤編摩苦不早。且為不謬當如何，眼看頭白歸於掃。病後慨慨彌可憐，家無儋石囊無錢。親心樂道妻兒曉，百口焉知命在天。十年奔走天南北，漸覺形骸畏車轍。積病支離到肺肝，便歸無力耕阡陌。平生卻負張吳劉，天之所限人難求。惟應傍此終吾世，或者前言不謬悠。與子成驩在歧路，兩載淒其隔煙霧。諒子猶為昔者心，不知吾力今非故。朝於湖舫哦君書，天風激蕩鳴瓊琚。廬山萬仞高不極，欲起病骨乘山車。乘車守風日惶惑，惟恐子又歸鄉閭。噫嗟人生天地亦各適其適，何必連宵達旦長相憶？（此詩衷情激越，可動天地，音調之美，無出其右者。）

天津問津書院薑塢先生講學於此者八年外舅重遊其地感欲為詩乃約當世同用山谷武昌松風閣韻

有文支拄山與川。恍人有脊屋有椽。我立此語非徒然。眼下現有三千年。遠矣周孔隔地天。手語目聽交鳴弦。五德替代如奔泉。掃去碌碌留聖賢。此事擔當在几筵。耿耿一髮天宇懸。丈人家世留青氈。文字碧水流潺湲。從來不與時媚妍。薑塢先生此粥饘。百年喬木參風煙。公來再飲唐山泉。龍堂蛟室來眼前。吾今只可爛漫眠。夢裏不須書繞纏。醒亦毋為世教攣。眼看地塌天回旋。（先大夫曰：「吾嘗論山谷七古，推《松風閣》為弟一。氣骨高邈，杳然難攀，此詩殆欲追而與之並。」）

答謇博用山谷送范慶州韻

世說小范十萬兵，不能戰勝徒其名。空提兩拳向四壁，推排日月驅風霆。帳中突兀建吾子，忽復自顧大莫京。豈無羽翼在天地，遠莫能致孤難行。語汝瑰文猛如虎，伏而不出如處女。浩如積水千倍餘，千一之放流成渠。天仙化人妙肌理，墮馬啼妝百不須。（先大夫曰：「暗度金鍼，良工心苦。」）莫學世間小丈夫，容光滑膩心神枯。少壯真當識塗徑，看余牛老已垂胡。

從謇博借得李蓴客集疊韻題其端以示謇博

東南一叟更戎兵，四十五十澹得名。名在世閒若遙瑟，詩到吾耳纔轟霆。惜哉有言駟不及，平生不願識帝京。何從眾中拔此老，籃輿捧向山中行。山中之人氣如虎，帝旁魁梧多好女。悾憧一世真有餘，萬歲千秋不愛渠。千秋萬歲渺茫事，問渠政亦不汝須。我生之年君壯夫，君衰我亦形容枯。至寶原來還自定，有人掩口笑壺胡。（先大夫曰：肯堂此等境界，得之太白，其倏忽變轉亦似之。）

同何眉孫張季直夜登狼山宿海月處

江海既會聲喧豗。雙流競地生民災。狼山如闥當江開。能喝海若驚濤回。引江入田灌萬頃，此德萬古常崔嵬。何哉六籍功不紀？尋碑訪碣無詩才。乃知地亦以人重，老蚌千年珠未胎。可笑子瞻宦遊嬾，遠送不越金焦來。子之發源我收蓄，邈閱四姓重追陪。何君弗謂惠泉好，持吾茗盞銜吾杯。毋言臨江獨私有，從古據地爭雄魁。張君吾以海東讓，千歲斥鹵茲能培。一日和甘盡作稼，亦能稍釋胸中哀。丈夫弗假風雲助，遂以白地明天才。吾皇釋政後一歲，己亥冬至狼山隈。有吾三人夜秉燭，走訪衲友尋初梅。會以茲山萬萬古，勿與五嶽為陪臺。（造意奇崛）

欣父席上應諸公詠雪之屬用敬如韻

酒家高樓當大道，我友清寒命同好。捲幕驚看瑞雪飛，擎杯覓句求詩老。窮陰不散此何時？鏤肝刻腎真癡兒。羣公竊把玉龍戲，徒我寸鐵相矜持。問天知否天無恙？羅賓不見公孫相。剩有平章詩事人，聳肩瑟縮江湖上。江濤入海必翻瀾，彌天作凍知應難。明日顛風激狂浪，愁君未忍憑高看。我欲結廬向幽境，有田論畝不論頃。紅雨春糟稻米肥，綠窗夜詠梅花靜。不然高語出塵埃，於今海上無蓬萊。瓊樓玉宇寒深矣，何處乘風歸去來？（自此以下諸詩，多感德宗幽囚而作。）

星濤席上疊韻奉詒兼待遜菴兄至

酒邊人是東西道，眼底歡娛未云好。要共迢迢千歲心，纔保區區百年老。結交始自青春時，握手相視皆男兒。半作落花天所命，一為飛絮風難持。漢陽獨樹春無恙，批根削迹窮諸相。世態傳之阿堵中，逸情高出雲天上。沈生才氣如翻瀾，等閑一顧應知難。把君氣味逢人說，剖我心腸與眾看。古人所寶文章境，豈與小夫競俄頃。對面相看泰華低，發聲一奏雷霆靜（大言炎炎）。於今萬象昏煙埃，曷不將身隱草萊？熬煎世事一樽酒，留待明朝舊雨來。

消寒第七集

百國皆是青春人，獨我殘年未教送。歲時月日誰為之？積習如山推不動。路旁喜遇同歲翁，問齒猶能退居仲。十年白髮提前生，便作童騃亦安用？高衙馳檄追笙歌，朱榜煌煌已停訟。如彼甌脫無誰論，人間得此歡娛空。老寡泣血胡歸休？子莫啼冤冤者眾。四海瘡痍今若何？九重雲物皆如夢。不能暖竈取一歡，醉死樽前氣猶洞。（沈鬱可追離騷）

三足烏行用少陵杜鵑行韻

君不見龍孫飛上天，化為日中三足烏。人間烏生八九子，惟有神物難將雛。蟾蜍東西但相望，緘默不語甘羈孤。人間烏鴉積此限，晨夕出入悲啼呼。汝羿已射九日落，那不釋此常區區。縱滅其形難滅影，到今反笑奸雄愚。貫通三才作王字，看渠能抹青天無？看渠能抹青天無，不用鞅鞅持戈趨。（驅邁蒼涼之氣，貫虹食昴之詞。深得杜公神髓。）

人日和杜公追酬高蜀州詩用其體韻

人間何日不興作，何代無人怨淪落？把手杜公人日篇，感激淒傷淚如昨。遙遙大歷千年來，人代相看已寥廓。寧我獨無經世才，知君亦乏匡時畧。常將短札記經過，更把長篇娛寂寞。言懷稷契悲唐虞，坐想驊騮憶鵬鶚。如今似我更無論，漢中昭州無一存。劉表能談周禮樂，趙佗不問漢乾坤。朔風慄慄重陰覆，西海滔滔萬溜奔。天意寧嗟腐敗士，舊遊欲斷公侯門。可憐世季生無賴，要使饑驅道不尊。尺水漣漪復何有？涸餘常此役驚魂。（和杜諸作神韻直與原詩無異）

叔節寄詩言愁蘊素設兩端以慰之吾則率吾之臆而已甘苦實不相喻不必謬附知己亦錄相示以當反騷何如

貧賤吾真可，離家亦不難。秋風一長往，霜雪萬重寒。聖遠言猶信，時衰僉亦官。古來鴻案下，生死得偷安。

果腹論饑飽，吾生竟不難。狼求終不已，貂襲亦生寒。豈況羈孤士？無望措大官。茫然真自慰，百鳥未棲安。（此等祇率臆言之而高格自不可及。）

相公後園鶴時時悲鳴為詩問慰之

吾亦平平過，胡為爾獨悲？門深風豈入？口在料寧遲。天地祇如此，人禽渺不知。寒山萬里鳳，無術更從之。

相汝猶能壽，遼天事恐難。直須鷹擊罷，更待鳳棲安。我有空山榻，前臨大海欄。懷歸詎為妄？頭白與將闌。

前韻答季皋

對汝章縫氣，真為紈袴悲。翻因聞道速，仍恨讀書遲。師說鄒三樂，家聲楊四知。鵬飛九萬里，蹴怒一培之。自古高明地，隆隆欲晦難。惟茲五三籍，餉汝萬千安。新侶亦奇服，高吟同畫欄。權輿帶詩味，吾意孰先闌？（季皋名經邁，李相幼子。先生館李氏，乃先公所薦。為季皋課師也。）

留別新綠軒

籃輿側放山門下，我作山人盡一餐。芳樹如聞啼鳥怨，殘花猶戀去人看。百年香火崇碑在，四海煙濤一劍寒。莫復殷勤為後約，還山古有萬千難。（此初離鄉里留別之作，其詞則在天津時所追改。先大夫云：「後半聲氣並王，可云偉製矣。」）

過泰山

生長海門狎江水，腹中泰岱亦崢嶸。空餘攬轡雄心在，復此當前黛色橫。蜒蜿癡龍懷寶睡，蹣跚病馬踏砂行。嗟余即逝天高處，開闔雲雷儻未驚。（《剛己日記》載先生自評云：「此等題無他難，但若將泰山看得絕大，而求為震撼之詞，則便竭蹶支持，不能佳矣。」又曰：「我詩何足與杜公比論。要其一起一收，規模頗好，中四句亦蹈大方也。」）

寄答余小軒兼示劉幼丹蔡燕生及錢仲仙七律四首

前年歧路淚橫江，今日同吁北斗傍。我病未能跨州去，君愁何惜出都望。雖無彩翮投鸕鷀，卻有丹心待鳳凰。日暮登高念兄弟，寒沙漠漠不堪量。

道人含垢襞衣裳，石袂懸詩日老蒼。齒過顏回還鹿健，生逢李耳實龍驤。三餐綺食無歸思，一夕驚魂在汝旁。手把佳人奉瑤草，萬山明月見衣光。（顏回自謂，李耳喻先公也。末句剛己屢襲用之。）

燕生矯矯入雲翔，澤瘠山臞喜未忘。何意賈生今不樂，焉知李白後無狂？朱公上策還從計，蔡澤高吟或笑唐。桃李不言春寂寞，祇今何處問劉郎？

江漢浮浮閱五霜，仲仙一激感人腸。人生墜落寧由己？即事低徊已可傷。眼底蜉蝣聊自玩，天邊龍虎定誰疆？哀哉瑣屑畿南盜，咄咄空函不可將。（此四詩在冀州作。集本失載。今從《剛己日記》稿中鈔得。集本存詩至多，此不宜刪，殆遺失也。）

贈謇博

爛爛青鐙夜漸涼，傍搜遠紹緒茫茫。爨奴莫問明朝米，詩婦來窺萬古藏。世上膏腴誰得失？眼中人代有興亡。淵哉若共揚雄老，再與侯芭醉萬場。（以下天津幕中作。先大夫曰：「後四句大氣標舉，最是山谷長處。」）

贈仲實

正欲通辭託素波，其如對面九疑何。寧知一日天懷轉，始信三生福慧多。合配水仙遲薦菊，不羞山鬼老披蘿。錦衣貼月還多事，只許秋來散髮歌。

和俞恪士

跨海越江成此聚，附書悲笑更茫茫。門才各有三君在，生計都令百畝荒。字裏鯤鵬翻積水，眼中魚鼈撼驕陽。迂生託飽真毋羨，虛占成都幾樹桑。（先大夫曰：「大家氣體。」）

以館中分餉之蟠桃轉餉外舅外舅有詩走筆奉和

三年次第嘗新果，棄核仍看載滿車。販豎入金高似斗，海人知木大如魚。掀髯一笑榮枯事，坦腹真成醉飽餘。莫信甘香非盜牘，台星今傍歲星居。（五六二句，先大夫曰：「傲睨一切。」）

次韻恪士並寄曾重伯三首

普天偏飫曾侯德，一族孤懸似細腰。難向莊生問庭徑，虛從杜老歎雲霄。芳椒薦豕將何地？大柏棲鸞又滿朝。獨有亭亭好孫子，手提駭馬逐奔飇。（先大夫曰：「豪情勝概，氣與題稱。」）

私淑平生無不在，門庭長落每能知。葛侯聲譽宜騰翥，楚客文章太陸離。豈意獨居垂老日，相呼同謁太初師。申詳要與深人處，笑謝悠悠世上兒。

子亦深深大鐘似，我乃向人衝氣機。獨為此君宜解帶，不妨吾道尚傳衣。登車日月雄心改，帶甲乾坤老眼稀。花下一尊須痛惜，焉知來日不分飛？

次韻恪士並懷至父先生四首

世事又隨春草換，隔年還是腐儒心。為周有此迢迢夢，不禹何須寸寸陰。倚壁半檠孤照在，當門一雨九河深。正令曉入平津閣，只向青天耐苦吟。（起四句，先大夫曰：「公此等風格，正覺涪翁去人不遠。」）

昨夜四星芒角動，喬星亦自亘天懸。瘦童羸馬吾衰矣，服斗當箕事偶然。供缺祇堪煨莧繼，倦來正欲啖榆眠。驚心毅帝龍飛日，坐嘯承平已卅年。（自注：

「伍喬瘦童羸馬，寒苦之詩人，而亦感天象耳。」）

不信古來喪亂際，沈憂不散會摧肝。殘陽有樹鴉終集，絕島無花鳥盡懽。未必銅山虞細火，豈妨鏡海動微瀾？行年四十何曾老，正頗舒眉次第看。

海內寧無惜公者？吾知公用亦無能。身經藥裹剛何病，架有藤花放幾層？梁木一摧無得放，樓窗三笑更難騰。惟須屏絕扶搖意，惻愴南歸逐化鵬。（收意深痛）

論同光體詩

一、論清詩的衰落

有清一代的詩，在初期還稱不錯，因為一方面有明末顧亭林、王船山這班遺老哀時感事的亡國悲歌，還不失真性情的作品；一方面因為開國之初天下太平，一般詩人發出和平中正之音，也還不失開國氣象。雖然和平之音不大能感動人，但朱貪多，王愛好，出風入雅，也還可以上口，可以入目。但到了乾嘉時期，那就一落千丈，那是甚麼原因呢？我以為是有下列幾個原因，現在容我分述於後。

第一是政治的壓力。在滿清開國時期，政治力量足以壓制一切反動而有餘，何況這些寓有反動思潮吟詩作賦而手無縛鷄之力的文人呢？你識相的，好好的作順民。如果敢在文字上掉槍花來諷刺政府，那便是大逆不道，所以像「奪朱非正色，異種也稱王」這些句子，便會招殺頭之禍了。清政府為澄清這些反動文人的思想，雙管齊下，一方面開四庫館收羅書籍（收書即是變相的焚書），另一方面開博學鴻詞科來網羅人才；這是軟的工夫。如果你們還不識相的話，那只有用殺頭戮屍揚灰這些酷刑來對付。所以在康雍乾三朝時有文字之獄，這真是文人悲慘的遭遇。但他們走向那一條路去呢？這便可以說明清代為甚麼考據學能放異彩的原因。文人學士們的心思，不敢用在傷離念亂上頭，只有在故紙堆中討生活，因為在古書中去鑽牛角尖是不會弄到殺頭的啊！考據在清代是發皇光大了，但適得其反的便是這一時期詩歌的衰落，因為此中高才都走向考據這條路上去，一心無二用，詩歌那能不衰退呢？這是第一個原因。

第二是環境的舒適。我常常說文學的好壞，是和時代成反比例。時代越是動亂，民生越是困苦，越有好的詩歌出現。太史公曾說過：「《詩》三百篇，大抵賢聖發憤之所作為也。」他又說：「屈原之作《離騷》，蓋自怨生也。」詩和騷為甚麼要憤要怨呢？還不是因為政治之不良，國家之危亂，才有這些詩人騷人憤的憤怨的怨！我們簡直可以說，如果中心沒有憤怨，絕對不會有好詩歌發現的。有了義熙之亂，才有陶詩之產生；有了天寶之亂，才有杜詩的成就；有了靖康之禍，這才成就了陸游；有了金室之亡，這才孕育了元好問。反過來講，時代越是承平無事，大家越是安居樂業，就有絕大天才的詩人，可以說英雄無用武之地，找不到好題材來做好詩的。因為康雍乾三朝表面也還太平，所有當時詩人，除了寫些風花雪月應酬慶賀歌功頌德的詩以外，當然不會有憤怨之作。如果只是歡娛之詞，那裏能夠感動人呢？韓公曾說過「歡娛之詞難工」這句話，是不錯的。我們為過日子，照理是願意過太平日子。我們為做詩，那倒是時局動亂才有好題材啊！

第三是妄庸的主盟。在清初時期，主盟斯文，有王漁洋、朱竹垞這班人。像漁洋的提倡神韻，雖不能概括詩的全部，卻還有一部分說得對。到了乾嘉時期，如庸下的沈德潛偏要肌理，一肚子齷齪的袁子才偏要提倡性靈，死在金石攷據胯下的翁覃溪偏要把金石入詩；結果是提倡肌理的入於腐惡不堪，提倡性靈入於肆無忌憚，金石攷據的變成滿紙骨董。而他們最大的毛病便是矜持作態，自己本來是外行，卻要冒充內行，自己於詩學全未夢見，卻要想提倡派別，自振宗風。這種人我無法上他們的尊號，只有借明代歸震川罵王世貞的「妄庸巨子」四個字來奉贈他們了。惟其妄，所以敢於倡立宗派，大言不慚；惟其庸，所以他們的作品是平庸膚淺，毫無價值。但他們不是活到八十九十老而不死，便是有了社會上的大名，或是位居卿相，天下讀書人都奔走在他們門下；你要不叫他們為巨子，那又怎行呢？不過在那時候也有幾位比較好的，如厲樊榭的幽秀、黃仲則的俊逸、龔定庵的詭麗，卻都比袁、蔣、趙這批人高得很多。但厲的毛病是失之碎，黃的毛病是失之輕；定庵才華絕世，但不軌于正，說者以為有妖氣。比較最好的要算錢蘀石的醇樸雅正，不愧一作手，但一班人不知他的好處，也就等閒視之。那知道同光派的興起，還是受這派的影響呢？

二、同光派興起的旁因

大凡天下事窮則變，變則通。清代的詩到了乾嘉時期，真可以說衰落到極點。在物極必反否極必泰這個原則下孕育了同光派的詩，論者以為他們的詩可以直接宋人而無媿色。我以為一個人要想在文壇自樹一幟的話，對於前人是不必為他名聲而震懾的。他們好的地方固然足為我們景仰效法之資，那不好而因為生在我們之前浪得虛名的，我們簡直可以打倒他們。以詩而論，如唐之杜、韓是不容追上的，但宋代出了蘇、黃，便把杜、韓以外這些小名家打倒了。到了近代出了范、陳，也便把蘇、黃而後小詩家壓伏了。因為第一流大詩人雖然不容易趕上，但二三流作者我們是絕對可以勝過他們而追踪到第一流這個階段上去的。人不可以自餒，人不可以不自立。不自餒便是要力爭上流，自立便是要自開户牖。這是凡做學問最緊要真言，而做詩尤其要有這種精神才行啊！

那麼同光體是怎樣興起的呢？他們為甚麼有這樣大的成就呢？我可以說是有主因和旁因的。所謂主因是詩人的自覺。所謂旁因可分作如下幾點：一是時局動亂的影響，二是政府腐敗的影響，三是在朝達官的提倡，四是在野大師的導揚。有了這四大因素，所以成就了這一個大時代的偉大詩歌。現在讓我一一的說明如後。

第一是時局動亂的影響。我在上一段不是嘗說過作詩和我們身世遭際，恰恰成個反比例嗎？你要生在太平盛世富貴人家而又家庭美滿身體康健，那就任你聰明絕頂，想做好詩，其結果也不過做些歌詠昇平吟風弄月第二三等作品而已，絕對不會寫出變風變雅、《離騷》《招魂》這些驚天動地的詩歌來。我們要知道陶、杜的詩為甚麼特別好，因為他們都是生當亂離，飽嘗亡國破家奔走流離的苦痛，才有憤鬱悲壯的詩篇產生。蘇、黃的詩為甚麼好？也因為他們一生都是在坎軻顛沛放流之中，所以才有警悚動人的作品寫出來。時代越是壞，詩人的題材越是多，如能抓住時代，儘量描寫，那會不獨立千古的？清代到了洪、楊以後，因外力的侵入，這個自驕自大的天朝，便被泰西的洋槍大礮轟得落花流水。由甲午中日之戰敗起，接着便是戊戌政變，又是庚子八國聯軍、辛丑和約。到了辛亥革命成功後，更是連年動亂，軍閥割據，政客煽動，外患內憂紛至沓來。這種動亂的局面，恐怕是我國有史以來所未有的。國家越是動亂，人民越是痛苦，局勢的變化越是奇幻，那詩人的題材越是豐富；所以同光體詩人自洪、楊之亂寫起一直寫到民國初元這一百年間的人間諸種變相，成就了詩界天堂的驕子。這是時局動亂有造於同光體詩的第一個原因。

第二是政府腐敗的影響。自滿洲人入主中國以來，憑他的高壓政策，也勉強造成雍乾兩朝太平盛世。而又因為雍正之纘承大統，排斥西洋學術（康熙用西法治曆，畢竟了不得，諸王子多向西學。雍正因居雍和宮信喇嘛教，故盡屠諸兄弟並其所崇之學術而剷之，否則中國不至落後一百年也），乾隆是一位假名士，又喜歡附庸風雅，所以國人對於西洋情形一點不知，尚以天朝自居。等到英法聯軍洋人的大炮轟到國門，倉皇出走，才知道他人的利害，可惜已遲了。照理講來，在曾、左、李、胡削平大難之後，知道用西法來改良軍器工業，應該也知道改革政治才能迎頭趕上，像日本維新的所為。但是在上的是胡塗而自私的慈禧總攬大權，而親貴王公又都顢頇不懂事，只怕漢人拿權，不怕外人侵略。拿這些敗類來主持國政，那會有不喪師割地賠款乞憐的道理？出主意的是滿人，身受其禍的是漢人。打仗送命的是漢人，賠款出錢的也還是漢人，那能叫漢人不痛恨呢？不大聲疾呼的洩憤呢？不對於政府大肆譏訶呢？政府因為應付外患內憂，已經失去了統馭的能力，更談不到鎮壓思想了。所以一班有志之士，眼看見亡國之禍廹在眉睫，政府仍是胡塗無能，對於人民的呼籲熟視無覩，還是要分滿漢的界限，還是親貴用事，宦寺弄權，那能不叫志士仁人喪氣呢？在這時候，不只革命志士所組織的南社一班朋友和保皇失敗的康、梁這些人對於清政府肆其醜詆，就是遺老重臣勝流名士對於政府也大肆訶彈而無所用其忌諱了。時會既亂得不成樣子，詩人又可以儘量的發洩那危懼之詞和窮愁之語，那能不驚心動魄呢？你要他不好也不可能。這是第二個原因。

第三是在朝達官的提倡。我嘗說中國文士之能享大名，一種是能創出新的玩藝兒，以前所無自我才有的東西，如宋代的詞、元代的曲、明代的傳奇等等；而最重要的，還是要政治上的力量。最好身為大官，其次也要居大官幕府，或交遊是達官貴人。如果自己能做政治運動，那就更好了。總而言之，是要和政治有關才易於得到一班人的信仰。我們姑且把唐宋八大家來看，韓是侍郎，歐是副樞密使同平章事，荊公是變法的宰相，子厚、東坡都因政治運動而失敗，但是出名了，子由是門下侍郎。可以說他們不是參加做政治運動，便是貴人達官。因為一班人並不知道甚麼叫作好叫作壞，只知道大官所說的都是對的。當然舊時達官都是科舉出身，縱談不到怎樣的好，但通總是通的。其中如果有學問而能文章的，如果憑他的好尚，要提倡某派的詩，某派的文，某派的學問，那他只要登高一呼，全國景從，便可造成一種新風氣，那是再容易沒有的了。同光體的詩，在朝有甚麼人來提倡呢？我可以舉出三四位來：一是祁嶲藻春圃，二是曾國藩滌生，三是張之洞孝達。他們都是學問極有根柢而文學都有相當造詣的人，而他們所提倡的，也好似有一個共同的目標。因為這三公都是宰相，是同光時期的達官而兼名士學者，所以憑他們的力量便可哄動一時，造成新風氣了。這是第三個原因。

第四是在野大師的導揚。同光體詩創立，可以說是在朝在野兩方面共同進行，所以才有這樣輝煌的成就。在野的師儒，據我所知於同光派有關的，比較早一點的是遵義鄭子尹，而真正是這運動中心人物，那只有通州范肯堂先生；而一班人所知道的陳散原、鄭海藏，倒是繼他而起的。至於羽翼陳、鄭，為同光體宣揚工作最出力的，那只有侯官陳石遺先生的《石遺室詩話》這部書。范先生是吳摯父先生所推許而請到北方講學的，後來又薦入李鴻章幕府。散原、海藏、石遺三先生則是張孝達的幕客，憑着他們的政治後臺關係，所以也就等於卿相的居高一呼，便開出一種新風氣，成了一種新派系了。他們不只呼了一下便了事，他們有論詩的宗旨，對於古人的詩有新發現和新評價；而他們的作品又能夠實踐所言，各人有各人的面目，各人有各人的意態，同歸殊塗。總結一句是要用最好方法做出最好的詩歌，所以他們便占了清代詩壇最重要的位置了。

三、同光體興起的主因

上面所說時局動亂、政府無能、在上提倡、在野響應這些理由，也還不過是造成同光派詩的旁因或助因，而絕不是主因。主因是甚麼呢？這便是詩人的自覺。自覺是甚麼呢？就是對於古詩人的新評價和新創獲。因為有了新評價，這才把古代相傳的似是而非的說法推翻；有了新創獲，這才把湮沒已久的作者的價值重新提出；這一下子可有了許多新發現了。本來論詩是一件極不容易的事，不用說一些普通詩人不懂得詩的真際，就拿杜、韓、蘇、黃來講，當然是詩壇宗祖，但杜對於陶公就不大懂得，他有「觀其著詩集，亦頗病枯槁」的批評。到了宋代蘇東坡、黃山谷才真正明白了陶公的價值。蘇公說：「淵明詩不多作，然其詩質而實綺，癯而實腴，自曹、劉、鮑、謝、李、杜諸人皆莫及也。」黃說：「謝康樂、庾義城未能窺彭澤數仞之牆者，二子有意於俗人贊毀其工拙，淵明直寄焉耳。」他又說：「至於淵明則所謂不煩繩削而自合者，雖巧於斧斤者疑其拙，窘於檢束者病其放；淵明之拙與放，豈可為不知者道哉！」東坡「癯而實腴」之論簡直是對杜公開炮，但是毫無損於杜公。為甚麼杜於陶不甚了解呢？我以為大概杜是一個謹慎而又多歷險艱的人，所以體會不到這「癯而實腴」的味道；東坡天懷曠達，所以便能懂得；這恐怕和性情遭際有關罷。又如孟郊的詩，韓先生把他推尊到「窅默咸池音」、「神施鬼設」，但到了宋代蘇先生，便肆意詆為：「初如食小魚，所得不償勞。又如食蟚蜞，竟日嚼空螯。」他又說：「只可鬥僧清，未足當韓豪。」但黃山谷持論卻又不同，《呂氏童訓》上面記得有：「徐師川問山谷曰：『人言東野聯句，大非平日所作，恐是退之有所潤色。』山谷云：『退之安能潤色東野，若東野潤色退之，卻有此理。』」這段話是說孟並非不能作韓愈那種詩，只是不作耳。由這點看來，做詩不易，論詩尤其不易。蘇之攻孟，韓、黃尊孟，恐怕還是各人個性關係。蘇是灑脫豪放的人，所以對鑽刻太深的作品，不會體會到它的好處；而韓、黃兩位都是以矜練見長的，所以倒懂得這位雕鑱造化巨手的本領。我舉這兩個例子，並非找杜、蘇的毛病，乃是說論詩的不易，就是大名家如杜、蘇，也還有千慮一失的時候，那其餘無聊不通的詩人所推崇所排斥的錯誤，那更不必講了。

我舉出上面這些例子，是一方面說明論詩的不易，雖杜、韓、蘇、黃尚不免有錯的地方；而他們對於古人說法不輕信盲從，對朋友見解不完全認可的精神，是值得我們佩服的。同光派詩人的自覺便是從這種精神傳布出來的。他們對於古人之夙享盛名的，來一個新評價來斷定誰好誰壞，何人該學何人不該學；對於湮沒的古人如孟東野、梅宛陵、王荊公、陳后山這些人，重新把他們好處探索而宣揚出來，給學詩的人們開出無數法門，指示無限途徑；這真是一件了不起的工作。現在我把他們對於古代詩學大師的新評價先寫於後，作為甲部。

（一）杜少陵：這位集大成的詩王詩聖詩祖宗，為百代所推崇，沒話可講的，但宋蘇軾便有「天下紛紛學杜甫，誰得其皮與其骨」的話，可見杜骨之不易學。石遺先生也有「時閩人詩極陳腐，襲杜之皮」的話。但這都是學者之過而不是作者之過。我們看同光派對於杜，無論學得到學不到，都是一致推崇，如范肯堂有「我詩何足以比杜公」的話。他詩裏有許多用杜韻而能得杜的神理的很多。陳散原說：「杜乃正宗。」陳石遺也曾說，凡寫景能狀寫到十分者惟老杜能之，其餘皆不過七八分五六分而已。他又說：「宛陵曾說：『凡為詩必能狀難寫之景如在目前，含不盡之意於言外』，此語惟老杜能之，東坡則有能有不能。」鄭海藏推俞恪士之詩為能得杜味。也又推許虞和欽詩說：「近得虞君詩，於杜果深造。沈雄出意表，纖巧端可掃。」可見杜是一致為他們所推許，惟他們所希望的乃得杜味杜骨而不要杜皮耳。虞和欽的詩我曾讀過，於杜有太似之譏，也頗像王壬秋之學六朝、趙堯生之摹唐人，都是太像了，雖置之古人集中不能辨別。但究竟是假古董，海藏畢竟也不能稱真懂啊！

（二）李太白：這位詩仙在同光派裏，便不大行時，因為同光詩人做詩都要苦心研練，所以對於這位搖筆即來的才子詩人是不對勁的。我只看見肯堂先生有「或挾飛仙姿，字字鵷鸞翔」十個字推許外，稱李者卻甚少。散原先生只說：「李詩好處在氣好，但假的太多。」石遺先生說：「李的好詩早已被人選了。」那是說，其餘都是不好的，其他不是用不提作為一種無言的反對，便說他是仙才不是人可以學的，藉示譏訕。就是因為李、杜兩字習用已久，照文學習慣來講，也不能不來一個李、杜並稱罷了。我以為同光派是對於此老不大佩服稱道的。他們看不起黃仲則、張亨甫，此二人便是以學李著名的。

（三）韓昌黎：同光體是以杜、韓揭櫫的，杜、韓固不易學，但這金字招牌是不能不舉出來的。鄭海藏詩有句說：「次之為韓歐，擱筆難其奧。」可見想望不到的意思。陳石遺更有如下的稱許。他說：「世尊韓文為文章泰斗，而韓詩之工，實在文上。」他又引鄭海藏的話說：「由宋以來，詩人縱不能學杜，未嘗不於韓公周歷一番者，余撫掌以為名言。」陳散原也說：「韓公詩繼李、杜而興，雄直之氣，詼詭之趣，自足鼎峙天壤，模範百世，不能病其以文為詩，而損偏勝獨至之光價也。」由這幾家的推崇，可見韓詩的價值。

（四）白樂天：白詩據陳石遺批評：「白詩號稱老嫗能解者，皆非白之佳者。其佳境頗非前人所有。」他又說：「白詩之妙，實能於李、杜、韓外擴充境界，宋詩十之七八從《長慶集》中來，然皆能以不平變化其平處。」他又說：「宛陵用意命筆，多本香山，異在白以五言，梅變化以七言。」我不記得是海藏或滄趣題人學白詩卷有「他人深而淺，白氏淺而深」的話。我以為同光諸老，除了石遺先生外，甚少與白相近的，只有石遺先生有學他的地方；但我讀了白詩始終不知其好處所在。我倒同意黃山谷的說法：「退之於詩以才高而好耳，淵明不為詩，寫其胸中之妙耳；無韓之才與陶之妙而學其詩，終樂天耳。」這真與我意見相同。

（五）蘇東坡：坡詩的好處，那是人人皆知的，他那種豪縱筆勢，超妙的思想，不能不令人佩服。陳石遺說他得於天者甚優，趙堯生也曾推許說是自唐人而後，能自開門户的，只有東坡一人。范肯堂、鄭海藏都很得力於他，可以說自杜公而外，蘇詩是絕對受人尊崇的。他和李不同之點，李是局於道家方士神仙思想，雖然縹緲，但還不夠透澈；蘇是佛家思想，所以能達到超妙圓融的境界。這也可說，李不如蘇的地方，不只技巧，也就是思想來源的不同啊！

（六）黃山谷：山谷先生的詩，雖然有《江西詩派圖》的傳布，但他的流傳，遠不如東坡的廣。明代簡直不受歡迎，到了清代姚姬傳指出山谷詩可為做俗詩的湔滌腸胃，這才稍稍被人重視。同光派在朝的祁春圃、曾滌生雖都推重他，但張孝達便昌言反對黃詩，他有：「如珮玉瓊琚，舍車行荊棘」的句子。他只尚典雅，不求高古奇崛，所以看不出黃詩的好處。陳散原推崇他為「雕鑱造化手，初不用意為」，所以他是深懂黃詩的。此外如肯堂先生、沈子培、袁爽秋都是走這派的人。有人說閩派詩是學黃詩，這真是胡說，福建詩人除了林壽圖（穎叔）晚年學黃以外，其他都和黃不近。我以為閩派鉅子海藏、滄趣都是奉荊公為宗祖的，並不近黃門也。

上面所舉六家是一般所崇奉的，而他們之間也有各崇其所崇，各奉其所奉的宗師，不過他們對於所崇奉的宗師，都能發掘他們好處的所在，不同於瞎贊盲稱；這是同光派了不得的地方。

現在我要提出他們對於被遺忘詩人特別提出來的幾位於下，作為乙部。

（一）柳河東：柳詩是東坡目為南遷二友之一。他說：「柳詩在韋蘇州上，陶淵明下。」他又說：「退之豪放奇險則過之，而溫麗精深不及。」又說他和韋詩發纖穠於簡古，寄至味於淡泊，非餘子所及。同光派詩人知柳最深的無過於海藏，他有推服的句子：「蓄悲語離奇，取幽氣奧衍。發為澹蕩作，噓吸出墳典……鮑謝方抗行，李杜足非靦。以茲夐妙篇，千古解宜鮮。」曾剛甫也有：「子厚五言，大有不安唐古之意。有唐一代刻意大謝，柳州一人而已。」「實則柳用意師陶，造句用謝，所謂合陶、謝為一手也。」這是鄭、曾所提倡的。

（二）孟東野：東野的提倡，陳、鄭都很著力。陳散原有「郊詩肺腑造萬象」的句子。海藏更是有題東野集五古好幾首，其最精湛的是：「夸厚含陶思，超異同謝規。誰言中唐聲？此是小雅遺。」「詩濤湧退之，束手徒咨嗟。差以意表論，邈茲神理遐。」陳、鄭兩家雖推之如此，但范肯堂先生卻有「昌黎下筆天光完，滋有意外呈毫端。東野琢句多斷殘，湮鬱不發埋心肝……郊亦滔滔挾愈勢，愈亦轟轟資郊寒」的批評。這只有說所見不同，各行其是罷了，這也就是同光體和而不同的精神。

（三）韓冬郎：一班人大抵以為詩到盛唐為極詣，不知晚唐也仍有好詩，楊誠齋推晚唐詩有三百篇遺意，可見一時有一時的詩，是未可妄為軒輊的。晚唐詩李義山的綺麗是人人皆知的，有說李詩上接少陵下開涪翁，這是不可掩的事實。小杜稍豪，飛卿過綺，皆不足比李，惟韓冬郎的忠亮大節亡國悲痛都發洩在詩裏，吳摯父先生推為能在杜公外自樹一幟，卻是的評。歷來選家只以為他工香奩體，真是謬妄之見。同光詩人中得他意思最多的要算陳滄趣、陳蒼虬二人，因為身世相同。滄趣取資北宋晚唐，北宋只學荊公，晚唐則效致堯。蒼虬詩學二韓，是昌黎和冬郎也。這是一個新發現。

（四）梅聖俞：梅都官是六一居士所絕推重的，但是造到平淡地步，轉覺難覓賞音。古人有：「黃九詩到人愛處工，梅二詩到人不愛處工。」陳石遺《詩話》有云：「初梅宛陵無人道及，沈乙庵夙喜山谷，余偶舉宛陵，並以殘本贈之。時蘇戡居漢上，余一日和其詩，有『著花老樹初無幾，試聽縱容長醜枝』句，蘇戡曰：『此本宛陵詩。』乃知蘇戡亦喜宛陵，因贈余詩有云：『臨川不易到，宛陵何可追？憑君嘲老醜，終覺愛花枝。』自是始有言宛陵者。」夏劍丞謂：「唐宋詩人獨有一梅聖俞耳。」和同時楊昀谷爭論，後來石遺先生才說：「論詩固不必別黑白而定一尊，劍丞言似太過。」後來劍丞又注梅集，專注本事，我有鈔本，惜尚無力刊布出來。這是梅被提出的一段公案。

（五）王荊公：《石遺室詩話》有云：「世之為荊公者，蘇戡提倡之力也。」其實在同光體中最出色當行者還是荊公。海藏曾說宋以來之為詩者雖不敢問杜，總要在韓門走一過；我以為同光體詩人除了山谷信徒之外，學韓縱學不到，也總要在王門走一遭。因為宋詩如東坡失之滑易，黃詩又過於艱澀，在滑澀中間找一條比較易走的路，還是荊公。荊公古詩學韓，七絕幾於在唐絕句外自成一格。古人所謂深入淺出，惟荊公足以當之，宜乎自海藏一提倡而學他一天多似一天；尤其是閩派詩，簡直可以說是荊公派。海藏學荊公的弛縱處，滄趣學荊公的凝斂處。閩人講才氣的多半學海藏。工力深的多半學滄趣，這是很明顯的路數。嚴幾道批荊公詩，以為他的詩是具有政治見解的政治家的詩，反覩蘇、黃，不過是詩人之詩而已。我有嚴評荊公詩鈔本，擬付刊。

（六）陳后山：后山之詩，皆閉門苦吟而得，而通於禪意，如云：「如參曹洞禪，忌犯正位，切忌死語。」所以他能夠在杜、黃而後自成一宗。楊昀谷在法源寺祭陳后山詩，有「知陳最深者三賢，曾鞏蘇軾黃庭堅……吾曹論古何敢偏，窮源要溯天中天。梅陳好句絕可愛，其力僅足造一關。強譽一家冠千古，逆知古人心未安」的句子。而學后山最有名的，在福建當推林暾谷、陳徵宇，在廣東只有黃晦聞，此外並不多見。因為他的詩自苦吟得來，所以性情樂易豪放的便不與之相近也。

上面所列六家，乃是同光體新發掘出來的詩人。因為他們的提倡，所以不脛而走，而注本也就多起來。以我所知，除柳集外，孟詩有陳延傑的注本，梅詩有夏敬觀的注本，韓冬郎詩有吳摯父先生的評點本，王詩有嚴幾道的評點本，陳詩有冒廣生的箋注本，這是對於後學有極大幫助的。

最後我想借石遺先生的《石遺室詩話》中間一段來作本章的結束。他說：「前清詩學，道光以來，一大關捩，略別兩派。一派為清蒼幽峭，自古詩十九首、蘇、李、陶、謝、王、孟、韋、柳以下逮賈島、姚合，宋之陳師道、陳與義、陳傅良、趙師秀、徐照、徐璣、翁卷、嚴羽，元之范梈、揭傒斯，明之鍾惺、譚元春之倫，洗鍊而鎔鑄之，體會淵微，出以精思健筆。蘄水陳太初先生《簡學齋詩》四卷、《白石山館手稿》一卷，字皆人人能識之字，句皆人人能造之句，及積字成句，積句成韻，積韻成章，遂無前人已言之意，已寫之景，又皆後人欲言之意，欲寫之景。當時嗣響頗乏其人，魏默深之《清夜齋稿》，稍足羽翼，而才氣所溢，時出入於他派。此一派以鄭海藏為魁壘，其源合也。而五言佐以東野，七言佐以宛陵、荊公、遺山，斯其異矣。後來之秀效海藏者，直效海藏，未必效海藏所自出也。其一派生澀奧衍，自急就章鼓吹詞鐃歌十八曲以下逮韓愈、孟郊、樊宗師、盧仝、李賀、黃庭堅、薛季宣、謝翺、楊維禎、倪元璐、黃道周之倫，皆所取法，語必驚人，字忌習見，鄭子尹之《巢經巢詩鈔》為其冠冕，莫子偲足羽翼之；近日沈乙庵、陳散原實其流派。而散原奇字，乙庵益以僻典，又少異焉，其全詩亦不盡然也。其樊榭、定庵兩派，樊榭幽秀，本在太初之前；定庵瑰奇，不落子尹之後。然一則喜用冷僻故實而出筆不廣，近人惟寫經齋《漸西村舍》近焉；一則麗而不質，諧而不澀，才多意廣者，人境廬、樊山、琴志諸君，時樂為之。」

這上面一段文字，可以見一輪廓，惟有兩缺點：第一石遺先生並不深知范先生是李、杜、韓、蘇、黃、元以來詩壇第一宗匠。他這條路線都未寫，只說范詩工力甚深，比於跼天蹐地之詩囚，這是分派舉例之不當。第二他所舉一些人名，一些小名家，也不過是門面語，其實你去問作者本人，恐怕不會採取效法如是的瑣碎，斷不如我上面一家一家列舉的明白。而我所以要引它來作結論，一則為的是此一議論可以代表當時對同光體的看法，二來雖不十分精當，也還得着一個輪廓，不妨引來作一個參證罷了。

四、對於異派的態度

在同光體盛行的時候，卻也有好多異派的興起。他們對於異派，有時也昌言排斥，有時也把他們的好處表揚出來，有時還替他們來一個辯護。這種不太有門户之見，是值得我們稱頌的。現在我要將各派作風和領袖人物畧述於下。

（一）摹古派：這派以王闓運為代表。如明前後七子一樣的，詩必漢魏盛唐，好像唐人以後便不值得一顧似的，這種叫作泥古不通。他們只知字摹句仿，以弄到與古人不辨真偽為原則；這那是自己在作詩，而是在造假古董。如在書房窗課做幾首擬古之作也還說得過去，如要以此昭示天下，那就未免臉皮太厚了。同光派的詩人雖對於這派排斥不遺餘力，但他們的好處，也不加隱諱的。例如陳石遺先生對於王湘綺，在他《談藝錄》裏，痛詆為「除《湘軍志》外，詩文皆無可取。詩除一二可備他日史乘資料外，餘皆落套」。但對於《祁門五律二十首》之一，又稱它最工。對於最後二句「卻慚携短劍，真為看山來」，加以注解說：「携短劍而作客三年，亦濡滯矣，而託言為看山來，末韻不可不謂不冷雋矣。」這是同光派對於異派的看法，雖指出他們的壞處，但有好處的話，也要加以贊許的。這便是大公無私，這便是有真賞真識。散原先生雖嘗和湘綺有往來，在他詩集裏可以見到，但他對我老友便說湘綺是野狐禪，這當然是菲薄的言論了。我的亡友衡陽劉豢龍說：「散原先生的詩，早年也受湘綺影響，濡染於六朝很深，後來他覺悟到老是搞六朝不是辦法，便又一變而為宋詩。」由這樣看來，是散原比湘綺高得太多。湘綺能入而不能出，所以弄成假古董死六朝，散原能入而又能出，所以他巍然開了另一宗派。他是由吸收六朝的精華，而參以杜、韓、黃、陳的意態，所以面目一新。這是他聰明的地方，而也是湘綺望塵莫及的地方。

（二）數典派：這一派在清末當然以樊樊山為代表。易實甫雖然天才超越，但後來也走上數典這條路上去，並且專以對屬為工，這就於詩離得遠了。究竟做詩該不該用典，這是詩壇一向爭論的問題。陶詩之所以好，就是白描。杜詩典白都有。但六朝唐宋大家名家做詩，差不多對於用典似乎有個戒律。那是說，只許用普通的典，看你如何去運用去推陳出新，而絕對不許用僻典或太專門的術語和不相干的瑣碎典實。因為詩是要人懂的，不是叫你堆砌許多典實叫人不懂的。如果以典實多見長，那麼時代愈後，典故愈多，何以詩是越來越退步呢？所以范肯堂先生有句云：「最有空詞盡樂哀，網羅故實定非才。請看鐙雨檐花句，便值高歌餓死來。」這便是對於典實派的開炮。但鄭海藏有：「往於南皮坐，夙耳樊山名。老矣始一見，趙璧真連城。」至論到詩，又有「閩荔喻益巧，何如比鍊果，回味得稍稍」的句子。而散原、石遺、弢庵和樊、易唱和詩卻也不少。由此可見得朋友唱和是朋友唱和，論詩宗旨是論詩宗旨，是斷然不能混淆的。我在十幾歲的時候，讀了樊山捧女戲子的詩，有「ＸＸＸＸ武藝高」（編按：四字原稿缺）的句子，便在上面仿照鍾嶸《詩品》某人詩出於某人的辦法，大批其上曰：「樊山之詩蓋出於《天雨花》」，這也可見我少年時目空一切的狂態了。總之我對易先生的天才卓越，還致其佩服之忱；若樊山之詩出於袁、趙，一生以徵典為詩，那無論如何我是不敢恭維的。

（三）摹唐派：這派要以四川趙堯生為代表。說來卻也奇怪，在同光派盛行的時候，偏偏湖南出了一位專做漢魏六朝的王湘綺，而四川卻又產生一位趙堯生。堯生是專以學唐人來標榜的，而他和同光派詩人如鄭海藏、陳石遺、陳弢庵都有交情，對於石遺老人感情尤摯，所以《石遺室詩話》甚恭維他的詩；而他又因為做御史直言敢諫，所以詩名也跟着大起來。到今天我們打開了他的《香宋詩前集》來看，其中五古七古少而未做成功，大概是他專注於律絕的原因。律絕之中，又以五律七絕為最好，但是有一個絕大毛病。他對於唐人是下過苦功的，學唐是像到極點，如果把他的詩放在唐人集中，簡直可以亂真，但結果看不出是趙堯生的面目來。這可以說和王湘綺同一病痛，能入而不能出，摹仿得極像，但自己面目沒有了。我們試看荊公、東坡的絕律，各有其本人的面目，所以能夠岸然獨立於千載，而王、趙二公只知有人，不知有己，所以工夫白費了。我真為他們可惜啊！

（四）晚唐派：這派可以說對於同光派是有固結不解之緣。在做同光派的作者中，所謂晚唐北宋乃是最出色當行的，如海藏、滄趣、節庵、石遺、蒼虬，沒有一個不與晚唐發生關係的。不過他們是兼採北宋，所以不能歸入此派；而純粹學晚唐的，只有曾剛甫一人。所以鄭海藏曾恭維他說：「剛父今茶山，詩法有所受。五言最沈著，意度一何厚！」有人說他的詩有如飲醇酒，又有人說剛甫詩並未做成功，但那一種溫麗的地方是不可及的。不過專做晚唐的人，除了短古七絕之外，絕不會有五七古大篇，這也是此派所短的地方。梁節庵也致力晚唐，但他兼了北宋，所以不把他算在這裏。

（五）維新派：這派以黃公度、康南海為代表。因為他們都是到過外國的人，所以他們詩裏應該有新思想新事物來寫這個大時代，所以同光派詩人也對這派人士頗有沆瀣一氣之感。我們試看范肯堂、陳散原兩先生對於黃公度都有推許的詩篇，陳贈詩有「千年治亂餘今日，四海蒼茫到異人」的句子。所以范先生也就跟着寫了兩首律詩送他：第一首前四句是：「誰謂君為異人者，我觀君道得毋同。詩言起訖一生事，眼有東西萬國風。」第二首末四句是：「乾坤落落見君好，冰雪沈沈相對寒。賸有揚雄猶賤在，不虞千世少人看。」這些是稱心而談、極端恭維的句子。他那《今別離》四章是傳誦一時的。至於康南海海外詩，《石遺室詩話》也是稱許甚至。南海早年和沈寐叟交情最好，晚年和散原倡和也多。不過南海的詩，除了一小部分如「開歲忽六十」的長篇和《弔戊戌六君子》各篇以外，多半有似廣東人所說的「車大炮」，大而無當，有時連格律也不顧及，這是他詩未能大成的原因。就是《人境廬》也有許多過粗的地方，我們披沙揀金，不能不加以別擇；而同光派詩人的推許，還恐怕是能開新這一點。但自黃、康而後，中國留學歐美的不知幾千幾萬，而真能做出以舊體裁寫新思想的，實在找不到第三個，我們倒反覺得黃、康也是不可幾及的啊！

（六）南社派：六派之中比較這派是最弱的一環，因為這派多半是革命青年所組織的，他們希望拿詩歌作革命鼓吹。寫愛國思潮，其志可嘉，但其成績並不算好。因為他們多半是青年，縱然讀了幾句書，能謅幾句詩，因為要奔走革命的關係，絕無用功的時間。而他們所宗尚的一位是南宋愛國詩人陸放翁，一位是清末的文妖龔定庵；陸取其愛國，龔取其才華，可以說南社所祈嚮是這兩位宗師。陸詩雖豪，但調過於「熟」，龔才雖高，時露「妖氣」，就是學到家，還是不好，而況他們學不到家呢？這派有柳亞子、陳去病這些人，就中最有成就的要算黃晦聞；但晦聞專宗後山，早與南社作風絕緣，所以不能算在這派以內。而因為提倡同光體的多半是清代遺老，所以對於南社革命朋友便有格格不入之勢，更談不到詩的好壞了。

五、對於同派的態度

文人相輕，自古已然，這卻也要看各人的氣量如何。我們試看古人，韓、柳是何等相欽相推，韓、孟又是何等互重，杜之於李白、王維、孟浩然都是推許過當。關於蘇、黃之互相引重，那是不必說了。因為天之生才不易，如果在同時而有異才出現，我們應該保愛之不暇，那還會妒忌呢？但同光派的詩人就不免有此狹隘的胸襟，這是提起來足令人傷心的事情；但不提出又不能看出他們爭名的好笑的態度。我現在先提鄭海藏和陳散原二人作代表。

海藏生平對於同輩只推許一個陳散原，他有詩說：「義寧賢父子，豪桀心所歸。伯嚴不急仕，峻節如其詩……神骨重更寒，絕非人力為……大名雖震世，何如我獨知。」又答李審言詩上面說：「論詩君勿謬見推，此事散原真傑作。我今心折在四靈，才力自知甘守弱。」但他晚年出關後，而散原先生還在南京，他有一天託人帶口信問散原說：「一向陳、鄭並稱，現在海藏詩是不是可以第一呢？」散原聽了大笑說：「我做詩譬如吐痰，骨鯁在喉，一吐為快，那還計到第一第二呢？我對於詩並沒有第一第二之見存，而海藏心中還是放不下第一第二，憑這一點，他早已不能第一了。」這是他對散原的爭名故事，而他對於弢庵、石遺更是不客氣。我們試看他對於弢庵的批評：「弢庵功名士，文字興不淺。其詩必可傳，五言晚尤善。」這似乎是恭維了，但上面加上了「功名士」三字，不是很顯著的鄙視麼？他又有詩批評說：「弢庵有佳作，說詩乃未妙。頗求對偶工，場屋習難掃。」他順便又批評南皮的詩，他說：「抱冰氣稍橫，久官才轉耗。憤憂入九原，吐語或深造。」

這是對弢庵、南皮有微詞的。而弢庵對他的批評，我曾聽見老友潘伯鷹對我說：「弢庵有一天問他說：『你以為蘇戡是何等人？』他對道：『不過戰國策士之流。』那知弢庵說道：『我以為遠不如啊！』」他又對人說：「蘇戡的詩是偏師，只要我堂堂之陣一攻就倒。」這可見他們爭名的議論了。關於蘇戡對於石遺，那更是凶終隙末，令人聽了難過。平心而論，同光體詩人陳散原、鄭海藏固然才名相埒，但他們之所以得名，一半也由於《石遺室詩話》這部書為他們揄揚。但不幸得很，石遺、海藏他們兩人既同年又同鄉，早年是很相得，到晚年忽變成仇敵。我們試看海藏早年對石遺的稱道，有如下的詩：「石遺失其偶，神傷賦蕭閒……別來肆於詩，皮陸可躋攀……流傳悼亡作，微之何足言！」又說：「石遺最知詩，未免阿所好……平生夢韋柳，一字不能到。次之為韓歐，閣筆難其奧。」這是何等的稱許和自謙！我們再看他對石遺的挽詩：「狂且之狂能幾時？歷詆名教姑自欺。闍然媚世靡不為。使我不忍與言詩。」又說：「平生喜說詩，揚抑窮一世。所言或甚雋，所作苦不逮。乃知詩有骨，惟俗為難避。牧齋才非弱，無解骨之穢。」這樣的醜詆，我想是因論名教的關係。名教二字不見經傳。這種滿洲國的奴才，那知道夷夏的大防和革命的真諦？所以汪旭初挽散原先生詩，有「海藏真朽骨」的句子，我倒很贊成這句話。只知忠於一姓，不知民之為貴，自己迂陋不通，還要罵人骨穢，我真不知穢骨到底在那一方面啊！而《石遺室詩話》也有如下的一段話：「余嘗謂蘇戡七言古今體酷似遺山，或以告蘇戡，蘇戡頗慍。偶以問蘇戡，蘇戡答書畧云：『兄前敍吾詩，許與已覺太過，刻復自視，殊有不愜處，奈何不許知者評隲乎！僕雖不德，然恩怨恢疏，不介於抱。至友朋相愛之情，則老而彌篤。知我有幾人，豈吾所忍怒哉！』此真蘇戡平生之言，敢信其久要不忘者也。」憑這段話看來，好像蘇戡對於石遺是不會因論詩成隙，大概還是政治問題。石遺先生讀書多較通達，所以對於民國並不以易代視之。若海藏惟用狹隘的君臣大義來標榜，甘願做滿洲的奴才，因為議論不相容，所以弄到凶終隙末了。但我以為石遺先生總是通人，而海藏不免頑固；古有殷頑，此君可謂清頑也。

至於散原先生生平論詩，他只絕口推服范肯堂先生一人。他曾對他的再傳弟子李栩庵說：「我的詩是萬萬學不得的，你還是多看范先生的詩。范先生的詩橫絕千古，是我萬萬不及的。」至對於同時流輩，那就有他的月旦了。他平生論詩，惡俗惡熟。俗是人人知道的，熟則知道便不多了。他嘗批評，某也紗帽氣，某也館閣氣。我想紗帽氣一定是批評張廣雅，館閣氣一定在議諷陳弢庵。但石遺先生為陳、張兩人辯護說：張是達官，以達官而有達官口氣，這是寫真；陳是館閣中人，與真田夫野老不同。滄趣名樓，則滄江青瑣之思，亦詩人循例事也。而鄭海藏序《散原精舍詩》，也有：「往有某鉅公等與余談詩，務以清切為主，於當世詩流，每有張茂先我所不解之歎。」所以石遺最後總結說：「廣雅少工應試文字，長於奏疏，故一切文字，力求典雅，而不尚高古奇崛。典故切，雅故清。」他又說：「廣雅於伯嚴詩，尤多不解，伯嚴有《九日從抱冰宮保至洪山寶通寺餞梁節庵兵備》云：『嘯歌庭館登臨地，今日都成隔世尋。半壑松篁藏梵籟，十年心迹比秋陰。飄髯自冷山川氣，傷足寧為卻曲吟。作健逢辰領元老，下窺城郭萬鴉沈。』此在伯嚴最為清切之作，廣雅不解其第七句，疑元老不宜見領於人也。」我以為廣雅可惜不懂英文，如果他知道Passive Voice，便知是被領於元老，而非元老被人領也。一笑！

六、同光體成功的三大因素

大凡能成了一派的作品，必有他能夠成功的因素。我在上文已將同光體對於古人的祈嚮別擇和重新估價特加提倡各點，以及對同派異派的態度，大概都說了。我現在要總括起來提出他們三大成功的因素，這因素是打通關的本領。

第一是把唐詩宋詩一關打通。明朝人為甚麼詩沒有進步，就是他們犯了一個重唐輕宋的大毛病。同光體之所以成功，是只問詩的好不好，夠不夠做人的模範，而不管他的時代。所以范肯堂答俞恪士的信裏，有如下的話：「抑願恪士守吾言者，無為尊唐薄宋，蹈明人之陋習。且彼明人又何嘗不說到做到，何嘗不有絕特過人處，而何以卒不逮蘇、黃諸君子耶？此有道焉，依人與自立之不同，為己與為人之各別也。不但此也，文章有世代為之限。賢豪之興，心氣萬古一源，皮色判別殊絕。五六百年間，薄近代之所為而力求復古者，未有不流於偽俗者也。」而陳石遺先生在他的《石遺室詩話》裏和沈子培說過：「余謂詩莫盛於三元：上元開元，中元元和，下元元祐。子培說三元皆外國探險家覓新世界，殖民政策，開埠頭本領。余言：今人強分唐詩宋詩，宋人皆推本唐人詩法，力破餘地耳。廬陵、宛陵、東坡、臨川、山谷、后山、放翁、誠齋，岑、高、李、杜、韓、孟、劉、白之變化也。簡齋、止齋、滄浪、四靈，王、孟、韋、柳、賈島、姚合之變化也。故開元元和者，世所分唐宋之樞幹也。若墨守舊說，唐以後詩不讀，有日蹙國百里而已。」由上面這些議論看來，他們是把唐宋一關打通，心目中無所謂唐，亦無所謂宋，只問好不好，不問時代，所以他們有了輝煌的成就。

第二是把學人詩人一關打通。清代之所謂學人，不過是攷據家；所謂詩人也者，不過是吟風弄月的朋友。我曾經看過清代考據家金石家如阮雲臺、翁方綱的詩，那真是可笑，簡直不懂得如何做詩。而乾嘉時候的詩人雖然能謅幾首，也都淺薄而幼稚。到了同光體出來，那就不同了。如在朝的祈雋藻、程春海，他們便是樸學家，而他們的詩是做的那樣好。到了曾滌生既做古文又做攷據，又提倡山谷。張南皮雖不喜山谷，但他也是博極羣書之人，詩文做得那樣雄豪。至於在野的，沈曾植精佛學和西北地理，是一位淵博的學者。陳石遺先生於經學小學史學都有論列，刻有《石遺室叢書》。鄭子尹有說經的書好多種。

至若范肯堂、鄭海藏、陳散原雖沒有攷據的著作，但范詩有「北方謂我三禮精」，是他對三禮的精到是北方學者所傾倒的。夏劍丞也有「詩騷疑義還及生前折衷」的話，可見他於詩騷的研究。鄭海藏有「吾年十二熟儀禮，暗誦全部色不撓」的話。他十二歲已熟《儀禮》，那麼對其他經史是更不必說的。散原先生詩的蘊蓄如此深厚，你能說他不是學人麼？大概前人讀書多，都是為作詩作文的材料，並不拘於一定要寫書，所以有無關於考證著作，是不能定其深淺的。我們為甚麼要學人，為的是他們讀書多，根柢深厚，寫到詩裏才不會走到淺薄一路。我們為甚麼要詩人？為的是詩人性情真，有了真性情，才不致走上滑易一路。用性情來發揮他們的學問，用學問來培養他們的性情，也就如車的兩輪，互相幫助，所以同光體得了牠的成功。

第三是把作文作詩一關打通。我不知甚麼人說，做詩就是要像詩，斷不可以文為詩，這派恐怕是韓文公開的。這種議論，真是一種似是而非的謬論。我們要知道文是無韻的詩，詩是有韻的文，不過一個用韻，一個不用韻而已（文中如頌贊碑銘和經子裏面有韻的也很多）。而組織成功成一篇東西，方法是一樣的，這有甚麼分別呢？並且以文為詩，是用做文章方法來做詩，而不是用之乎者也來填入，更不是隨便亂做。因為一班人苦於文法之難，做詩隨便一謅，以為七言四韻便是一首詩；天下那有這樣容易的事。所以前人有說，要駢文做得好是要先會做古文，要律詩做得好是要先會做古詩，要古詩做得好是要先會做古文；這原是一氣相通的，有本末終始的。可見做文比做詩的重要，不能文便不能詩，那能以「以文為詩」來肆其譏誚呢？我們試看同光體詩人，無論在朝在野，凡是詩好的，斷斷沒有不會做文章的。范伯子、陳散原便是古文大家，不是他古文好，詩那能會好呢？他們把作文作詩一關打通了，所以又有輝煌的成就。

七、同光體三字的來源

我們要知道同光體的來歷，這也不過一時幾個人的提說而已，但也就成了一個專門劃時代詩派的名詞了。這一二個人是誰呢？我也引《石遺室詩話》來證明。《石遺室詩話》上面說：

> 丙戌在都門，蘇戡告余，有嘉興沈子培者，能為同光體。同光體者，余與蘇戡戲目同光以後不專宗盛唐者也。

夏敬觀《忍古樓詩》有贈范肯堂先生的一首詩，現在我鈔錄於後：

伯子生平龍鶴氣，蜿蜒矯夭入篇中。能教天下翕然變，未覺其文窮始工。齊楚大邦真不媿，同光之際問誰雄。詩葩騷艷多疑義，猶及生前一折衷。

這裏所說「同光之際問誰雄」，那當然是推崇范先生為同光時代之雄。「能教天下翕然變」，那當然是說范先生是開派的宗師。所以由他一出來，作詩的方法變了，所以普天下的詩人也都跟着他去變了，變到一種更好的詩篇，走上更正的途徑；這完全是范先生的功績，惜乎石遺先生不知道啊！

八、同光體的代表作者

在上文我已經將在朝的提倡者提出，但是真正有開風氣之功的，還是要在在野的代表作者身上。但這代表人物如何決定呢？在一班人的看法，因為受了《石遺室詩話》的影響，便以為只有陳散原、鄭海藏兩人足為代表，這是不公允而非正見的看法。我寫這篇文章，卻是要發揮我的師說來糾正一切偏見、一班錯誤的。那麼何以一班人只知道有陳、鄭呢？我可以說是一來是受《石遺室詩話》的影響，因為他只見其偏而未見其全，只揀與他有交情的稱許，無交情的則不理，這是不合理的；第二是陳的詩有光氣，鄭的詩有才華，一般人容易看得懂。范先生的詩是一切洗得一乾二淨，剗膚存液，不用字眼，不逞才氣，專門白描，在氣體上用工夫，於造意上見本領；一般對於詩淺嘗之士那裏看得懂呢？第三是范先生死得太早，在他享大名的時候，陳、鄭還是望塵莫及。惜乎他老先生五十一歲便去世了，而好的學生如李剛己之流也活不到四十幾歲，而與同光體二三流詩人又無交情，所以替他宣傳的少。鄭、陳年皆八十，既得高壽，又碰着滿清亡國，做了遺老，聲譽越隆，徒黨又多，所以聲光覺得更宏遠了。但話又說回頭來，范先生的詩是第一流文學家所推崇的。桐城吳摯父先生推他的詩為大家為正宗，見於他的書札不少；而罵和他同時的為閏位，為蛙紫。陳散原是鄭海藏所推為清代第一的，而散原先生乃推范先生詩是横絕千古的。姚叔節先生在范先生墓誌銘上面說：「……故釀為甲午庚子之再亂，於時范君起江海之交，太息悲傷，無所抒洩，一寓之於詩。其詩震盪開闔，變化無方，讀者雖未能全喻精微，無不知愛而好之。以一諸生名被天下，噫！何其盛也！」又他在答友人信中曾說：「肯堂詩縱横變化，而法度不背於古，為有清第一。」我為甚麼引吳、陳、姚三先生的評論呢？就是說一班人不會懂得范先生詩的好處，所以我把兩位大古文家一位大詩家的議論寫出來，來糾正一班的謬見淺見。

那麼我寫這篇文章是以何為根據呢？我是以先師北江先生所選《晚清四十家詩鈔》和《石遺室詩話》、《近代詩鈔》作根據的。北江先生所選的詩是拿師友淵源為主，是以范先生和李剛己的詩為第一卷，摯父先生傳詩弟子如姚叔節、柯鳳孫等為第二卷，並世詩家如陳散原、鄭海藏、樊樊山、易實甫等為第三卷。他曾笑着對我們說：「我選的詩上卷是第一等詩，中卷是第二等詩，下卷是第三等詩。我知道這書出版是要捱罵的，但為詩壇要有真知灼見、昭示千古的選本，我是不怕時人譏評的啊！」我曾拏陳、鄭的詩請他批評，他說：「陳失之深，鄭失之淺；義蘊淵深，只有范先生一人；那是陳、鄭所能望見的呢？」《石遺室詩話》把鄭作為清蒼幽峭的領袖，陳作為生澀奧衍的領袖，同光派詩人都逃不出這兩派範圍。但可惜他不深知范先生，范先生應該作為沈雄悲壯的領袖、也可以說是自杜、韓、蘇、黃、陸、元而後的正宗，惜乎石遺先生不夠知道他啊！而石遺先生這部《近代詩鈔》也受了好些人的批評，大家都說所選某人的詩並非他的好詩。這也是無理取鬧的話，因為要把幾百個作家的作品鈔在一起，其勢不能等名家專集出來才鈔，只有根據唱和的詩篇或看見的東西來鈔，當然所鈔不盡是代表作。就是幾百家的詩擺在那裏叫你鈔，這也有一種困難，因為我以為好的你未必同意，你以為好的我也未敢苟同。宋代歐、梅總是知己好友，但歐認為梅的好詩，梅卻不以為然。又如我在前面所說杜、蘇各大家都有看不到的地方，那不如杜、蘇的就更不必說了。所以批評文藝不是一件容易的事，除非我們二人程度相等，我們所公認為好的，只有像莊子所說的「莫逆於心，相視而笑」了。

我根據先師北江先生的看法，參以一般的見解，我舉出在朝的以祈巂藻春圃、曾國藩滌生、張之洞孝達三位先生做代表。過渡的以鄭珍子尹和江湜弢叔兩先生為代表。中堅人物，我舉范肯堂先生當世為正宗，陳三立散原、鄭孝胥海藏為羽翼。而石遺先生做同光體宣傳播揚的工作，厥功甚偉，也當然要算一位。此外如陳弢庵、沈子培、陳蒼虬、梁節庵、林畯谷等也不能不算在內。有了這四五十位，大概可以代表同光體的全部了。

同光體作家表

同光體在朝倡導者				
祈寯藻	春圃	山西壽陽	大學士	《䜮䜭亭集》
曾國藩	滌生	湖南湘鄉	大學士	《求闕齋詩》
張之洞	孝達	直隸南皮	大學士	《廣雅碎金》
同光體過渡者				
鄭　珍	子尹	貴州遵義	知縣	《巢經巢詩》
江　湜	弢叔	江蘇長洲	候補縣丞	《伏敔堂詩》

同光體在野倡導者

范當世	肯堂	江蘇通州	諸生	《范伯子詩》
陳三立	伯嚴	江西義寧	吏部主事	《散原精舍詩》
鄭孝胥	蘇戡	福建閩縣	滿洲國偽國務總理	《海藏樓詩》

同光體宣傳者

陳衍	叔伊	福建侯官	學部主事	《石遺室詩》

同光體之作家

金和	亞匏	江蘇上元	諸生	《秋蟪吟館詩鈔》
陳寶琛	伯潛	福建閩縣	太傅	《滄趣樓詩》
張佩綸	幼樵	直隸豐潤	侍讀學士	《蕢齋詩》
陳書	伯初	福建侯官	知縣	《木庵詩》
沈曾植	寐叟	浙江嘉興	安徽布政使	《海日樓詩》
袁昶	爽秋	浙江桐廬	太常寺卿	《漸西村人集》
梁鼎芬	節庵	廣東番禺	湖北按察使	《節庵詩》

沈瑜慶	愛蒼	福建侯官	貴州巡撫	《濤園集》
姚永概	叔節	安徽桐城	解元	《慎宜軒詩》
張謇	季直	江蘇通州	狀元，農商總長	《張季子詩》
俞明震	恪士	浙江山陰	甘肅提學使	《觚庵詩》
林旭	暾谷	福建侯官	解元，軍機章京	《晚翠軒詩》
夏敬觀	劍丞	江西新建	浙江教育廳長	《忍古樓詩》
柯紹忞	鳳孫	山東膠州	清史館總纂	《蓼園詩》
王樹枏	晉卿	直隸新城	新疆布政使	《文莫室詩》
文廷式	芸閣	江西萍鄉	侍讀學士	《詩集》
王乃徵	聘三	四川中江	貴州布政使	《嵩洛游草》
陳懋鼎	徵宇	福建閩縣	外務部參議	《槐樓詩》
顧愚	印愚	四川成都	湖北知縣	《詩集》
陳詩	子言	安徽廬江	諸生	《尊瓠室詩》
冒廣生	鶴亭	江蘇如皋	淮安關監督	《小三吾亭詩》

李宣龔	拔可	福建閩縣	江蘇知府	《碩果亭詩》
羅惇曧	癭公	廣東順德	郵傳部郎中	《癭庵詩》
何振岱	梅生	福建閩縣	舉人	《詩集》
楊增犖	昀谷	江西新建	四川知府	《詩集》
陳曾壽	仁先	湖北蘄水	御史	《蒼虬閣詩》
諸宗元	貞壯	浙江山陰	知府	《大至閣詩》
周達	梅泉	安徽至德	山東候補道	《今覺盦詩》
吳闓生	北江	安徽桐城	教育次長	《北江先生詩》
梁鴻志	眾異	福建長樂	偽維新政府監察院長	《爰居閣詩》
黃濬	秋岳	福建侯官	行政院秘書	《聆風簃詩》
許承堯	疑盦	安徽歙縣	甘肅道尹	《疑盦詩》
李剛己	剛己	直隸南宮	山西知縣	《李剛己遺詩》
黃節	晦聞	廣東順德	教育廳長	《蒹葭樓詩》
林志鈞	宰平	福建閩縣	司法部參事	《北雲集》

曾念聖	風持	福建閩縣	甘肅、河北省政府秘書	《抱天樓詩》

右表列四十五家，有以同光體著者；有不以同光體著，而其淵源所自，不能掩也。有因政治關係而變節者，但本篇就詩論詩，非論其人，故泚筆漫錄於此。其異派之著者，畧見文中，茲不再述。

九、同光體倡導及開派諸家作品示例

我在上一段已將同光體倡導及開派及一班作者姓氏官階著作列了一個表，但如果不舉出他們作品和大家相見，人們還是不知道他們詩的好處的。但要每一個人都舉出他們的名篇，這也是太覺繁瑣，不容易辦到，並且也是不需要的。經我再三考慮之下，我只有把在朝倡導的三位，過渡的時期的兩位，開派作者三位和宣傳最盡力的一位，一共九位作者每體舉出二三首來作舉例或示範，我想這也夠了。如果大家還嫌不夠，簡單的請讀先師北江先生選的《晚清四十家詩鈔》，詳細的請讀我另一位先師石遺先生選的《近代詩鈔》。如果再求詳盡，那只有找專集來讀了。

（一）在朝倡導者三位的作品舉例

第一位是山西壽陽祁春圃先生。祁先生諱寯藻，字叔穎，號春圃。嘉慶甲戌進士。官做到體仁閣大學士，即是宰相。謚法叫文端，所以又稱祁文端公。他對于經學小學都有研究，著有《⿰石曼⿰谷几亭集》。我現在鈔他的七古一首：

《夢遊方山》詩，先君戍伊犁時作也。偶從族姪元輔案頭見手草一紙，追念潸然，因鐫石嵌之山寺。敬次一篇，以誌永感。

三年一夢區脫間，愁心千疊祁連山。碎葉城東即歸路，眼中蒼翠何時還？華嚴長者騎虎笑，玉女闖露雙雲鬟。卻尋少年蠟屐處，嵌空苔蘚青斑斑。春風一吹無遠近，馬首萬里隨刀環。芒鞋筇杖信非夢，幽賞披豁天難慳。憶昔劍弭侍登涉，童心快若開籠鷴。夜深踏月萬松上，人影出沒銀河灣。三十年來憂感集，腰腳久遜當時頑。不知神瀵疏鑿處，荒森落葉誰與刪。龍鱗半老但欲臥，猨臂未折猶能彎。猛虎掉頭龜曳尾，山鬼一嘯銷陰姦。詩成絕域手自寫，弔古塹破羈愁顏。買山左券付片紙，鶴夢髣髴留仙鬟。墓田丙舍宰木拱，人事變幻浮雲間。劉生妙手李生筆，摹鐫使我涕淚潺。班超投筆老尚悔，裴岑遺碣今誰扳？填胸舊事觸悲慨，西望雪嶺橫陽關。

雨中舟宿峽山寺下晨謁曠公

山水亦何奇，奇觀乃在峽。一水劃地開，兩山逼天插。彎環三十里，勢若劍入匣。昨來乘秋漲，晴日風帆押。直陟北禺巔，腰腳頑不怯。舟人畏風雨，鳴橈苦廹脅。歸舟及峽口，風雨儼相狎。破浪決獨往，尋山盟早歃。白雨不到地，橫風溼衣帢。仰首眾峯低，黑雲天四壓。夜深抵寺門，石路滑且狹。巖花香閉窗，嶺樹響搖篷。凌晨謁吾師，迎笑何款洽。乃知峽山奇，領畧真無乏。陰晴互變幻，神靈巧噴歙。我有兩篇詩，持贈三乘法。他日請相念，萬里寒江硤。

春海以山谷集見示

胎骨能追李杜豪，肯從蘇海乞餘濤。但論宗派開雙井，已是綏山得一桃。人説仲連如鷂子，我憐東野作蟲號。蝤蛑瑤柱都嘗徧，且酌清尊試茗醪。

自題縵釽亭圖四首錄二

西華南衡踏碧巉，鑿巫閭頂倚松杉。袖中萬里青山色，卻向秋窗夢燕巖。

御畧嶺亭堪築樓，同過水小劣客舟。如何一片團團月，衹為行人照馬頭。

第二位是湖南湘鄉曾滌生先生。曾先生諱國藩，字伯涵。道光戊戌進士。由翰林院檢討，官做到兩江總督，武英殿大學士，封一等侯。死後贈太傅的榮銜，諡文正。著有《曾文正公全集》。現在我鈔他的五古七古七律五絕各一首。在未鈔之前，我要引《石遺室詩話》一則如下：

詩極盛于唐，而力破餘地于兩宋。眉山、劍南之詩，皆開天元和之詩之變化也。自明人事摹仿而不求變化，以鴻溝畫唐宋，東坡且無過問者，涪翁無論矣。坡詩盛行于南宋金元，至有清幾于户誦。山谷則江西宗派外，千百年寂寂無頌聲。湘鄉出而詩字皆宗涪翁。《題彭旭詩集後》有云：「大雅論正音，箏琶實繁響。杜韓去千年，搖落吾安放。涪翁差可人，風騷通肸蠁。」其明證矣。七言古全步趨山谷，餘則服膺杜、韓，不高言深微淡遠。

題彭旭詩集後即送其南歸

日日送歸客，情抱難為佳。老彭復去我，內撫焉所偕。往予初遇子，睇睞無等儕。鷹眼迴高秋，勢不甘塵埃。自言困鄉國，横被口語猜。絳侯畏牘背，田甲欺死灰。脱身來洛下，稍攝驚魂回。風波一震薄，萬事何有哉。雄篇忽枉我，峻句何崔嵬。險拔肝膽露，憂患才地開。終然達紫氣，幽嶽難可埋。男兒要身在，百忤寧足摧。臨岐不知報，努力乾深杯。

大雅論正音，箏琶實繁響。杜韓去千年，搖落吾安放？涪叟差可人，風騷通肸蠁。造意追無垠，琢辭辨倔彊。伸文揉作縮，直氣摧為枉。自僕宗涪公，時流頗忻嚮。女復揚其波，拓茲疆宇廣。大道闢榛蕪，中路生罔兩。孱夫阻半途，老大迷歸往。要當志千里，未宜局尋丈。古人已茫茫，來者非吾黨。竝世求人難，勉旃齊慨慷。

太學石鼓歌

韓公不鳴老坡謝，世間神物霾寒灰。我來北雍撫石鼓，坐臥其下三徘徊。周宣秉旄奠八柱，岐陽太守鞭風雷。四山罝罦帀夫布，羣后冠帶如雲來。東征北伐盪羶穢，方召嘽嘽何雄哉！銘功鐫石告無極，欲鎮后土康八垓。自從七國戰龍虎，荒荒王迹淪蒿萊。嬴顛劉蹶六代沸，把酒但勸長星杯。陳倉流落一千載，霜饕日剝空黃埃。國子先生老好事，欲比郜鼎珍瓊瑰。東都相公守右輔，始舁泮沼剜蒼苔。五季蜩螗頗星散，司馬刺史初重恢。是時十鼓嗟失一，拋棄不辨何山隈。博搜民問得異臼，秦關復贖連城回。宣和天子嚮儒雅，太清書畫千雲堆。詔移此石歸汴水，圜橋觀聽何轟豗。行填字鈎發光怪，照耀艮獄金碧開。豈知六龍卒北狩，法物曾不禳凶災。高車大牛輂萬貨，填坑咽谷驚三才。是鼓倉黃亦北徙，重器始此蟠燕臺。道園詩翁主太學，興舉百廢扶傾頹。中門兩棖與位置，華楹大棟增崔嵬。承以磚壇護以檻，清陰四羃連疏槐。邇來春秋盈五百，光氣夜夜騰斗魁。聖清文明邁巢燧，搜抉書契窮根荄。從臣技能半史籀，別作新鼓相追陪。小儒昏鈍無所識，得從棫樸備條枚。細思物理窮顯晦，茫茫人事不可推。作歌聊繼二公後，不羞駑蹇陋龍媒。

送梅伯言歸金陵

文筆昌黎百世師，桐城諸老實宗之。方姚以後無孤詣，嘉道之間又一奇。碧海鼇呿鯨掣候，青山花放水流時。兩般妙境知音寡，他日曹溪付與誰？

讀李義山集

緜渺出聲響，奧緩生光瑩。太息涪翁去，無人會此情。

第三位是直隸南皮張香濤先生。張先生諱之洞，字孝達，一號壺公，又稱廣雅。同治癸亥探花。官做到體仁閣大學士，軍機大臣。著有《廣雅堂詩》。《石遺室詩話》有如下的批評：

相國生平文字，以奏議及古今體詩為第一。古體詩才力雄富，今體詩士馬精妍，以發揮其名論特識。在南北宋諸大老中，兼有安陽、盧陵、眉山、半山、簡齋、止齋、石湖之勝；而用事精切，可方駕東坡、亭林諸公。

題董研樵太華衝雪圖

白日無語天雲同，浩然忽憶蓮花峯。望之纖削類仙子，縞衣練帨凌虛空。太麓乍叩玉泉院，棄基更求集靈宮。冰堅石泐馬蹄踣，賓從斂手無能從。獨裹氈裘結滕屩，濟勝之具天所豐。樵蘇不出行跡滅，往往虎內參麋蹤。噓氣在鬚作集霰，縣瀑東澗僵長虹。紅衫躑躅出林表，那識素面獰寒風。舍馬而徒更十里，乃拂落雁過蒼龍。鼯緣猱附兩俱絕，鐵絙下引天能通。金神逃匿博箭爛，玉女老禿天漿封。回頭眴慄不敢視，千里銀海欺青瞳。道人拔關出瞪我，瞠目訝是真靈逢。忍飢不聞噪乾鵲，閉置免使愁玄熊。下觀三輔只窐垤，飄飄便欲遊鴻濛。何用投書駭世俗，自崖而返亦已雄。歸來人家皆偃臥，呼酒百倒頗黎鍾。趾皸手坼定始覺，襦袴更取桑薪烘。看山琢句鬥清峻，槎枒咄咄生心胸。兩過華陰不登眺，悔我前日殊忽忽。貴人游山待供帳，如此幽險誰能窮？伸圖洗眼真歎絕，天下健者惟董公。

摩圍閣

蒼蒼摩圍山，猶染唐時色。此是入黔道，巒山逞崱屴。太虛失清曠，遭此羣峭逼。往者李供奉，後來黃魯直。山閣井觀天，遷客來游息。其下有丹井，泠泠我心惻。宜州寄城樓，羡此安可得？黃詩多槎枒，吐語無平直。三反信難曉，讀之鯁胸臆。如佩玉瓊琚，舍車行荊棘。又如佳茶荈，可啜不可食。子瞻與齊名，坦蕩殊彫飾。枉受黨人禍，無通但有塞。差幸身後昌，德壽摹妙墨。注詩獲任淵，亦得謫蜀力。南浦題名存，山鬼護石刻。

秋日同賓客登黃鵠山曾胡祠望遠

羣公整頓好家居，又見邊塵戰伐餘。鼓角猶思助飛動，江山何意變彫疏。三年菜色災應澹，一樹巖香老未舒。我亦浮沈同湛輩，登盤媿食武昌魚。

四月下旬過崇效寺訪牡丹花已殘損

一夜狂風國艷殘，東皇應是護持難。不堪重讀元輿賦，如咽如悲獨自看。

（二）在野過渡的二位作品舉例

這二位並不是純粹在野，乃是官小而所處的地方又太偏辟。詩雖做得甚好，在他們生存時，流衍的名聲並不太大，到是死後更加出名的。我所要提出的，是貴州遵義鄭子尹先生和江蘇長洲江弢叔先生。鄭先生在洪楊事變時雖然遠在貴州，似乎未遭兵亂，但他本省的亂事也就不少。這位老教諭東奔西跑都是為逃難為謀生，真是可憐。而江先生雖生在江南，卻正遭遇着太平天國之亂，因為逃難而到福建，在福州住得很久。他的詩所以出名，完全是鄭海藏提倡之力。

弟一位便是遵義鄭子尹先生。鄭先生諱珍，字子尹，晚號柴翁。貴州遵義人。道光丁酉舉人，荔波縣學訓導。有《巢經巢詩集》。《石遺室詩話》有如下介紹的話：

> 子尹先生以道光乙酉選拔賢，及程春海侍郎之門，侍郎詔之曰：為學不先識字，何以讀三代秦漢之書？乃致力于許、鄭二家之學。已而從侍郎于湖南，故其為詩濡染于侍郎者甚深。侍郎詩私淑昌黎、雙井，在有清詩人幾欲方駕蘀石齋。天不假年，而子尹與道州從而光大之。壽陽、湘鄉，又相先後其間，為道咸以來詩家一變局。莫子偲序子尹詩，謂盤盤之氣，熊熊之光，瀏灕頓挫，不主故常，以視楦釀篇牘自張風雅者，其貴賤何如也。竊謂子尹歷前人所未歷之

境，狀人所難狀之狀，學杜、韓而非摹仿杜、韓，則讀書多故也。此可與知者道耳。

現在我舉他的各體詩五首如下：

歸化寺看山茶

小花團團火齊珠，大花軒軒紅盤盂。高花燒天天為枯，低花照地地為朱。丹霞大帝御花國，氣象想見唐與虞。沐日浴月爛百寶，春風沖瀜元氣麤。蕩蕩海天照金碧，山門檜柏排千夫。我來看花適正月，更有小妹相携扶。眼迷不認一切佛，與熱欲返巢經廬。口談高樹向母贊，指形花大為母娛。但恐此景未親見，鹵莽而言終謂誣。題花要令現紙上，正為此花天下無。吁嗟此花天下無。

題俞秋農先生書聲刀尺圖

秋風起哀音，吹此慈竹林。行行竹林下，誦公懷母吟。吟聲和淚聲，滴我思母心。請為皋魚歌，和以子夏琴。蒼天何高高，海水何深深。可憐一寸心，生此一塊肉。身矣恐不男，男矣恐不育。既育望兒長，既長望兒讀。豈要苦兒讀，投胎我貧家。貧豈必讀書，祖父此生涯。爾勿學他兒，他兒福命佳。爾勿定爺守，欲飽放爾爺。爾勿怨阿孃，阿孃不汝撾。黃雞屋角叫，今日又生子。速讀去拾來，飯時吾飼爾。種餘有罌底，包餘有牀裏。速讀去探來，全家吾愛爾。姊妹不解事，惱爾讀書子。速讀持笪來，從我取蔬水。有蔬苦無鹽，有水復無米。速讀待春來，飯糰先搦與。書衣看看昂，兒衣看看長。女大不畏爹，兒大不畏孃。小時如牧豬，大來如牧羊。血吐千萬盆，話費千萬筐。爺從前門出，兒從後門去。呼來折竹籤，與兒記徧數。爺從前門歸，呼兒聲如雷。母潛窺兒倍，忿頑復憐癡。夏楚有笑容，尚爪壁上灰。為捏數把汗，幸赦一度笞。哀哀摧肺肝，歌哽琴咽彈。天耳為我塞，地鼻為我酸。苦力種來禽，禽來不能餐。極意作織成，成織不能穿。徒枉一世心，不博一日安。蠹蠹者紙堆，綮綮者新阡。負母非一塗，因公附斯篇。

鈔東野詩畢書後

峭性無溫客（容？），酸情無歡踪。性情一華嶽，吐出蓮花峯。草木無餘生，高寒見巍宗。我敬貞曜詩，我悲貞曜翁。長安千萬花，世事難與同。一日即看盡，明日安不窮。貞曜如有聞。欣然囚出籠。

初到荔波二首

峯巒越盡見平原，蒙石微曛映雨痕。田下江寬思置艇，城中樹小望疑村。路人怪看皆書擔，烏烏驚飛已郭門。莫作居夷寥落意，此間便恐是桃源。

叔重子弟起遐荒，毋斂封疆入渺茫。始笑平生稱小尹，坐疑今日到家鄉。蛾羣撲撲爭鐙火，蝠子啾啾滿屋梁。麤糲了飢供睡事，折花當帚拂塵牀。

第二位便是長洲江弢叔先生。江先生諱湜，字弢叔，江蘇長洲人。附生，官浙江候補縣丞。有《伏敔堂詩》。石遺先生對他有如下的批評：「弢叔詩力深透，彭詠莪相國序以為古體皆法昌黎，近體皆法山谷，無一切諧俗語錯雜其間，戛戛乎超出流俗，固然矣。然弢叔近體出入少陵，古體出入宛陵。而身世坎壈，所寫窮苦情況，多東野后山所未言。近人則鄭子尹、金亞匏，未能或之先也。尋常命筆，每首必有一二語可味者，咸同間一詩雄也。」鄭海藏則推為「筆力精深語能淺」。現在我要鈔他的詩六首在後面：

石門觀瀑布

山靈謂我曾在龍湫行，見此石門之瀑將心輕。特乞天公三日雨，添波入瀑十倍傾。果然瀑大壯，一白劃破青山青。萬斛之源千仞勢，春落潭底潛龍驚。後水擊前水，水怒益不平。爭翻白浪躍復鳴。合作戰鼓兵車聲。赴阬突石急溜城。去勢迅若風無形。自非一門趨谷口，雖以天地為壑猶將盈。我面瀑泉立，耳聾目眩心怦怦。倚巖定步不移屐，恐被卷落輕吾生。舉頭何所見？但見高壁落落天冥冥。天開此境足自表，豈待謝客方知名。興來直欲呼山靈，此瀑勝處吾能評。如立大川直注海，如漏銀漢縣秋清。聲吹鬼神白日下，又如地底馳雷霆。獨無飛空夭矯之幻相，與夫煙雲離合隨晦明，是則難與龍湫爭。

溧陽道中因懷孟東野有作

溧陽有相國，去今垂百年。官階雖有紀，富貴淪荒煙。我懷溧陽尉，世遠人差賢。吟詩有遺處，過客為流連。況我正遠遊，吟君遊子篇。春暉不能報，泣涕方漣漣。因思君在日，亦墮江湖邊。旅塵梳下髮，客衣凍折綿。常為路旁食，苦腸中盤旋。出門輒有礙，夜抱孤心眠。或病委僮僕，吐詩無人編。凡君之旅況，今在吾目前。即疑君之身，是我前身焉。嗚乎士寒餓，千古猶比肩。後此豈無人？讀詩復我憐。日暮投金瀨，流水鳴濺濺。寄語史相國，士窮良由天。

索書

索書未是知書者，強試為渠數十行。見役此心方作惡，既書得意又全忘。秀難掩弱憐玄宰，熟始呈能陋子昂。此手何當殺賊用，漫同古墨鬥豪芒。

由常山至開化折迴江山凡山行四日

我要尋詩定是癡，詩來尋我卻難辭。今朝又被詩尋着，滿眼溪山獨去時。
一谿綠得可憐生，不是瑠璨比不成。及到前灘驚瀉處，瑠璨忽作碎時聲。
夜氣沈山一色中，月光和霧只濛濛。猶賒十里向城路，試膽危橋過水東。

（三）在野倡導者三位的作品舉例

第一位是通州范肯堂先生。范先生原名鑄，字銅士，後來改名當世，字肯堂。江蘇南通人。世代讀書，他家祖上共有八代能詩的人，到了范先生是九代，到了他兒子范罕彥殊，便是十代了；這真是中國文獻的佳話。他早年和同鄉張謇、朱銘盤三人同去拜見當時古文大師張廉卿先生。張先生以為一天之內得着了通州三位優異的文人，他以為古文這一門學問，有傳授的人了。後來在北方的一位古文大師吳摯父先生看見了他做的詩，即刻想辦法把他請到北方去講學，特別推崇他的詩是當代大家，是正宗。後來如陳散原、姚叔節、俞恪士、夏劍丞、諸貞長這些同光派詩人，無不對于他十二分的推崇。陳、姚推許的話，我在前面已引過了。俞先生對他有稱許的句子：「精神在莽蒼，萬象生斷續。放筆奪天機，窅然龍象伏。」夏先生也有句子推崇他：「能教天下翕然變，未覺其文窮始工。齊楚大邦真不媿，同光之際問誰雄。」他的詩是真正懂得詩的人才能懂得。又因為死得較早，而陳、鄭因為年高，而他們的詩的好處容易懂。如散原之雕琢字句，骨重神寒，簇簇生新；海藏之短兵相接，倜儻峭拔。這些好處，是人人看得出來的。但有人批評散原說他凝鍊太過，真氣不出；海藏是矜氣未化，義蘊未深，並且沒有巨篇；這些批評都很不錯。至如范先生的詩，不用字眼，不作姿態，獨從氣體上講求，從平實肫誠中表現出來他愛國愛民的嗟嘆。既不注重詞華，又不填充典實；既不故作大言，又不講求聲氣；所以一般對于詩學淺的人是看不懂，以為陳、鄭詩的好處容易懂，范先生詩好處不容易懂。所以在近日一般詩壇看來，似乎陳、鄭的名氣大過范先生，這是不能以一般人的眼光來斷定的，是要以一代大師的批評來斷定的。范先生的詩是吳摯父、陳散原、姚叔節諸老先生所極口推崇的。這幾位老先生身為一代大師，他們所推崇的人，豈不比一般淺學的高得許多？我所以不惜曉曉來辨明范、陳、鄭的高下，而和世俗一般看法不同的原因。第一是我們對于文學家的估價，是以第一流文學家的批評為依歸，而不以淺嘗者的議論為根據。第二是我寫這篇文章，是給深懂得詩的人看的，而不是跟着一般世俗看法走的。而且我們對于來學，是要指示他們一個最好最正當的大路；對于世議，是要打破一般普通的見解。而且這種文章，不只是給同時的人看的，還要給後幾千百年的內行看的，所以不能隨俗見為短長。這是本篇所揭櫫啓蒙養正的宗旨，也就是本人匡謬正俗的工作，也就是《中庸》上所說的質諸「百世以俟聖人而不惑」的懷抱。當然我這議論，這種看法，不免有人懷疑，或以為嗜好與俗殊酸鹹。但真有行家真有巨眼，我想他們一定會首肯，而相視而笑的。現在我要舉他作品十三篇於後。

龍虎篇贈摯父先生

撓撓龍虎爭，萬年域此海。空文在空中，知有幾何在？孔聖已囊括，諸公復君宰。所得非孔疆，一君各萬載。後來開創稀，臣多吏更猥。空中還自生，蕭散無人采。吾見殊爛然，生人目無彩。生人徒目茫，其實亦磈磥。班馬點竄之，一一堪鼎鼐。精靈吁草間，晻昧獨何辠。萬行耳此名，前知則已怠。那況洪鑪機，兩儀坐相待。一朝風火微，色曜盡衰改。山川本無能，諸神日就餒。真麟獷不回，蛟龍變儗儓。滿地狐鼠鳴，仁者聞之悔。嗟嗟夫子心，虛明復悌愷。方且博我文，矜狂策其駘。寧肯九仞山，蒼然不復絫？大哉欲無言，百倍我嚜唸。小子升堂來，萬事棄如蓓。念此非世資，操刀試求膭。勝固無所殘，敗亦不為醢。何況夫子豪，遷雄舉而追。九天星辰敷，九州萬花蕾。罄翩未可翺，殫聲不成唻。安得和琴聲，一對南風颻？（摯父先生推為句句橫亘萬里，字字捫之起稜；不知肯堂胸中，吞併幾許古人也。）

依韻酬叔節

我思叔節不可聊，一夜無眠聽風水。叔節思我其如何？耿耿丹心在詩裏。嗟吾與子忽然親，謂天不仁天固仁。萬物洶洶道將喪，願翻百代求其真。攀天下視嗟何極，並駕扶攜必有人。一馬從來悲遠道，爭先接迹斯難馴。子之文章若冰雪，已有聲名揚鳳闕。世上安知學道心，斯人對我方愁絕。糞土榮華亦等閑，瓣香前哲無休歇。悠悠逝者幾千年，句留文字如浮煙。淺淺嘗之澹如水，耽如食蜜甜中邊。耽此方知能不死，瑰然大欲憑虛起。作者牛毛成者稀，差以毫釐謬千里。君家世世皆有聲，天下舉目姚桐城。摩挲先澤與人共，豈是尋常伐木情。嗟我于今弗可道，發憤編摩苦不早。且為不謬當如何，眼看頭白歸于掃。病後慨慨彌可憐，家無儋石囊無錢。親心樂道妻兒曉，百口焉知命在天。十年奔走天南北，漸覺形骸畏車轍。積病支離到肺肝，便歸無力耕阡陌。平生卻負張吳劉，天之所限人難求。惟應傍此終吾世，或者前言不謬悠。與子成驢在歧路，兩載凄其隔煙霧。諒子猶為昔者心，不知吾力今非故。朝于湖舫哦君書，天風激蕩鳴瓊琚。廬山萬仞高不極，欲起病骨乘山車。乘車守風日惶惑，惟恐子又歸鄉閭。噫嗟人生天地亦各適其適，何必連宵達旦長相憶。

次韻恪士並寄重伯三首

普天徧飫曾侯德，一族孤懸似細腰。難向莊生問庭徑，虛從杜老歎雲霄。芳椒薦豕將何地？大柏棲鸞又滿朝。獨有亭亭好孫子，手提駭馬逐奔飈。

私淑平生無不在，門庭長落每能知。葛侯聲譽宜騰翥，楚客文章太陸離。豈意獨居垂老日，相呼同謁太初師。申詳要與深人處，笑謝悠悠世上兒。

子亦深深大鐘似，我乃向人銜氣機。獨為此君宜解帶，不妨吾道尚傳衣。登車日月雄心改，帶甲乾坤老眼稀。花下一尊須痛惜，焉知來日不分飛？

相公後園鶴時時悲鳴為詩慰問之

吾亦平平過，胡為爾獨悲？門深風豈入，口在料寧遲。天地祇如此，人禽渺不知。寒山萬里鳳，無術更從之。

相汝猶能壽，遼天事恐難。直須鷹擊罷，更待鳳棲安。我有空山榻，前臨大海欄。懷歸詎為妄？頭白興將闌。

與義門論詩文久之書二絕句

六籍英靈葬死灰，憑虛喚得幾聲回。弦歌已落伶人手，豈憶尼山學道來。
最有空詞盡樂哀，網羅故實定非才。請看鐙雨檐花句，便值高歌餓死來。

有惜余文後時而人不知者答二絕盡意

文章匪愛後時成，富貴原如錦夜行。快絕重瞳勘破語，寧惟不捨故鄉情。
何緣富貴鄉人覺？亦若文章黨友知。萬事只餘甘苦在，名聲祿位總無奇。

除夕詩狂自遣

歲歲年年有更換，不見流光可稍玩。惟獨今年除未除，雄詩百首長為伴。人言詩必窮而工，知窮工詩詩工窮。我窮遂無地可入，我詩遂有天能通。我與子瞻為曠蕩，子瞻比我多一放。我學山谷作遒健，山谷比我多一鍊。惟有參之放鍊間，獨樹一幟非羞顏。徑須直接元遺山，不得下與吳王班。

第二位我要寫的，便是陳散原先生。陳先生諱三立，字伯嚴，江西義寧州人。光緒丙戌進士。他的老太爺便是曾做湖南巡撫的陳右銘先生。當戊戌變法的時候，他父子二人是盡了很大力量。當時湖南顯著着蓬勃的生氣。到了戊戌政變，六君子被殺，國勢固然一天壞似一天，而他父子因參加維新運動，也都革了職，所以在他詩集裏怨憤之作卻是不少。現在我把《石遺室詩話》引一段來說明他的淵源。《石遺室詩話》曰：「散原為詩，不肯作一習見語。於當代能詩鉅公，嘗云某也紗帽氣，某也館閣氣，蓋其惡俗惡熟者至矣。少時學昌黎山谷，後則直逼薛浪語，並與其鄉高伯足極相似。然其佳處可以泣鬼神訴真宰者，未嘗不在文從字順中也。而荒寒之景，人所不道，寫之獨逼肖。」這些話當然大部分是不錯，不過直逼薛浪語這句話，還要加以糾正。我因為石遺先生這句話，曾經把薛集和他比較，是遠不如。以散原先生的造詣，何至看得起薛浪語？這話恐不可靠。而比較可靠的，是我所聽見老友衡陽劉慧農（異）的說法。他說：「散原先生早年和湘綺在一起，也受了湘綺摹仿六朝的惡習。到後來忽然大悟，這條路不能再走，于是搖身一變而為宋詩。但因為他有六朝的根柢，所以他的宋詩是有藻采，和一般乾枯而無色澤的不同。我能夠把散老古詩某篇從六朝某篇化出來的，一一可以指出來。」但可惜劉君在抗戰勝利以後逝世了，現在也無從問起。我又聽見他的女兒新午（即俞大維的夫人）對我說：他的老太爺少年對于定庵詩曾下過工夫，他效定庵的少作，可惜找不到了。就這兩個說法看來，散原的詩濡染六朝和定庵，我們在他古詩和七絕裏，是可以看出來的。因為如果沒有在六朝下過工夫，他的詩不會如此精瑩麗澤。他能學定庵的奇思幻想，而能把妖氣刪盡，另具一種面目。王湘綺之學六朝，能入而不能出，所以只能做些偽六朝的詩。散老之學六朝，能入而又能出又能變，所以成就了他奧瑩蒼莽的宋詩。也就同山谷之從義山出，而面目乃非崑體；這就比楊億、劉筠這般專摹擬的蠢才高得多了。現在我要鈔他的詩十二首在後面：

由崝廬寄陳芰潭

凡二十年泰和丞，天窮不死荒江徼。鬢鬚雪霜胸崛奇，日倚快閣但坐嘯。衣裘汚敝履決穿，縫氈稱身訝奇妙。鄉氓指作賣卜翁，又誤官舍呼僧廟。廚乏蔬米躬灌園，隸卒逃亡竄窺眺。時摹金石詠江山，亦用畫筆競炳耀。結舌公堂立木雞，縣尹頷頤簿尉笑。丞哉丞哉何許人？澄海陳君老非少。自從君久懸僻壤，吾亦轉徙如鷹鷂。流傳文字一賞之，襟期涪翁有同調。前年朝政按黨錮，父子幸得還耕釣。分應親故不相收，萬口訾嗷滿嘲誚。獨君放船就游衍，感昔傷今談舌掉。無何昊天示灾凶，坐使孤兒仆且叫。昏昏泣血西山廬，奔忙重辱君臨弔。尋聲索迹行哭悲，助喪成墳費量料。先公賓客散九州，君也風誼特清劭。爾時北亂逼京闕，西巡方下哀痛詔。臣民悔禍露機緘，公卿陳言仍竊剽。君論時變究新法，動得本根中窾竅。提携孤憤到荒山，更剖大義督不肖。瑰才自合老卑亢，安問蹭蹬失津要。今來榆柳換春風，滿目川原坐孤陗。雉呴鴉啼朝暮間，思君謦欬渺雲嶠。國憂家難正迷茫，氣絕聲嘶誰救療？巖坳水涯明月空，共君肝膽一來照。

崝廬述哀詩

架屋為層樓，可以望西山。咫尺吾母墓，山勢與迴環。龍鸞自天翔，象豹列班班。靈氣散光采，機牙森九關。其上蕭仙峯，形態高且嫺。雨如戴笠翁，妍晴立妖鬟。雲霞繚繞之，光翠迴面顏。父顧而樂此，日夕哦其間。渺然遺萬物，浩蕩遂不還。今來倚闌干，惟有淚點斑。

牆竹十數竿，雜桃李杏梅。牡丹紅躑躅，胥父所手栽。池蓮夏可花，棠梨爛漫開。父在琉璃窗，頦唾自徘徊。有時羣松影，倒翠連古槐。二鶴毰毸舞，鳴雉漫驚猜。其一羽化去，瘞之黃土堆。父為書塚碣，為詩弔蒿萊。天乎兆不祥，微鳥生禍胎。愴恨昨日事，萬恨誰能裁？

哀哉祭掃時，上吾父母冢。兒拜携酒漿，但有血淚涌。去歲逢寒食，諸孫到邱壠。父尚健視履，扶携送抱擁。山花為插頭，野徑逐洶洶。墓門騎石獅，幼者尤捷勇。吾父睨之笑，謂若小雞竦。驚飈吹幾何，宿草同蓊茸。有兒亦贅耳，來去不旋踵。

和答孟樂大令紀憤二首

九門白日照銅駝，烽火秦關慘澹過。廟社英靈應未泯，親賢夾輔定如何？早知指鹿為災禍，轉見攀龍盡婞婀。恍惚道旁求豆粥，遺黎猶自泣恩波。

八海兵戈仍禹甸，四凶誅殛出虞廷。匹夫匹婦讐誰復，傾國傾城事已經。蟻穴河山他日淚，龍樓鐘鼓在天靈。愚儒那有苞桑計，白髮疏鐙一夢醒。

樊山示疊韻論詩二律聊綴所觸以報

騷賦而還接古悲，散為傲詭託娛嬉。要摶大塊陰陽氣，自發孤衾寤寐思。愈後誰揚摩刃手？鼎來倘解說詩頤。中聲翻覓喧騰裏，輸與黃鐘筍簴知。

堁壤能教日月新，白榆天上覆汀蘋。昔賢自負元和腳，微笑爭屠巨壑鱗。元氣有根終食果，長歌當哭不逢人。婆娑夢繞音聲樹，鳳下鸞棲萬古春。

題豫章四賢象搨本錄二

此士不在世，飲酒竟誰省？想見詠荊軻，了了漉中影。（陶淵明）。

颱坐蟲語窗，私我涪翁詩。鑱刻造化手，初不用意為。（黃山谷）。

題張季直荷鋤圖

許行學派開天下，振古無人識緒餘。獨契微言張季子，昇平持世一耰鉏。

鑿牧經綸世已傳，爭看洄海佩烏犍。等閒覓食蛟鼉側，儻為余留二頃田。

第三位我要提到的便是鄭海藏先生。海藏字蘇戡，號太夷，諱孝胥，福建閩縣人。光緒壬午解元，官做到內務府大臣。跟宣統出關，成立滿洲國，做偽國務總理。《石遺室詩話》有如下批評的話，他說：「蘇戡詩少學大謝，浸淫柳州，益以東野，泛濫于唐彥謙、吳融以及南北宋諸大家，而最喜荊公。昔趙甌北謂元遺山專以精思健筆橫絕一世，蘇戡之精思健筆，直逼遺山。黃仲則詩云『自嫌詩少幽并氣，故作冰天躍馬行。』蘇戡少長都門，自具幽并之氣。張廣雅相國極喜蘇戡作，方諸華嶽三峯，可謂知言矣。」石遺室如此恭維，而到石遺先生逝世時，他所作的挽詩，簡直開口亂罵，比作牧齋骨穢，斥為媚俗取鬧。始合終睽，我們真對于他們交誼，不能不覺得痛心。平心而論，石遺先生的詩，比海藏、散原當然差一點；但他是懂得詩的人，而且胸懷浩大的人。我可以說陳、鄭的得名，固然他們本身的詩，做得還不錯，但如果沒有石遺室先生的捧塲，恐怕不會有這樣大的名氣。這真是一件可悲可傷的事，也足見得文人相輕的陋習了。現在我鈔他的詩十三首于後：

游漢陽古琴臺

小山障江帶城陴，官道繞出湖一涯。岡巒黃落荷芰死，展此百頃含風漪。古臺在斯實微卑，牙琴久絕音已稀。我來撫膺坐還慨，小憩聊敵疲與饑。物生能事蓋殊趣，如魚自潛鳥自飛。眼前山水誰賞得？況乃意象窮淵微。百年人已竟孰重？何取辛苦求鍾期。汪銘宋歌騁文字，兵火所隔餘殘辭。游人三五豈懷昔，競愛亭榭娛斜暉。呼舟撇波絕湖去，迴望延佇含清悲。

嚴幾道屬題江亭餞別圖

小車何委蛇，到眼數諸寺。江亭阻蒹葭，往復久乃至。拾級出市塵，長廊淨掃地。開窗覓西山，淡淡畧含翠。或行或倚坐，語默雜嘲喟。此間酒常薄，感愴兼飲淚。諸賢送嚴子，各有傷時意。林子序且圖，下筆帶遠思。嚴書滿天下，身世尚相棄。吾儕還不平，扼腕定誰冀？軟紅襟上痕，檢點若夢寐。悵然書與嚴，絕口向世事。

錄孟韋柳詩題後

高意屬秋迴，惠心屏春華。手揮海上琴，衣綴巖間霞。詩濤湧退之，束手徒咨嗟。羌以意表論，邈茲神理遐。不為一世可，坐使千秋譁。

五年南國遊，一卷東野詩。寄余獨往意，重此絕世辭。連城必良玉，三染必素絲。勿驚絢爛文，終與大巫期。夸厚含陶思，超異同謝規。誰言中唐聲？此是小雅遺。太息貞懿士，老死山嶷嶷。（孟郊五首錄二）

違華即沖漠，散性難自整。豈云與俗殊，意獨得沈省。平生一深念，異代愛雋永。三歎古之賢，曾同惜徂景。（韋應物）

河東文章伯，童冠拔時選。翻飛觸世網，壯歲坐遷轉。盛名自取病，眾詬實不淺。懲疢辭徒悲，晚景遇益蹇。麗思鬱欲流，驚才跼未展。橫經眇心貫，讀騷儼躬踐。蓄悲語離奇，取幽氣奧衍。發為滄蕩作，噓吸出墳典。五言暨七言，老手廢雕篆。每放寂寞遊，偶託釋老辯。鮑謝方抗行，李杜足非靦。以茲夐妙篇，千古解宜鮮。當代競宗韓，北辰故易顯。那知東方曙，啓明上雲巘。晴窗與往復，塵慮得驅遣。心折弔屈文，語息特修謇。偉人不世出，我輩類狂狷。懷哉文先生，吾硯蝕秋蘚。（柳宗元）

海藏樓試筆

滄海橫流事可傷，陸沈何地得深藏。廿年詩卷收江水，一角危樓待夕陽。牕下孔賓思遁世，洛中仲道感升堂。陳編關係知無幾，他日誰堪比辨亡？

漢口得嚴又陵書卻寄

江漢湯湯首重迴，北書函淚溼初開。憂天已分身將壓，感逝還期骨易灰。闕下驚魂飄落日，車中殘夢帶奔雷。吾儕未死才難盡，歌哭行看老更哀。

吳氏草堂

雨後秋堂足斷鴻，水邊吟思入寒空。風情誰似楓林好？一夜吳霜照影紅。

移駐龍州

羣山破散縱雙流，蕩蕩平原入戍樓。試遣勞人歌一曲，倚闌斜日看龍州。

偶占視石遺同年

一世詩中豪，用意常在小。永叔固可人，舉頭驚飛鳥。
臨川不易到，宛陵何可追？憑君嘲老醜，終覺愛花枝。
詩要字字作，裕之辭甚堅。年來如有得，意與任當先。

第四位我要舉出的，便是陳石遺先生。陳先生諱衍，字叔伊，福建侯官人。光緒壬午舉人，學部主事。曾入張廣雅幕府，廣交一時勝流。任南北大學教授數十年，所成就的人才卻不少。不但善于談詩，而且樂于獎勵後進。他不只受業的學生不少，慕名來求教並未見面的也就不少。而《石遺室詩話》這部書，真可以說是同光體的宣傳總部。開派及中堅分子因這書而傳布越是廣濶；就是後來學子喜歡做詩的人，得着這部書的啓示卻也不少。他通經學小學，能文能詩，可以算是福建晚清一位學者。他曾繼續陳恭甫先生的工作，續修《福建通志》八百卷，體例多半新創，真是一部大著作，可惜未刻完而他就與世長辭了。他早年和鄭海藏交情甚好，不只他恭維鄭的詩，鄭也比之為皮、陸，說他的蕭閒堂三百均悼亡詩，是遠過元微之的。不知晚年兩人何以弄到凶終隙末。我記得有一次在蘇州侍談的時候，他對我說，「鄭蘇戡真是不學，他名孝胥，他不知胥是蟹醢，卻拿胥來做他的名，我怕將來要宰成肉醬啊！」他老人家何嘗不知海藏是出生于蘇州船上的，胥指蘇州的胥門，蘇戡也是指蘇州？而故意要這樣的毒諷，我想他兩人在民國以後便冰炭已久，所以海藏對于他死後的挽詩，才有報復的毒罵。他的歌詩一班人也有譏評，但我總以為我同鄉黃簡庵的話是非常公平而正確的。簡庵說石遺先生的詩，在入張廣雅幕府以後，到辛亥革命以前這一時間的，是夠好的，辛亥以後便比較差了。大概他老先生才力是夠的，作詩的奧妙是懂的，在廣雅幕府時整天和同時名輩唱和，自然不能不用全力對付，所以好的甚多；到了晚年得名之後，年紀老了，精神差了，又加以學樂天、誠齋，自然容易走上滑易的路上去。這一點是不如海藏到老不懈，我們看他出關以後的詩，還有精悍之色。而散老則更妙了，他便拿戒詩來拒絕一般不相干的請求了。但他的詩，雖然老了還是有聲光的。現在我要鈔八首這位同光派護法大師宣傳大將的詩來給同道看看，但可惜我手邊沒有《石遺室詩集》，只好在他所著詩話裏鈔一點，我想來這當是他最精進的詩了。

題海藏詩卷後

幽人張玉琴，遠在江水湄。相思積素襟，忽誦懷袖詩。君詩我夙好，矜寵負高姿。發為論詩言，審音多微詞。於唐知柳州，昭代知東癡。更端他說進，廓如辭闢之。匪嚴誰皋陶，非隘無伯夷。時人偶唉名，藉藉空嗟咨。未解嚌真味，焉知辨豪釐？被服必顏采，周旋動謝規。諒非志嘐嘐，夷考行已違。詩教本性情，六義各有宜。隘也匪直嚴，有間豈在微？君言信盤深，我道非駢枝。跂足苟有極，異同復何為。

次均答散原

匡阜東南一太行，扶輿元氣久深藏。陳徐不作憑誰繼，虞揭而還覺汝強。滾滾沅湘流涕盡，栖栖江漢鬢毛蒼。題襟贈縞酸寒否，待轉風輪竅土囊。

答重伯

渭城唱徹總堪悲，況汝驚才世所奇。兩面又千萬里別，二人不早十年知。桓伊遜此笛三弄，吾衍報之簫一枝。欲識蓬萊深淺事，只宜重問李師師。

題實甫魂西集

華裾客子過題門，几上牛腰束筍存。萬里麻鞵行在所，一囊古錦樂遊原。堂堂國事西臺哭，草草交期北夢言。欲喚臨川湯玉茗，為君宛轉記還魂。

揚州雜詩

詩人垂老到揚州，禪榻茶煙兩鬢愁。猶及花時看芍藥，平山堂下一句留。

荳蔻微吟杜牧之，紅橋腸斷冶春詞。最宜中晚唐人筆，此地來題絕句詩。

斜陽紅向小樓過，明月三分占最多。若道徐凝詩句惡，竹西佳處奈君何。

風亭彷彿半山寺，水榭依稀印月潭。認取小金山塔字，居然江北是江南。

月白風清過露筋，梅花嶺上鬱孤墳。人生如此揚州死，禪智山光黯暮雲。

十、我對於一班對於同光體批評的辨正

大凡一種學問成了一個派，當然有他能夠獨立成一宗的原因。但一方面因為同行非同行的嫉妬，一定招致來許多毀謗；一方面因末流的不爭氣，招來許多口實。即如文學裏面，江西詩派的一祖三宗，你能說他不行嗎？但照呂居仁所作《江西詩派圖》裏面的人，那就依草附木的多，能夠岸然獨立的便不多了。又如清之桐城派，像方、姚諸公，你能說他文章不好嗎？他們所提倡的不對嗎？但是桐城的末流，僅僅在字句上做工夫，完全未夢見文章的本原，也是一種依傍門户之流，這是免不了的共同的流弊。但一般人要拿來做口實，做攻擊的材料，那就太無聊了。我所聽見的一班人對於同光體的不滿如下面幾種的說法，現在待我一一寫出來並加以辨正。

第一點：有些人以為同光體論理述事地方多而拙於言情。這種批評是未曾讀過同光體代表作者的全詩。我們要知做詩是感動人的東西，如果裏面沒有豐富的情感，真的哀樂，這種詩那會感動人呢？一班人以為同光體只工於以文為詩，只能說理論事而不善言情，這是大錯特錯的。我們試看范、陳、鄭、陳諸先生的詩，那一個不是抱着破家亡國的痛淚、扶顛救危的苦志來寫詩的呢？因為有哀痛的情緒，所以他們的詩才能夠動人的。我們試讀肯老對於德宗忠憤之作、散原先生《崝廬述哀詩》、海藏《述哀詩》，都是熱淚滿眶，心

血噴湧，你能說沒有真情感不能動人嗎？大凡詩要做得好，都是把論事述情寫景相互交織着，或者某方面多些，某方面少些。我們只能在分量上講，而絕對不能說某一種絕無。詩如果沒有言情的地方，或言之不夠真切纏綿，那能打動人們的心弦呢？所以這種批評是執其一端而未曾看見全部，或者未細讀作者全書的議論。這是當辨明的第一點。

第二點：他們以為同光體都是噍殺亡國之音而非和平盛世之詩。我在前面不是說過「歡娛之詞難工，窮愁之詩易好」嗎？我們做詩是要表現時代的，時代到了動亂之極，不弄到亡國不止，這些詩人既不能扶持國運，那所見所聞所感觸的，都是憂傷憔悴的，題材到這種境地，你還能叫他們強作歡笑來歌詠昇平嗎？我們為甚麼喜歡讀詩的變風變雅勝過正風正雅？我們為甚麼喜歡讀屈子的《離騷》？我們為甚麼喜歡讀陶淵明、杜子美、陸劍南、元遺山的詩歌？不是因為我們生在亂世，所有古人所寫的感亂傷亡的詩歌，等於替我們現在局勢寫照嗎？這不是值得我們流離奔竄的人們同情嗎？不是彼此有共鳴之感嗎？那麼同光體之所以多悲傷哀痛之音，這是時代造成的。這是詩人之寫時代，表現實，述心情。我們不能處亂亡之世而有和平之音，也猶之乎處在太平不能有感時傷亂的作品一樣的道理。我們做詩最要的是要有真哀樂。如果無病而呻，不喜而笑，這都是假的。我們不只排斥漢魏六朝的假面目，我們同時也要打倒假性情。同光體詩人所寫的正是真的情感真的遭遇，真正是一部同光動亂時代的詩史，是一班人慘痛的呼聲。本來清代是亡了國，我們那能以亡國之音為諱呢？我不是說過詩的遭際和人的遭際是相反的，詩是要時代愈亂愈壞，那麼題材越多越好，人是要過太平日子不希望生值亂離的。這些同光體詩人身世是不堪說的，而所成就反在詩歌上面。在悲痛感愴的詩歌上面，我們那可以拿盛世和平之音來比呢？究之和平之音是不能感人的，所以我們仍是喜歡亂世的詩歌。

第三點：是指摘同光派只學宋人而不學漢魏唐賢。這種話是可以批評同光派的末流的，而不可以批評同光派開宗的大師的。中國人有一個習慣，凡是每一個地方有了一個出名人，這人便變作偶像，拼命去學他，結果是做人的徒子徒孫而不能自立。以詩而論，一班同光派末流並不在古人身上去學，只在近人身上去模倣，所以佩服散原的便拼命學散原，崇尚海藏的便竭力去摹海藏。所以石遺先生曾說：「近人之學海藏者僅效海藏，而不追海藏之所從出。」所以我說這些末流抱着一個先進，便一生一世跟着他，而對於古人，不只漢魏唐賢未曾寓目，即是宋諸家也並未研究過，這是無可諱飾，無可解說的毛病。但是開宗的幾位大師則不然，他們不只於宋人特加注意提倡，就是漢魏唐賢也沒有不下工夫鑽進去而又鑽出來；不過不似王壬秋之只提倡漢魏而遺唐宋，假古董僅取其貌而已。所以拿這點來攻擊同光體，那只能攻擊末流而不能攻擊開派者。這是我要辨明的第三點。

十一、今後我們對詩壇應該怎樣努力

在這個問題裏，我想分兩部門來講，第一是法古的問題，第二是開今的問題。

關於法古問題，我以為凡是文學藝術斷斷不能不先由模仿古人入手，因為古人生我之前，他們的聰明才力用功所造就的成績，是我們很不容易追上的。我們要學一種藝文，一定先要把古人佳作諷之於口，記之於心，然後我們才能有所模仿。等到你模仿已久，加上你自己的新面目，那你成功了。這就是古人所謂「有所法而後成，有所變而後大」的道理，也就是從模仿而到創作的途徑。這不僅中國如此，恐怕世界文壇都逃不出這個公例。不然，像荷馬的史詩，莎士比亞的戲劇，雪梨、拜倫的詩歌，何以至今西人還奉為寶典呢？我們明白這個道理，那創作是模仿出來，而不是亂創胡創，那麼我們所奉為模範的古代大家名家，便不能不有所選擇。我們試看前面我所寫的同光體作家，他們如何對於古代名家大家的新評讀，他們又如何去發掘不為文壇重視的文壇巨子。他們所做的工作是絕對對的，但他們所提倡的也有不大適當為我們效法的，我們不能一概跟着他們走，所以我們應該自具眼光來別擇一下。

關於法古方面，應注意後面三點：

第一位詩人不可學的是李太白先生。李先生詩好處，杜工部已經用「清新俊逸」和

「飄然不羣」八個字批評盡了，也就是前人所批評的「李詩如春花秋月無不可愛」。也不過是漂亮清新而已，除了這點長處以外，我們實在找不出其他好處。但是他的毛病卻多了，做詩是要神志清明苦思長吟而來，所以杜老便是「頗學陰何苦用心」「心從弱歲疲」「語不驚人死不休」「新詩改罷自長吟」「老去漸于詩律細」。以老杜的天才，還要苦用心，還要改，還要長吟，老來才覺律細，這是何等不容易的事。李先生因為自恃其才，又常在醉中，每做一詩，多半是搖筆即來，衝口而出，毫不思索，雖貌為雄豪，實在是沒有內心。他自恃其才，還可以取譽一時，如你們沒有他的天才而來效顰，那結果是可以想象的了。自來詩家稱三李，有人以太白為仙才，長吉為鬼才。我卻以為長吉乃真正上仙之才，李白不過粗莽下仙之才而已。我們試看昌谷之驚才絕豔奇思幻想，那是太白所夢想得到的？他句句用心，字字嘔血，所以活到二十七歲便死了，如果不是仙才的話，那上帝也不叫他去作《白玉樓記》了。至于義山是傾倒長吉的，他的古詩有一部分摹長吉，而律詩源出老杜而加以縟麗精深，更不是太白粗才所敢望的，所以也只活到四十七歲便死了。若太白的死不用心，所以會活到六十開外。但壽數雖較長一點，詩卻比後來二李比不上，這年壽又有甚麼了不起呢？我對於太白的一字總評是「率」字，想來不會太離譜罷。

第二位詩人不可學的是白香山先生。白詩之俗，是東坡批評過的。古人對於白詩的讚美，有「老嫗能解」「價重鷄林」的話。第一句乃是說他的淺到連老太婆都懂得，第二句便是說連外國人都爭着要他的詩。這兩句話在表面看來，似乎了不起，而切實講起來，那就不值一錢。我們要知道大眾的水準不會高的，大家以為好的，絕對不是真好，因為老子說得有「知我者稀，則我貴矣」。這就是說凡是一種學問，高深的不是一班人所能了解的，若是一班人以為好的，那就是極普通的東西。白詩是老嫗都解，我試問像《易經》《莊子》的哲理，《史記》《左傳》的文學，一班老太婆懂也不懂？至於外國人來買他詩集，那全是以耳代目，人云亦云的伎倆。中國詩學高的看不起白詩，而反是老太婆看得起；中國有智識的看不起白詩，而反是外國人看得起。拿外國人老太婆來衡量他文學造詣高，這真是大笑話，因為老太婆和外國人根本是不懂文學的人們啊！這也好似一班中學生們佩服白話聖人一般，甚至說他得到好幾十個外國的博士。我們要知道外國的博士原含有一種情面榮譽的意味，外國人何嘗真懂中國學問呢？我敢斗膽的說，自中外交通以來，自李佳白侯失勒起至現在所謂外國漢學家，對于中國枝末的考證，或者懂得一點，至于精深的文學，那便還在門外，因為中國文學是難懂的啊！白先生的詩我有一個「俗」字的批評，這是東坡先我而言的。

第三位詩人不可學的是陸劍南先生。劍南的詩是學老杜的，但他老先生詩近萬首，是做得太多了。我們翻開《劍南詩稿》，覺得裏面常有一個題目做了好幾首，大同小異，也便存下來。因為做得太多，所以便有滑熟的毛病。我們論詩不是不要成熟，乃是不要爛熟。譬如炒菜，廣東人吃到八分熟，便覺生脆可口，如煑到爛熟，入口即化，毫無生氣，不耐咀嚼，那還有甚麼味道呢？所以我們做詩要在技巧上求熟，在意思上求生，尤其要蓄之既久，才可以一發洩，斷斷不可無感而作。吃飯睡覺拉矢，都要做詩，那只有和放翁、樊山媲美了。我記得鄭子尹有句話，說他無感絕不作詩，有時一二年不做一首，有時感情衝動了，便一天可做幾首。詩是表達意志的東西，如果沒有真感慨，那敷衍成篇的東西，那能要得呢？我謹上放翁詩一個尊號，叫作「熟」，想來不會太外行吧！

關於開今方面，應該注意後面三點。

第一應該寫史實。西洋史詩是有名的，就是我們中國最出名的詩王詩聖，他的詩也還是偏在寫史實方面，所以人們也就尊他為詩史。為甚麼我們要提倡用詩寫史呢？因為詩歌是比散文便於記憶歌唱的，我們今天把新舊《唐書》和杜詩擺在一起，是人們喜歡去讀杜詩呢？或是喜歡讀《唐書》呢？我想除了詳攷史籍外，沒有人不愛杜詩的。這就是說用詩歌來寫歷史是便於流傳歌誦的。第二是我們有詩以來，已經二三千年，所有的情景理，差不多被前人說盡寫盡。我們如果還在古人腳下兜圈子，是得不到甚麼結果的。惟有史實是一時代和一時代不同，只要我們做詩的技巧高明，只寫時事，便可以站得住。杜工部我們不必講，即如清同光時期的鄭子尹、金亞匏、江弢叔都是生在洪、楊變亂時期，他們用詩來寫兵亂的情形，讀起來使人有目覩之感。不管他們詩的高下如何，但是他們在詩壇的地位都站穩了。這是應當注意第一點。

第二應該輸新理。我們中國詩歌，在形式上在二三千年裏，已有很大變化，但思想上變化尤其重要。中國最初是儒道兩家的領域，所以佛教未入中國以前，詩歌裏所表現的不是入世的儒者思想，便是出世的神仙思想。到了佛教入了中國，在學術界起了一個大變化，在社會習慣也跟着有了改變，而一般詩人也都把內典的精義灌輸到文學詩歌裏。自謝靈運以後如王摩詰、柳子厚、杜工部、蘇東坡、黃山谷、王荊公，差不多這些大詩家沒有不受佛教的影響的，所以表現在詩裏的也是佛教思潮為多；因為佛理的超妙，所以增加詩的價值。現在海宇大通，西洋也有它一套的思想，不管哲學政治倫理一切一切，都有它新的見解。是不是能和佛理比其高深，那是另外一個問題，但是他們的成就，決非東方哲學思想所能範圍。我們生在這大時代，要想詩歌內容嶄新化，那除了寫新理新事新物不為功，黃公度就是嘗試的人。我們希望再把他這領域擴充，在將來詩壇裏，是可以另闢一個世界的啊！

第三應該用樸語。我們最高文學的修養，是要由華返樸，由雕琢而返於自然。華麗和雕琢是做詩第一步的始義，真樸和自然乃是做詩最後一步的究竟義。為甚麼我們說陶詩好？因為陶是妙造自然。為甚麼我們要說杜詩好？因為杜詩返於真樸。但是「樸」和「俗」畢竟有辨。如蘇東坡所指「白俗」，那是真正的俗。如陶詩的「犬吠深巷中，鷄鳴桑樹顛」，我們只覺他的樸而不覺其俗。又如清代鄭子尹的「血吐千萬盆，話費千萬筐」，我們讀了也覺得其樸至而並不覺得其俗。用眼前事物入詩是詩人所許的，但怎樣才能做到樸而不俗的地步，那只有看你學問和技巧了。如果讀書多學養到了，技巧純熟，那當然是能做到「樸」一字；如果像元白之流以至宋人楊誠齋、劉後村等，以為甚麼話都可入詩而不加以揀擇，怎不會走上俗字呢？我有一個譬喻，「樸」如老老實實的鄉下農人，雖覺得土頭土腦而一種真樸之氣未漓，所以覺得可愛；「俗」如一般做生意的商人，只是滑頭滑腦一種庸俗之氣，你能受得了麼？所以我們提倡用真語樸語而不要用華詞。當然現在科學發達新發明的東西太多了，我們做詩不把這些東西寫上去那裏可以？但問題又來了，就是我們譯學界不知幹些甚麼事，所有泰西新理新事物差不多沒有統一的譯名，所以弄到汽車機械失靈叫做「拋錨」，一個機器便有「機葉」「機身」這些不通的名詞。一般人是講慣了，但教我們文人如何下筆呢？這倒是一個很大的問題啊！

記陳散原先生

提起這位去世剛剛十年的清末唯一詩壇泰斗——陳散原先生，想來不只是一般學術界詩人名士應該還記得着他，我恐怕稍為留心當世人物的人，也不會把他忘掉的。他的詩和古文是做得那樣好，能夠用舊詩的格律來寫新時代新思想：色彩是那樣的調和，句子是那樣的古雅，配合是那樣的適當，恐怕不只是前人所無，也恐怕是後來難乎為繼的。但你絕不會想到他生平關於衣服飲食起居的一舉一動，真是會令你笑掉牙齒。雖然小事會令人發笑，但他老人家立身行己的大節，對于國家政治的好壞，世界潮流的演變，他却看得清楚，一點都不胡塗，都不馬虎，不是一般清末遺老們所能趕得上的。我特地要寫這篇文字却還有個原因：一方面要把這位詩壇泰斗的私生活和他大眼光寫出來，見得他不僅僅是在詩裏討生活的人。如就只拿作詩來說，他作詩的淵源，也恐怕有些人不大理會。我是從崇拜他到極點的人和他的女兒處聽來的材料，當然比較可靠。而我和他還有一段私交的關係，更不能不在這文裏敘述一番。

陳先生諱三立，江西義寧州人，光緒丙戌科進士，吏部主事。他的老太爺右銘先生曾做過湖南巡撫，很有名氣，因為參與變法被清廷罷黜。他也和他老太爺同作變法運動，所以也把他吏部主事革了職。他本是一個貴公子而兼名士，所以清末也就有人把他和瀏陽譚嗣同、廬江吳彥復、豐順丁惠康稱為晚清四公子。這四位公子，當然因為他們的老太爺都是當時比較有名氣的達官貴人，而他們自己也都是有學問有才幹的學者詩人名士而兼有興復國家抱負的志士，所以為一般人所稱誦。他是丙戌科進士，我的祖父伯厚公也是那科的進士，所以便有會榜同年的關係。我祖父因紀念他的祖母，繪有《西山永慕圖》，曾請他題了一首五古，所以又有了文字的因緣。我祖父草字學懷素，晚年住北京，我幼年却在成都。我祖父寫家信都是寫草字，我因為好奇，且小孩富於摹仿性，寄去的信，也是草字連篇。可憐我那時那裏懂得如何的寫草字，不過胡草亂草而已，以為這一下字可得到我祖父的獎許。那知道却碰了一個大釘子！我祖父寫回信時很嚴厲的教訓我說：「小孩子楷書沒有寫好，那裏可以寫草字？並且草字也有章法的，不能在紙上打圈打滾這樣草的。」我得到這個教訓，字還是要草，便到處找草字帖來學，不過無法的使他有法罷了。我二十歲到了北京，見了祖父，他老人家劈頭就給我一個棒喝，說道：「你喜歡寫草字，是不是叫別人不懂，才算你的本領呢？我以為字寫得叫人看不懂，不算本領，要詩做來叫人看不懂，那才算本領。」我是一個倔強的孩子，當時便問道：「甚麼人的詩好到叫人不懂呢？」我祖父不慌不忙在書架上取了一部《散原精舍詩》給我，並且說道：「只有我同年散原先生的詩，便是一般人看不懂的好詩。但如果能看懂了，便知道這是近代的惟一詩人，不能有第二个的。你拿去好好看罷！」我接了過來，便細細去讀。好在我小時四書讀過半部，文學上的普通知識和普通典故，也大概畧畧知道，所以讀來並不十分困難；並且他所感詠的時事，也都是我經歷過的，所以比較讀得更有味。可以說在我廿歲左右不會作詩的時候，《散原精舍》的七律，我是大半能背誦得出的。後來學會做詩，曾在廿五六歲時候做了一篇七百字的長七古寄去請教，他老人家回信，大大的獎許一番，使我得了極大的感奮。後來我在南京和北京見過他老人家兩次，他那時已是八十開外的人，住在他女婿俞大維家裏。對我這個年再侄的求見，還扶着手杖十分高興的從樓上下來接見我。他說話雖然不多，但是那一種仁慈和靄的態度，一點架子沒有，一點火氣沒有，簡直像小孩一般的可愛。古人所說的「不失赤子之心」、「如坐春風之中」，恐怕只有這兩句話才可以形容他的性情精神意態氣象，叫你見了真要與之俱化了。我生平見的名人可不少，但可以說再沒有比散原先生更能使我感動的。

蘆溝橋事變發生，他還在北京住。因為年老，又感於國家的被侵畧和無聊的人對于他的麻煩，他本已是上了年紀的人，加上刺激，便一憤而死。那時我正在漢口，得着他逝世的消息，曾寫一付輓聯輓他。現在不避醜劣，姑且寫在下面，句子雖不好，也可表現他的處境和我的感慨。總想寫幾首輓詩，因為事忙，心緒不好，這種詩又不可隨便亂寫的，所以遲遲至今，還是一字寫不出。但我發願最後必定要作成以報答我做詩的第一個啓蒙老師。我的輓句是：

垂老飽興亡，巨手風騷，哀郢懷沙同此憤；
微文荷推挹，悲歌江漢，抗韓蹈杜欲何成。

上聯是寫時事，是寫他身世，不用加註解的，下聯就非畧加說明不可。因為我曾把刻好的詩集寄去請他批評，他的評語裏有「抗韓蹈杜」的話，所以我就把這意思加在裏面。

在未解放之前一年，我在上海和他的七公子彥通來往甚密。知道他的靈櫬已經安葬在西湖，他的《散原精舍文集》已由中華書局出版。這一代文學宗師雖已離開我們一天遠一天，但他的精神學術，在在都足做我們做人做詩的模範，是永垂不朽的。但我在後面所寫這位老先生穿衣洗臉幾樁趣事，却萬萬不可當作模範去學的，如果學了，便要弄到笑話千出的。

他本是一個貴公子。在我們中國舊時習慣，大概做了大少爺，那他一舉一動，都有人伺候；恐怕除了吃飯睡覺說話讀書不必要人幫忙外，其餘的一切事，都是有男女用人去做的。這也不能單怪散原先生。但看他的舉動，真有不能不令人發笑的。聽說他從小的時候，所有洗臉衣穿等事，都有老媽和鴉頭去做：臉是要別人替他揩，衣是要別人替他穿，他自己是毫無辦法去自洗自穿的。當他結婚第二天早晨，原來伺候他的老媽，以為少爺已結婚了，當然有他的新少奶奶替他洗臉，所以就沒有替他洗。那知道從前的新娘子，那有現在開通？那是十分矜持的，那裏好意思第二天早晨便羞人答答的替新郎揩面呢？弄到最後，還是他的丈母娘看了老媽不來，新娘不動手，新姑爺的臉是不能不洗的，只好自己出馬，來為這位新女婿大揩其面了。這是他的外孫女兒告訴我的，當然不會假的。

又有一次他覺得整天渾身不舒服，不知道是身體上出了毛病，還是衣服穿多了；但他却沒有這念頭和這本領來解衣磅礴一番，去找找是甚麼原因出來。到了晚上睡覺的時候，有人把他衣服脫下，才知道是一隻棉小襖的袖子未曾穿上。你想一隻棉袖子塞在肩和腋的旁邊，那裏能夠舒適呢？

在中國舊式房屋的建造，多半是有若干進的，這也是為了大家庭設想。一個人有了幾個兒子，討了媳婦，便每一個小家庭住一進，這也是適應那種環境來設計建造的。但是這種房子，每進房間大小，都是一式一樣，甚至連陳設布置也沒有區別的。散原先生兄弟二人，弟諱三畏，也娶了親。有一天他老先生出門送客，回來時候，不知怎樣走錯了，一直跑到乃弟的房間裏，就便在床上躺下。這位詩人不知是在覓詩或心想別的事，竟然毫無所覺，等到他弟弟走進叫了他，他才惶恐不安的翻身起來跑，到自己房裏去。照從前時代禮節來講，大伯子豈可隨便跑到弟媳婦床上去躺的？不料這位大詩人却又鬧了這樣一次笑話！

散老雖是江西人，但他在南京住的時候最久。他住的地方叫四條巷，一所舊式洋房。他也常常到上海來玩，但是上海到南京的距離和火車的票價，他老人家是不知道的。有一天他想到上海來，便向他朋友借來往盤川，他朋友問他道：「你要借多少錢？」他說：「大概幾百元。」朋友又問：「幾百元作甚麼用呢？」他說：「不過上海南京來往車費而已。」朋友又問他：「南京到上海火車票價來回是好多錢你知道麼？」他答說：「我不知道。」後來他朋友才告訴他說：「頭等不過十一元，二等七元，三等四元。」他這才言下頓悟來往一次用不着這許多錢。他朋友借給他幾十元錢才把這事辦了。

「春牛首，秋棲霞」這兩句話不是南京遊覽的地方和季節嗎？詩人好遊，他是詩人當然也不能例外。有一次他許多朋友約他去遊棲霞。原來遊棲霞有兩條路，一條是在下關坐船由水路去，一條是由下關乘火車去。但如果住在南京城裏去，必定要先到下關。他們便水乎陸乎的討論行程，但由城裏到下關這一段路，是不能不經過的。他老先生便又發出問題，應該怎樣的到下關。他的朋友們便說當然乘小火車去。這句話又使他發楞了半天說：「城裏那會鑽出火車來呢？這真奇了。」他的一夥朋友便向他說：「下關有一條小火車到南城，是經過你住的四條巷的，難道你不知道嗎？整天的火車汽笛響，難道你沒有聽到嗎？」他却不慌不忙的回答道：「靜聽不聞雷霆之聲，熟視不覩泰山之形。」這兩句是他在引《莊子》。大概此老一心在尋詩覓句，所以連門外每天嗚嗚大叫的火車汽笛聲，都不會聽見啊。他一生離不了用人服侍，所以他的錢常常被當差老媽或偷或騙，不知弄去多少。他生平賣文，也賣不少的錢；但他對于錢的保管運用，却完全不內行，又加以被用人偷騙，所以他晚年常常弄到買早點燒餅的錢都沒有。

我曾把這情形對先師石遺先生說：「散原先生連洗臉穿衣都弄不好，這怎麼能做變法運動呢？」石遺先生很正襟危坐的答我道：「你不要看輕散原小事弄不清楚，你要知道他對于國家大事，他看得十分清楚呢。我每同他說某人詩好，某人文好，某人學問好，他事隔十年二十年都還記得很清楚，你可批評他胡塗嗎？鄭蘇戡小事事事精明，但對于大的事便胡塗了，那裏能及散原呢？」我聽了這教訓，再把散老的行事細細一看，我們老夫子的批評，是一點不錯的。清末民初，有許多不夠做遺老的也要充作遺老，一面在公府支顧問的津貼，一面又在清皇室領俸給的，是大大有人在。你看散老曾擺過遺老架子麼？在他詩裏，儘管是念亂傷亡，但沒有一般遺老那樣頑固。他只有遺民的哀痛却不裝作遺老的口吻。我在民廿五年在北京看他的時候，和他討論時局和政府措施，他都能見到大處，並不像一般遺老的看法。他對于國家民族的復興，是寄有絕大希望的；他對于外族的侵凌，是絕端痛恨的。惜乎抗戰勝利，這老詩人已不及見了，只有等他子孫在家祭時候來告乃翁一聲九州同罷了。

我們別以為他老先生對于吃飯穿衣事弄不清楚，也許這點就是他詩能成功的因素之一。《莊子》上說過：「用志不分，乃凝於神。」他是專心在做詩上面用功夫，所以連穿衣洗臉都不去留心，甚至火車頭整天在他寓所旁邊嗚嗚的叫，老先生也置若罔聞。這便是用志不分，所以他的詩可以到凝於神的地步。我們如果學一種學問，一種技術，能像他對于所學的東西以外，不聞不問，那也就差不多快要成功了。

提到散原先生的詩，那是異口同聲的佩服。鄉先輩鄭海藏先生做他的詩序，曾評過他的詩，是「源雖出於魯直，而蒼莽排奡之意態，卓然大家，未可列之江西社裏也」。又序他續集時，簡直把《春秋》來比他的詩，以為他詩中的褒貶就同於孔二先生的《春秋》，這是何等看重他的詩！所以也用不着我再來恭維一番。鄭先生以為他的詩是從江西黃山谷先生學得來的，我的老師陳石遺先生却說他像薛浪語（宋人）。我後來翻翻薛詩來看，倒覺得散老詩的來源，海藏所說的，是比先師所說的較為切當。但是散老的詩，顏色那樣濃厚，音節那樣激越，雖是從山谷出來，但恐怕還不只是山谷能夠範圍他的。到了後來，我在南京的時候，碰着一位王湘綺高第弟子衡陽劉豢龍先生諱異；抗戰到四川，又碰着一位世交也是湘綺高足桂陽陳仲恂先生諱毓華；我和他們討論以後，才恍然於散原詩的來源，是不僅僅學山谷的。

湘綺在湖南，當然不能不算大師，但他開口便學《騷》、《選》、盛唐，結果不只本人只造成了假六朝，假古董，凡是學他的，更是一批的優孟衣冠。但他絕沒有想到最初用他的辦法從六朝入手，最後不用他的方法，由六朝的底子搖身一變，而為宋詩的最大成功者，會成就了一位陳散原先生。他更沒有想到他的高足弟子內竟有佩服陳散老而不崇拜他的。這可見學術一途，是要自己打天下，不能死跟着別人走的。是非好壞，自有公論，不能說先生都是好的。湘綺學六朝，不能說是成功，散老從六朝出來，却有了大成就，這是甚麼緣故呢？因為湘綺學六朝，只會走進六朝圈子裏而不會走出來，所以他的詩無論摹仿到怎樣好怎樣像，不過只配做六朝人的子孫。散老也曾走進六朝圈子，他却聰明過人，他認為老在這裏做假古董不是辦法的，他就毅然決然跳出這個圈子，來受宋詩的洗禮，再追到杜、韓、韋、柳上面去，自己又加一番洗鍊鎔鑄的工夫；恰巧又碰上大時代，國家喪敗，世界翻新，又參進了時局的變化，和自己身世的感觸；新事新理，通通鎔匯在他詩裏。所以他的詩一出來，但覺得面目一新，氣象萬千，不愧一代的大宗師。不只是湘綺派的詩人，不能和他比，就是一般做宋詩的人們，也不是能夠和他較量的。劉先生並且對我說：「《散原精舍詩》裏面，那一篇學六朝某人，那一首是從六朝那一篇出來的，我都可以指出來。」可惜我當時不曾請他做這探源的工夫。劉先生是在抗戰勝利前一年過世的，我現在也無從請教他了，我自己也沒有閒工夫來一篇一篇來做挖根挖底的工夫。但散老的詩，是從六朝出來，是絕對可以相信的。你看他詩裏氣息的深厚，光彩的燦爛，那裏是一般在宋詩範圍內討生活的人們所能望見的。

我談到散原的學六朝，我想有人必認為奇怪，但如讀了我下面所寫的，是會覺得更奇怪的。我上面不是講過我家和散老有年誼嗎？在抗戰當中，我在重慶認識了俞大維，他的太太，便是散老的九小姐新午。詩是家學淵源，不用說是很好的了。那知道她有一天對我說道：「一般人都以為我老人家做宋詩；他誠然是做宋詩，但是他老人家早年還學過龔定庵，這是一般人所不知道的。他早年的詩稿在杭州丟了，不然，我倒可以給你看，就知道他早年學定庵的淵源痕迹了。」我聽了這話，大為驚異，以為散原豈屑學定庵？如果不是他小姐對我說的，我那裏能相信。後來翻開他的詩集一看，所有絕句，在空靈縹渺裏面，都含有沈摯悱惻的感想，有定庵的靈思奇想，却沒有定庵的陰陽怪氣，這也是散老能學定庵而不為定庵所範圍的好處。現在姑舉絕句幾首在下面，來證明他小姐所說是不錯的，不過良工不示人以璞罷了。

王木齋見過話海上舊游四首錄二

翠篦壓鬢絳敷唇，宛宛游龍萬態新。偏映酒杯餘此老，按歌聲裏究天人。
玲瓏山閣臏嬌嗔，費盡才華賦洛神。多謝相知不忠厚，妝臺留看海揚塵。

題馬湘蘭翠袖佳人圖

已絕朱弦不自持，鬢低蒼玉兩三枝。襪塵一點鴉銜老，地老天荒更憶誰？

題美人對鏡圖

脈脈情思嫋嫋身，蟠天際海為誰顰？青鸞飄盡黃鶯寂，留得花前共命人。

我們從上面四首詩看來，那一種空靈縹渺的地方，不能不說是和定庵相近，他九小姐所說的話是不錯的。但他那種沈摯怨悱的地方，便是定庵所沒有的；這是散原勝過一切詩人的地方。他所說的絳敷唇，不是塗口紅嗎？他能寫出嬌嗔，能體會到脈脈情思，這位老詩人，正是興復不淺；不然，那能夠描寫這樣入神呢？

我國的文學，是一向在轉變進步的。在晉唐佛教輸入時期，那時文學上便受了絕大影響，起了絕大變動。我們試看：六朝和唐人詩文裏面，受佛家思想的洗禮，用佛家新譯的名詞，不知道有多少，當時和後來人，也並不覺得奇怪礙眼。到了清末歐西學術輸入中國後，中國文壇便發生兩種絕對相反的情形。一種是絕對守舊，把新名詞當作洪水猛獸，絕對不許寫入詩文。他們以為新名詞一進到古詩古文裏，便不倫不類，成了怪物。一種便是用白話來革新文體，絕對維新，這便是五四運動以後的產物，和舊文體處在對壘地位的。

以我看來，這敵對的態度和行為，是大可不必的。因為，語體文和文言文，不過從表面的看法，骨子裏還是要有內容。有了內容，不論白話文言，無所不可。譬如一個人長得漂亮，穿唐裝也好看，穿西裝也好看，穿和服也好看；就是亂頭粗服，也還好看。如果沒有內容，那是無適而可的。中國古代，何嘗沒有白話，如禪宗和宋儒的語錄，宋人的平話，元人的小說，南北曲，都是白話。即到了清代，如《紅樓夢》《儒林外史》等小說，何嘗不為文人所看重，何嘗有歧視的？當然哪佛經入中國後，因為翻譯印度文，創了一種新的文體。那麼歐西文化輸入中國，因為翻譯外國文，因為文體不同的緣故，自然也應該又另創一種新文體。這是自然的趨勢，不能遏止避免的。所以我以為那一般絕對守舊的朋友，是不懂得時代的，不懂得文學是在進化的。文體是在轉變的，我們不必深責他們。但是我們中國自有了佛經的新文體以後，並沒有聽見舊文體要廢掉的話；那麼現在一般做語體文的朋友，何至要把舊的東西，看得如糞土塵沙一般的不值錢呢？這是我百思不得其解的。

我們不談別的，就拿詩來談，我們是主張窮則變，變則通的。但是我們還要知道《中庸》上有「萬物並育而不相害，道並行而不相悖」的道理。這就是說有了這個，並不妨害那個；有了那個，也不妨害這個；那我們何妨教他共同存在呢？我們古代只有四言詩，到了漢代，有了五言古詩了，也有了七言古詩的雛形的柏梁體了。後來由古體又變律詩。在古變律沒有成熟時，還有所謂齊梁新體詩。到了唐朝，算是各體都成熟了。到了五代宋朝，便由詩變為詩餘的詞。元朝又由詞更通俗化，變成了南北曲。到了民國再一變而為西洋的十四行語體詩。我以為這樣的變是合於變則通的原則的。但是有曲以後，並沒有聽說要廢詞；有了詞以後，並沒有聽說要廢詩；有了律詩以後，沒有聽說要廢古詩。原來各體各式是可以各展所長，並行不悖的。我不懂為甚麼一般會做幾句沒有成熟的十四行西洋詩的人們，便硬要將舊詩一律抹煞，一概打倒。我們試看自佛教思想傳到中國以後，佛經裏面，也有許多像詩的偈。但是我們的有名詩人，如王摩詰、白樂天、柳子厚、王荊公、蘇東坡、黃山谷諸老，他們盡管受他的思想的影響，用佛家內典的名詞；但他們所作的作品，是詩呢，還是偈呢？我們在這裏便可知道如果不要忘了時代來作詩的話，形式是不需改動，而思想是必當改進的。一切名詞因之也應該儘量用新的，才能表達他的新思想和描寫近代的新事物。那為甚麼一般老輩又恨新名詞入骨呢？這就是因為一方面新名詞翻得不夠雅馴切當，這也只有怪政府不上軌道，不注意到統一翻譯名詞這一點上，所以用來不便利。一方面就要怪一般作舊詩人們的本領不濟事，膽子不夠，不會把新名詞安排到恰好的地位，只會從消極方面去避免使用，不敢積極的去拿來聽我指揮。我們讀了散老的詩，才知道此老本事的確大，思想的確新。一般人說的用舊瓶裝新酒，他老人家是用得太純熟入化了。現在姑舉兩首全首的在後面，請諸君嘗嘗這酒味如何：

讀侯官嚴氏所譯社會通詮

悲哉天化之歷史，蝨於穹宙寧避此！圖騰遞入軍國期，三世低昂見表裏。我有聖人傳作尸，功成者退惡可欺？蜕形笵影視鑪捶，持向神州呼籲之。

讀侯官嚴氏所譯羣己權界論

自有天地初，莽莽靈頑界。既久挺人羣，萬治孕變怪。聖哲亦何為？扶生掖凋瘵。其義彌亭毒，日震聾與聵。吾國奮三古，綱紀匪狡獪。侵尋狃糟粕，滋覺世議隘。夭閼縛制之，視息偷以憊。卓彼穆勒説，傾海挈眾派。砭懦而發蒙，為我斧天械。又無過物憂，繩矩極顯戒。萌芽新道德，取足持善敗。復也雄于文，百幽竭一嘬。揚為皦日光，吐此大塊噫。玄思控孤詣，餘痛託紹介。挑鐙幾摩挲，起死償夙快。

上面所抄的兩全篇，都是用舊詩的風調，寫新的思想，並加上他的見解。他敢于用「天化」「歷史」「圖騰」「軍國」「新道德」「紹介」這一類新名詞。但讀來只覺其新其雅，並不覺得碍眼討厭，這便是我所說做詩人「本領」和安放的「位置」問題了。他的斷句裏用的新名詞，現在我不避繁複，再彙寫在下面。前半是從五言詩摘出的，後面是從七言詩裏摘出來的。凡是上下有括弧的，都是新名詞和新事態：

四海「學校」昌，「教育」在釐正……創設「師範」章，捷速日還併。余乃執爵興，「種禍」豈能更。

手摘「海王星」，環顧非我鄉。蹴落黑彈丸，遂坼「東西洋」。

今代「汽船」興，訝亦格沙礫。又議敷「鐵軌」，橫縱貫閩鄂。

巍巍孔尼聖，「人類」信弗叛。

「國民」如散沙，披離數千歲。近儒「合羣」說，嘵嘵強置喙。日責「愛國心」，反脣笑以鼻……「環球」懸「宗教」，始賴繕萬類。

攜取「太和魂」，佐以萬金藥。曰「舉國皆兵」，曰「無人不學」。

鹵莽而睢盱，遑云襲「歐美」。

張氏營「實業」，「農商」炫區內。范氏專「教育」，空拳辦茲事。

「四百兆人」原禍始，淚看成海夢成絲。

人極「公例」可潛輪，挈取筆智開典謨。

我欲騎鯨戲「三島」，橫刀「獨立」問「風潮」。

「中國少年」姚叔子，為誰費盡短鐙檠？

「歐西粃粥」滑流匙，餐了巡檐看雨絲。
「捲菸」束紙出夷製，竹筒一映適且便。
世變已成「三等國」，吾徒猶癖一家言。
萬古奔騰成創局，「五洲」震動欲歸仁。
忍看雁低憑欄處，隔盡波聲「萬帕招」。
歌泣已開「新世界」，神仙真謫小蓬萊。
昨逢里老詰「蒙學」，為問「朝廷變法」無。
「羅馬」名師不可攀，至今派別角荊關。
宏綱鉅目那眥省，「限權立憲」供揶揄……士民覆出冪至痛，「地方自治」營前模。

你看他用新名詞如「自治」呀「獨立」呀，那樣純熟，放在舊詩裏面，祇覺其新，不覺其碍眼，這就是此老的本領。如果我們懂得這方法，如要把五權憲法三民主義裝在裏面也不是沒有辦法的。我們要稱頌中山先生，簡直可做兩句詩：「曰三民主義，曰五權憲法。」不過就要看你做的上下文句子構造怎樣。如果上下文配得好，那就全首整個成功，如果配搭得不好，那就整篇失敗，那就要看你本事的大小了。

散老的兒子，真是個個都好。最著名的是老大已死的陳師曾先生，名衡恪，他是遊學日本的，范肯堂先生的女婿。他的書畫，金石篆刻，是當世有名的；但是詩却不是家學，和他老子面目不同。老六名寅恪，精英德及中亞細亞文字，對于唐代史研究尤熟，著書甚多，現在廣州大學任教，可惜眼睛看不見了。老七號彥通，詩詞都做得好，和我最熟。他曾對我說，他老太爺續集裏面的應酬詩，大半是他代筆的。附帶記在這裏，也可以作五百年後攷證散老詩的一個考證罷了。

自序

古人著書，在寫完一書之後，必定寫一篇自序；而自序開場白必定是述世德，然後說學術身世；這是自《太史公自序》以來一個通例。假如沒有專著，也必把祖德宗功敘述一番，如謝靈運之《述祖德詩》，庾子山《哀江南賦》首敘家世。因為有了好祖宗，祖宗有好德行，然後才會有好子孫，這是史傳相傳確而有徵的。那麼我今天寫了這部《頌橘廬叢稿外篇》卒業，以我的學問文章，比起古人，真是卑卑不足道。但這七八十萬言文字，也絕對不是沒有幾點可取的。在全書告成之後，我又那能不照古人辦法來一篇自序的文章，使讀者對于我的家世和我生平知道一个概括呢？所以我大膽的把它一件一件寫出來，來和世界學者相見，或者可作為讀我書的一个知人論世之助吧。現在我想分若干階段來寫，第一段便是寫我的家世。

一、科名和著述

如要問我的家世是做甚麼的？我可以回答一句話是「世代書香」。我曾看見普通人家都有一付楹聯叫作「忠厚傳家遠，詩書繼世長」，希望是每一家都有同樣的希望。但當之無媿的，真能實踐的，恐怕我家要算其中之一了。我家遠祖忠毅公諱鳳詔的是明朝建文的御史，後來永樂篡位，要起用忠毅公，忠毅公和他妻子同時自殺。永樂大怒，要殺我族人。于是我的遷閩始祖西淦公，便和他四个弟兄逃到福建侯官的鶚里居住。起初還不敢出來讀書應試，到了正德年間，我的四世祖友山公才敢出來應試。到後來明朝亡國，我的十一世祖儆炫公憂憤死了。他的孫子如即庵、擬庵二公皆不出來做清代的官。到了清代亡了，我祖父伯厚公也不出來做民國的官。這風節是了不起的啊！

說到忠厚二字，可以說是我家世守的寶訓。在我家十一世祖儆炫公《家訓》裏，我十世族祖莞石公《警語》裏，我五世祖霽峯公《居官要言》裏，我祖父伯厚公《家訓》和《迂談》裏，在在都訓誡兒孫教導兒孫以忠厚。所謂忠厚，並不是愚蠢，是在在以適己妨人為戒。我們怎樣區分君子小人呢？就是凡事處處求人己交利，或損己利人的算君子；若事事專為自己打算，損人利己者便是小人。我家先人不只著有遺訓，做官不忍絲毫取之百姓，居鄉言論必有益於人；就是平居為人，也無一件事不存心厚道。即如我六世祖又盤公窮到幾乎沒有米下鍋，但我六世祖妣每天還要分一兩碗稀飯來救活鄰居老太婆。我五世祖霽峯公曾替富户做懷挾文字得了一筆酬金回來，走到半途，聽見有婦人哀泣聲音，原來是有一人家欠債不能償還、債主逼嫁的慘事。當時我五世祖就傾囊以助，大家也來幫忙，算是這件事是渡過了。但我家過年的錢便沒有了，我五世祖又到富户要求再代做一些文字，再得些酬金，才算把年過了。這兩件事我本不知道，是我表叔劉孟純先生寫信告訴我的，可見我先人存心的忠厚。至於在我五世祖以前以後列祖列宗，也沒有一個不是拿這兩字傳家的，所以我家科名在福州便一直佔了四百年之久，這不能不說是「忠厚傳家遠」了。至於談到「詩書繼世長」的話，我家自友山公在明正德年間中秀才，到了我先父用達公在光緒年間中秀才，前後整整四百年。這四百年中，我家世世代代都有科名。我曾作一个統計，計中秀才的七十七人，中舉人的四十人，中優貢的五人，中進士的九人，點翰林的三人，中解元的一人。科名之盛，雖不能和江蘇浙江世家來比，但要能四百年一直不斷的，恐怕只有我一家了。我家不只科名長遠，而且考科名的八股文尤其有名。我記得我十一世祖儆炫公《家訓》裏面說得有：「諸孫館業，質證諸名公，大蒙擊節，則讀書之明效大驗也。」這是指明末清初訒庵、即庵兄弟四人之作。後來陳夢雷做的《曾二改傳》稱他的八股有如下的話：「制藝衣被天下，三吳名士，翕然稱大家。」二改也是儆炫公的孫。這可見儆炫公之孫沒有一个不是八股好手，所以才能衣被天下。但可惜的是時代寥遠，我家的第一期八股，到現在一篇我也看不見了。到了嘉慶中葉，我五世祖霽峯公教五个兒子登科，于是科名大盛。而做八股文最有名的是五世從祖禹門公。梁章鉅在《制藝叢話》裏面，非常恭維他的文章，後來劉孟純表叔告訴我：他的老師祝師瑞精于制藝，每每稱道嘉道間曾氏祖孫父子兄弟八股，都是名家，在福州要算第一。後來我的族父雲沛先生也告訴我：他的外祖黃光周在京應會試，試完大家互看文章。有一外省人看了他的文章，問他是不是姓曾，他說我雖不姓曾，但是從曾家學做文章，並且和曾家有親戚。這也可見得我家的八股在外省人是何等看重，簡直稱作「曾家派」；這可見先人的榮譽了。就是攷取功名，也全憑真實本領，不是靠爛墨卷發名成業的。八股在今天誠然是無用的東西，但在明清兩朝五百年間甄取人才的規制；而我家四百年來發名成業的工具。在他人可以不講，我卻不能不敘說一番，以見得我先人對于每一種學問都致其最大努力，最出色當行。如果國家不攷八股而叫我先人另做任何一種學問，也必定是矯然不羣與眾不同的啊！我先人不只善于作八股，而且善于作詩。以我最近所搜集，我家八股，只有我六世祖又盤公起，到我父親用逵公止，代代都有全文存在家裏；並且曾刻過《敦五堂鄉會墨》和《敦五堂時文彙存》兩書。而我先人的詩，我從各方面搜集，公然能從十一世祖儆炫公搜到我先父用逵公止。共總是十一世，作者四十二人，詩有二千餘篇。以世代人數和篇數來講，已是了不起；而以作品來講，那最好的可以追蹤古人，次等的也和當代名家不相上下。我們中國做詩世代相承的，三五代很普通，六七代便很少了。如我家十一代代代能詩並且沒有間斷，而且又做得好，那不只是我曾姓一家的光榮，可以說是我中國的異寶，也可以說是世界文壇的奇蹟。簡直可以說是古今中外所沒有的。也是我們做子孫值得驕傲的。有了四百年不斷的科名，十一世的優美的詩歌，而八股文又能名家，在福州算第一，這還不能算「詩書繼世長」麼？

在這裏我還要提到一件風水徵應的故事。自來談地理必定要靠天理，即是說有了好心地，才會找到福地。在我五世祖霽峯公記載我六世祖又盤公生平時，追溯先代，卻有一段有關風水的話。他說：當我十一世祖儆炫公葬他父親即是我的十二世祖吉卿公的時候，堪輿家說：「這地先發長房，次發二房，三房要到一百多年後才發。」所謂「發」者，即是有科名的意思。後來果然長房先發，二房接着也有科名，三房即是我本支這一房，到了嘉道年間，我五世從祖禹門公中了舉人，我五世祖霽峯公中了進士，以後接聯發下去。所謂五子登科，四世進士，都是我這弟三房所表演的。三房之中以弟三房人比較多，科名比較盛，但是這一百多年才發這句話，果真應驗了。你可以說風水是完全不可靠嗎？但是我家的事實具在。你說風水可靠嗎？但也有許多不驗的。總是找福地還是要培心地才行啊！

二、出生和童年

我是光緒廿六年庚子年正月初一日生于四川成都總府街寓所的。我出生後弟二天，依我祖父的命令即刻拜祖宗過繼給我嗣考用逵公。那時祖父母均在堂，祖父高興的不得，馬上賦詩一首，詩如下：

生兒雖早抱孫遲，拙宦貧居藉展眉。明日預開湯餅會，他年能誦老夫詩。宜春桃已懸千户，介壽桐先茁一枝。觸到報劉無限感，重闈恨不見含飴。

這首詩我三歲時便能成誦，唱給大家聽，所以祖父尤其鍾愛。但在這裏我要補充我未出生以前我父親做的一個夢。我平生不相信「生有自來」這句話，像我這個無名小卒更談不到甚麼其來有自，但我父親這夢，卻確確有據。這是怎麼一會事呢？原來我祖父分發到四川做州縣的時候，我祖母我父親五叔六叔和二姑三姑都一齊同行，到了四川住在成都。不幸的我這二姑得了肺癆病，肺病是不好治的，在那時邊區醫藥更是不行，所以病了兩三年就死了。但在病的時候，惟一侍候病人的人，便是我父親，因為我父親素來友愛，對于弟妹情感非常之好；而當時四川女工又髒又蠢，那會侍候病人？所以我二姑在病中的一切，鋪牀疊被，餵飯餵藥，一切的一切都是我父親一身照料。我二姑病是不會好的，但在病中得了親哥哥的調護，精神上起居得到許多安慰。在我父親手足情深本來認為當盡的責任，但在我二姑便不能不衷心感激。到了我二姑死後，我母親來到我家。在我母親懷我快要出生的時候，我父親一夜忽夢見我二姑手上抱一個頗瘦弱的小孩子，對我父親說：「二哥，我這次病中承你調護，使在痛苦中得到舒適安慰，我實在感激得很。我愧無以為報，特找到這孩子來酬謝你。」我父親當時就把這孩子接過來，不久我就出生了。在我小時，我父親常對人提起這夢，一班人也對我說：「你將來是必有希望的，因為送來做酬勞品的一定不是壞東西啊。」這話一轉眼已是六十年了。以我的身世來論，在事業上既未做大官，在學問上也未享大名，並不覺得甚麼了不起。但以我六十之年，追溯往事，我在中央銀行服務的時候，我一手提拔了我同胞兄弟和本家的叔姪兄弟總不下二三十人，使他們都有了一个鐵飯碗。另一方面，我列祖列宗十一世的詩，所謂曾氏《家學》、《家訓》、《家乘》是由我一個人獨力編成，到今已印了弟四次，如果材料增加，我還想作弟五弟六次的印布。由這樣看來，我二姑送我來，不只為酬謝我父親，連我列祖列宗都酬報在裏面，你說奇也不奇？所以我以為一個人總是對人待人好的有好處，施報因果，這是一點不會差的啊！

我因為是長孫，而年幼時又頗有點小聰明，所以極得我祖父母的疼愛。我本來是和我母親睡的，後來我祖父做崇寧縣知縣的時候，恰巧我三弟克崇誕生。有一晚上天下雨房子漏，牀帳都濕了，我祖母說我母親孩子多照顧不了，那時我才五歲，便從我母親懷中抱去和祖母同睡。我祖母既慈愛又有威嚴，我是愛她又是怕她，只要她眼睛對我一瞪，我便駭得不得了。但是我這個小心靈也頗調皮，因為得着祖母的寵愛，便對我父親不留意。有時做錯了事，怕父親責罰，就緊隨祖母身後，以為無論如何，父親是不敢在祖母身邊把我拖去打的。但是百密一疏，有一次公然被父親關起門來打了一頓。打是捱了，但是你知道我的反應是甚麼？我是不告饒而來一頓痛罵的。打完了還在罵，這似乎是不大合理，但也可看出我小時桀驁倔強的個性了。

談起了我童年讀書，那是太可憐了。在我三四歲時，我祖父便教我讀《三千字文》。而我父親叔父便是我家庭教師，教我認《澄衷蒙學字課圖說》，一方面又教我白居易的《琵琶行》、《長恨歌》和唐人絕句，一方面又教我寫歐字。到了五六歲不能不請先生教我，但是我當前又有兩個不能解決的問題來了：一個是我祖父做州縣，是東調西調的，今日署奉節，明年署崇寧，大半時間都在道路中跑。到了一縣做不到一年半載，不是回省，又是調別一縣，因此在縣衙門為我所請的蒙師是不會長久的，所以讀不了許多的書。第二是因為科舉廢了，學堂新辦，我家世代都是應試的，對于學堂制度一概不知，到底孩子應該讀四書五經呢？或是進學堂呢？簡直沒有把握。計我小時所受祖訓庭訓師訓三者，而所讀的舊書，不過唐詩百餘首，和《詩經》《論語》全部，《易》《書》《孟子》半部，幾篇《左傳》而已。而我的記性自來不好，在先生面前背書的時候，只有一個混字訣：把熟的書放在前面，生的放在後面，如果先生逐一抽背，背不出只有手心捱打而已。

我在讀書方面，記性誠然是差，但悟性卻並不差，而尤其具是好強的性子，不肯輸人。當我八九歲時，聽見我父親稱贊某家子弟十二歲便會做論，我便心中着急的了不得：自己問我甚麼時候可以作論呢？而在我八九歲在家時，因為我家世代書香，都是講究作文章作詩寫字的，所以我每每的問我祖父和父親道：「我家祖先，那一位文章做得頂好呢？

那一位詩做得頂好呢？那一位字寫得頂好呢？」祖父當然一一告訴我知道。到了十二歲入客籍學堂高小班時，那時除了中國書之外，又知道些科學，也就常常去問先生：「中國當代和古代那一位學問頂好呢，那一位文章做得頂好呢？那一位字寫得頂好呢？文學最高境界是甚麼呢？治學的極點是甚麼呢？」諸如此類的挖根挖底的問題，層出不窮，先生當然也未必全能答覆。諸君要知道我何以有這些問題，這完全是我小心靈中發出來的，並沒有人指點傳授的。我以為你如果告訴何人為文家弟一詩家弟一書家弟一，我便把這弟一的作品來看，看了之後，自己去努力來和他競爭，等到我的作品可以壓倒這弟一的，那不是我可坐在弟一把交椅上而把他們都打下來嗎？我自小便有這好勝的志趣，一直跟着這心志去做。到了今天六十之年，我的文章我的詩我的字，是不是可以弟一呢？我不敢自下批評，只有請海內外識者來品評罷。

寫到這裏，我又記起來兩件類似的故事。一個是王陽明先生在十歲左右的時候，問別人道：「甚麼是人間弟一等事？」那時科第盛行，有人就答道：「那只有中狀元作宰相是人間弟一等事。」他聽了遲疑半晌道：「我恐怕不是啊！」那人又問道：「那甚麼是人間弟一等事呢？」他從容的答道：「恐怕是做聖賢啊！」另一個是戴東原十歲左右讀朱註四書時，便問先生道：「右傳一章，何以知為孔子的話而曾子述之？又何以知為曾子的意思而門人述之？」先生答：「這是朱子的話。」他又問：「朱子何時人？」答：「南宋。」又問：「曾子何時人？」答：「東周。」又問：「周宋相去若干時候？」答：「差不多二千年。」他說，「那麼朱子何以知道曾子是這樣講的呢？」以後先生給他一部《說文》，他就通了十三經。陽明先生向上一着，所以做了有名的理學家；東原先生具懷疑精神，所以成了考據家。我不過是一點對于文學方面一點好勝的心理而已，到底有甚麼成就呢？我是不敢自信的。但要說我一點成就也沒有，我也不願承認的。我記這兩段故事，不是拿來做陪襯文章，乃是拿來說明一個非凡的人物的成就，在他童年便可看出他的意念；由他這一意念，便可決定他一生的成就，這是決然不可易的道理。俗語有句話說：「三歲到老，從小看大。」我們福州也有一句俗語道：「筍尖出土尖」，就是說好東西自幼便是不凡的。而我卻是例外啊！

三、祖訓和師承

我童年失學讀書亂七八糟情形，已在上一段敘過了。在宣統末年，我祖父因為丟官到北京去想辦法的時候，我和祖母父母親都留在成都。我祖父打算到京有了辦法，就接祖母北去，那是不用說的，我當然也跟着去。那時游美學務處方才開辦，我六叔又在裏面做事，如果那時我能到北京，或者有機會以幼童游學到美國讀書，或者我今天也可稱為中西兼通的學者吧！不幸的是我祖母在我十歲時便離我以去。因為我家境不好，我只有同我父母長住在成都了。其間也進了客籍學堂半年，成都中學二年，以後便多半在家自修了。在我幼時教我最起勁的便是我祖父，在我十歲左右時，便給我一部《曾文正公家書》。他的意思，是要叫我學會寫家信。但我因為得了這本書，便植了我一生做人做學問的根基。我不只學會寫家信，而且本着文正公的方法去學做人，去學做文章做學問。讀了他的家訓，才知道去讀段氏《說文》和《古文辭類纂》。我文字學和文章學的根柢，全是文正公的啓示，即是後來拜在吳北江先生門下學詩古文詞，也不可不說是導源于這部書。除了軍事我不懂，我覺得這部《家書》真是後生修身為學的寶鑑。近代妄人多好菲薄文正公，但我卻五體投地的佩服他。我曾記得在四川的時候，曾經和我祖父寫過三千字的長信，這不能不說是受這書的影響。

我祖父因為宦海失志，而他的好兒子又都早年去世，在他晚年心境裏，只希望他的孫子讀書發達，來吐他這口悶氣，所以時時寫信給我父親說：「一代窮不要緊，不能代代窮，快點把幾个孫子送到北京讀書罷。」而我父親當時也有他的困難，不能送我們兄弟到北京求學。第一是沒有錢，第二是四川軍閥割據，土匪出沒無常，旅途十分不安靜，而最主要的還是捨不得兒子遠行。在這種情況之下，我十六歲到二十歲這五年完全荒廢了。在荒廢之中還可以補救的，是有如下辦法：第一是我自己照文正公所開書目，自己看書，不只看《古文辭類纂》、《說文解字注》等書，而且如嚴幾道譯的《天演論》、《原富》，林畏盧譯的《茶花女》和章太炎《叢書》，也都是我閱讀的範圍。一有不懂的典故本事，馬上寫信去問祖父。祖父那時已是六十開外的人，但對于我的問題，沒有不詳細作答的。在他高興之餘，還寫信給我父親說：「這孫子如此好學，將來不只會做官賺錢，並且還可以著述名世，惜乎我老不及見了。」到了今日我追述我祖父慈愛期望的深心，我雖稍稍有點知識，但還談不到學問上的成就。想起祖父期望的意思，真是覺得十分難過，對不起他老人家，因為沒有甚麼事業著作可言啊！

關于我作詩方面，我得着我祖父兩个啓示：第一是當我祖父在北京時，常常加入詩社，對于當時詩人都是極熟的朋友。而他老人家又喜歡近人之作，他定了一分《亞細亞日報》，而副刊上便天天登有時人之作；他老人家看了之後，必定加圈點後交郵寄回來給我父親和我看。他當時有選刻近人詩的意思，所以就派我將所圈的詩通通剪下來，黏在本子上。那時我還不懂詩，但有時也懂一點。對于所剪的詩，每首都念它幾遍，有懂的便也十分高興，不懂的也就擱下。但經了這二三年的剪詩工作，時人的詩經過我剪上的總不下二三千首，這個幫助可大了；後來我對于作詩聲調方面，毫不覺得吃力，大概是得力于讀了這二三千首的詩。第二个啓示卻奇怪了，我祖父教我寫歐字，但他喜歡寫草書，並且推懷素為第一。我在小時覺得草書也很有趣，于是也學作草字，以為能迎合祖父的意思，那知道反碰了一个大釘子！他說：「凡是楷書未寫好，斷不可以寫草字，好似小孩不會走路就想跑，那是一定跌交的。」我捱了這一頓教訓，心中還是不服，以為你可以寫，為甚麼我不能寫？于是我還是私下的寫。但可憐得很，在四川那裏去找範本？得着俗書的一部《草韻百訣歌》，便認為是至寶了。到了北京以後，才花了六毫錢到有正書局買了一本《懷素自敘》拓本，這才喜歡的了不得。我喜歡草書，既然為我祖父知道而又禁不了我，有一天他忽然叫我去問道：「你為甚麼喜歡寫草書，是不是為的是寫來別人家不認識，才表示你的了不起呢？我以為字寫出來叫別人不認識，這不算本事，如果詩做出來叫人看不懂，這才算本事。」那我就問：「何人的詩是做來別人看不懂的呢？」他說：「那只有我同年陳散原的《散原精舍詩》是別人看不懂的。」那我又問：「這本詩集是否可以給我一看呢？」他老人家便把散原的詩給我了，那時只有前集二本。散老詩本來做得艱深難懂，但到了我手裏，便覺得文從字順，句句有味，句句好懂。我可以說散原七律，我差不多可以成誦的。懂得聲調，有了範本，那我後來做詩，便有所依歸而不覺其難了。

一部《曾文正公家書》，一部《懷素自敘帖》，一部《散原精舍詩》便植了我一生做學問、寫字、做詩的根基。你說家庭教育重要不重要？所以我對于我祖父的啓示，是沒齒不能忘的啊！

祖父談了，接着要談是師承了。我的師承，無疑是桐城吳北江先生。而為我揄揚的，則陳石遺先生恩不可沒；林畏廬先生不過挂名的老師而已。但在述三先生以前，我還要一述幼年所從受學的老師。

當我十二歲入客籍學堂高小班肄業的時候，那時監督是諸暨周孝懷先生，諱善培。他不只有治事之才，會做官，而且會做文章，對學生教法也是向所未有。他以為古書和文章最要講的是虛字，虛字即是口語中的助詞，如果不把虛字弄通，古書是解不通的，文章也做不好的。所以他教導一班國文教員為我們講四書，一定要把說話的口氣講明白，不能用「而」是虛字眼，「之」又是虛字眼來塞責。他並且寫了一部虛字使用法來教導學生，我們這一下子才把虛字弄通了。他教人作文的方法，也是特別。他不教我們做文章，卻教我們做翻譯。每次作文，他叫先生把《莊子》《韓非》裏面有趣的短故事譯成白話，寫在黑板上，然後叫我們翻作文言。到了第二次上國文時候，便把子書原文寫給我們看。我們一比較之下，馬上便知道自己不如古人地方在那裏。如此練習下去幾次，不期然而然大家都翻得很好，這是我對于作文上受到的第一个好處。周先生雖做監督，但他還要為中學生上幾小時修身，講宋明理學。你想理學是最乾燥無味的東西，非常難于闡發，而我這個十二歲的小孩子公然在沒有課的時候跑到中學講堂去聽他講理學。由此可見得他講得是如何之動聽；而我這小孩子也會聽得津津不倦，也可見得我的好學了。

到了我十四歲考入成都中學時候，不期又遇到一位國文先生姓嚴名士濬。他是壬寅舉人，講書能由淺入深。他開始就選梁任公《飲冰室文集》和《史記》中簡短而有趣的列傳給我們讀。我一讀之下，大感興趣，便去找《飲冰室文集》全集來看，真是他文章有魔力，叫我不能釋手，接着就是模倣。當時我的同班，大概都是十五六七歲少年，他們都會做三四百言之有物的簡潔文章，而我只是十四歲小孩子，我又好勝，這便如何可以和他們競爭呢？當時我便用二個法寶：一個好以長來駭人，他們二小時做三四百字，我便要做一二千字。他們不敢罵題，我卻專門翻案，即如古人如諸葛亮、岳飛這些名人，我都要從史傳裏找些史實來反駁他們。但文章是冗長的，所以當時我的教師批文章有「吾愛爾之才思，而怪爾之不知修飾」的批語。但我祖父的見解卻又不同，他以為小孩子做文章最緊要是文筆暢達，文思充沛，至于修飾的工夫，到讀書多了自然自己會去做的。我記得我十五歲那年做了一篇論四川地理形勢的二千字長文，得着我祖父「文筆暢達，議論明通……」十六字的好批語。這篇文章還存在北京家裏呢！

我又怎能到北京讀書呢？當我父親做井、仁鹽稅官的時候，我家全部遷到井研來住，我便荒廢四五年。到了二十歲那年，我祖父叫我娶妻，我父親以為我文字可以過得去，預備介紹我入鹽務稽核所做小課員。我當時馬上反對，對我母親說：「讀書不成，誓不結婚，小課員絕對不做。如不許我北上讀書，我只有一個人作乞丐也要走，一切土匪路途辛苦，我都不怕。」我父親因為我立意堅決，這才約好我同鄉嚴君帶我兄弟同行，年底到了北京。北京是到了，年紀卻是二十歲了，大學不能進，中學不屑進，而我祖我父又希望我速成，那只好到青年會財政商業專門學校去讀英文及商科。雖然是走偏鋒，但是碰見了我的同學吳稚鶴，他即跟吳北江先生受業。我一聽之下，高興的了不得，馬上託我同鄉世交方障川介紹拜門。原來我先師在京講學，為的是要傳學，學生來拜門，是要先送一篇文章去看，如果合格，才許去聽講。我當時託方君送去我做的送同學畢業一篇贈序，送去時不免心中忐忑，但那知道先師許為近今的能手！這一下子我心中高興了安慰了，因為我十二三歲在成都時候得着先師手批的《韓非》《史記》，針針見血，非常佩服，希望能受業門下，那知十年以後便如願以償呢？在我根據曾文正公讀書方法去讀古文，我十四五歲時看見方望溪的文章，心裏便道這文章我也會做。不料我自己在家所學得的，竟蒙大師印可，于是我心中安定了，以為從前所學的並未走錯路。如果不得先師印可，那我中心徬徨無定不敢自信，那還會有進步呢？這可以證明六祖《壇經》中許多苦修和尚都要得六祖印可一個道理。我文章現經先師認可，那我就到師門叩頭拜門，以後便正式稱門人了。先師講學是每禮拜早晨在他寓所客廳開講，中間一個大餐桌，聽講學生不過十餘人，所講的書是《左傳》《史記》詩古文這一類的書，大約講兩個鐘頭退席。學生做文自出題目寄去，他同你改削。我在先師處聽講前後有二三年光景，真有時雨春風之化，一生學問得力皆在這幾年裏。我因為不會做詩，先師又為我講授范伯子詩數十篇。我看見同門如李子建、潘伯鷹都會做而我卻不會，因此也勉強湊了兩首四烈士墓的七律送去，不料又得到先師獎許，說是近日目中未見之才，這一下子又引起我作詩的興趣了。前前後後我曾替先師做了好幾篇書序，都是他所極贊許的。

我覺得在先師處受學，得着三大好處：弟一是承他印可，我才知我從前所走之路所看之書所做的文章，途徑不錯，這一下子膽可壯了。弟二是先師和我們所講的文章義法竅要，都是摯父先生傳受于他的文章精微之點，我們得着這精微之訣竅，好似學神仙的得着了金丹一般，這一下子心可滿了。弟三是先師所講的都是詩文最高的境界，聽了之後，不只是現代名家算不了甚麼，就是古代名家也無足道，由是可以揚搉百家進退千古而無所于讓，這一下子識可高了。

我可以說如果我得不到先師的陶鑄，我這天才也就埋沒了，如果先師得不到我這一個學生，他的微傳，恐怕也會中斷了。韓文公說：「莫為之前，雖美不彰；莫為之後，雖盛不傳。」真是相需如此之殷，而相值如此之巧，這也可以說佛家所謂「緣」罷。

得着先師傳授以後，我在京所抱應世、治學的態度，便也變了。在我祖父逝世之後，當然我家計很窮，而且還在讀書。當然我祖父交舊有地位有力量的不少，但我都不去找他們。我以為如果我自己無所表現，找他們是白找的，他們不會理我的。如果我有所表現，他們如念在舊交，自然會來找我的。所以我在吳門受學以後，文章一天一天有名，後來我的太表丈郭匏庵先生便招我入蟄園詩社與一般詩老接近。這般詩人也都是我祖父舊交，也不過樊山之流而已。我雖加入詩社，但對他們仍不大看得起。因為我有一個見解，以為老輩無足佩服，後生才可畏；老輩成就已有定型，後生才不可限量；所以老輩是要受後生裁判的。我具了這個見解，所以對于我鄉先生謝枚如（諱章鋌）先生詩文肆其譏彈，對于樊山之詩致其菲薄。不只如此，即如嚴幾道、鄭海藏、陳弢庵，都與我家有舊，不是親戚，便是世交，但我絕不上門找他。嚴先生回福建不久逝世了。我有一次因事到天津，偶然到海藏家拜訪，因他到張園見溥儀未曾碰着，就未曾見一面。陳弢庵八十生日，我因菲薄遺老，做了一篇壽文開他玩笑，他公然請我吃一頓飯，後來也無來往。我祖父同年王晉卿讀了這壽文，嘆為才氣無雙。我曾做一詩送他並見過一次，此外便都不理。其中只有石遺先生曾拜過門。石遺先生本是我祖父好友，他的長公子公荊在交通部和我做同事。他老太爺七十，他回家祝壽，不意回京後感疾逝世。石遺先生舐犢情深，自己來京奔其子的喪。因來京關係，便和郭匏庵先生談起，近來後輩還有甚麼人。匏庵先生就說：近代為駢文的有黃公渚、君坦兄弟，做古文的只有曾某。石遺先生聽了記在心頭，等我到他家弔公荊那一天，我的名片拿進去，他便叫用人約期來見。見面之後談了二三個鐘頭，他高興極了，要想收我做學生。我一時因感知己的關係，也就拜在他門下。這一段可證明老輩的愛才、求才、培養人才的風度，這是現在所看不見的了。寫到此我又記起我與林畏廬先生一段因緣。林先生是我祖父老友。我祖父自四川罷官到北京，老病無人管，林先生獨送羊皮背心一件，又送錢又常來看他，真是金石之交。到我祖父過世，行狀是我做的，我叔父拿去請他改，他批了如下的話：「文長而有斷制，想為文孫手筆，故人有後，悲而且慰。」這也是一個知己，我為感知，所以也拜在他門下。但他那時已有高名，年紀又大，雖然在家開講一二次，但一開口便是自我吹牛，聽來實在無味。但我對他為人的義俠，所翻小說的美妙，是致其衷心佩服的，所以他過世，我很用心的做了三首五古來輓他。

我到北京所拜的老師，傾心佩服的只有北江先生，而在他講授改削提獎之下，我受益最多。石遺、畏廬兩先生是受知師。但為我揄揚的，石遺先生用力甚勤。此外還有我太表丈郭匏庵先生。他讀了我為他弟婦作的壽序，便拉我入蟄園詩社，而又在鄉先輩如弢庵、蘇戡面前替我揄揚，並且有一首五古贈我，內中有「少年在末座，名輩咸斂衽……相勗在千秋，世事邯鄲枕」這些話，可見此老的推許和期許我了。而散原先生是我開蒙作詩的老師，我在南北二京，先後見過二次。他在我詩集刻好以後，也把我比作蘇子美、王逢原，又有「抗蹈杜、韓，旁獵皮、陸，莽莽塵海，旌此異才」的評語。我引這些老輩的話，並不是自我誇大，而是由此可以看出老輩的扶植後輩的熱心罷了。

在學文章詩歌方面，我的師承既然敍明白了，那我的寫字工夫，又由那裏來的呢？我不是少年遵祖父教訓學寫歐字嗎？但是我所得範本，不過是黃自元等館閣諸公翻板歐書而已。而我父親少年臨柳公權《玄秘塔》臨得甚工，所以我小時候也倣效他老人家的字很像。到十二歲入客籍學校高小班，那時監督周孝懷先生也講究寫字，但他和他弟弟周嗣培所寫的雖出于顏字而是更加癡肥，十分難看。承他看得起我的字，又教我學顏字，所以我對《麻姑壇記》也曾問津。而在我十二三歲時好寫草字，時時用筆蘸白礬水來寫在紙上，等乾了便用墨汁在紙後面塗，有礬漬地方，便是白的，看起來和碑帖一般。我也時時拿這種自造碑帖的草字給父親看。父親很驚奇道：「這真是你寫的麼？」大概以為我寫的還不錯，而懷疑字不是我寫的。那知道除了我還有何人能寫呢？這可以說也就是增長我寫草書的自信力的地方。到了北京以後，才偷偷的買到一本石印的懷素《自敘》，高興的了不得。進了青年會，見同學有寫《龍門二十品》的，才知道所謂魏碑；認識吳稚鶴後，才知道所謂漢碑。而我學褚字的動機，是有一天在一個公寓裏看見別人家挂有一副趙山木的對聯，寫得瘦勁飄逸，飄飄若仙，大為佩服。回來一打聽，才知道是學褚河南，于是馬上買一本褚《聖教》來學。而我寫篆隸的動機，還是受吳稚鶴的影響為多。但是話又說回頭來，我謬蒙能文能詩能書的虛名，但我自問實在未曾下過苦功。我性又急又懶，記性又不好，既怕臨帖，又怕讀書，又怕磨桌子，那麼就有名師的啓示，良友的薰陶，怎有用處呢？我的回答是，我記性雖不好，悟性卻比較好，精讀雖怕，但涉獵卻不怕。我可以說我所讀的文章詩歌，沒有一篇能成誦能背得的，所有經史以及詩詞小說，沒有一部書從頭到尾看過一遍的（《莊子》除外）。我常常看《紅樓夢》到討厭的時候，便翻下段來看，可見我讀書的性情。但是無論甚麼書，甚麼文章，只要經過我一眼，所有書中要點，文章竅要，我馬上懂得；以及一切故實，我馬上記得；古人寫字用筆的精意，我馬上理會得；這是甚麼緣故呢？我以為我的來歷，想來總有點「夙慧」，並加上「苦思」，那「靈感」「妙悟」馬上跟着來了。古人所謂「思之思之，鬼神通之」這兩句話，上一句便是要「苦思」，下一句便是「靈感」來了，「妙悟」來了。我所體會的如此，我老友張大千先生對我說也是如此。他說他少年時對于摹臨古人名跡，必定用苦心捉摹來搜尋古人用筆用墨精意所在。所以我要摹石濤、八大，便逼真石濤、八大；要摹明人字，便極似明人字；這全是苦心搜索來的呵！不只張大千如此，即如老杜的「心從弱歲疲」、「頗學陰何苦用心」、「意匠慘淡經營中」，也是如此。像詩王詩聖，都還要用心，並且還要苦用心，我們後生小子，那可不用心呢？由此看來，那些神童才子的沒有大成就，話說穿了，還是自恃其聰明不用心的結果啊。

提到神童二字，我倒有另一種看法。我到了十五六歲才會做文章，到了二十開外才會做詩的。我自己聲明我並不是神童，也不屑被人稱為才子。但我家先代卻出了不少神童。我家先代有九歲十二歲入學的，這真是了不起。但其結果是如何呢？不是英華早洩，短命而死，就是年紀大了，也並不十分神了。這是甚麼緣故呢？我想來人的聰明才智是有一定限量的，好似璞中之玉一樣。玉的質量不過這點，早開玉早些出現，遲開玉遲點出現，一好似一個人的聰明，早發一點便是神童，遲發一點也不會失掉的。並且遲發比早發還好，因為神童自恃他的聰明，父母一寵，旁人一捧，馬上狂妄起來，不用功，不虛心，不消十年八年，這點靈光秀氣早已消散，到老無成。以近人論，如龍陽才子和我同鄉林庚白都是這一類型的人物，結果是沒有大成就的啊！

人的天賦聰明才力既有一定限量，而此一定限量的培養成長，也有一個限度的。我們看見一個小孩能賦漂亮的詩，寫古樸的字，以為他到十幾歲二十歲直到五十六十，以為必定加上幾倍的好；這種推論是錯誤的。我們要知道我們聰明才力的發達，也有一個頂點，好似人的高度差不多長到二十幾歲便成定型了。又如女人的漂亮，也不過二十左右便到了頂點。你們以為他二十如此漂亮，到了三十四十那還了得！殊不知女子到三十以後容色便走下坡路，到了四十五十簡直是鳩盤荼了，還可見得人麼？我們聰明才力大概自三十到四十是頂點，到了四十以後也便走下坡路。所謂作品老成，不過在技巧熟練一點而已，那天賦的一種巧一種聰明是只有減無增的。如果能用功讀書，還能保持這點靈光秀氣；如效神童的狂妄，束書不觀，那到老只有越來越壞的。我們試看杜、韓的詩差不多三十四十便已造極。長吉、逢原，我們惜其短命二十七歲便死了，我以為如果他們活到七十二歲，恐怕所做的詩是遠不如少年的啊。即以我本人而論，我近來重刻我的詩文，我覺得五十六十之作，比之從前二十三十之作也不能更好，或者可以說還沒有那時的豪氣了。我為甚麼說這一套廢話呢，就是要警惕神童早熟的危險，和一班人以為少年如此了不得，老年更是不得了的謬見。文字本來和精神有關，精力充沛的時候，文章自然有飽滿的精神，如果到老年老筆頹唐，那還有甚麼可看的呢？我們只希望保持二十三十時的英光寶氣。但要保持這英光寶氣，卻也不大容易。第一要虛心，第二要用心，第三要用功，這才可以勉強保持。一驕傲，一狂妄，一不讀書，你這從前的聰明才力，英光寶氣，馬上可以消滅到無形無蹤；這是何等可怕的事！這也就可以說明神童是很少有成功的原故。

我的朋友中期望我寫字最切的，第一是沈尹默，第二是潘伯鷹，第三是吳稚鶴。他們都是十分用功，天天寫字的人。而我卻是非被動不寫。有時硯有餘墨，也喜歡寫草書的信札給朋友。他們嘗勸規我說：「你這樣好天姿為甚麼不寫字，如果你一用功，還有我們的地位嗎？」這種勸勉的話，固然是他們極好的好意，但我卻有我的見解。我以為大凡一個人都有他的個性，他對于每一種學問，有的從艱苦用功得來，有的從談笑自然中得來，有時一見契機，有時學死不會，這原不能強同的。我生性既懶，既怕讀書，又怕寫字，但我平時每看一書必定能夠探索他的精意所在，每看一碑必能把牠的精神攝取。我不是不用心，但最怕死板板去讀書。我不是沒有領悟，我最怕限制我工作。所謂馳騁藝苑優游自得，我自然有心得，自然有所獲。我是不用功的用功，不讀書的讀書，不寫字的寫字。叫我自由進取，我自然會有進步；如果馳驟之，束縛之，定課程把我約束起來，每天要我看幾卷書，要我寫若干字，那我反會生出反感，到死不會進步的。我寫這段話來答覆知我愛我的朋友，我並非強詞奪理，但也覺得慚愧。我看看古今來詩人文人書家，都是畢生用功，才有成就。我呢！可以算得天下最不用功最嬾之一人，那沒有成就，是不用說的了。寫到這裏，真覺得汗下。

四、幕僚和園府

當我二十六歲的時候，正是民國十四年，段合肥因為張作霖、馮玉祥的擁戴，出來做有名無實的執政。而我族父雲沛先生雖不擔任正式職務，但他係段系中堅人物，我那時也想碰碰機會，于是鈔了我所作古文數篇送去請教他。那知他一看之下，大為驚嘆。他說：「我們家裏的後輩不讀中國書已久了，公然有你出現，真是奇蹟。」于是他大為高興，馬上上薦我給交通次長鄭韶覺先生，並叫我送文章給鄭公看。那知鄭公一讀我文章之後，馬上派我做秘書，並且想把大女兒許配給我。我因為已經訂婚，辭了這頭婚事，但這感恩知己的念頭，是常縈在我心頭的。他馬上又介于部長番禺葉公，等我見了葉公之後，也是慰勉有加，並說：「一班老于公事的文筆都不見好，你可多給他們幫忙一點。」又把他託林畏廬給他畫的《遐庵夢憶圖》叫我作記和題詩，真是刮目相看。不料當時政局變幻無常，一位閣員的壽命，不過幾个月，半年；後因政治關係，葉、鄭二公都辭職，我被派在郵政司辦事。當時做事，是沒有背景不行的。恰好當改組的時候，由各科定人員的去留，我司裏有一位桐城馬僉事振理，公然對人說：「我們司裏不能不留一个會做文章的人。」于是又留了我二三年。同時新建楊昀谷先生因為賞識我的《咏蟬詩》，在王式通兒子王蔭泰做外交部長的時候，也向他老子力保我做秘書。這都是我未去求而他們自動的，也是宦海中不可多得的知己，所以把他記在這裏，來表示平生知遇之感。北洋政府自合肥下野，張作霖過大元帥的癮，政治愈弄愈糟。當十七年國民革命軍北伐時候，我看北局情形不好，而家裏又催我回去結婚，我于是便告假回家。等到我由四川帶家眷出來的時候，北伐已經成功，蔣中正在南京建立政府，而我舊府主鄭韶覺先生已被命為工商次長。我到漢口聽到這消息，便不回北京而向上海走，到上海去見鄭公，他便把我帶到南京工商部做秘書。那時部長便是太谷孔公庸之，孔公因鄭公的推薦，又看我的文章，頗有意叫我做跟車秘書。而他的左右舊僚屬，也願意我擔任這一角。但我本來是一介書生，只知作文，不知作官，尤怕車馬奔走。我並且以為跟在左右，如果你想攬權納賄，是頗有機會的，但免不了捱罵受罪；且親友知道你做皮包秘書，請託的事紛來，那更不勝其煩。所以我表示我既不想攬權納賄，所以也不願捱罵受罪。其後因我不願去，而跟着我上去一位，便大行其包辦一手遮天的手段。而他舊時左右倒反怪我推不上去，因為如果我能上去，斷不會番天印倒打下來的啊！我笑着應道：「人各有志，這是不能相強的啊！」因為在工商部認識孔公，所以在孔公任中央銀行總裁時候，便叫我到央行幫忙，由文書主任而秘書而人事處秘書處副處長。後來孔公兼財政部長，叫我去做官，我不想去，因為我是做學問的人，而不是做官的人。在央行我抱定「不預機密」、「不搶人先」的宗旨，所以除代孔公做文章寫字以外，其餘我都不管，樂得清閒。以我的地位和家庭開消，我以為從三十幾歲做到六十歲退休，並不貪污和非法營利，我可以積一二十萬現大洋。到六十以後，想在太湖邊築一所別墅，管領湖山；再買書畫萬元，吟嘯其中；春秋佳日，再約些朋友飲酒賦詩；有空時間在大學擔任幾個鐘頭功課以造英才；這餘年可快活了。那知道抗倭一戰後法幣貶值；共黨一來，一切勾消，逃到海角，另闢天地；這雖是个人運氣，也是國運所關，無可如何的啊！我想如果我十歲左右我祖母不死，能帶我到北京，或有入清華有以幼童遊美可能。如果我父親一到井研做鹽稅官的時候，馬上送我到北京讀書，由中學而大學，也許英文可以多讀通一點，于我治學有更大的幫忙。如果我一出來做事便在學術界或大學做教授，或者學問會比現在更好一點，也未可知。那知一入銀行也未得到銀行的好處，而我自廿六歲到五十歲止這二十五年秘書生活，便斷送我一生。回想起來，真是不值得。怪不得章行嚴先生在抗日期間在重慶對我說：「你同伯鷹不曾到外國去過，真是可惜啊！」他的意思豈不是因為我同潘君國學都有根柢，如到外國回來，豈不是又產生了嚴幾道一流人物麼？他為我可惜，我也為學術可惜。這也許是天意如斯，這又有甚麼辦法呢？

五、投荒和講學

我五十之年，逃奔海外，在香港認識了新亞書院院長錢賓四先生。承他看得起我，叫我在新亞教書，轉眼已是十年了，時間過得好快啊。在這十年之間，我們生活是相當艱苦的，而精神上是相當愉快的。何以見得呢？當我在國內不管是在部裏或銀行，但除了做文章畫諾之外，是找不出成績出來的。每天就是早出晚歸，上班下班，吃飯睡覺，作文畫諾這幾件事就斷送了二十五年的寶貴中年時光，這是多麼可惜啊！如果拿這二十五年光陰來講學著書，不知道要成就好多人才，寫好多著述！但這光陰是為換衣換食換大洋錢而白送掉的啊！若在新亞這十年成績便不同了。在這短短十年之中，前幾年因為學生程度太差，接受不了許多學識。到前年以後，因學生入學程度提高，便有驚人的發現。在我所授「詩選」一課中，便有一大半有成就的人才。在我所授書法一門中，也便有好些頗堪造就的書家。孟子所謂得天下英才而教育之為三樂之一，近來我也頗有這感想。而另一方面，中國筆會會長黃天石先生辦《文學世界》，謬采虛聲，也硬逼着寫關於學術的文章。幾年以來，統計前後連《文學世界》和其他刊物所發表和未發表的論學文字，公然有三十幾篇，約莫六七十萬言。這些議論見解，都是蘊藏在我胸中未曾發出來的。在大陸政界銀行，混了二十五年，便一字沒有；到了香港僅僅十年，便能寫出六七十萬言。這並不是我到香港後學問見識有了長進，乃是從前沒機會也並不需要發表，所以覺得除詩和古文辭外一字沒有。好了，現在有人找我發洩了，我便暢所欲言，一一發表出來，一發也不知不覺的寫上六七十萬言。這並不是詞費，乃是行乎其不得不行啊！

在我發表這些論學文字以前，我對於近代學者的缺點，我也不能不略談一番。我以為近代學者的毛病，約有六種，現在我分析于後。

弟一是重古而忽今：重古輕今這四個字大約是中國人通有的毛病。大家都以為古的都好，今的都比不上古的；于是重古薄今的概念，便纏在腦筋裏。不知古有古的好處，今也有今的不可及處，公正的學者，是應該並重的，如老杜「不薄今人愛古人」的態度便十分可以取法。因為一班人厚古薄今，便以為古是越古越好，越古越有價值。譬如講經學，清人以為宋明說經不是漢師學說，便推到唐代經疏；講到唐代注疏，還以為不夠味，再追到東漢名物訓詁；講到名物訓詁還不夠味，追到西漢微言大義。到追到西漢，無路可走，便又從信古而疑古，疑堯舜無其人，疑大禹是獸，疑古代傳記都靠不住，這一下子倒弄得無書足信了。而一般人著述，以為古人有著述可循，便拼命在古的圈子裏打轉。卻不知現在所謂的古，也就是古時所謂的今，如果古人不把當時的一切一切記載下來，我們安從考這些古？那麼我們學古人，專重在舊事物圈中打轉，還不如師古人的作風，就現在的事物來動筆。不必講別的，即如明清的八股文的作法、清代和近代的衣冠、清代和近代的官制等等，好多人都弄不明白，這不能不有待有志于今的人們去寫。而因為一般人薄今的概念，所以搜集近代事物，比考古還難。我很久想寫一部《東越耆舊傳》，到現在一點材料找不到，這豈不是考今比考古還要難嗎？明知其難，我們所以對于今應該特別注意。存現在之今，即成將來的古。如沒有現在的今，後人還憑甚麼去考古呢？這是弟一个毛病。

弟二是務細而遺大：凡是談一種學問，是要得其大要。如談經要知道大義，文章要知道義法，詩歌要知道崇尚，要能詳知體要，小學能博通訓詁聲音，佛學能明心見性，這才是能得其要。不過近百年談學問的，似乎都鑽牛角尖，而對于經世致用這方面，反覺得少了。譬如談小學，太炎說是要以聲音通訓詁，這才能算小學，如果只找出一些鐘鼎文字來糾正說文字形，這只能叫作字形學，又有甚麼用處呢？做文章只知道在《續古文辭類纂》清代小家裏面兜圈子；做詩只會做律絕；談歷史只知道考索雞零狗碎小問題；談子書也只在字句校勘上用工夫；又如佛學的相宗整天在名相上做工夫，只覺得滿紙都是名相，而實際對于學佛，攝念觀想的方法都未談到，只增加了多聞一點而已；這究竟有何用處？這種講學風氣引開，只能使一班學子鑽入牛角尖而走不出來，真正問他做人的方法應該如何，學佛的最後目的在那裏，文章是怎樣做的，詩歌是應該從何處入手，全部不提不說，只是朝牛角尖裏去鑽。鑽到後來，也鑽不出甚麼道理來，但反把要緊的遺忘了，這對於學術到底有甚麼用處呢？我真正不解。這是弟二個毛病。

弟三是尚偏而蔽全：我以為凡是談學問，總是以博綜兼取為弟一要義，但這風氣自近代來，便形成門户之見。如義理考據詞章，這三件東西本是相需相成的，但是我國自來談義理的便看不起詞章考據，談考據的便看不起義理詞章，談詞章的也看不起考據義理。又如談宋學，便看不起漢學，談漢學的也是如此，甚至于談西漢的便看不起東漢，談古文的便卑視作駢文的。談至做詩，做唐詩的看不起宋詩，做六朝的更看不起唐人，而做宋詩的也罵學六朝的為假古董；他們不知學問文章是整個的，是不可分的，是有相反相濟相成的作用的。微言大義和訓詁名物是不相衝突的，駢文散文是各有各用場的，唐詩宋詩是各有各好處的。我曾對學生講書，說宋儒談理，漢人談禮，各執一詞，各不相讓。其實宋人之理發于中，漢人之禮形於外，譬如向師長行鞠躬，是禮的表現，而發出恭敬師長的心，是理的當然，本來可以打成一片的，何必各執一端來互相彼此詬病呢？這是弟三个毛病。

弟四是好奇而薄常：在天下事來講，一切都是「常」這個字在維持着，如日月經天，江河行地，天時的運轉，人生日用，沒有一件事是能離開「常」字的。但有些好奇的人以為太平常，太常見了。他們為好奇起見，特地要奇，要不尋常，到底這行得通行不通呢？他們卻不管了；但中了一般無知而好奇人們的心理的毒，那就遺害不淺了。譬如講小學，

《說文》是一本達上達下旁通經傳的要書。自有金文發現，以為可糾正《說文》字形的誤，就看不起《說文》。自契文發現，更推到商代，以為胡猜亂猜又可以打倒《說文》。其實要猜商周文字，也還要由《說文》追溯上去，因為字形總有蛻變的痕迹啊！而小學所重的還是以聲音通訓詁，並不是靠字形。如說字形之古，那《說文》裏的重文一千多，多半是倉頡所造古文，豈不比商代還早嗎？並且文字貴乎統一，如果象契文裏如馬、魚等字就有好多種寫法，為好奇則可，為推行政令談學術則不可，因為文字功用是統一啊！又如寫字執筆，自古相傳是五指抓緊，指死掌空，此乃最合理的辦法，不料包世臣乃主張筆在手中轉。如筆在轉，字如何寫法，我真不解。又如康有為提倡六朝便卑視唐人，唐人字最有法度可學，比六朝未成熟東倒西歪一筆長一筆短的字，不知道高到好多，又那能予以鄙視呢？又如鄧石如、張廉卿的字，被包、康二君推到至高無上，那知道鄧字被鄭海藏一句「鄧書乃非雅」的詩，便打入地獄去。因為鄧先生是不讀書的人啊。張廉卿浮煙漲墨，故意作態，近於矯揉造作，也不合于自然。這都是因為好奇而不合乎大常，所以弄出許多毛病來遺誤後生。這是弟四个毛病。

弟五是崇妄而失真：自來講學問的，總是崇尚傳授的。若漢人傳經，那師法家法的謹嚴，是不必說的。即如魏晉玄學，宋明理學，清代樸學，授受淵源，也都很有明顯的承傳，不是隨便可以拉來裝飾門面的啊！我們何以曉得那些人們是有真傳的，那些是假冒的呢？在這裏可以有一最容易試驗的方法，那就是看你所講的是內行話或外行話；有師承的必是內行話，無師承的一定是外行話。近來因為外行風氣甚行，所以一班不懂家法而高談經學，不通《說文》而談文字學，不懂義法而高談桐城派，甚至不會作詩的也要大教其詩，不懂作詞的也要大選其詞；這也難怪一班學生得不到好導師，弄到走投無路而不自知。從前人自己對于某種學問不懂便不敢妄自誇口，而現在的妄人，膽子卻比前人大，臉皮也比前人厚，憑他大膽厚臉皮，也就敢胡亂介紹，胡亂解說，倡導的是亂七八糟，從學的更是盲無所從。這學術文學，那能不掃地以盡呢？這是弟五个毛病。

第六是知因而遺創：我這裏所說的因和創，和前章所說奇和常，是兩件事而非一件事，乃是相反的現象。因為我看現在好多人著書，聰明的便走上奇的一條路，自創新解，而不顧是否合理，是否合用；而另一種人便恰恰與他們相反，這種人只知鈔書，自己胸中，本來空無一物，所以對古人所說，名人所記，有點名氣的著述，便只有低頭拜服，五體投地，不敢出半個字來反對，存一點懷疑的念頭。因為他們根本對于學問文章，毫無智識，所以對于前人，只有望之如天，敬之如神。所有他們著述，不是鈔古人，便是鈔今人，不是鈔東洋，即是鈔西洋，因人作計，自己毫無主張，毫無見解；這種陳陳相因的東西，比好奇的還差得遠。因為能好奇，能創新解，總還有他創作精神，究之對與不對，合理與不合理，總有他的不平凡的思想，不屈服于古人的態度。兩者相較，我寧取前者，不取後者。因為你會鈔古人，他也會鈔古人，鈔來鈔去，隨便出版，只是蹧蹋紙張，白費學者日力目力心力而已，沒有好處的啊！這是弟六个毛病。

上面把近代學術界的毛病指出了，但是有人問道：你的文章，是否能免掉這些病痛呢？我的回答是：我知道別人的毛病，當然我希望避免牠，但是否已避免了，這就要請海內外真正有學的人們來判斷；至于一知半解的先生的批評，恕我不接受的啊！

在我知道這六種毛病之後，我在動筆之先，必先想避去牠，所以在我三十七篇文字裏，弟一為反重古忽今的概念。所以我用徵今以達古的態度，如論同光體，論桐城派，近代書家述評，記陳散原，論范伯子詩，皆是此類。弟二為反務細遺大的概念。所以我所論的，都是凡為文學的人人應知應曉的事，如論文必從桐城入手，論詩必以同光為極則，論書必以平正為依歸，皆是此類。弟三為反尚偏蔽全的概念。所以我在論語文的文、唐宋詩，主張各有所用，各有所長。即論桐城也並不排斥駢文，論字並沒有判碑帖的高下，所謂得其全貌，而不僅是一體。第四為反好奇薄常的概念。所以我所論的都是些常見常用的方法，無論論學論文論詩論書論畫，都是極正當極平常極合理極有效的方法，因為只是好奇而不顧行得通不通，那是沒有用的啊。第五為反崇妄失真的概念。我希望用真來銷妄。而這真字，卻有兩个解釋，第一是我所講的都是佛家所說的真語實語非妄語，斷無半句不自心坎流出，無一句不是經驗得來，絕無一句不誠實的妄語；第二个真字乃是關于論桐城派。我是從桐城大師受學得來的，論同光體我是同光體大師的再傳弟子或弟子，在這派中堅人物大半都是我的師友。至于論書，近代書家也都是師友世交老輩，所以我所述的可以說都是真傳的真，而不是一般妄人妄說可比，這是要聲明的。第六為反知因遺創的概念。所有我的議論，不管對于古人今人，都有我的創解，絕不是陳陳相因的東西。因為一班人對于學術入之不深，便好似矮人觀場，莫名其妙，等到你躍入深海，爬到高峯，登高望遠，入海窮深，那古今人一切高下，便都瞭然于胸中，不會瞞住你了。所以我們讀了陶、杜的詩，明清人的作品便不能入目了。懂得晉唐書的妙處，明清的字便好多可議的。有了真知灼見，才會有創獲。如我對於詩之反對太白，反對香山，于文之看不起桐城末流，于書看不起鄧、張、劉、王，都是我有我的創見新見，不同人云亦云，所以和一般陳陳相因的不同啊！

上面既然把我著作的所以反一般學術界風氣說明了，以下便要照太史公寫自序的方法，來逐篇敘說下去。但我要預先聲明的，是編排次序的不大合理想。因為有些篇目，是一面排一面寫的，所以前後次序，不能順着類別，這也只好等再版的時候再說了。

自五四運動而後，語體文甚行，文言似乎退處無地。但就一班情形看來，一般學校還是以文言為主，可見也有它不可磨滅的價值。但是這文語的官司，是永遠打下去而沒有解決的途徑的。一些老學究便視語體為洪水猛獸，而一些新青年便把舊文學作為死文學看，這都是窺其偏而不見其全貌，知一隅而不知大體的毛病。這樣打架下去，是終無了局的。我以為古人所謂「道並行而不相悖，萬物並育而不相害」的道理是值得我們取法的。文言有文言的價值和用途，語體也有它的用途和價值，要知二者相反相成的道理。次《語體和文言》第一。

近來談舊詩，例有二派，不是薄宋崇唐，便是崇宋卑唐，這樣一直打官司下去，不知遺誤了許多後生。不知宋詩系自唐出，但能自闢境界，不可不謂之豪傑之士，所以我們應該博收兼採，不能固步自封。要知道唐詩有唐詩的好處，也有它的壞處；宋詩有宋詩的好處，但也有它的壞處。譬之四川菜有四川菜的風味，北方菜也有北方菜的好處，我們吃菜，不能限於一省以示其不廣，那麼我們論詩又那可以只抱一個時代而攻擊另一個時代呢？明朝前後七子所以無大成就，清末王湘綺所以成了偽體，都犯了這重唐輕宋的毛病；清末同光體為甚麼有成功，也就是唐宋並採的結果，我為要打通這一界域。次《唐詩與宋詩》弟二。

現在一班做舊詩的，最難是找一個範本和啓示方法的書。言杜言韓言蘇言黃，均覺得太高，令初學望而卻步，所以必須從近人入手。因為時代較近，所賦的事物都和我們同時，所以比較清切而容易摹仿。一般學不到杜、韓的，在已往百年間，大半都要走袁、蔣、趙胯下。但小倉山房這野狐禪，不知害了多少人。因為淺易容易學，所以人們趨之若鶩，等到你一學會了，那就不能再直追上去了。所以我祖父在我不會做詩的時候，便給我一個啓示，他說「袁子才的詩，一學便會，一會便壞」，這真是一針見血的議論。所以我入門的老師，第一位便是我祖父賜給我的《散原精舍詩》，第二位便是北江先師和我們講解的《范伯子詩》；而啓發做詩的途徑，那只有先石遺師的《石遺室詩話》這部書。我因為對于這三部書，得着好處，所以特地來介紹給初學作詩的人們，想來不會錯罷。次《初學作詩的三部書》弟三。

桐城派在清代文壇，是佔了重要的地位。無論今天恭維牠也好或譏刺牠也好，但它有許多信徒，由它的方法造就出許多文人，是絕對打不倒的。但桐城派究竟宗旨安在，有甚麼大成就的作者，風氣如何改變，作風是否相同，有甚麼類似教科書的讀本，有甚麼精闢的議論，這是外行所不能知道的。我也看過一些論桐城派的書，但大半是東鈔西鈔捕風捉影之談，多半得不到實際的。我是從桐城大師學做文章的，授受淵源知道比較真切，所以不能不記述出來啊。次《述桐城派》弟四。

中國詩壇李、杜並稱了一千多年，一班作詩的人多半耳熟能詳，但他們對于李、杜的全集，是下過工夫沒有，我不得而知。但我以為中國文士一般習慣，總是人云亦云，並未精心研究。第一是未下過苦工夫，第二是眼光看不到，學識不夠；那對于古人是非好壞，也只能如矮人觀場一般，隨聲附和，絲毫得不着要點，抓不到邊際，囫圇吞棗，食而不知其味。以這樣方法讀書，也難怪文章詩歌不會進步啊！這也許就是我們貴國的國民性如此，以𥶙胡籠統為原則，以不求甚解為本師，所以文學才會一天一天的低落下去。我對李、杜本無所容心，尤其對李時隔千年，何來仇怨？但我因為他享有大名，而把他大集翻來翻去翻了好幾遍，仍然看不出絕特處安在，頂多也不過老杜所評的「清新俊逸」四個字而已。我寫這篇文章，不是與古人作對，乃是叫後人免走錯路，免去效法。我所指李太白有十三點不如杜的地方，都有詩為證，不是我胡亂說的；即使李白復生，也無詞足以自解的啊！次《杜甫和李白》弟五。

《莊子》這部書，無疑的是哲學文學最高峯的書。而用中國人眼光來看，還不如拿外國哲學眼光來比較一番，更得中西滙通的功效。嚴先生是中國西學開山祖師，他生平最喜《莊子》。他嘗說「莊子的話，都是打穿後壁的話，所以值得佩服」。他對這書，曾加以平點。最初平點本為馬通伯借去不還，他無可如何，又就馬氏《莊子故》再加以一番批評，即是這書所印的。而近代淺學和一知半解的人們，對嚴先生太不了解，東指摘西批評，大概出于一種嫉妬心理而攻擊不到要害。我為替嚴先生辯護，所以作這篇文章。次《嚴先生平點莊子引言》弟六。

提到清末民初的我國書家，真是極一時之盛，其中有導源北碑來和帖學對抗的，也有專守唐法來排斥六朝的，有的追源漢隸來使他們的字更加古樸的，也有撇開小篆不屑學來直溯金文的，有的提倡章草來復漢人之面目的，有的故作奇詭來驚世駭俗的，有的專學一家來表示篤守家法的；真是五花八門，說之不盡，引之不竭。有了這些近代書家，我們倒覺得清代四家，簡直是卑卑不足道了。為甚麼近代書家有如此輝煌的成就呢？當然是他們善于別擇，懂得用功；而內府的古人墨跡，名貴的碑帖，西陲的木簡等等都曾擺在我們面前；而印刷術又能攝取原貌，一絲不走。有了豐富的範本，影印的技巧，再加以臨摹的得法，當然字是不能不會寫好的了。諸位要知道他們的派別淵源，請讀我這篇文章。次《近代書家述評》弟七。

清代詩是從同光體開始好起來的，當然有在上的卿相作提倡的人，也有在野的師儒作登高一呼。一般人知道在野倡導的是陳散原、鄭海藏，而不知道同光體運動中心而配作領袖的人物，只有通州范肯堂先生。范先生倡導這運動，遠在陳、鄭以前，而他的成就和得名，也早過陳、鄭。不過他的詩做得太高，而又死得太早，而陳、鄭都享高年，又值國變，他們的詩，不是以才華著，便是以色采顯，一般人容易懂。若范先生的不尚辭華，不逞才氣，所以便難索解。但是好的詩還是好詩，這是顛撲不破的，不能因為一般人不懂得便失掉了他的好處。但這好處又非詳細剖析，不能使人領會，我所以特地寫了這一篇文章，來說明他詩的好處所在，叫一般人讀了，便可以深切了解他詩的價值。次《論范伯子詩》弟八。

近代中國畫的進步，一半是由于清代亡國之後，所有故宮所藏，或展覽或影印都能使一般學畫的得着極好的範本；一半是敦煌畫之發現，使一般人在卷軸畫以外，唐宋元明以上，還看見了六代三唐的壁畫；這不可不說是近代畫家的大幸。但有人反對說畫壁是工匠所畫，而非畫家之作；這簡直是不懂得中國畫變遷之經歷的。中國古代畫只有壁畫，只有寫實，只有人物，到了後來，才有卷軸，才有寫意。我們不能拿後人的眼光來範圍前人，這才是通人之見。諸君要知道敦煌畫對于中國畫壇的影響，請讀這篇文章。但是我在這裏要聲明的，這篇文章乃是代老友張大千作的。次《敦煌畫對于中國現代畫壇的影響》弟九。

論到中國的書法，真是茫茫大海，從何說起？但是我們要在大海中去旅行，那只要有一隻馬力好的船，那麼就無遠弗屆了。所以包世臣有《藝舟雙楫》的一部論書的書，康有為也有一部《廣藝舟雙楫》來繼承包氏的說法。但他們的船，是不循正當航路去走，恐怕很難達到彼岸。而我這篇文章，是把學書的利益，和碑帖的選擇，一一用淺顯的筆調寫出來，務使學字的人們，得到正確的見解和方法去走，不會走窄路小路邪路，很快的便會到達彼岸的。而所最要緊的基本條件，要着重在讀書和作人，這是最重要的關頭，也是字匠和書家的分野。次《中國的書法》弟十。

提到同光體詩，便不是三言兩語可以了解的。其中有提倡的在朝在野的賢豪，有宣傳的大將，有篤信的徒黨。而他們能有此輝煌成就，還不是人的問題，卻也只是人的問題。

因為有了不起的人，才有了不起的動作。他們最大成就，是對于有名大詩家來一個重新估價，找出了他們真正好處所在；而對於湮沒很久的詩家來一個重新發掘，使他們的好處呈現于一般學詩人的眼前。有了這兩步工作，再加上他們的用功，苦心去探索、匯通、綜合，又加上時代的動亂，于是平添了他們作詩的題材，那麼他們的同光體詩是卓然建立起來了。這種不尋常的開創，是凡懂得詩的人所擁護，絕對不是一些蚍蜉所能撼搖的。至于開派之人如何，羽翼的又是何人，如何重新估價，如何發掘，如何用功，有多少人參加這運動，諸君要知道這些事情，請讀我這篇文章。次《論同光體詩》弟十一。

寫字是一種藝術，但如何才能把字寫得好，這卻不只是單講原理，卻要拿出方法。如果只用抽象的話來論古，用籠統的言論來指示來學，是不會得到效果的。關于原理和書法的趨勢，碑帖的選擇，在《中國的書法》這篇文章裏已有了一個輪廓。但對于筆墨紙硯的選用，篆隸真草之應當學的先後，以及用筆的方法，初學應該知道關于寫字的一切常識，最淺近的說法，那就不能不仍寫一篇入門的寫字方法，使一般有志學字的可以無師自通，自行動筆去寫。這是比前一篇較淺而分析得更清楚的導引文章，讀者把兩篇合起來看，對于寫字一門便有了門徑了。次《我來談寫字》弟十三。

要想寫好字，除了工具之外，便是臨碑臨帖。我們為甚麼要花工夫去臨古人的碑帖呢？這完全為的是不只古人的聰明才力，是我們趕不上的；即是用功而論，那種勤懇，也是我們所不能及的。有了天資，加上學力，所以才有如此輝煌的成就。既然有了好範本，我們又那能不去摹倣呢？不過自泰西印刷術進步，有了珂羅板影印佳碑佳帖之後，從前人要花千金而不易得之碑帖，我們今天只要花十元八元便可得到同樣的影本，這真是學字的人們一大快事。這篇文章便是介紹近五十年來以來影印碑帖得失長短，某家印得好，某家印得差，可以說是做買碑帖的一個嚮導。諸君有了這位嚮導，按圖索驥，便不至吃虧了。次《五十年來影印碑帖談》弟十三。

《中庸》上曾說過，「人莫不飲食也，鮮能知味也」，可見喫是人人共有的天賦本能。而在吃之中，能夠知道味道的並不很多；至于談到藝術，那更是寥若晨星了。我是生長在福建好吃的家中，我祖母庶母便是會做好菜的能手。我的太太雖然生長四川，但也頗能鎔匯貫通。我生長在這好吃懂得吃會做吃的氣氛裏，當然我也有這本領去做一整桌菜請客。但是做菜之中，和做菜之外要有其他好多條件，這才夠得上藝術。不然隨便聚幾人大嚼一頓，飽則飽矣，如不藝術何？諸君要知道如何才夠藝術，請讀我這篇文章。次《喫的藝術》弟十四。

王荊公是政壇上失敗的英雄，嚴幾道是譯界成功的作者，這兩位先生如何能攞在一起呢？我以為荊公雖是政治家，但也是一位了不起的文學家，嚴先生雖是譯學大師，但他卻也想在改革政治來救國。嚴先生以最超卓的眼光來評荊公的政術，已有其超人的見解。而他以詩人政治家新學術的眼光來批點荊公的詩，更和一般人看法不同。而且他還有追和荊公的好多的絕句，兩賢雖遙隔千年，而心事如出一轍。我把他兩位擺在一篇文章裏，不能以李耳和韓非同傳相比。至于他二老同異之點，與夫嚴先生批評和追和王詩的一切，請讀本文便知，恕我不再饒舌了。次《嚴幾道與王荊公》弟十五。

我生平因為記性不好，所以最怕做考證文字，但是我以為中國古書上所說的「道」字「天」字「性」字「德」字，異說甚多，涵義不一，令人迷惘。我以為應該綜合古書的訓釋，來一個綜合貫通的研究，然後才能得到一个精確的解釋，既不會叫人迷惑，又可知古書命意，這才使讀古書的人們得很大的益處。我寫這篇文字，因不滿于一班人的解釋，而又碰巧想到《禮記》《易經》上去，所以得了一個新鮮而又正確的解釋，不敢自秘，所以特地把牠寫出來。我很希望由我這篇文章會引起無數學者們去解釋無數古書上不能解決的問題，這才是我所希望的啊。次《釋大方之家》弟十六。

散原先生的詩名，是盡人皆知的，但是他的詩能夠融化新思想新名詞在舊詩裏面，所謂舊瓶裝新酒，而又十分雅馴，這是一班詩人所做不到的。而他的大事不糊塗小事糊塗的作風，令人失笑的地方，卻多得很。他雖對于穿衣吃飯洗臉這些小節在在需人，他自己卻弄不清楚；而對于國家安危，忠奸去就的分別，他老人家卻是看得非常清楚，絕不是像糊塗名士如鄭蘇戡之流所能望見他項背的。有了他的深識絕學，又值國家無前之變，才能成就了這位一代詩宗，這並不是尋常的事啊！諸位要知道散原的用新名詞之用到恰到好處，和他平生行為足令人發笑處，請讀我這篇文章。次《記陳散原先生》弟十七。

我生平對音韻學是沒有深切的研究，但當我讀了章太炎《新方言》以後，便肯定古代語古音都保存在現在各地方言之中，不過散亂而已。而因為中原民族因避胡而南遷，所以今天廣東福建保存古音獨多。我記得三十五年前，我在交通部做秘書的時候，有一位廣東前輩詹谷人先生，他曾著了一部《粵方言》。我因當時不懂粵語，所以未曾注意。到了老年入粵遍覓此書，簡直是毫無蹤影，這真是一件極可惜之事。現在憑我的小一點引證，很慚愧的十年工夫，才成了一百多條的《粵方言攷略》。但我總想能重寫一部《粵方言》出來，才能滿我的夙志。次《粵方言攷略》弟十八。

中國讀書人不是犯了陶淵明不求甚解的毛病，便是過于穿鑿，這兩件作風都對于學術有大礙的。而一般人對于李義山、韓冬郎，便因為他們曾作艷詩，便目為浮薄文人，李義山甚至被人目為不忠于所事；這簡直不懂良禽擇木之道理和香草美人的寓意。在《李白和杜甫》一篇中，我是把李詩一一引來證明李詩之不好，叫捧李者無所置喙。在這篇中我又把義山平生事蹟，和當時背景，和他的歌詩一一引證出來，知道他是和冬郎都是忠藎之士，決非浮滑少年，為我們文人這行吐一口氣。這就是我對于學術上「一定要搞明白」的宗旨。次《李義山之詩及其風節》弟十九。

我國文字行了二千多年，自篆而隸而草而楷，步步都在求簡化。但一般通行之字，仍是有繁至二十畫左右的字，這是何等的不便，對于布化施教都有極大的障礙。最近一般學者都有簡化漢字的建議，而大陸公然實行。但他們所簡化，乃是胡改亂改，並非循着小學的規律去簡化。我以為《說文》有從某省的例子，這便是簡化的最好方法；因為簡化之後，還可以找出老祖宗來。所以我國字體雖然時在改變，但我們講文字學總可以找出牠的根源來。若大陸的改，只可以說是胡改亂改，雖然憑他政治力量來推行，但武則天不是有改了許多字嗎？到底能否永久流行呢？次《簡化我國文字的我見》弟二十。

提到我的家世，真可以說是上一代多半是慈父，下一代便是孝子。慈孝相承，文學相繼，所以我家有了四百年科第，十一代詩歌，五子登科，四世進士的榮譽。而這榮譽不是偶獲的，還是拿孝慈兩字作根本。我祖父伯厚公真是百分之百的孝子，他因為紀念他的生祖母楊太淑人，特地請人畫了《西山永慕圖》。因為他的友好同年，都是一時文壇鉅子，所以這篇圖詠裏面，便有王湘綺、林畏廬、嚴幾道、鄭海藏、陳散原、宋伯魯、柯鳳孫、王晉卿、樊樊山、易實甫、宋芸子諸公的手筆，這也可以見清末文壇的一斑。次《西山永慕圖的題詠》弟二十一。

我在上面記有《五十年來影印碑帖談》一篇，但這只是些篆隸碑帖而已。但近年真行草書的墨蹟，流傳出來的不少，得着珂trick羅板影印，那比碑刻又高出許多。昔人謂下真蹟一等，我以如果集印得好的，何只下真蹟，真與真蹟無異。晉人的字多半唐人描填，若唐人的懷素《自敘》，賀知章《孝經》，孫過庭《書譜序》，顏真卿《祭姪文》，那真是希世之寶。我們學書的人，得着這些墨蹟，真可以傲視前人。此外還有許多碑帖為前段所未述及的，也都在此篇補述，希望作前篇的繼承，作為一个整个的真蹟碑帖的總結帳，或者對于學書的人，小小有點幫助罷。次《真行草墨蹟及石刻影印述略》弟二十二。

很慚愧的我平生對于佛學學佛兩事，都未做到，但我以為世界哲理最圓通而又最方便而最能使我心悅誠服的，只有佛學。我自二十餘歲到五十歲這二十五年間，曾經請教過江西三位佛學居士：第一位是李證剛，第二位是梅擷雲，第三位是歐陽竟無。他們都是宏揚相宗的大師，但竟無晚年也談般若。以我的愚見，以為相宗不過儒家的小學，乃始義而非究竟義。我們當以分析名相始，以般若涅槃為究竟，而最方便法門行之無弊的，還是淨土一門。三先生之中，以證剛為博通，擷雲為圓融，竟無則貢高我慢，于佛毫無所得，真是可惜。次《我學佛的三導師》弟二十三。

佛經上常說人生是一個夢，但夢也有好夢和壞夢。大夢醒時，一切皆空；但在夢未醒時，總還希望做一個比較好的夢。因為普通一般的夢，不過幾個鐘頭；做了噩夢，不過幾小時也就過了。但我們人生的夢，至少也要過幾十年，如果在這幾十年當中，一直做下不好的夢，這人生也夠苦了。所以我在苦中仍希望做一個比較安適比較更好的夢，那麼我精神上可以安寧舒適一點。說了半天，到底我想做怎樣的夢，這夢怎樣可以永遠做下去，甚麼時候可以做成功，那只有請讀我這篇文章，幷且向夢神問一個究竟。次《我永遠做的夢》弟二十四。

提到我的家學，我是值得驕傲的，因為我的列祖列宗有了十一代四十二位的作者，七十二卷二千首的詩歌，而詩歌都是卓然可誦的，比之於古作者而無媿色的。我祖宗對于我能夠搜集整理發布這部家學，我想也是值得驕傲的，有這樣一個好孫子能夠為先人服勞。韓昌黎有句話：「莫為之前，雖美而不彰；莫為之後，雖盛而不傳。」這是說彼此相需的重要迫切，而我刻這部家學，是做到這四句話的。但我所刻的家學太過繁重，恐怕人人不能盡讀，所以特選其中最好的約九百多首來與世人相見。《曾氏家學》是足本，《我的家學》是選本，可分可合，讀看起來並不難啊！次《我的家學》弟二十五。

我既有十一世相承的家學，而提到我的師承，那更是了不起。我記得十二三歲初學做文章的時候，便得力新會梁任公先生。在我二十二三歲初學做詩的時候，更加得力義寧陳散原先生。而平生最佩服，知道作文治學做人的門徑的，那只有湘鄉曾文正公。到後來到北京以後，雖嘗在閩縣林畏廬先生侯官陳石遺兩先生門下，但只能算受知師。而親受業的，只有桐城吳北江先生。他是清末桐城派大師摯父先生的獨子，又是同光體開派作者通州范肯堂先生的弟子。他得着父師的傳授來教導我，所以我們所聽見的都是真正文家正法眼藏。但是摯父先生和先師的文章是鈔不勝鈔，而范先生的詩，我已選鈔在《論范伯子》一文裏面了。我這篇所鈔的，只是先師北江先生和李剛己先生的詩，每人幾十首而已。在當時摯父先生門下，傳文的是武強賀松坡先生，傳詩的是通州范肯堂先生。賀先生門下以文著的是南皮張獻羣，范先生門下以詩著的是南宮李剛己。先師曾居賀、范兩先生門下，所以他能承兩先生之傳。而同門最投契的，只有張、李二公，因我這文中不想鈔文，所以只把剛己先生的詩鈔在裏面，這是我寫這篇文章的宗旨。次《我的師承》弟二十六。

在《我永遠做的夢》這篇文章裏，提到我不值得回憶的一個回憶，那便是粵西一位女都講，君平後人。這一次的夢是甚無聊賴的，但是夢中所做的詩，是頗有回味的價值。《飛無集》首唱三律，我一氣疊了十三次，並且集杜集了三次，一共見十六疊，可謂多矣。而當時好多朋友，也為我做了和詩好多首。因為要記念朋友們的溫情，我很想把我的詩重寫一遍，連同友人和作裱一個長卷，用集杜詩首句「碧海真難涉」的碧海兩字做題目，流傳下去，也許可為文苑增一故實。而現在我把這唱和篇章先印行出來，也是以廣流傳的意思，諸君讀了千萬不要以為這是我的羅曼史，實在是我的傷心史啊！次《飛無詞的倡和》弟二十七。

我恨的是上天既然要生才，為甚麼又要叫他夭折；而一些老朽昏庸不學無術之輩，蠅營狗苟心術不正之人乃能享高壽，或盜名聲；這真是我引為極不平的事。古今來才人短命的是不在少數，而在語體盛行之時，而有傑出的人才，那真不可不說是奇蹟。我在這裏所介紹的饒世忠先生，便是我最推崇而最痛惜的唯一文學天才。他是湖南大學學生，死時不過二十五歲。他的文章詩歌都搜存在我手裏，也曾請我老友黃緱庵先生鑑定過，他也許為異才。我很想將他全稿選刊，現在只好選最好的十餘篇和有志文學者相見。次《饒世忠的文學》第二十八。

在晚清時代，中外大通，而我們福建卻出了三位了不起的譯學大師。兩位是傳譯泰西學術文章到中國來的，那便是侯官嚴幾道先生和閩縣林畏廬先生。嚴先生的著述，我在前面介紹過了；林先生的生平，我也想寫一篇文章來紀念他老人家。而能把中國學問介紹到西洋並且指斥西洋文化的不行，那只有同安辜鴻銘先生。辜先生精通泰西好幾國語言文字，他能把西洋政教弱點，通通看得清楚，而于中國文化又能深入，所以他文章一出，外國人便佩服得了不得。諸君要知道辜先生生平論學大概，這篇文章可以得一個輪廓。次《記辜鴻銘先生》第二十九。

自老杜倡為百均長排以後，可以說沒有繼者。李義山尚有詞華，然氣體便沒有杜公的沈雄。後來如朱竹垞《風懷二百均》算是比老杜加倍。到了清末民初儀徵劉申叔做了一首《癸丑紀行》六百八十八均詩，可以說是空前絕後。但詩做到如此之長，實在不能算好，只可驚世駭俗而已。在同時又有先師石遺先生《蕭閒堂詩三百均》、先友張天方先生《非非吟三百均》。因為劉詩太長而奇字太多且流傳在《申叔遺書》內，所以我不再鈔。現在只把先師先友兩個三百均發布出來，來作一個相對的奇蹟，也滿好玩的啊。次《二家三百韻長律》弟三十。

因為書家有了寫對聯這件雅事，而對聯之句又發覺自撰的不好，所以便有些人來集古人句子做聯句，如清代的《梲鞠錄》、《衲黃集》、《衲蘇集》等等。但這些都只憑個人記憶得來，不夠完備。還有一出句可有許多對句，一對句可對許多出句的，他們都沒有集出來。所以我想用一種科學方法來集，即是把每人詩句寫在卡片上，寫了幾千百條之後，然後一一分類來集，這便無所遁形了。可惜我人手少，尚未做得十分成功，但所集的已不在少數了。李詩是我所不喜的，但句子還有可取，所以我把集來和老杜相配。「李杜齊名真忝竊」這句詩大可為李先生詠啊。次《集李太白聯》弟三十一。

杜詩的句子，從前有人集過五律好多首，我曾經把這些人所集五律詩，把中間兩聯挖出鈔下，便是杜之五言聯。但我因為對李詩未曾集五言，所以除杜七言之外，一概割棄了。等我有工夫再把李五言集好，然後才可同杜五言聯擺在一起。所以在本篇中，李、杜五言等是暫付缺如的，但這不過是暫，將來希望集成完璧的。好在兩位先生的七言聯，拿數量來講，也還差不多，每人有了千餘聯，那我們寫對子，斷不會虞其竭的了。以後我有工夫還想把山谷詩句再來一次重集，因《衲黃集》中的聯語，是太不夠啊！次《集杜少陵聯》弟三十二。

我最喜歡找與我年相若的兄弟作品，而同時與我年相若的，只有二李的歌詩，是我所推許的。這二李先生是安徽合肥人，他們的祖父仲仙先生是做過雲貴總督的，他們的老太爺木公先生是古文家，他們自少濡染家學，二十歲左右，便對于文學上有所樹立。彌庵先生的《巢湖》一詩，是鄭海藏先生所推為近代所罕的。栩庵先生的《無雙吟》，是汪旭初所推為自有悼亡詩以來所無的。而他的集杜集義山律詩，尤其是非一班人所能及。他們二人佛學星命之學都非常高深，更不是一班人所能望見項背的。所以我在這裏鈔他們兩弟兄的詩各幾十首來和大家相見。次《二李的歌詩》弟三十三。

清代駢文極盛，高的可以追蹤六代，而駢文總集的書也可不少，何以我偏想到二黃呢？我生平有一個偏嗜，即凡是父子相承的家學，兄弟並美，夫婦倡和的，我都認為莫大的福分。弟二凡是年和我相若的，我更加敬愛，視如兄弟。二黃又是我同鄉世交，他二位的駢文是由汪容甫、洪北江入手而追到六朝的，高格雅詞，是不必說的了。但這種成就，在乾嘉道咸年間，這是不足為奇的。但二黃生在清末民初，這時正是五四語體文盛行，廢棄舊學的時候，而他二位能翹然獨出，這簡直太不尋常了。我雖不作駢文，但有好作品，我是知道欣賞的，而我在這裏鈔他兩弟兄之文，還有對於後之學者一種示範的意思。次《二黃的駢儷》弟三十四。

在清詩裏面有同光體，同光體裏面大約分三派：弟一是吳派，以通州范肯堂先生為領袖。弟二是贛派，以義寧陳散原先生為冠冕。弟三是閩派，以閩縣陳弢庵、鄭海藏二氏為開宗者。這三派之中，吳贛兩派開派大師，都是了不起的人物。但所傳不廣，每派至多不過數人，而閩派差不過有一百人之多，這真不可不說是盛極一時了。這一派之中，誰是領導者，誰是宣揚者，誰是羽翼者，誰是知名之詩人，誰是閩人而不為閩派詩者，這都應該討究一個明白，我所以寫了這篇文章來研究這個問題。而大部的分取材，還是陳石遺先生的《近代詩鈔》，因為這部書是包孕無盡的啊。次《論閩派詩》弟三十五。

提到四川重慶觀音巖底下的羅家灣——我在抗日之戰逃到行都所住的地方，使我有無限感慨。這個地方是我同一些文壇老前輩打詩鐘文酒聚會的地方。我同章孤桐、汪旭初、沈尹默、陳仲恂這幾位先生，雖是聞聲相思，但因為不在一塊的關係，所以都不太熟。好了，戰火逼得我們不得不同聚在行都了。又因聲應氣求的關係，所以我們不期然而然便十分熟起來了。這裏我們有文酒的夥伴，有詩鐘的勝跡，有我們為討老輩高興，有我們故弄的玄虛；到今天在海角回想起來，又真有唐虞三代之感了。其中常來的朋友，如陳仲恂、王調甫、高迪庵，已作古人；即幸而生存的，不是年將八十，便是天各一方。想起從前文酒嬉酣之樂，真令人有墜歡莫拾的無窮感慨。北望祖國，欲歸無日，真不知涕之何從也。次《羅灣追夢記》弟三十六。

我在弟一篇《語體和文言》裏面，曾經把兩者之所長和各有其用途，詳細分析了一下子。但最近《大學生活》又有對於舊詩的反響，而我哩，便不能不把關於新舊文學裏面的「新和舊」「創和因」和一些關於新舊文學的應該叫青年們了解的問題，如「語文的先後」、「詩何以要韻」、「文語並存的趨勢」、「新舊詩的難易」、「中國文學在時時轉變着的趨勢」、「我們對於新體詩的期望」、「要具甚麼條件才把新詩做得好」，我對於這些問題，都有我的看法，而且根據文學轉變的趨勢，是極合理的看法，而非出於鬥氣鬥口。我想一班愛好和擁護新詩的人們，平心靜氣來細細體察，自然知道這是我的苦心的期待，而非肆意的批評。次《新舊文學拉雜談》弟三十七。

慚愧得很，我今年已是六十歲的人了，迴溯生平，不只對事業沒有建樹，連學問也未造成功。雖然碰着名師，但自問還是沒有成就，真有虛到了人間一次之感。有人說：「你的古文你的詩和字，不是享了盛名嗎？你的太太，不是很賢慧嗎？」提到這裏，我的無窮的感慨便觸動了。以我的天姿志願，我豈只是想追上吳摰父、范肯堂、陳散原諸先生便覺得滿意嗎？憑我的遭際聲譽，我豈只要一個有德無才的老婆便了事嗎？我以為這世界大通的時候，我們治學，絕對不能限于域內，必定要能溝通中外，或者能把外國東西迻譯進來，更好的是能把我們文化上的精粹，貫輸出去，這才夠大時代的偉大作者。以我的才質，並不是做不到這點，但以我的遭際，便不能不屈服于命運之神。弟一是因為我家貧。

弟二是因我祖母死得太早，不然也會帶我到北京去清華考幼童出國。弟三是因為我父親太愛我們，不放心我出遠門，去北京求學，到了我一定要走的時候，已是歲不我與。年紀大了，家裏又窮，趕快希望我出來找錢供給家用，所以出洋一層，簡直是辦不到。我的志願，是想做唐玄奘、義淨兩大師和近代嚴幾道、辜鴻銘一流人物，而今是無望的了。記得在重慶時候，章行嚴先生曾對我歎息道：「可惜你未到外國讀書。」他的意思是我有國學這樣的根柢，如果去外國攝取新知，豈不是可做幾道先生弟二嗎？我聽到這句話，只有衷心感激而苦于命運不濟，而眼淚朝內流了一次。至于我的婚姻，憑我二十餘歲在北京做交通部秘書時候的風頭，來找我議婚才女美女不知若干，但因為我母親篤愛他的外甥女，硬為我聘下來，一概辭絕了。雖說她是柔順可嘉，但于學問上對我半點沒有幫助。我平生讀書，所為何來，想討着一位才學兼備的太太，月下論心，花間飲酒。我精神上得了愉快，當然對學問上有絕大幫助，彼此都有好處，那知適得其反呢？在我在重慶逃難的時候，有一位曾向我提親的某小姐居然也到了重慶，我曾經請她吃過一次飯，而我的老友曾調侃我，我又只好眼淚再朝裏流一次。父兮生我，母兮育我，而我父母卻因為偏愛的緣故，善意的摧殘，使我學問無成，婚姻失望，這是無可解答的問題，又不能不歸之于命運了。但我是篤信佛說的，佛說「願力最大」，又有三世之說。我今生不過如此，但我發的願有三個：弟一願我希望來生是一個絕頂聰明之人，生于書香世族而又富有財力的人家，我父母又絕對愛我知我，對于我的學業十分注意，廣事名師，博通羣籍。我希望在二十歲以前，把中國學問全搞通了。二十以後到外國求學，要如辜先生的通五六國文字，然後要做到康有為所說的「究極天下略，博通諸教旨，著書遂等身，發憤除糠粃」，太史公所說的「究天人之際，通古今之變，成一家之言」，能把中外學術作一個溝通工作來創造世界新文化來福利人羣，不僅是一個古文家詩家書家了事。弟二個志願是要娶一位既美而賢，有才有學的太太。容貌要好，德行更要好，才幹要好，學問更要好。這一下子我可享盡閨房之福，得倡和之樂。我的太老師范先生雖窮，但續絃有姚倚雲；我的老師陳石遺先生雖潦倒，但元配有蕭道管；這都是我絕端羨慕而希望我今生或來生能達到的願望。但這些都還是世間之福慧，雖然比一般人享受高了許多，但在我佛看來，還超不出三界，不算究竟圓融。那要想去苦得樂，始終圓滿，那我弟三個願力是想成佛。雖然成佛是一件極不容易的事，但只要我們有了這個願，不管多生，只要朝着這個方向走，我想總有達到的一天。我們常聽說佛門有頓漸二義，所謂頓悟者，並不是一生的事情，乃是積了若干生的「漸」，到了這生才成了「頓」的。好似六祖他一字不識，便能妙契佛說。我們不能看他此生的結果，要追溯上去，知道他多生的修持，才能達到的。譬如一個人積錢，由一個銅版積起，積了數十年，到後來成了富翁，我們不能因為他有錢以為是錢從天上掉下來的，乃是由小由微積漸而來的啊！所以我對我的三個願，並不敢希望來世便會實現，但總希望這個願力堅持下去，總有一天達到的。並且我如成佛或得了阿羅漢果，照大乘佛法來講，還是要到娑婆世界來度衆生的。佛說：「我不入地獄，誰入地獄。」又說：「衆生不成佛，我誓不成佛。」你看這些話的心量願力何等偉大，何等慈悲。不過我們如不能得阿羅漢果，我們的生死，是不能自主的；如果得了阿羅漢果，我們的生死，一切可以自主，要來就來，要去就去，毫無一些牽挂窒礙，豈不更自由麼？關于願力之大，我可引一個故事來作收場白。我聽說我們貴省王可莊狀元仁堪，他前生是一位尼姑，因為這尼姑是女人，所以他發弟一個願是來生要成一位男人；而男人之中一生最光榮的事是中狀元，所以他弟二個願是中狀元。結果她的兩個願都如願以償了，這是他家傳出來的話。並且說王狀元工於做女人花鞋，他母親所穿的鞋子，全是他做的。這位尼姑竟然達到他的願，我想我既有了這三個願，遲早也必定會達到的，但不知是幾生才能如願以償啊！我總堅持着，期待着，不管是今年，明年，百千萬年……今生，來生，多生……。次《自序》弟三十八。

丙編

·生平與追記四篇·

福州曾克耑先生年譜

程中山著　楊鍾基參訂

《譜》中時日有夏曆者，有西曆者。凡在日期下加上小字「（夏曆）」者，便是夏曆，以資識別。

清光緒二十六年，歲在庚子，一九〇〇年，一歲

先生名克耑，字履川，齋號涵負樓、頌橘廬、揅寧廔、岷雲堂、履齋。福建閩縣（今福州市閩侯縣）人。祖父曾福謙（伯厚，一八五一—一九二二），光緒丙戌年進士，授刑部主事，後赴四川任職成都洋務局，榷稅永川、射洪，知奉節、崇寧、儀隴縣。父曾爾瀚（浩亭，一八七〇—一九四六），福謙次子，隨宦四川，民國後任四川鹽務稽核所會計、井研、仁壽榷稅官。民國三十五年病卒，終年七十六，葬成都。母邵寶貞（一八七四—一九五二），閩縣人，葬成都。

正月初一（一月三十日），先生生於四川成都總府街寓所。祖父初得男孫，大喜，作《庚子元旦長孫克耑生》紀事。

先生出世後，奉祖父命出嗣故伯父曾爾鴻（一八六八—一八八九）、伯母林晁熙（一八六八—一九二六，閩縣人）為後。

先生有六弟，次第如下：克宣、克崇、克義、克寰、克京、克才。

清光緒二十七年，歲在辛丑，一九〇一年，二歲

四月（夏曆），祖父調知奉節縣，先生隨家移居奉節縣。

清光緒二十八年，歲在壬寅，一九〇二年，三歲

祖父授讀《三千字文》。父及叔父開始教讀《澄衷蒙學堂字課圖說》、書法及唐詩。

是年，祖父辭任奉節知縣，攜眷返成都。

清光緒二十九年，歲在癸卯，一九〇三年，四歲

居成都。

清光緒三十年，歲在甲辰，一九〇四年，五歲

居成都。

清光緒三十一年，歲在乙巳，一九〇五年，六歲

祖父調知崇寧縣，先生隨家移居崇寧縣。

清光緒三十二年，歲在丙午，一九〇六年，七歲

祖父調知儀隴縣，先生隨家移居儀隴縣。

清光緒三十三年，歲在丁未，一九〇七年，八歲

居儀隴。

夏，祖父卸任儀隴，改選教職，遂攜眷返成都。

清光緒三十四年，歲在戊申，一九〇八年，九歲

居成都。

夏，祖父赴京〔一〕，五叔曾毓馨、六叔曾爾樾隨侍。祖父旋入著涒、瀟鳴、寒山社等詩社，切磋詩鐘藝文。

清宣統元年，歲在己酉，一九〇九年，十歲

居成都。

祖母林淑杰病卒，終年六十，先生於四十年後作《先大母事略》紀之。

清宣統二年，歲在庚戌，一九一〇年，十一歲

居成都。六叔曾爾樾病卒北京，終年二十四。

〔一〕先生祖父民初任職京漢鐵路局、京綏鐵路局。

清宣統三年，歲在辛亥，一九一一年，十二歲

居成都。

先生入讀成都玉皇觀街客籍學堂高小班，從諸暨周善培先生遊，習學古文、四書、宋明理學及書法。

民國元年，歲在壬子，一九一二年，十三歲

居成都。

約於是年，先生獲讀吳闓生（北江）批點之《韓非子》、《史記》。

民國二年，歲在癸丑，一九一三年，十四歲

居成都。

先生考入成都市青龍街成都中學，從嚴士濬先生等讀《論》《孟》史籍、《飲冰室全集》，能作長篇古文。

民國三年，歲在甲寅，一九一四年，十五歲

居成都，仍讀青龍街成都中學。

六月（夏曆），鄉賢陳衍（石遺）跋先生祖父《梅月龕詩》。

民國四年，歲在乙卯，一九一五年，十六歲

約於是年，父曾爾瀚獲任井研、仁壽縣榷稅官，先生乃隨父由成都移居井研縣，在家自修，始讀《古文辭類纂》、《說文解字》等書，近人林紓、嚴復、章太炎之著述亦多涉獵。時祖父常自京寄示近人詩篇剪報，先生自此乃接觸近人詩作。

民國五年，歲在丙辰，一九一六年，十七歲

居井研，自修國學。

民國六年，歲在丁巳，一九一七年，十八歲

居井研，自修國學。

約於是年，先生鈔讀曾文正論學著述為《曾文正論學集語》。

民國七年，歲在戊午，一九一八年，十九歲

居井研，自修國學。

民國八年，歲在己未，一九一九年，二十歲

祖父、父母擬為先生娶表妹為妻，先生以讀書為要而拒之，僅允暫訂婚約而已。是年，先生遂與弟克宣、同鄉嚴君赴北京讀書。

至京，入讀青年會北京財政商業專門學校，研讀英文及商科。時有同學吳稚鶴從桐城吳闓生遊，先生乃於世交方障川介紹，拜入吳闓生門下，從學詩文。

是年，先生開始臨摹懷素草書，並讀陳三立（散原）詩。

民國九年，歲在庚申，一九二〇年，二十一歲

居北京。課餘，從吳闓生讀杜甫、韓愈、蘇軾、黃庭堅及近人范肯堂詩，時同門有李子建、潘伯鷹等。先生初學詩，以《弔四烈士》詩呈吳闓生，獲讚賞。

居京時，先生亦從鄉賢林紓（畏廬）、辜鴻銘遊。

是年，祖父七十，林紓為作《伯厚先生七十壽序》。

民國十年，歲在辛酉，一九二一年，二十二歲

居北京，課餘仍從吳闓生遊。

民國十一年，歲在壬戌，一九二二年，二十三歲

居北京，課餘仍從吳闓生遊。

十月一日（夏曆），祖父病卒北京，終年七十二。陳衍為作《清賜進士出身刑部主事四川候補知縣閩縣曾君墓表》，先生亦作《先大父行述》紀之。

民國十二年，歲在癸亥，一九二三年，二十四歲

居北京。

六月（夏曆），同門賈獻庭、王文燦校刊吳闓生《左傳微》，先生為之題序。

民國十三年，歲在甲子，一九二四年，二十五歲

居北京。

七月（夏曆），先生為吳闓生《晚清四十家詩鈔》作序。

十月九日，林紓病逝，先生作《哭畏盧先生》、《祭林畏盧先生文》悼之。

秋，辜鴻銘東渡日本，先生作《送鴻銘先生東渡》詩送之。

民國十四年，歲在乙丑，一九二五年，二十六歲

居北京，任交通部秘書。

先生以古文呈族父曾雲沛，族父大喜。原為北洋幕僚、交通部前總長之曾雲沛，乃向交通部次長鄭洪年(韶覺)薦介先生,鄭氏與部長葉恭綽遂聘為交通部秘書,時鄭氏欲以其女妻之,先生以已訂婚而拒之。

太表丈郭曾炘(匏庵)招先生入蟄園詩社。

是年,鄉賢李星治八十大壽,先生作《星治先生八十壽序》賀之。

先生是年訂交陳衍哲嗣陳聲暨,時陳衍八十大壽,先生乃作《石遺先生八十壽序》賀之。

十一月(夏曆),陳聲暨病卒北京。先生謁見陳衍,乃拜入門下。先生應陳衍囑為聲暨作《陳主事哀詞》。

民國十五年,歲在丙寅,一九二六年,二十七歲

居北京。鄭洪年、葉恭綽二人去年十一月離職,先生轉任交通部郵政司秘書。

二月二十一日(夏曆),先生慈母林氏(曾爾鴻室)病卒四川井研榷廨,終年五十九歲。吳闓生作《閩縣曾節母墓誌銘》、陳衍作《曾節母哀辭》,先生亦作《先妣事略》、《書先妣事略後》悼之。

八月二日,先生獲任《交通史》編纂委員會協修。同月,先生又任鐵路協會特設之庚款築路期成會幹事。

是年，先生結交交通部同事、祖父詩友楊昀谷。楊氏以詠蟬詩見示，先生和作《昀谷先生出示詠蟬四律次均奉答》，獲推譽，並介學佛以提升詩境。

民國十六年，歲在丁卯，一九二七年，二十八歲

居北京，仍任交通部秘書。

是年，先生自號書齋為「涵負樓」，並作《題涵負樓用山谷松風閣詩均》紀之。

三月，鄉賢陳寶琛八十大壽，先生作《弢庵太傅八十壽序》。時文壇老宿王晉卿讀之，為之擊節，陳寶琛乃介為忘年交，先生遂作《上晉卿先生》七古長歌呈之。

三月十三日（夏曆），葉恭綽招賓僚詩友八十餘人於北海畫舫齋展上巳雅集，先生有《丁卯三月十三日遐庵先生招集北海展上巳分均得過字》詩，後又作《北海展上巳禊集序》古文紀事。

四月八日（夏曆），葉恭綽招集賓僚詩友三百餘人於南海豐澤園賞花，先生有《浴佛日遐庵先生招集南海賞花賦呈四首》詩，以及《南海賞花記》古文紀事。

七月八日（夏曆），吳闓生五十大壽，先生作《北江先生五十壽序》呈賀。

八月二十七日，先生獲交通部頒發交通部二等二級獎章。

是年，先生曾和陳寶琛《落花》詩。

同年，先生曾至天津，擬謁鄉前輩鄭孝胥，不遇，乃作《上海藏先生》詩寄之。

民國十七年，歲在戊辰，一九二八年，二十九歲

年初先生居北京，春回四川省親，秋至上海，後赴南京，任職交通部（鐵道部）。

正月元日（夏曆），先生為吳闓生《詩義會通》作序。

春，先生離京赴川，有《將出都別親友》七律及《呈北江師、遐庵府主、昀谷先生》七古留別師友。

夏，先生抵四川井研縣家，遂奉父命與表妹（陳氏）成婚，經師廖平為證婚人。

秋，先生攜眷自井研縣返京，道出榮縣，先生詣趙熙（香宋）先生，作《上香宋先生》詩呈之。至成都，先生謁宋育仁，宋氏擬採先生母林氏事跡入省志，先生有《上宋芸子先生書》紀事。

途次漢口，先生聞北伐成功，南京國民政府成立，鄭洪年任工商部次長。先生乃轉往上海謁見鄭洪年，鄭氏遂偕先生往南京，擬任為工商部秘書。鄭氏又向孔祥熙（庸

之）部長推薦先生，孔氏喜之，欲聘為私人秘書，先生婉拒之。

民國十八年，歲在己巳，一九二九年，三十歲

居南京。長子永閎出世。任鐵道部、工商部秘書。

正月（夏曆），先生為同門潘伯鷹《人海微瀾》題序。

一月二十九日，先生調任總理奉安委員會辦公處幹事。

五月二十四日，先生獲工商部部長孔祥熙委任為工商部秘書。

六月（夏曆），孫總理奉安南京，先生代孔祥熙作《祭孫總理文》。

七月十六日，先生與鄭洪年、孫璞（仲瑛）等十人獲國民政府委任為《總理奉安實錄》編輯。

十一月二十四日，《華北畫刊》載先生《賀孔才印集序》一文。

是年，先生訂交同鄉林庚白（南京市政府參事、外交部顧問），過從論詩甚密。

民國十九年，歲在庚午，一九三〇年，三十一歲

居南京，任鐵道部秘書、實業部幹事。

是年先生參加鐵道部同事關賡麟主持之青溪詩社。

長子永閎一周歲，先生作《永閎周晬詩》紀之。

是年，先生致書陳衍求題《涵負樓詩》，陳衍乃作應之。

七月七日，《國聞週報》「采風錄」載陳衍所作《贈履川》七古。

九月二十二日，行政院院長譚延闓病卒，先生代孔祥熙作《祭譚組庵先生文》。

九月四日（夏曆），先生與翁銅士、靳志、梁寒操等清溪詩社同人公餞桂東原之任澳州雪梨領事，並有詩送別。

十二月十六日，實業部部長孔祥熙推薦先生在實業部辦事。

秋，葉恭綽五十大壽，先生作《遐庵先生五十壽序》賀之。

雨夕，先生與同僚王世鼐（調甫）、孫璞會飲，先生用「七陽」韻作《雨夕，王調父招同孫仲瑛會飲，縱論宦況，感慨系之。歸途為兒子購果餌而所攜伏敔、海藏詩卷墜地盡汙，寒宵無寐，占長句簡調父兼示仲瑛》七律紀事，其後復疊此韻十七次之多。

民國二十年，歲在辛未，一九三一年，三十二歲

居南京，仍任鐵道部、實業部秘書。

一月二十三日，先生暫署實業部薦任秘書。

二月（夏曆），先生代孔祥熙為張承緒《周易象理》作序。

四月二十日，黃侃託先生求葉恭綽《清代學者象傳》，先生於十一月二十五日代葉氏贈之。

五月，先生獲孔祥熙委任為實業部秘書。

七月四日，《同澤週刊》載先生《上芸子先生》、《上堯生先生》、《發井研途中雜詩》、《抵金陵》等詩。

民國二十一年，歲在壬申，一九三二年，三十三歲

上半年先生居南京，仍任鐵道部、實業部秘書；下半年應暨南大學之聘，移居上海，任暨南大學文學院教授、大學秘書處秘書、總務課課長。

一月二十八日，十九路軍在上海抗擊日軍。事後，市政府秘書孫璞請先生為市長吳鐵城作《上海警士殉難碑》。

先生讀吳闓生近詩，乃作《讀北江師近詩次風字均為長句奉呈》七古長歌寄懷，又作《北江師寄示和孔才用杜均贈別伯鷹十律，依均賦呈兼示同門諸子》五律十首。

三月八日，先生免任鐵道部秘書。

五月七日，先生免任實業部秘書。

七月十二日，上海暨南大學校長鄭洪年聘先生為大學教授兼秘書。

七月二十二日，鄭洪年校長宣佈先生由秘書處秘書調任暨南大學總務課課長。

民國二十二年，歲在癸酉，一九三三年，三十四歲

居上海，先生仍任暨南大學教授，曾任教「應用文（丙）」課。

三月（夏曆），吳闓生為先生《涵負樓詩》作序。

四月九日，前北洋政府總理梁士詒病卒，先生代葉恭綽作《祭梁燕孫先生文》。

五月一日，暨南大學中國語文學會創辦《中國語文學叢刊》，載先生《上散原先生》、《寄北江先生遼寧二首》詩。

五月十三日，鄭洪年校長宣佈改組大學秘書處，先生仍兼任秘書。

六月二十二日，鄭洪年校長宣佈先生任文學院教授兼大學秘書處秘書。

九月，暨南大學修復因淞滬抗戰而損毀之科學館，秘書長楊裕芬為撰《修復科學館記》紀事，先生為之書，鐫於封碑。

九月，陳三立八十大壽，先生作《散原先生八十生日》詩寄賀。

九月九日（夏曆），陳衍招飲，先生以病卻之。陳衍作《重九日招斠玄、柱尊、振心、履川、榆生、樗岩、道真集寓齋一醉，履川以病不至，諸子往天平山看紅葉，葉尚未紅，入夜中庭坐月》七律，先生亦作《重九石遺師召同門飲蘇州寓齋，余以病未至，師有詩見及，賦呈》卻寄。

十月十一日，陳衍應邀來暨南大學，客座中文系「要籍解題」課，先生於寓所設宴歡迎。

秋，蟄園詩社出版《蟄園擊缽吟》，選錄先生《女真以千金募胡銓請斬秦檜疏》詩。

十一月一日，財政部部長孔祥熙委任先生為財政部暫代秘書。

十一月二日，嶺南畫家高奇峰病卒上海，先生代葉恭綽作《祭高奇峰先生文》。

十二月十六日，《天津半月刊》刊載先生《發井研途中雜詩》。

民國二十三年，歲在甲戌，一九三四年，三十五歲

居上海，上半年仍任暨南大學教授，兼任秘書處秘書。下半年，先生任上海中央銀行總行秘書。
一月，陳衍《石遺室詩話續編》謂先生「肆力詩古文詞甚偉，而性情篤摯，所為詩對於骨肉師友，寬博中時有沈痛語」。
花朝日，陳衍招飲，先生作《花朝石遺先生招飲蘇州胥堂呈三絕句》紀事。
是年，先生與同鄉黃公渚（匑庵）過從論詩，作《匑庵示元日詩，次均奉答》、《贈匑庵》詩。
楊昀谷病卒，先生作《昀谷先生挽詩》輓之。
暨大龍榆生教授南下應聘中山大學教職，先生作《送榆生教授中山大學》詩送之。
因暨南大學爆發學潮，校長鄭洪年離職，先生亦辭去大學職務。轉應孔祥熙之聘，擔任上海中央銀行總行秘書，先生作《圜府》七律紀事。
九月一日，黨國元老廖仲愷遷葬南京中山陵側，先生代孔祥熙作《祭廖仲愷先生文》。
十一月十一日，先生代孔祥熙作《中山大學十周年頌》。
十二月二十三日，辛亥革命元老陳少白病卒，先生代孔祥熙作《祭陳少白先生文》。

民國二十四年，歲在乙亥，一九三五年，三十六歲

居上海，仍任上海中央銀行總行秘書。

是年，先生曾遊常熟虞山、南昌廬山，一路有詩紀遊。

十二月（夏曆），先生為黃公渚《蜩庵文稿》作序。

民國二十五年，歲在丙子，一九三六年，三十七歲

居上海，仍任上海中央銀行總行秘書。

二月至四月間，《藝文雜誌》連載先生《呈昀谷先生》詩及《蜩厂文稿序》。

五月十二日，黨國元老胡漢民病卒廣州，先生代孔祥熙作《祭胡展堂先生文》。

五月（夏曆），先生在上海以線裝鉛印出版《涵負樓詩》八卷（屬「履齋叢刻」之一），有陳三立題簽，陳衍扉頁題耑，潘伯鷹作序。

七月，錢基博重訂《現代中國文學史》，並推許先生《涵負樓詩》「咸足以張西江之壁壘，而殿同光之後勁者」。

七月（夏曆），先生在上海以線裝鉛印出版祖父《梅月龕詩》八卷（屬「履齋叢刻」之一），有陳三立題簽。先生於書前題識祖父七十造像，序後補識一則，並附《先大父行述》及曾爾鴻《用逵遺詩》八首。

是年，無錫國專教授錢仲聯《夢苕盦詩話》評及先生《涵負樓詩》。

十月二十二日，先生在上海訂交嚴復哲嗣嚴伯玉，並借鈔嚴復手批《莊子》稿本，以校先生於北京所假自嚴志中所藏嚴復評點稿本。

是年，先生曾至北京，晉謁陳三立。

民國二十六年，歲在丁丑，一九三七年，三十八歲

上半年仍任上海中央銀行總行秘書；下半年隨政府西遷漢口、重慶。

三月十五日，《國專月刊》載先生《《漢書藝文志問答》序》。

三月（夏曆），先生為梁鴻志《爰居閣詩》作序。

四月至五月間，《青鶴》載先生《舠厂文稿序》、《石遺先生八十壽序》二文。

八月，日軍進攻上海，先生年底遷至重慶，沿途有詩紀事。

九月十四日，陳三立卒，先生有聯挽之。

民國二十七年，歲在戊寅，一九三八年，三十九歲

居重慶，先生卜居觀音巖羅家灣，仍任職中央銀行。

抵重慶後，先生請假返井研省親，時五叔曾毓馨病卒，先生作《五叔父黍香先生挽詩》。

十一月四日，陸軍大學校長蔣百里病卒廣西，先生代孔祥熙作《祭蔣百里先生文》。

是年，先生獲交章士釗，時適章氏六十大壽，先生作《行嚴六十壽序》及《和行嚴丈六十》詩呈賀。

民國二十八年，歲在己卯，一九三九年，四十歲

居重慶，仍任職中央銀行。

是年，先生於羅家灣寓所與章士釗、汪東、沈尹默、陳仲恂、王世鼐、江翊雲、潘伯鷹、黃蔭亭、但植之、劉禺生、李芋庵、吳稚鶴等組「羅灣詩社」，每兩星期作一次詩鐘文酒之會。

秋，先生以嚴復所評《莊子》呈章士釗，章氏為題七古一首。

十一月四日，教育家馬相伯病卒越南，先生代孔祥熙作《祭馬相伯先生文》。

十二月四日，吳佩孚卒於北京，先生代孔祥熙作《祭吳子玉上將文》。

是年，沈尹默作《勸履川學書》詩與先生論書法，先生乃作《答尹默先生》、《再答尹默先生疊前均》答之。沈尹默又作詩勗勉先生二子學書法，先生亦作《尹默先生有詩勗兒子永閎永闓，次均奉答》答之。

民國二十九年，歲在庚辰，一九四〇年，四十一歲

居重慶，仍任職中央銀行（二）。

三月五日，前北京大學校長蔡元培病卒香港，先生代孔祥熙作《祭蔡孑民先生文》。

秋，先生回井研省親，後返重慶，途經榮縣，晉謁趙熙，趙熙作《贈履川》、《送履川赴渝》，並為先生題「千崖萬壑圖」、「江山秋雲圖」二畫。

是年，《時代精神》連載先生《涵負樓詩》三十五首。

（二）據《黃炎培日記》（北京：華文出版社，二〇〇八年）一九四〇年八月三十日所記，先生時任中央銀行人事處副處長。

是年，章士釗作《童子曾永閎、永闓以大字來，詩以勉之》讚許先生二子永閎、永闓之書法，先生乃作《行嚴丈以詩昜兒子永閎永闓，次均奉答》答之，其後疊韻百三十餘次，章士釗、陳仲恂、沈尹默、林庚白、潘伯鷹等亦多次韻酬贈，時稱「詩戰」，和作多達四百餘首。

民國三十年，歲在辛巳，一九四一年，四十二歲

居重慶，仍任職中央銀行。

三月上巳日（夏曆），先生與趙熙、曹經沅、彭醇士等修禊北泉，先生作《北泉禊集分均得至字》詩紀事。

是年，《時代精神》載先生詩八首。

蕭公權以潘伯鷹之介訂交先生，先生有《簡公權》詩。

是年，友人蔣維崧應聘廣西大學教職，先生作《送蔣峻齋教授廣西大學》詩送別。

是年，先生以家集乞序於章士釗，作《上行嚴丈乞為先集題序疊均》詩。

約於是年，章士釗以先生齋號「涵負」二字略為浮誇，請易之，先生乃改號「頌橘廬」，蓋先生喜啖橘，且頌橘二字出自屈原《橘頌》篇。

民國三十一年，歲在壬午，一九四二年，四十三歲

居重慶，仍任職中央銀行。

一月，先生聞林庚白卒於香港，作《哀庚白》詩弔之。

春，先生應鄉人陳孝威將軍作《陳孝威乞題美總統羅斯福與書》詩。

四月二十二日，國民政府黨政軍文化界要人組織孔學會，孔祥熙獲推為主席，先生參與籌備工作。

六月十五日，朱自清晤先生，先生贈書法一紙，並以詩囑和。

秋，友人黃門介紹先生認識廣西嚴女史，女史為武漢大學文學士，研究蘇詩，先生與交頗契，乃作《飛無詞》詩三首以寄之，其後復疊韻四十五首贈之。同時蕭公權、汪東、饒世忠、沈尹默、喬大壯、彭醇士、潘伯鷹、陳聲聰、王世鼐、許伯建等二十位友人和作，凡得詩七十八首。

十月一日，《新新新聞旬刊》載先生《中秋康莊茗話呈恩紋都講》詩。

是年，燕京大學於成都復校，先生代孔祥熙書校名「燕京大學」匾額。

民國三十二年，歲在癸未，一九四三年，四十四歲

居重慶，仍任職中央銀行。

三月（夏曆），飲河詩社在重慶紅岩村農民銀行舉行春禊詩會，先生與焉。

三月十七日（夏曆），王世鼐卒，王夫人囑先生代為編校遺稿。

四月二日，先生與潘伯鷹、沈尹默等於重慶中央圖書館成立「中國書學研究會」，並擬創辦會刊《書學》。

四月十五日，孔祥熙就任中央銀行總裁十周年，先生作《太谷孔公掌計十年頌》紀之。

七月，《書學》創刊，載先生《學書經驗談》一文。

八月一日，國民政府主席林森卒於重慶，先生代孔祥熙作《祭林主席文》。

是年，先生與與沈尹默、喬大壯、章士釗、潘伯鷹等組「癸未書會」，並聯合舉行書畫金石展覽。

民國三十三年，歲在甲申，一九四四年，四十五歲

居重慶，仍任職中央銀行。

三月（夏曆），先生刊印王世鼐《猛悔樓詩》，沈尹默為之題耑。
八月二日，膺社第一屆詩書畫展覽在重慶中蘇文化協會舉行，展出先生與沈尹默、陳樹人、傅抱石等人作品。
冬，章士釗為《鶚里曾氏十一世詩》作序。
是年，先生編印《寺字唱和詩》兩冊，收與章士釗、沈尹默、汪東等和詩四百餘首。
是年，先生曾作《寸念》、《夜靜》、《日日》、《弱水》、《枯淚》、《螺黛》、《玉簫》、《玉郎》、《晴雲》、《乳脂》、《寶鴨》、《鴛瓦》詩多首，以贈吳江孫燕華女史。

民國三十四年，歲在乙酉，一九四五年，四十六歲

居重慶，仍任職中央銀行。
春夏間，先生與陳聲聰、沈尹默、喬大壯、潘伯鷹於貴陽舉辦五人書法展覽。
夏，先生歸井研為父賀壽。
八月，先生於羅家灣寓所舉行雅集，與會者有章士釗、陳銘樞、沈尹默、喬大壯、沙孟海、曾竹韶等。
八月十五日，日本宣佈投降，中國抗戰勝利。勝利後，先生因事未即隨中央銀行復員

上海，仍居重慶（三）。

十月（夏曆），先生以線裝鉛印出版《鶚里曾氏十一世詩》，凡二冊。

民國三十五年，歲在丙戌，一九四六年，四十七歲

居上海，任上海中央銀行秘書處副處長。

二月（夏曆），先生為葉恭綽《遐菴彙稿》作序。

三月（夏曆），潘伯鷹為先生《頌橘廬詩存》作序。

八月（夏曆），先生自識《頌橘廬詩存》。

八月（夏曆），先生於重慶重訂《鶚里曾氏十一世詩》（四冊），並自作後序。長子永閎封面題耑、次子永闓扉頁題耑，前附章士釗序，屬「履齋叢刻」之一，以線裝刊行。

十月二十四日（夏曆），先生生父曾爾瀚病卒四川，終年七十六。先生撰《先本生考行述》悼之。

是年，先生在南京油印出版友人陳仲恂（毓華）《石船詩存》。

（三）先生《福州曾氏十二世詩略跋》云：「倭寇乞降，余以事羈蜀。」

民國三十六年，歲在丁亥，一九四七年，四十八歲

居上海，仍任中央銀行秘書處副處長，並兼任國史館特約纂修。

一月二十七日，先生與友人等於《申報》發表《林庚白先生營葬改期啓事》。

春，畫家黃君璧為先生畫「弱水圖」，溥儒為題七絕一首。

十月（夏曆），先生在成都茹古書局以線裝刊印《頌橘廬文存》（二冊）、《頌橘廬詩存》（二冊），蔣維崧題簽，吳穉鶴扉頁題耑，俱屬「履齋叢刻」。《頌橘廬詩存》末附長子曾永閎《毅父詩草》、次子曾永闓《樂父詩草》。

民國三十七年，歲在戊子，一九四八年，四十九歲

居上海，仍任中央銀行秘書處副處長，並兼任國史館特約纂修。

是年先生擬在南昌重刊《鶚里曾氏十一世詩》，乃請喬大壯題簽，蔣維崧扉頁題耑、陳祖壬作序。

七月三日，喬大壯自沉蘇州，先生哀之。

一九四九年，歲在己丑，五十歲

居上海，仍任中央銀行秘書處副處長，並兼任國史館特約纂修。

秋，吳闓生病卒北京，先生作《祭本師吳北江先生文》以悼之。

八月（夏曆），先生在南昌以綫裝紅印大本重刊《鶚里曾氏十一世詩》四冊，喬大壯、蔣維崧題耑，章士釗原序、陳祖壬序，並李拔可、夏敬觀、何振岱、汪東、羅敷庵、陳匪石、馮飛、向迪琮、賀培新、李鴻翱、冒鶴亭、梁敬錞、張宗祥、沈兆奎、汪辟彊、陳宗蕃、黃君坦、喬大壯、林宰平、謝无量、馬一浮、周達、沈尹默、柳詒徵、靳仲雲、方兆鼇、劉成禺、林思進、姚鵷雛、向楚、曾學孔、潘伯鷹、陳聲聰、陳閎慧、徐韜、陳曾壽、葉恭綽、酈承銓、盧冀野、孫詒、陳中嶽、彭醇士、李翊灼、吳萬谷、關賡麟、黃公渚、江翊雲、劉永濟、高二適、李芋庵凡五十人題詞。

是年，先生蒐集喬大壯生前所作詩詞，擬為編集刊世，因時局動盪而作罷。

一九五〇年，歲在庚寅，五十一歲

是年，先生移居香港，任教北角春秧街燕南中學（一名燕南中文書院），並寓學校宿舍(四)。同年,先生兼任九龍窩打老道文德中學教席。

正月元日(夏曆),先生為亡友喬大壯《印蛻》作序。

先生居港重與遷居臺灣吳江孫燕華女史書信往來,並作《九龍篇有寄再疊北海篇均》七古長篇寄之。

是年,先生與孫璞、李彌庵、李栩庵等故人重逢於香港,過從甚密。

十月,《天文臺》復刊,社長陳孝威將軍向先生邀稿,先生擬闢「攖寧廡漫錄」專欄談論文史。

一九五一年,歲在辛卯,五十二歲

是年,先生仍任教燕南中學、文德中學。同年,錢穆禮聘先生為新亞書院文史系教授,講授詩文。

(四)先生來港初期,寓居燕南中學宿舍。其後,先後居住香港島羅便臣道六十一號三樓、百德新街、九龍亞皆老街,最後租住九龍窩打老道七十七號A金華樓七樓後座。先生卒後,夫人陳虹若女士於八十年代初移居沙田中心東寧大廈,並於九十年代初定居上海。

一月至二月間，先生於《天文臺》「攖寧廔漫錄」專欄漫談林庚白、沈潤人、饒世忠等藝文雅事。

四月八日，先生與孫璞、易君左、錢逸塵、鄭水心、張純漚、李景康、張惠康、馬彬、陳藹士、阮毅成、劉仲英共同發起修禊於九龍荔園。與會文友有五十餘人，分韻賦詩，先生有《荔園禊集分均得霧字》詩紀事。是日亦辦詩鐘，由陳荊鴻主課，題為燕蘭一唱，揭榜十名，先生囊括第二、三、六、七名，冠軍則為鄭水心。是夜筵席上先生用福建腔唱出詩鐘。

春，先生與海角鐘聲社同仁同作《送涵廬之台灣》詩送陳其采赴臺灣。

五月，東華三院八十周年紀念舉辦遊藝會，張大千為之捐畫籌款，並將捐畫編成專集，先生為之作《張大千畫集序》。

夏，文德中學舉行書法、圖畫比賽，先生以草書條幅獎勵優異學生。

七月，文德中學舉辦成績展覽會，其中「教職員收藏書畫」展出先生草書作品及時賢佳作。

十二月，《星島週報》連載先生《我來談寫字》一文。

是年，錢穆編纂《莊子纂箋》，向先生借鈔嚴復手批之《莊子》。

一九五二年，歲在壬辰，五十三歲

是年，先生仍任教新亞書院、燕南中學、文德中學(五)。

約於是年，先生另號齋名為「岷雲堂」，蓋懷四川舊居。

正月七日(夏曆)，李栩庵以張大千天女像索題，先生為作《栩庵屬題大千所造天女象》詩。

二月十四日，先生主講第四十八次新亞書院文化講座，題目為《中國近代詩學之演變》。

春，冒鶴亭八十大壽，先生作《用鶴亭丈羅浮仙蝶詩均為翁八十壽》寄賀。

春，張大千為先生畫「頌橘廬圖」。

四月一日，《人生》載先生《大千居士屬題所造九歌圖》詩。

四月至八月間，《人生》連載先生《嚴幾道先生之莊子學》一文。

四月二十八日至三十日，畫家陳芷町於思豪畫廳舉行個展，先生附展書法十餘件。

六月一日，《新亞校刊》創刊，載先生《大千居士屬題所造九歌圖卷》、《大千居士屬題所造松陰畫象》、《栩厂居士屬題大千所造天女象》詩。

(五) 按：先生何時辭任燕南、文德中學教席，俟考。

八月，張大千移居巴西，先生作《送大千遊阿根廷》詩送之。

八月十四日（夏曆），先生生母邵寶貞病卒四川成都，終年八十，先生撰《先本生妣事略》紀之。

十一月十九日，陳孝威六十大壽，先生作《孝威將軍六十壽言》賀之。

一九五三年，歲在癸巳，五十四歲

先生仍任新亞書院教授。

二月十二日，《天文臺》載《曾履川為陳孝威作壽序》一文，報道先生家學，並載先生所撰壽序。

三月一日，《新亞校刊》載先生《釋「大方之家」》一文及《畣沈仰放丈燕都》、《和李彌厂詩》、《劉衡戡屬題胡展堂詩卷用其均》、《贈吳唯盦》詩。

四月至五月間，《中國學生周報》連載先生《論寫字》一文。

夏，次子曾永閶畢業於上海交通大學造船工程系，旋獲分配武昌造船廠工作，先生作《送永閶之武昌造船廠》詩寄之。

七月一日，《新亞校刊》載先生《嚴幾道和王荊公》一文。

九月（夏曆），先生整理鄉賢嚴復所評之《莊子》為《侯官嚴氏評點莊子》（屬「岷雲堂叢刊第一種」），並邀章士釗題詩，後交王道排印出版。另外，先生又以線裝套印辜鴻銘評點《莊子故》，凡四冊。

九月二十二日，旅港詩友舉行陳三立誕生一百週年祭祀，先生作《散原先生百歲生日會祭，用其論詩均》紀之。

十月，曾今可在臺灣選編《臺灣詩選》，選載先生《羣龍篇辛卯中秋有寄用高季迪均》、《贈彌厂》等詩十二首。

十二月十一日，《人生》「癸巳金石書畫展覽會作品」，載先生與林千石、吳天任、周千秋、曾后希、劉太希之作品。

十二月十三日，先生主講新亞書院第一百一十二次文化講座，講題為《中國書法及書學之流變》。

是年，先生作《觀河篇答漁叔、戎庵師弟五疊北海篇均》、《窮溟篇答戎庵六疊北海篇均》七古長歌寄答臺灣詩人李漁叔、羅尚，李、羅均有和作。

一九五四年，歲在甲午，五十五歲

先生仍任新亞書院教授。

一月至三月間，《中國學生周報》連載先生《自述》一文。

正月元宵（夏曆），先生與鄭水心、易君左、李景康、陳荊鴻、張紉詩、梁寒操、張韶石、鮑少游、高嶺梅應黃天石之邀集於其寓所張園燈宴，賓主即席用七陽韻聯句五律一首。

二月二十五日，《新亞校刊》載先生「藍毿唫」詩歌，計有《茫茫篇》、《浮生篇》、《九龍篇》、《西溟篇》、《蜀江篇》五首，蓋用「藍、毿」韻所作七古長篇。

三月上巳（夏曆），先生與梁寒操、易君左、王道、馬彬、王震等修禊於九龍青山道陳玉泉別墅，先生作《甲午上巳青山禊集分均得帀字》詩紀事。時梁寒操將赴臺灣，先生與同人俱作《甲午禊集用均默均，即送其行》詩贈別。

四月十九日，《新希望》「海外詩壇」載先生《有寄》詩。

五月十六日，《人生》載先生《均默先生出示禊集原均，奉和二首即送其行》詩。

五月十七日，《新希望》「海外詩壇」載先生《九龍篇》詩。

五月二十一日，《文學世界》載先生《有寄》詩。

春夏間，先生與易君左、陳芷町、黃天石、林靄民、賈訥夫、茂峰和尚、岑學呂等雅集於荃灣東普陀寺。

端午節，先生與梁寒操、易君左、張一渠、黃宇人、何敬羣等雅集於香港仔，聯句賦詩。

六月六日，新加坡《南洋商報》轉載先生「藍毿唫」詩歌《茫茫篇》、《送張大千遊阿根廷》、《有寄》詩。

六月至七月間，《人生》連載先生《羅灣追夢記》一文。

七月一日，《新亞校刊》載先生《粵語徵故》一文。

七月十八日，周懷璋醫生邀請旅港文人雅集於青漪島蝶廬別墅，先生與陳孝威、趙叔雍、曾希穎等五十餘人赴會，周懷璋作七絕紀事，諸人各有和詩。

八月六日，孫璞病卒，先生為書墓碑。

九月二十二日，《天文臺》載先生《和太希留別原均即送其行》詩。

十一月八日，《新希望》「海外詩壇」載先生和劉太希《颶風》詩。

一九五五年，歲在乙未，五十六歲

先生仍任新亞書院教授。

人日，黃天石招集詩友雅集清風臺，先生作《天石人日召飲清風臺集杜奉酬》詩紀事。

三月十五日，《新亞校刊》載先生《頌橘廬近詩》凡二十六首。

五月三十日，《天文臺》載王世昭《記頌橘廬近詩》一文，閒談先生詩作。

夏，長子曾永閎畢業於上海交通大學電機工程系。

七月二十二日，《中國學生周報》載先生為周報三周年紀念題「學海明燈」四字。

十月二十一、二十八日，《中國學生周報》連載先生《我來再談寫字》一文。

十一月，《大學生活》載先生《嚴幾道先生——介紹西方近代思想的第一人》一文。

十二月（夏曆），先生為饒宗頤《楚辭書錄》作序。

是年，新加坡端蒙中學改建，先生為新校歌作詞。

是年，張大千為先生畫「岷雲縣望圖」，先生作《集杜題大千為作岷雲縣望圖》詩題之。

一九五六年，歲在丙申，五十七歲

先生仍任新亞書院教授。約於是年，先生兼任珠海書院教席。

先生與丁衍庸、陳士文、王季遷於新亞書院創辦「藝術專修科」，先生負責任教書法及詩詞題跋課。次年，「藝術專修科」改為藝術系。

一月，《大學生活》載先生《林紓——不懂「洋文」的譯學大師》一文。

二月四日，先生應香港大學中文學會邀請主講「中國書法」演講會。

三月，《孟氏圖書館館刊》載先生《我來介紹關於初學做詩的三部書》一文。

四月十五日，《新亞校刊》載先生《岷雲堂詩》四十二首。

五月，《文學世界》（復刊號）載先生《初見燕子次漁叔韵》、《再和》詩。

五月，《大學生活》載先生《康有為先生》一文。

八月，趙鶴琴為紀念其叔父金石名家趙叔儒逝世十一週年，舉辦紀念展覽會，先生為題《叔儒先生像贊》。

八月三日，《中國學生周報》載先生七月代黃天石書寫周報四周年賀詞「是學生們共同的精神糧食，是學生們共同的生命寄託」。

暑假，農圃道新校舍落成，先生兼任新亞研究所導師。

九月，《文學世界》載先生《唐詩與宋詩》一文。

十二月二十二日，先生應中國文化協會邀請於九龍界限街孟氏圖書館主講「中國書法」演講會。

是年，《新亞書院學術年刊》載先生《論范伯子詩》一文。

是年，張大千為先生畫「峨眉洗象池圖」。

是年，中國文化協會主辦「中國書畫藝術欣賞會」，先生與張大千、丁衍鏞、李研山等三十位書畫名家應邀展出作品。

一九五七年，歲在丁酉，五十八歲

先生仍任新亞書院教授。是年始，先生兼任香港官立文商專科學校教席。

正月（夏曆），章士釗南來香港，先生偕李彌庵、鄭洪年往謁，章士釗作《答履川》、《履川偕韶覺翁見訪，詩以紀之》等詩，先生亦作《有答》、《再答》呈答之。

正月初十（夏曆），姚莘農（克）、王季遷邀請先生出席冷香仙館琴會雅集，同席有徐文鏡、蔡德允、宋心冷、周士心、饒宗頤等，先生作《姚莘農、王季遷招聽琴，用山谷聽崇德君彈琴韻賦謝兼呈同座諸君》詩紀盛。

三月三日（夏曆），先生與徐文鏡、周士心等修禊於志蓮淨苑。

四月一日，先生前往志蓮淨苑出席徐文鏡、周士心等主持之琴會雅集。

四月，《文學世界》載先生《語體與文言》一文及《宋王臺》詩。本月，先生為章士釗《南遊吟草》作跋。

六月，《大學生活》載先生《王國維先生》一文。

夏，文光書局經理陳冠明於香港德輔道中萬宜大廈創辦「香港圖書藝術館」，先生與易君左、錢穆、楊善深、鮑少游等三十二人贊助支持成立。

八月，《文學世界》載先生《甚麼叫做桐城派》一文。

八月八日至十四日，先生與岑學呂、吳子深、易君左、王世昭、趙戒堂、黃堯、曾后希、林千石、林大庸於香港圖書藝術館舉行「十朋書畫聯展」。先生展出五月所書隸書、篆書屏條各一。

秋冬間，《文學世界》連載先生《杜甫與李白》一文。

九月（夏曆），先生作《集杜得二絕句題文商專校同學錄》。

十月十日（夏曆），先生應香港中國筆會黃天石、易君左之邀，與鄭水心、陳荊鴻、王世昭、金達凱、嚴南方等參加青山酒店郊遊雅集，是日賦詩二首。

是年，先生與張瑄、董作賓、饒宗頤、陳士文、周肇初等出席新亞書院所舉辦「古璽造像欣賞會」（古璽為丁衍庸珍藏）。

一九五八年，歲在戊戌，五十九歲

先生仍任新亞書院教授，並兼任香港官立文商專科學校教席。

正月十六日（夏曆），先生應香港中國筆會之邀，與九十餘位友人前往淺水灣余東璇別墅參加元宵雅集，先生有和黃天石詩。

春，先生思亡母，作《逑哀》詩以抒懷。

三月（夏曆），先生為《曾氏家訓》、《曾氏家乘》作序，並識《曾氏科名表》。

三月（夏曆），先生與左舜生、易君左、鄭水心、徐亮之等二十八人修禊於荃灣。

五月五日，《新亞生活》載先生自書《題大千九歌圖》詩。

五月二十四日，先生應孟氏教育基金會邀請主講「論同光體詩」演講會，隔一日，《華僑日報》有《曾克耑講詩，結語有意思》專文報道先生演講之大概。

五月（夏曆），先生排印出版《曾氏家乘》。

八月，《文學世界》載先生《奉和黃天石先生余園雅集原韻》詩。

九月十五日，《新亞生活》載先生上學期開「書法」、「《楚辭》」、「歷代詩選」三門課（六）。

十月，先生出席第四屆香港藝術節展覽會講座，主講「談書法」。

十月二十七日，《新亞生活》報道先生出版《頌橘廬詩》，並載《重九次彌庵均》詩。

十二月八日，《新亞生活》「每期一人」專欄簡介先生任教課程及著作目錄。

十二月十六日，《人生》載先生《高要梁先生如岡陵歌》。

十二月（夏曆），先生與曾紹杰擬重刊喬大壯遺集，先生為之作序，後於次年三月刊於臺灣。

是年，先生編纂一九五〇年至一九五八年之詩為《頌橘廬詩》，排印刊行。

一九五九年，歲在己亥，六十歲

先生仍任新亞書院教授，並兼任香港官立文商專科學校、聯合書院中文系教席。

正月初一（夏曆），先生六十大壽。趙鶴琴刻「履川己亥元旦政六十」、「福州曾克耑長

（六）按：《新亞生活》歷年所載先生曾開設「詩選」、「歷代詩選」、「楚辭」、「高級修辭學」、「書法」、「詩詞題跋」、「詩經」、「杜詩」、「陶謝詩」、「桐城文研究」、「陶詩」、「蘇詩」等課。

壽無極」印贈先生。李芋庵作《集杜句十二章壽頌橘六十》、李彌庵作《履川六十壽詩》致賀。族叔曾雲沛亦自天津寄《己亥元旦履川六十，寄以此詩，得三十韻》詩賀之。

三月，藝術系師生書畫運往美國展覽，先生有四屏書法（篆隸真草）與之。

七月十三日，《新亞生活》載先生《大千出近獲十年前背臨仇十洲摹李唐滄浪漁笛圖屬題為賦二律兼以錄別》詩。

八月十日，冒鶴亭病卒上海，九月二十七日先生與張大千、錢穆、易君左、胡木蘭、余祖明、馬武仲、黃麟書、馮康侯、趙叔雍、羅香林等三十四人於北角浸信會舉行「冒鶴亭先生追思禮拜」。

九月，《文學世界》載先生《論同光體》一文。

九月（夏曆），先生重訂《鶚里曾氏十一世詩》，並易名為《曾氏家學》，凡兩冊，由香港新華印刷公司排印出版。前附章士釗、陳祖壬二序，題詞者於舊有五十家之上，增有陳含光、劉衡戡、李漁叔、陳定山、曾希穎、劉太希、張默君、袁試武、饒宗頤、趙叔雍、吳天任、成惕軒、鍾伯毅、羅戎庵、張劍芬、何乃文、翁一鶴、江絜生、林千石、林肇、李彌庵、何敬群、徐亮之、夏書枚、劉子達、王則潞、鄭水心二十七人。先生於書後附舊作自序，並增新序，自序後又附《曾氏家學作者世系表》、《曾氏科名表》、《鶚里曾氏著述表》。

十月五日，《新亞生活》載張大千《故宮名畫讀後記》一文，先生為作題識一則。
十一月，先生兼任聯合書院中文系教席。
冬，先生為張大千弟子王文卓所著《畫詮》作序及題耑。
是年，吳天任擬刊詩集，先生為作《題吳天任詩卷》詩。
是年，大陸饑荒，先生響應中國文化協會呼籲，與港九各界人士簽署《救濟大陸饑荒宣言》。

一九六〇年，歲在庚子，六十一歲

先生仍任新亞書院教授，並兼任香港官立文商專科學校教席。
一月，先生重印《曾氏家學》。
正月（夏曆），先生為亡友陳毓華《石船詩存》作序，並題書耑。
二月，先生為曾紀棠《冬青樓趣談》作序。
三月，《文學世界》載先生《李商隱詩及其風節》一文。
七月十四日，《新亞生活》載先生《我所期望於新亞書院同學的兩件事》一文。
九月，《文學世界》載先生《我所知道的辜鴻銘先生》一文。

十月十七日，《新亞生活》載先生於新亞書院公開演講《書法之歷史、派別及學習方法》。

十一月（夏曆），彭醇士為先生《頌橘廬叢稿》作序。

是年，何敬羣刊印《遯翁詩詞輯》，先生為題五律二首。

是年，大陸饑荒，先生乃作《大陸親故索寄食物，感賦，二十五疊均》詩紀事。

是年，先生命門人何乃文編排夏敬觀、趙熙注評之《梅宛陵集》，並有詩紀事。

是年，趙叔雍自新加坡寄示《余夙有睡癖，南來尤躭午枕，用東坡海南贈息軒道士韻》五古，先生乃和作《叔雍自海南寄示用東坡壁字均詩疊均奉報》。先生是年所作詩輒疊壁韻，凡疊三十六次，詩友李彌庵疊十一次，蘇文擢疊十一次，饒宗頤亦疊四十七次，而趙叔雍更疊五十二次之多。

一九六一年，歲在辛丑，六十二歲

先生仍任新亞書院教授，並兼任香港官立文商專科學校教席。

正月（夏曆），先生編印新亞書院學生詩作為《新亞心聲》「第一集」，並作序文，錢穆為之題耑。

三月至五月間，《新亞生活》連載詩選課學生習作《杜鵑花》、《春燕》、《落花》，並附先生擬作示範。

三月十五日（夏曆），次子永閭成婚，先生宴集友人遙賀。

六月，《文學世界》載先生《論閩派詩》一文。

六月十五日，《新亞生活》載先生《我對於畢業同學的期望》一文。

九月，《文學世界》載先生《答漁叔》詩。

九月，張大千自香港返巴西，先生作《送大千返巴西》詩送之。

九月（夏曆），先生整理亡友饒世忠遺稿為《饒編審遺集》，排印出版。

十月，先生編纂生平著述為《頌橘廬叢稿》，凡六冊，排印出版。

十一月二十三日，《新亞生活》載詩選課學生習作《螢》，附先生擬作七律二首。

一九六二年，歲在壬寅，六十三歲

先生仍任新亞書院教授，並兼任香港官立文商專科學校教席。

正月九日（夏曆），長孫曾世杰生於北京，先生作《壬寅正月九日長孫世杰生於北京，用乃父周晬詩均，敬述祖德，以勗之》詩紀事。

元宵前夕，香港中國筆會同人舉行團拜，黃天石會長以七律囑和，先生與鄭水心、夏書枚、何敬羣、徐亮之、王世昭、翁一鶴、李幼椿均和之。

春，先生編印「詩選」、「杜詩」課學生所作詩文為《新亞心聲》「第二集」，錢穆作序，吳俊升題耑。又，先生為門人王則潞所編其師謝希安遺著作《侯官謝希安先生遺著序》。

三月十六日，《新亞生活》載先生《頌橘廬詩》十三首。

三月（夏曆），張大千於日本為先生潑墨畫「頌橘廬第二圖」。

先生以《頌橘廬叢稿》贈同事蘇文擢先生，蘇氏作《履川先生以《頌橘廬叢稿》見贈，用集中風字均賦呈》。先生因蘇氏用其和先師吳闓生風字韻之作，乃念師恩，作《文擢以長歌賜題拙著，報以長句，三次風字均》、《以拙著分同貽海內外知好，媵以一詩，四次風字均》、《述懷示來學諸子五次風字均》、《論詩示來學諸子六次風字均》、《論書示來學諸子七次風字均》，一時港臺友人如何敬羣、吳萬谷、趙尊嶽、羅尚、饒宗頤、夏書枚、涂公遂、陳蘧、彭醇士、張壽平等均寄和詩，新亞書院四十位學生亦先後賡和。

六月四日，賈訥夫於《星島日報》闢「新亞粵聲」專欄刊載張世彬、梁巨鴻、佘汝豐、陳永明、鄺健行、陳志誠、雷金好、謝正光等二十位同學和詩。

六月至七月間，林千石亦於《華僑日報》「藝文雙周刊」設「新亞粵聲」專欄，分四次連載盧瑋鑾、李潤桓、陸婉儀等二十位同學和詩。

同年，先生彙編唱和詩凡六十七首為《風窮詶倡詩》（屬《頌橘廬叢稿續編外篇》「第一卷」），排印出版。

五月（夏曆），先生為《曾氏家學續編》作序，次月排印出版，凡收錄第五卷「曾福謙《五經巧對》」、第六卷「《曾氏駢散文》」、第七卷「曾念聖《抱天樓詩續》」、第八卷「曾念聖《桃葉詞》」、第九、十卷「《曾氏制舉文》」。又重印《曾氏家訓》、《曾氏家乘》。

七月，《新亞文化講座錄》載先生昔日講座所講之《中國書法及書學之流變》一文。

九月（夏曆），先生為張劍芬《微芬簃叢稿》作序及題耑。

冬至，先生為康有為《飛白書勢銘》手稿題記，稿為鄭洪年所贈。

冬，姚琮為先生《曾氏家學》作序。

約年底，先生增編近詩一卷為《頌橘廬近詩》（屬《頌橘廬詩存》「第二十二卷」），單行排印出版。

是年，學界舉辦紀念陳獻章誕生五百三十四年大會，並辦徵詩文、詩鐘、學術演講等活動，大會邀請先生與陳本、陳湛銓、陳荊鴻負責評審徵詩及詩鐘。

一九六三年，歲在癸卯，六十四歲

是年，香港中文大學成立，三院教師統一行講師級職稱，先生獲任新亞書院高級講師。又仍兼任香港官立文商專科學校教席。

正月（夏曆），先生為李彌庵《佛日樓詩》作序。

二月至五月間，《新亞生活》「新亞之風」載學生盧瑋鑾、李潤桓等所作「風窮酬唱」之詩。

六月，《文學世界》載先生《和天石先生詠木棉原韻》詩。

六月二十二日，《華僑日報》載張大千為陳養吾中醫畫「杏林春滿圖」及先生所作《杏林春滿圖記》楷書手稿。

七月（夏曆），先生合訂舊版《曾氏家學》、《曾氏家學續編》、《曾氏家訓》、《曾氏家乘》，統名為《曾氏家學》，凡兩大冊，排印出版。書前於原有章、陳二序外，新增姚琮序；於舊題詞者七十七人之上，新增孫克寬、蘇文擢、馬武仲、胡先驌、劉伯端、黃曾樾、袁守謙、王彥行、瞿兌之、酈健行十人。全書分為「（甲）詩」、「（乙）詞」、「（丙）駢散文」、「（丁）制舉文」、「（戊）《五經巧對》」、「（末）傳狀序跋自敘譯文」，並附《曾氏家訓》、《曾氏家乘》二書於後。

七月，新亞書院中國文學系系會創辦《中國文學系年刊》，載先生學生習作及《樂宮樓讌集詩》、《讀《新亞心聲》》等。
九月十九日，《新亞生活》載先生《送鄺健行游學希臘序》。
十二月十三日，《新亞生活》載先生《甘廼迪總統挽詩》詩。

一九六四年，歲在甲辰，六十五歲

先生仍任新亞書院高級講師，並兼任香港官立文商專科學校教席。
一月十六日，《新亞生活》載先生《近代海內兩大詩世家（通州范氏福州曾氏皆傳十二世歷四百載）刊成敬集杜句題其耑》詩。
六月，《中國文學系年刊》登載本年度徵詩得獎學生之作品，先生作識語交代始末。
六月，臺灣《中華藝苑》載先生《題張大千蜀江卷，寄示定山》詩。
夏，郭亦園編《網珠集》載先生《夜坐》詩。
七月（夏曆），先生編印其師吳闓生《桐城吳氏古文法》，親為題序及題耑。
九月，《文學世界》載先生《人日雅集集杜》詩。
十一月，《新亞生活》連載先生《通州范先生詩序》、《張大千巴西筆冢銘並序》。

十二月十八日，《新亞生活》載先生《武仲翁示人日詩次韻奉答》、《兵頭花園看杜鵑懷彌庵兼示叔美》詩。

是年，馬武仲病卒，先生為作《馬武仲先生墓表》。

一九六五年，歲在乙巳，六十六歲

先生仍任新亞書院高級講師，並兼任香港官立文商專科學校教席。

五月八日，日本駐港總領事館主辦「日本現代名家書法展覽會」，先生到會發表感言。

十月，先生為亡友趙叔雍《高梧軒詩》作序。

十二月（夏曆），先生為亡友馬武仲《媚秋堂詩》作序及題耑。

是年，為國父孫中山先生百年誕辰，香港成立「香港各界紀念孫中山先生百年誕辰籌備委員會」，先生為個人籌備委員之一。

是年，族叔曾雲沛九十大壽，先生作《雲沛族父九十壽詩次其見壽六十韻》詩賀之。

一九六六年，歲在丙午，六十七歲

是年，先生於香港中文大學正式退休，轉為新亞書院兼任高級講師。又仍兼任香港官立文商專科學校教席。同時，先生亦獲任香港浸會書院中文系教席。

三月（夏曆），張大千為先生畫「雲山圖」巨幅，並附題兩絕句。

八月，先生排印出版《通州范氏十二世詩略》，凡一冊。同月，先生亦選編鶚里曾氏十一世詩，並增己作「頌橘廬詩」一卷，又刪去原有友人題詞，僅保留自序二篇及新作跋文，題為《福州曾氏十二世詩略》，凡一冊，排印出版。

重九日，《天文臺》三十周年報慶，先生集杜甫詩作《《天文台》三十週年紀念及孝威社長「我怎樣促成中美協定」大文題詞》。

十二月三十日，張大千於香港大會堂舉行近作欣賞展，先生有專文論張大千畫。

《星島日報創刊廿五周年紀念論文集一九三八—一九六三》，載先生《二十五年來中國的舊詩》一文。

一九六七年，歲在丁未，六十八歲

先生仍兼任新亞書院、香港官立文商專科學校、浸會書院教席。

一月十三日，《新亞生活》載先生學生陸潤棠、高美慶等二十一人所作《題范曾兩氏十二世詩略》詩。

六月，《新亞書院中國文學系年刊》載先生演講《論文德》一文。

六月九日，《新亞生活》載先生學生郭蕙芝、楊鍾基等二十九人所作《題范曾兩氏十二世詩略》詩。

九月，《大千居士近作展覽》於香港出版，先生為之題耑及撰白話文序。

十月二十七日，《新亞生活》載先生學生林婉蓮、陳炳藻等六人所作《題范曾兩氏十二世詩略》詩。

十二月二十二日，《新亞生活》載先生《愛新覺羅溥儀挽詩》詩。

是年，香港大會堂落成五周年，先生作《香港大會堂落成五年頌詞》紀念。

一九六八年，歲在戊申，六十九歲

先生仍兼任新亞書院、香港官立文商專科學校、浸會書院教席。

二月（夏曆），先生為曾紹杰《紹杰篆刻選集》作序。

四月，臺灣《幼獅學誌》轉載先生《近代海內兩大詩世家》一文。

四月（夏曆），張大千七十大壽，先生撰《大千八兄七十壽言》寄賀。

五月三十一日，《亞洲詩壇》載先生《月次杜均示諸生》詩。

十一月三十日，《亞洲詩壇》載先生《中秋月蝕和亦園》詩。

十二月十五日，先生新娶陳鴻（虹）若女史為妻，並舉行婚宴。夫人字仲蘭，浙江瑞安人，曾遊學日本，並從萬一鵬學畫，先生有《睇電戲示仲蘭》詩。

一九六九年，歲在己酉，七十歲

先生仍兼任新亞書院、香港官立文商專科學校、浸會書院教席。

正月初一（夏曆），先生七十大壽。張大千為先生畫武陵山水，並題七律一首。何敬羣、蘇文擢等詩友寄贈賀詩。又新亞書院學生方幼蘭、吳焯凡、陳漢廷作《己酉元旦曾師履川先生七十壽誕祝辭》古文三篇，門人何乃文作《頌橘先生七十壽言》古文敬呈，先生則自作《己酉元旦七十初度》詩抒懷。

夏，湘鄉曾紹杰寄紙乞寫近詩，先生乃手寫近詩凡六十四葉應之。

夏，王則潞刊印黃公渚手書詞稿，先生為題絕句二首，並為黃氏遺像題款。

六月（夏曆），先生作《范伯子先生遺墨跋》。

九月，《香港浸會書院文學院一九六九—七〇年度課程綱要》，載先生本年度開講「五年制國文」、「大一國文」凡二門課。

九月三十日，臺灣《幼獅學誌》載先生《論范伯子詩》一文。

十月十日，《新亞生活》載先生《登陸月球次杜工部詠月詩均》詩。

十月十日，《新亞書院創辦二十週年校慶特刊》載先生手書前校長吳俊升《自新亞書院退休賦別諸同仁同學》詩。

十一月十七日，《新亞生活》載先生《秋興次杜韻》詩。

十二月五日，《新亞生活》載先生《重刊吷庵先生詩畫序》一文。

十二月（夏曆），臺灣中華書局擬重刊吳闓生《左傳微》、《詩義會通》等書，先生喜作《桐城吳氏國學秘笈序》。

是年，郭亦園編《網珠續集》，載先生《題王調父《猛悔樓詩》》、《夜坐》、《春意》

詩，先生並為是書題耑。

一九七〇年，歲在庚戌，七十一歲

先生仍兼任新亞書院、香港官立文商專科學校、浸會書院教席。是年，先生於浸會書院主講「詩選」課。

一月，《書畫月刊》載先生《近代書家述評・沈子培鄭孝胥》一文。

二月二十日，《新亞生活》載先生《桐城吳氏國學秘笈序》一文。

春，陳孝威以《天文臺》創刊三十四年及其從事國民外交三十年，賦詩言志，先生作《孝威國民外交四大成果有詩，依韻奉和》七律寄賀。

三月，章士釗九十大壽，先生作《孤桐丈九十壽詩》呈賀。

三月，臺灣中華書局重刊先生所編《桐城吳氏古文法》，先生作《中華書局覆印先師桐城吳氏國學秘笈成，喜而以長歌詠之》詩。

三月（夏曆），曾紹杰影印《頌橘廬手寫近詩》刊世，先生親題書耑。

五月，《書畫月刊》載先生《近代書家述評・康有為》一文。

五月十五日，《大人》創刊，載先生《李梅盦與曾農髯》一文。

新亞書院吳俊升校長七十大壽，先生作《士選先生七十雙壽》賀之。
五月二十六日，《亞洲詩壇》載先生《示仲蘭》、《題大千繪玉照山房圖》詩。
六月十日，《亞洲詩壇》載先生《登陸月球三用杜詠月》、《題大千長江萬里圖》詩。
十一月十六日，《新亞生活》載先生《七十自述》詩。
十一月二十八日，《亞洲詩壇》載先生《曾紹杰六十壽詩》。

一九七一年，歲在辛亥，七十二歲

先生仍兼任新亞書院、香港官立文商專科學校、浸會書院教席。
一月，先生增編《頌橘廬文存》（十六卷）、《頌橘廬詩存》（二十四卷），排印刊行。
三月八日，《新亞生活》載先生《和亦園搖落吟即以為壽》、《和答大千寄畫詩》、《醇士得海外大學學位詩以賀之》詩。又載署名「樂庵」所撰《當代學者對於曾克耑先生頌橘廬集的看法》一文。
三月二十二日，《新亞生活》載先生《味筍齋集序》一文。
五月十五日，《大人》載先生《鄭孝胥其人其字》一文。
八月十五日，《大人》載先生《陳散原其人其詩其字》一文。

十一月五日，《新亞生活》載先生《紀念趙鶴琴》一文。
十二月十六日，《亞洲詩壇》載先生《用穉琴均寄大千居士兼呈穉琴》詩。
是年，先生二弟克宣病卒臺灣，終年七十，先生作《仲弟克宣挽詩》悼之。
是年，張大千於香港大會堂舉辦近作展，先生作《大千畫展竟，祝其生日》詩賀之。

一九七二年，歲在壬子，七十三歲

先生仍兼任新亞書院、香港官立文商專科學校、浸會學院教席(七)。
一月十七日，《新亞生活》載先生《用穉琴韻寄大千居士》、《悽遑》等詩三十首。
三月，丁淼、王韶生、王世昭編《現代詩歌選》，載先生《美太空人登陸月球》詩。
十月一日，《文壇》載先生《壽健青次花甲韻》詩。
十一月十五日，《亞洲詩壇》載先生《贈復觀兼送其行》、《上巳禊集》、《悽遑》、《示來學諸子》詩。
十二月，先生致函張大千求為夫人畫荷。

(七) 一九七二年浸會書院改稱浸會學院。

是年，夏書枚八十大壽，先生作《壽夏叔美八十》詩。

一九七三年，歲在癸丑，七十四歲

先生仍兼任新亞書院、香港官立文商專科學校、浸會學院教席。

一月一日，《文壇》載先生《次韵壽天白》詩。

一月，吳語亭於臺北選刊抗戰時所主編《今國風》之詩友詩歌，其中選錄先生《大隧行》、《次韻奉題友人龍門浩新居》、《哀調甫》詩。

正月初七（夏曆），張大千為先生夫人畫「荷花出水圖」。

二月十五日，《大人》載先生《天佑歌》詩。

三月，章士釗九十三歲生日，先生作《壽孤桐丈九十三，次其原均》詩。

四月一日，《文壇》載先生《壽書枚道兄八十》詩。

六月一日，《文壇》載先生《天馬歌》詩。

七月一日，章士釗病卒香港，先生作《章老挽詩》哀之。七日，章士釗出殯，先生參與扶柩。

仲夏，黎玉璽將軍六十大壽，先生作《黎薪傳上將六十壽序》賀之。

八月至十二月間，《文壇》分別載先生《謝少帆惠卵花》、《謝少帆惠頻婆果》、《畬潘國渠》、《題玉照山房圖兼為壯為壽》、《和行丈病起兼寄益知》、《答亦園》、《壽夏叔美八十》、《喜大千眼復明》、《題大千食單》、《癸丑中秋》、《章老挽詩》、《癸丑小春壽天白》詩。

是年，先生輯一九七一——一九七三年詩為《頌橘廬近詩》一卷（屬《頌橘廬詩存》「第二十五卷」）單行刊世，凡八十七首，並附《上章孤桐書》、《達縣黎波臣先生墓誌銘》、《黎薪傳上將六十壽序》三文於書後。

一九七四年，歲在甲寅，七十五歲

先生上半年仍兼任新亞書院高級講師，下半年轉任香港中文大學中國文化研究所研究員，並兼任香港官立文商專科學校、浸會學院教席。

一月一日，《文壇》載先生《次韻慰亦老》詩。同日，《大成》載張大千口述、先生筆錄之《談敦煌壁畫》一文。

二月，美國雅禮協會與香港中文大學藝術系舉行「當代中國書畫展」在美國巡迴展覽兩年，先生有書法展出。

春，先生出席芳洲社雅集，何敬羣有《芳洲社春集，列座諸老費子彬、夏書枚、李幼椿、曾克耑、吳俊升、李慎五、余祖明、王淑陶、李伯鳴、徐義衡、王韶生、涂公遂、趙戒堂並余十四人均七十至八十以上，因以十四鹽韻分詠》七律紀事。

四月二十五日夜，先生與丁衍庸、蔡德允、蕭立聲、張碧寒、唐君毅等雅集於樂宮樓。

是年春，先生在報人羅孚協助下，北返北京省親，重見闊別二十四年之妻子及長子曾永閎，二子曾永闓亦專程由漢口趕赴北京相聚。先生乃初見媳婦及兩位小孫。其後，先生從北京取道廣州返香港。

五月十二日，先生於香港《大公報》發表《回到闊別了四十七年的北京》。

九月二十八日，為慶祝新亞書院成立二十五週年，中文大學藝術系於香港大會堂舉行藝術展覽，先生有草書四屏展出。

是年，先生為張叔平《蜷厂遺稿》題序。

一九七五年，歲在乙卯，七十六歲

先生仍任香港中文大學中國文化研究所研究員，並兼任香港官立文商專科學校、浸會學院中文系教席（八）。

約是年，先生寄《梅宛陵詩評注》稿本予臺灣友人章斗航先生，囑託代印，章氏後於一九八二年刊印。

九月初，先生為《書譜》期刊（第六期）扉頁題耑。

九月五日（上午八時十五分），先生病卒於香港瑪麗醫院，終年七十六。新亞書院師生旋即組成治喪委員會。

九月十三日，新亞書院師生於九龍殯儀館舉行追悼會，友人門生多寄祭文、挽詩、挽聯、挽額等悼之。

先生卒後，歸葬北京昌平鳳凰山陵園。

二〇一三年五月初稿

二〇一八年八月刪訂稿

（八）先生卒後，官立文商專科學校「詩選」課由門人洪肇平接任。

曾克耑先生著作簡介

陳志誠

一、《曾氏家乘》（一九五八）

是書乃克耑師所編纂，以記其祖德之作。蓋自明代由贛遷閩以迄清末，幾近四百年，其先人讀書應舉，得秀才者七十七人，膺鄉薦者四十人，以優行貢者五人，進士者九人，入翰林者三人，舉解者一人。全書共分五卷，有九世祖曾大來、十三世祖曾暉春、十六世祖曾福謙及位次十八世祖之克耑師分別撰述其先世之行狀與事畧。第五卷並有多個列表，分別列出曾氏之世系、科名與著述，以便一覽。

二、《曾氏家學》（一九五九）

是書分上、下兩冊，乃克耑師依據其家藏手稿本或由他書迻錄曾氏自七世祖以來之詩作結集。此書凡經四次刊行：初刊於抗戰前在上海以仿宋體排印，第二刊於抗戰時在重慶以小字本印行，第三刊勝利後於南昌以木刻本精印，第四刊即為此書，於香港排印。此書原名《鶚里曾氏十一世詩》，作者亦由二十四人增至四十二人，此因遺詩時有發現之故。是書收詩四十二種、二千零四十六首，詞三種、八十五首，諸家傳狀序跋三十八篇，自序二篇，合共二千一百七十一篇。書前有章士釗、陳祖壬序。題辭者，除原有李宣龔、夏敬觀、何振岱、汪東、羅惇㬊、陳世宜、馮飛、向迪琮、賀培新、李鴻翱、冒廣生、梁敬錞、張宗祥、沈兆奎、汪國垣、陳宗蕃、黃孝平、喬曾劬、林志鈞、謝无量、馬浮、周達、沈尹默、柳詒徵、靳志、方兆鼇、劉成禺、林思進、姚鵷雛、向楚、曾學孔、潘伯鷹、陳聲聰、陳閎慧、徐韜、陳曾壽、葉恭綽、酈承銓、盧前、孫詒、陳中嶽、彭醇士、李翊灼、吳敬模、關賡麟、黃孝紓、江庸、劉永濟、高二適、李家煒等五十位之外，此書再增加陳延韡、劉衡戡、李明志、陳定山、曾希穎、劉太希、張默君、袁試武、饒宗頤、趙尊嶽、吳天任、成惕軒、鍾伯毅、羅尚、張齡、何乃文、翁立之、江絜生、林濃、林肇、李家煌、何鑑悰、徐鯁生、夏書枚、劉子達、王則潞、鄭天健等二十七位合共七十七位名流學者之題辭。

三、《饒編審遺集》（一九六一）

是書乃湖南饒世忠之遺作集。饒君資稟超卓，自幼即肆力于文章，受知於時賢，終獲當時教育部長辟為編譯館編審，惜任命剛下而君已寢疾以卒，年僅二十五歲。此集分上、下兩卷，文存二十篇，詩則有八十八首，合共一百零八篇。書前有克耑師之序文及為其所作之傳記。

四、《頌橘廬叢稿》（一九六一）

是書為克耑師之著作集，分內篇和外篇。內篇有二冊，首冊為文存共十四卷，屬文言文之作。第二冊為詩存共二十一卷，凡九百五十五首。另附《毅庵詩草》、《樂庵詩草》各八首。毅庵即曾師長子曾永閎，字毅父；樂庵即曾師次子曾永閿，字樂父；是以用「毅庵」、「樂庵」題其詩作。曾師曾於永閎八、九歲，永閿五、六歲時督為五、七言絕句，頗為親友長輩所賞識，因而將其時之詩作附於《叢稿》之末，以見彼二子幼時所作之表現。至於外篇則有四冊，共三十八卷，都屬於語體文著述。總計全書內篇加外篇合共六巨冊。

五、《新亞心聲》（一九六一）

本書為克耑師於新亞書院教授「歷代詩選」、「杜詩」、「楚辭」等課時之學生習作輯錄。封面《新亞心聲》四字為時任校長之錢穆先生所題，書前並有克耑師之序文。序文除提及編印此書之原委外，並對一眾同學之表現深表滿意，其優秀者甚至可比美時彥。認為足以繼承我國文學之優良傳統，發揚風雅之旨。本書前後出版兩集，此為第一集。

六、《新亞心聲》（一九六二）

本書為前書之第二集，書名由時任副校長之吳俊升先生所題，書前並有錢穆校長之序文。序文稱許克耑師重視習作之教學方法，認為通過實踐，可讓同學得知前人寫作之甘苦，有益性情之陶冶，足矯時下不正之學風。本集除詩作外，亦有賦作之輯錄。

七、《曾氏家學續編．家訓家乘附》（一九六二）

全書合共一冊，包括《曾氏家學續編》十卷、《曾氏家訓》八卷、《曾氏家乘》六卷。《曾氏家學續編》十卷中，包括專著、駢散文、詩、詞、制舉文，均為前《曾氏家學》一書所未刊載者。《曾氏家訓》八卷，內載曾氏七世祖兩篇，八世祖一篇，十三世祖三篇，十六世祖兩篇，均為垂訓後人之作。《曾氏家乘》乃前述同名書之重刊本，以記述其先世之行狀與事畧，惟增加《諸家贈序表誌歌詩》一卷，以表揚其先世為學為政之事跡。

八、《風窮詶唱詩》（一九六二）

是書乃《頌橘廬叢稿續編》之外篇卷第一，原為克耑師就其師吳闓生先生所作長句之和作。吳詩原題為《題秋風度遼圖壽王晉卿》，克耑師以其原詩首末句用「風窮」為韻和作共七篇，其後曾師朋輩及一位新亞書院校外學生和章共十九篇，而新亞書院同學之和作則有四十篇，全部合共六十七篇；可謂當時詩壇之盛舉。書前有克耑師《風窮詩唱和的結集》一文，對此盛舉之介紹與說明。

九、《曾氏家學．家訓家乘附》（一九六三）

是書分上、下兩冊，錄克耑師家族十一世祖以來作品。《曾氏家學》共八十四卷，計詩凡四十二種六十九卷、二千零九十九首，詞凡五種五卷一百一十六首，駢散文凡十八篇，制舉文凡四十篇，諸家傳狀序跋凡三十八篇，自序三篇，都凡二千三百一十四篇；另五經巧對五卷共二千七百二十對。《曾氏家訓》共八卷，內容與前同名書相同。《曾氏家乘》共八卷，內容除與前同名書相同者外，復增四篇行狀及一篇補遺。書前有章士釗、陳祖壬、姚琮三序。並且，除原有之七十七位外，此書再增孫克寬、蘇文擢、馬復、胡先驌、劉景堂、黃曾樾、袁守謙、王彥行、瞿宣穎、鄺健行等十位即前後共八十七位名流學者之題辭。

十、《近代海內兩大詩世家》（一九六四）

是書屬《頌橘廬叢稿續篇》外篇第二卷。書中寫出明清以來國內兩大詩世家之世系及其作品選錄。兩大詩世家，一為江蘇通州范氏；一為福建福州曾氏。稱為世家，書中列出四項標準，其中之一為同一氏族至少十代連續都有詩人出現，范氏與曾氏均符合此標準。克耑師於書中選錄出兩大詩世家深受詩壇所認同之佳作。

十一、《桐城吳氏古文法》（一九六四）

是書分上、下兩篇，上篇乃吳闓生先生就《韓非子》、《史記》文辭之分析；下篇為李剛己先生對古文辭之分析。上下兩篇又各分上、下，目的皆在使初學古文者有一可循之津梁。

十二、《通州范氏十二世詩畧》（一九六六）

是書乃江蘇通州范氏之家族詩集，原為清末詩家范肯堂先生選定其先祖之詩作而成，並經克耑師畧加整理。稱為詩世家者，既要世代綿長，至少經歷十世以上，且其中並無中斷，所作歌詩亦表現出色，具有承先啟後之作用。合乎此等條件者，海內只有通州范氏和福建福州曾氏家族。蓋通州范氏自明末以來，歷四百餘年，前後十二代出現十四名作者。此書所選，合共一千零六十五首，乃范氏家族累世詩作之佳構。

十三、《福州曾氏十二世詩畧》（一九六六）

是書可謂前書之姊妹編。福州曾氏，與通州范氏，均為海內僅有之兩大詩世家，同樣符合稱為詩世家之條件。與范氏相若，自明末以來，歷經四百餘年，前後十二代，出現四十四名作者。此書為克耑師所編纂，共收詩一千一百一十五首，均為其家族累世作者之佳作。

十四、《姚惜抱選唐人絕句》（一九六七）

是書乃姚惜抱繼《今體詩鈔》後所選之唐人絕句，從未刊行，克耑師將之整理出版，共選正編一百二十首，附編一百首，合為二百二十首，認為乃學絕句至精至約之本。書前有克耑師序文，述此書得見之由來。

十五、《頌橘廬手寫近詩》（一九六九）

是書為克耑師手寫其近期詩作六十餘首，所謂近期，應為上世紀六十年代之間。此書並無排印本，只有影印本，除可欣賞曾師晚年之詩作外，復可欣賞其婀娜多姿、矯健靈秀之褚、虞體書法。得炙其手澤，倍感親切，實在難能可貴。

十六、《頌橘廬文存》（一九七一）

是書為克耑師所作之文章結集，屬《頌橘廬叢稿》內篇之一。全書共有十六卷，凡一百四十餘篇，包括有書序、記、書、贈序、壽序、事畧、行狀、傳、碑、墓誌銘、墓表、頌、祭文、誄、哀詞、後序、跋等各種體裁，除自作外，其中亦有多篇屬於曾師為人代作之文章。各篇均附《文本事注》，畧述文中所寫對象或相關人物傳畧。

十七、《頌橘廬詩存》（一九七一）

是書乃克耑師詩作之結集，屬《頌橘廬叢稿》內篇之一。全書共有二十四卷，凡詩一千一百二十八首。另附《毅庵詩草》、《樂庵詩草》各八首。克耑師之學養，既有本身顯赫之累世家學，復能師承有自，是以表現特殊出色。其師為吳闓生先生，乃桐城派吳摯父之子；其詩作則學自兩位同光體名家：一為贛派陳三立散原先生；一為吳派范當世肯堂先生。散原先生之詩，同代有詩人推之為清代第一；肯堂先生之詩，散原先生則許之為有清第一。兩人格調並不相同，陳詩意境淵微，雕琢字句，骨重神寒；范詩則氣體沈雄，縱橫排盪，實大聲宏。曾師則力圖調攝兩者，以成就其本身之風格。另外，曾師亦以世交後輩而受知於陳衍石遺先生，對於石遺先生，認為其論詩十分在行，甚至認為《石遺室詩話》是自有詩話以來均無一本能與之相比，且自認做詩途徑曾受其啟發。可見曾師之作，別裁偽體，轉益多師；其識見之廣，胸襟之闊，為當代最出色之詩家，實當之無愧。此書前有吳闓生及潘伯鷹兩位先生之序文，亦有章士釗先生之題辭。各卷均附《詩本事注》，畧述詩中所涉人物傳畧及相關資料。

附注：上列各書，除《頌橘廬手寫近詩》外，均在香港刊行。

諸家評述

余汝豐輯校

陳衍《石遺室詩話》卷廿九：（《民國詩話叢編》冊一）（《民國詩話叢編》張寅彭主編，上海書店出版社，二零零二年十二月第一版。）

近賢詩清脆者多，雄俊者少。潮安石銘吾（維巖）、潮州劉仲英（仲英）、閩縣曾履川（克耑）皆可以走僵籍、湜者。履川，剡叟（宗魯，後更名福謙）孫。剡叟字伯厚，以即用知縣官蜀，兩袖清風，遺子孫以清白而已。履川少劬學，間關數千里，自蜀至京師，請業於一時聞人，肆力詩古文辭。前歲余有子之喪至都，履川來見，出示舊作散體文數首，則才氣有餘，範以方、姚榘矱；並撰五言古三首為贄，兀傲不羣，讀之使人氣王。其一云：「老去亂屢經，名高禍踵至。頗哀石遺翁，看盡湖海氣。索句有閉門，四海馳姓字。廿年騰驥子，微傳未憂墜。豈意高明家，天故不子惠。欲使窮愈工，憂患巧位置。嗟哉骨肉親，終學形骸偽。闔棺如欲語，一瞑竟長棄。淚盡思子亭，萬里猶馳轡。浩劫行且來，蒼生日凋瘵。哀此垂絕軀，眾手爭一試。死所誰復知，瞪目視諸帥。」其二云：「怪奇鬱文字，萬世寧能滅。沆瀣感意氣，翻疑造化設。大羣委末化，慘痛紛顛蹙。橫流跳猛獸，未足方其烈。夫子吾鄉彥，聲譽照江國。忍淚餘看天，震名咸撟舌。抱一式天下，餘事包孔墨。神慮迴濤瀾，一卷沁冰雪。末學昡高文，輒思尋其穴。洪爐鑄萬化，妙技試點鐵。平生百無戀，師友念獨結。此意當誰告，刳肝有瀝血。」其三云：「學雖未可知，氣不甘人下。騏驎騁天衢，吾寧舍十駕。豪傑摧萬古，庶幾一戰霸。懷此亦有年，獨唱畏人和。豈伊知者希，念之輒悲咤。顧瞻鄉里親，愛就耆舊話。儼若父祖臨，或者警余惰。晚景迫世變，翻恐漸凋謝。謦欬接所歡，私意珍無價。獨感招致誠，猶幸及親炙。奇才愧昌谷，敢賦高軒過。心肝嘔示公，所求在譏罵。」三詩勃鬱煩冤，末篇直不啻千迴百轉矣。（按：三首見《頌橘廬詩存》卷第一《上石遺先生》。）

《石遺室詩話續編》卷一第十六則：

曾履川克耑肆力詩古文辭甚偉，而性情篤摯，所為詩對於骨肉師友，寬博中時有沉痛語，如《哭畏廬》、《上堯生》、《上芸子》諸篇。（按：《哭畏廬》見《詩存》卷第一，《上香宋先生》見《詩存》卷第四，《上芸子》疑即《詩存》卷第四《上問琴先生》七律二首。宋育仁字芸子，號問琴。）其《書先妣事畧後》（按：詩見《詩存》卷第二）云：「灑血陳哀寧述德，傷心永憾話承歡。家貧骨肉凋摧易，世降文章痛哭難。九死餘生人惘惘，一棺萬里路漫漫。微時阡表誰能識？秖合孤兒獨自看。」（按：「誰能」《詩存》作「憑誰」）蓋其母夫人年少自刃徇夫，喉垂斷矣，遇救甦，以噴血太甚得心疾。克岦其嗣子，嘗以《事畧》丐余為哀詞，故其詩結語尤為一字一淚。余《哀詞》云：「造物之愚弄乎斯人兮，賦以白刃可蹈之性，而盭其死則同穴之情，延其刃下不殊之身。綿以元宗之嗣，而塗以迷罔之神。然不能斂其孤之能文，善襮其苦節之親。自哀痛追切以迫精爽之失真，曲狀焉而不渝於泯泯。」《發井研》（按：見《詩存》卷第四，題為《發井研途中雜詩》四首）云：「輿夫奮步行，客程每苦緩。寧知行逾迅，去親乃益遠。」中云：「回首念吾親（《詩存》作「回頭望吾親」），念我腸百轉。某水復某陂，某山復某巘。（《詩存》作「某山復某岡，某水復某阪」。）感此風雨急，掩面應餘泫。」視王摩詰之「揮淚逐前侶，含悽動征輪。車徒望不見，時見起行塵」，實透過一層矣。

第十七則云：

履川初及余門時，余適喪長子在都，慰余三詩，首云：「老去亂屢經，名高禍踵至。」已豔其腦；末云：「浩劫看已來，蒼生日凋瘵。哀此垂危軀，眾手爭一試。死所誰復知，瞪目視諸帥。」雙關語，有手揮目送之致。

第十六則云：

履川取昌黎稱樊紹述「海涵地負」語名其樓，丐余作記。余謂涵負談何容易，紹述即不足以當之，有志者當勉為其難而已。（下畧）

林庚白《子樓詩詞話》（《民國詩話叢編》冊六）：

乘火車、輪船，而猶作「扁舟容與」、「驅車古原」之感；旅居於通都大邑，而猶發「雞聲茅店月，人跡板橋霜」之詠；豈為不類，直是懵然無所覺。余激賞近人李拔可之句「車行追落日，淮泗失回顧」，此真能詩者。蓋此情此景，非火車中行客不知也。友人曾履川有句云：「艨艟馳逐波初大，星斗迷離月正中。」狀海行亦工。（按：詩《舟次大沽》句也，見《詩存》卷第四。）履川有《黑水洋》一律尤雄渾可誦。詩云：「夜色迷漫水鬱蒼，南歸北客意茫茫。極知滄海成何世，卻認寥天作去鄉。刻劃鬼神供戲笑，咨嗟傭保話興亡。科頭跣足扶桑去，一枕何分上下牀。」的確是輪船中所作，的確是輪船中官艙或房艙旅客所經歷之情景。（按：詩在《詩存》卷第四，題為《渡黑水洋》。）

又：

遜清遺老，什九貌為忠孝，而以民國法網之寬，得恣所欲言。在北洋軍閥時代，以一身出入於清室與民國者，又指不勝屈。「笑罵由他，好官自為。」此輩遺老亦庶幾矣。曾履川有《落花》四首，於此輩遺老，極諷刺之妙致。（按：詩見《詩存》卷第二，題作《落花次弢庵均》，詩為七律。）其第二首有云：「豈謂摧殘關宿業，只應零落看終場。江山故國空垂涕，風雨高樓且命觴。」（按：起聯為「塵沙九陌枉猖狂，飄散何曾損故芳」。結聯為「滿地殘英如可擷，好留芳潤漱肝腸」。）其第四首有云：「極呼后土終何補，欲逐前溪不自由。養豔昔曾張錦幔，酬恩倘似（詩原作「擬」）墮（詩原作「墜」）珠樓。」（按：詩起聯為「一去韶光未可留，賸飄殘蕊寄枝頭」。結聯為「名花身世終堪羨，底事春歸怨不休」。）皆辭意深刻，聲調激越，直類《春秋》筆法矣。

又：

曾履川為韶覺（按：《詩存》卷第四《詩本事注》：「鄭洪年字，廣東番禺人。清諸生，民國官交通、財政、工商、實業諸部次長，國立暨南大學校長。」）掌書記，詞翰甚美，為時所稱。

錢仲聯《夢苕盦詩話》（《民國詩話叢編》冊六）：

今夏為國專紀念冊撰《十五年來之詩學》一文，中論近日閩派詩人後起之彥，極推黃公渚。既而葉長青以其同門曾履川克耑新刻《涵負樓詩》八卷相示，則才力橫恣，出公渚上，而精微深秀不逮。履川出桐城吳北江先生門下，已復問詩於散原、石遺二公。其祈嚮所在，似不外肯堂、散原二家。古體全學肯堂，差能具體；近體以范、陳樹骨，參以異派之長；與近代閩派詩人取徑絕異。北江序其詩，稱為並世詩家，莫有能儷，獎借未免溢量，要為未易才矣。集中多長篇大作，不以一二語標名雋。五古如《哭畏廬先生》三首（按：見《詩存》卷第一），《昀谷先生挽詩》三首（見《詩存》卷第八），皆可謂不負其題。餘如《秋懷》句云：「郊原霜露積，羣卉失芳潤。商飆爾何來，萬馬疑突陣。所惜歲寒姿，凌厲獨與競。剛腸難為熱，餘灰亦向燼。焉知烈士胸，猶可六合孕。繫之將斷髮，及此未斑鬢。」（按：詩見《詩存》卷第二，一題三首，此所引為第一首。）又句云：「登臨空掩涕，絕歎山川美。秋江澄落日，巫峰凝暮紫。歸夢墮層波，意逐孤舟駛。平生輪困抱，掬水擬一洗。豈意日月光，終晦塵霧裏。詩成憤未宣，餘意欲裂紙。」（按：此為第三首。）《李歸川別三年矣，頃至自閩，奔其族祖星冶先生喪，行將歸娶，贈詩二章將意》句云：「暫離每致意，提心常在口。倘令終日對，誰能長相守。所以超世士，分道踔七有。劫後一相携，彌知別味厚。」（按：詩見《詩存》卷第二，唯題無「二章」二字，「將意」後有「二首」二字。句「七有」應為「九有」。）佳處多類是。其《秋岳南游初稿有遊鼓山用十賄全韻一首，因次其韻，以論駢散之原，箴末學之陋，兼明所守焉》一長五古，凡六十韻（按：《詩存》卷第三有《鯤鵬篇贈芻庵疊庵昆弟用十賄全均》，亦六十韻，論及駢散，疑即此作。），可謂沈酣騁雄怪矣。然其大篇，往往遇事恢張，不免客氣假象。如《表叔祖郭匏庵先生見余所為其弟婦壽序，招入蟄園詩社，賦呈四章，兼示同社諸公》（按：《詩存》卷第一，題作《太表丈郭匏庵先生見余所為古文，招入蟄園詩社，賦呈四章》。）句云：「千態與迴旋，萬丈恣吞吐。冥搜（《詩存》「搜」作「思」）極造化，百靈相爾汝。」（《詩存》四首之三）又句云：「千聖開我思，萬靈（「靈」《詩存》作「象」）納我腹。肝膈鬥秘怪，百靈忽夜哭。」（《詩存》四首之四）

千態、萬象、百靈、千聖等字，偶一用之，原非不可，若藉此鋪張門面，搖筆即來，如以上所舉，則不特膚廓可厭，且犯重複之病矣。七古如《上散原先生六百三十字》（按：見《詩存》卷第一，僅題《上散原先生》）、《讀北江先生近詩次風字均為長韻奉呈四百二十字》（按：詩見《詩存》卷第七，唯題則作《讀北江師近詩次風字均為長句奉呈》。），皆才力雄富，而有詞浮於意之病，然以嚇餘子有餘矣。今錄其《題涵負樓用山谷松風閣詩均》（按：見《詩存》卷第二）全首云：「腹能匯海納百川。足無立地插一椽。欲登狼胥勒燕然。提兵瀚海知何年。羲皇邈矣思萬天。焦桐神往薰風弦。紛紛四海飲狂泉。扶持舜禹徒為賢。萬靈風雨集几筵。黃河白日孤光縣。我來一笑坐青氈。眼看奔瀑鳴潺湲。斷霞幽澗山花妍。落英垂露堪粥饘。蒼茫六合迷烽煙。安能嘯傲棲林泉。何必風雲騰我前。樓頭晝護蛟龍眠。一聲破壁雲雷纏。塵饑世網不吾攣。乾坤寧待重斡旋。」昔吳摯甫嘗論山谷七古，推《秋風閣》為第一，氣象高邈，杳然難攀，而以范肯堂《天津問津書院次松風閣韻》一首，可追而與之並。今履川此詩，又可以追配肯堂矣。以外奇語大句，數之不盡。七律如《送陳跂曾遊學巴黎》（按：二首，詩在《詩存》卷第一。）句云：「衡湘閟怪數千載，發越斯人亦一奇。蹴踏滄溟成獨往，沈冥風雨欲安之。」《詠蟬》（按：見《詩存》卷第一，題作《昀谷先生出示詠蟬四律次韻奉答》。）句云：「豈謂居高聲自遠，終知志潔飽何求。一鳴莫起沈沈夢，萬象都歸寂寂秋。」（按：句出四首之三。）

《送鴻銘先生東渡》（按：詩凡二首，在《詩存》卷第一）句云：「邦家如燬鬢如絲，虞夏黃農夢與期。東海忍攜哀病往，西山儘有涕洟垂。」（見二首之一）又句云：「疾風能發軒轅夢，一卷縱橫廣學篇。百國寶書恣開闔，九流異説睨推遷。」（見二首之二）凡此皆規摹肯堂，面目逼肖者。至如《次韻迪庵豁蒙樓》（按：見《詩存》卷第五）句云：「寒吹千林聲別恨，殘陽一道影酡顏。」「聲」「影」二字作虛用，蓋本於散原「松枝影瓦龍留爪，竹籟聲窗鼠弄髭」二句來。《答伯鷹》（按：在《詩存》卷第八）句云：「遊心自運鯤鵬海，呵氣徐噓蟣蠓天。」亦學散原，有跡可尋。絕句似非作者所措意，然亦有佳者。《涼夢》（按：見《詩存》卷第五）云：「涼夢初回倦眼横，孤鐙殘夜耿猶明。愁心萬轉渾無着，忍亂霜天曉角聲。」亦宋人高境。

又：

履川《昀谷先生挽詩》（按：見《詩存》卷第八）第二首，述及楊昀谷增犖論詩語，可當詩話一則，今錄之：「燕居吾何營，就公每論詩。公詩有師法，所説浩無涯。極推栗里翁，沖澹含天倪。獨鄙謂杜公，名胡經天垂。問及近代作，一一詆厥疵。海藏氣味別，滄趣工矜持。无錯餘悱惻，散原縟文詞。下逮樊易作，淫哇何卑卑。陶公信澹泊，中蘊亡國悲。至澹鬱至痛，所造多雄奇。杜詩含元氣，巍然百代規。忠愛所憤發，誦之橫涕洟。大范挺勝清，憂患多苦詞。能兼坡谷長，陳鄭同驅馳。公詩吾夙好，公說稍滋疑。」以下尚有數韻，不涉論詩，略去不錄。昀谷論近人數語，雖稍苛，卻公道。履川以陶公所造多雄奇，此論過高。陶公雖蘊亡國之痛，然發於詩者，溫邃自掩其迹，不得目為雄奇也。

汪國垣《光宣詩壇點將錄》（《民國詩話叢編》冊五）：

天捷星沒羽箭張清　趙熙

附章士釗《論近代詩家絕句》第二首：

「八字宗風有服膺，趙岐篤老説師承。後先杜噪同光體，初解袁枚最上乘。」下《注》云：「四年前君到渝，對稱詩者以高格、正宗、古韻、雅言相標榜。曾履川請示有清詩家誰為第一，君曰：袁枚。」

汪氏《再評近人詩》（見氏著《說近代詩》，上海古籍出版社二零零一年十二月第一版）：

曾克耑履川有才氣，但未深醇。

錢基博《現代中國文學史》（香港龍門書店影印初版，一九六五年。）：

《上編》二詩（二）宋詩：

克耑論詩主雄深雅健，以謂「詩之能深者未必雄，能健者未必雅。雄而深，斯為真雄；健而雅，斯為真健；此固繆合而不可分。世之視浮囂為雄，粗獷為健者不喻焉。疲心於字句之末，自足於其艱晦偪仄，而笑縱橫悲壯之作為可以驚四筵、不可適獨坐者不喻焉。」所致力者，陶潛、阮籍、杜甫、韓愈、蘇軾、黃庭堅諸家，要歸之杜；亦博其趣於孟郊、李賀、李商隱、韓偓、王安石、陸游；宋以下作者，元好問外，涉獵而已；刊有《涵負樓詩》八卷。凡茲所論，咸足以張西江之壁壘，而殿同光之後勁者也。

錢鍾書《石語》（中國社科出版社　一九九六年　北京第一版第一次印刷）：

曾履川嘗欲學文於畏廬，畏廬高坐而進之曰：「古文之道難矣！老夫致力斯事五十年，僅幾乎成耳。」履川大不悅，以為先生五十年所得爾爾，弟子老壽未必及先生，更從何處討生活耶？去而就吳北江。北江托乃翁之蔭，文學造詣，實遜畏廬，而善誘勵後進，門下轉盛於畏廬也。（手迹本頁一〇）

諸家評語（迻錄自《頌橘廬詩存》）

桐城吳北江先生曰：

精光灝氣，凌紙怪發。質幹雄肆而吐屬雋異，洵為曠代偉才。具此才力，三十年以往，當以此事孤鳴海內，莫之與京也。

又曰：

瑰才偉氣，凌紙怪發，此才不可一世。並世詩家，無足與之儷者。

侯官陳石遺先生曰：

氣勢雄俊，時有極沈摯處，如《書先妣事略後》、《發井研》、《哭畏廬》、《上堯生》、《芸子》諸篇皆是。

又曰：

近賢詩，清脆者多，雄俊者少。若履川，可以走僵籍、湜矣。

義寧陳散原先生曰：

才氣橫溢，魄力雄偉，有霄雲卷舒、海濤洶涌之觀。不意此世復覩蘇子美、王逢原一輩人。殆祖德家學之漸被深矣。

又曰：

恣肆瑰麗，才氣不可一世，古今早成作者，殆與王逢原匹敵矣。

又曰：

骨力雄強，氣勢縱恣；鎚幽發秘，高挹羣言；抗蹈杜、韓，旁獵皮、陸；莽莽塵海，旌此異才。

衡陽劉蕙農（異）曰：

目光如炬，舌本翻瀾，此才豈可以西江、桐城局之？

吳縣汪旭初（東）曰：

近賢七古有氣力，以大詩為第一。

新建夏劍丞丈（敬觀）曰：

近賢貽我集者至多，以大詩為第一。

閩侯林宰平丈志鈞曰：

大作得一厚字，此最難得。

儀徵陳含光延韡曰：

大詩雄奇博大，杜、韓而後，誰與為疇？而不專一能，怪怪奇奇，復有軼出二公之外者。天生此筆，蓋神授也。

又曰：

大詩沉鬱奧博，直入杜、韓，但覺精光射人，不可逼視。以較范作，殆為過之。惜散原仙去，不獲見耳。

新建胡步曾先驌曰：

健筆雄篇，上逼杜、韓高格，超出閩詩範圍甚遠，洵一代之大手筆，五十年所希見也。

高安彭素庵士蘚曰：

大詩雄邁蒼涼之氣，瓌偉雅健之辭，摩壘杜、韓，方駕陳、范，五十年來，一人而已。暮年所作，益見遒上。

履川師之教學與育才

梁巨鴻

曾老師名克耑，字履川，齋號頌橘廬，福州人。是詩人和書法家。我大學二年級時曾修讀他詩選一課，時維一九六零年。以後是杜詩和陶詩。一九六七年，我回校重讀學位，又修讀他的蘇詩。詩選課，用的教本是高步瀛的《唐宋詩舉要》，杜詩用的是楊倫的《杜詩鏡銓》，陶詩用的是丁福保編纂的《陶淵明詩箋注》，蘇詩用的是曾老師選印的油印課本。我可算是老師的熱心追隨者。他開的課除詩經、楚辭外，所有關於詩的課，我都修讀了。我是愛作詩的，很榮幸有曾師這樣的詩人作我老師，而且很受曾師的鼓勵，這是我熱心追隨的原因。

這裏題目用了「教學與育才」，其實兩者不可分而言之。教學並不單指上課時的講解，其實教學本身就是育才。因為曾師在上課講解方面，實在沒有什麼可說的地方。曾師授課，精采之處，在鼓勵一班年青學子的創作詩歌。我且引《農圃道的足跡》陳志誠的憶述：

曾履川先生是個著名的詩人，但在授課上卻並不太投入，對作品的講解也並不很動聽。不過，他跟孔子的「述而不作」不同，是「重作而輕述」的老師。

他著述豐富，還往往會把自資出版的個人著述或其他人的文集在課堂上發給我們，讓我們回去閱讀。另一方面，他無論教的是詩選也好，杜詩或楚辭那一類的課程也好，都要求我們寫詩、寫賦，很少要求我們寫杜甫詩研究、屈原賦研究之類的讀書報告。不過，對於我們寫的詩、賦作品，他都非常認真、非常用心去修改。我們的作品，有時無論怎樣苦思，寫出來還是那麼平庸，可是經他一改之後，便完全不同，真有化腐朽為神奇之功。即使只有一兩個字，但一改之後，居然似模似樣。所謂「一字點竄，頓然改觀」，相信修讀過他課業的同學，這方面的印象都會特別深刻。

曾師的講解，就是這麼的依書直說，所以算不得精采。古人說「學莫便乎近其人」，就是這個樣子。如果你覺得一個詩人來教授你詩課，你對他特別的欽敬和親炙，你就得益了；否則你便無須學我一般的熱心追隨。我想即使叫朱自清來教《背影》，他的講解，也一定不夠精於演繹、教學工具又豐富的一個中學教師好。據聞曾老師開授蘇詩的時候，有人說某學院開某專家詩由某教授開講，而新亞開蘇詩由誰來講授呢？答的人打趣地說，由蘇東坡自己來講授啊。這雖然有點戲謔之意，但事實上我很接受一位詩人來教授我們的詩課；一個詩人老師對你詩作的讚賞、評改，是會令你信心大增，而愈來愈進步的。

曾老師之贈書表示親炙和鼓勵兼而有之。我除了一般同學都有的如《頌橘廬叢稿》、《曾氏家學》之類外，還獲贈綫裝的《侯官嚴氏評點故書三種》及《范伯子先生全集》，彌足珍貴。范集加上後來我自己購入的《散原精舍詩》和《陳石遺詩話》，那麼曾老師說的初學做詩的三部書就齊了。這就是「學莫便乎近其人」得到的好處。

我們對曾老師的教學如此看法。那麼曾老師對我們的看法又如何呢？這要看《風窮訓唱詩》卷首的《風窮詩倡和的結集》其中的一段話了。曾老師說：

> 我在新亞書院教諸生作詩，已經印有《心聲》兩集問世，其中的詩多半經我改削，但很多一字不易的。我真莫名其妙何以他們讀了白話文的朋友，經我指授，一個學期便會作詩，有的還會作甚好的詩。我最初不得其解，後來詳詳細思考一下，覺得這並不足驚奇。第一因為他們都是高中畢業會考及格的學生，至少是常識豐富，對于國家社會都有相當的認識。第二是經過高初中六年的國文訓練，而據我所知，現下有幾個中學教師，他們的學問本領，實在高出一些大學教授而有餘。經好老師訓練過的，對於國學應該有相當的根柢，所以容易下手。第三因為他們都未曾學過作詩，未受過俗師的洗禮，沒有先入為主的毛病，一張白紙，你要染甚麼顏色都可以，所以容易。第四是他們都是青年，年紀

輕而相當聰明，了解力頗高，所以我所講的易于接受。第五是因為是集體教授，那不會的見了別人會而自己不會，不免因慚愧而起來競爭。有了競爭心而覺得不如別人是自己的恥辱，那他一定要拚命來搞好的；這又是一個主要的原因。

以上所說的第一點，自然是。第二點也都是。至於是否有中學老師的學問勝過大學教授，則不得而知。倒是我，卻很受中學國文老師影響。那是莫可非老師。他後來也進了新亞教書，當然不是曾師第三點所指的俗師吧。又此點所說的「一張白紙」，也誠然是的。我是跟曾老學詩之後才知有同光體的。我曾有詩說「陵坡原谷作吾師。初學同光苦自知。」所謂陵坡原谷就是指少陵、東坡、散原、山谷。第四點也自然是。第五點，就是我《學而詩草序》所說的同學競作。那陣子一時說是長吉體，一時說是康樂體，只是學到些皮毛，大家就都寫得興高采烈。

其實我們唸中學時，國文科的會考課程已包括國學常識在內，所以對古典文學也不致毫無認識；尤其對平仄的聲律，老師已有教導，加上我們都是粵人，用粵語調聲，更加容易掌握。曾老師首先也似乎說過青天對白日，黃狗對黑貓的道理。至於還教過甚麼對平仄的認識，我都忘卻了，總之就這樣做起詩來。我的第一首習作，也是我作第一首詩，是五言絕句，題目是《杜鵑》。其詩曰：

啼聲煙雨外，血濺滿山紅。但覺春光老，誰哀海角鴻。

這是否也經曾師改削過，因原習作手寫稿散失了，無從記起。原詩現在憑我的詩集《學而詩草》收錄下來。《詩草》收錄習作的部份，早已是謄正了的。我因為數次遷居的關係，散失了如此珍貴的修改稿本，真悔恨不已。至於我的初試啼聲，自然幼稚之至，但又自愛其天真爛漫，特錄於此，以謝曾師的鼓勵創作。曾師鼓勵和指點之下，使我三年後參加毛勤獎學金的作詩比賽能夠做出較成熟的作品。那次比賽，詩題是《海》。我得了首名。茲錄我的冠軍之作如下：

天高亦為澤，大壑固含弘。百川勢易竭，蕩蕩安可盈。迭逿無津涯，萬品遇咸亨。神靈不淫放，抱扑難強名。恭默如閉關，似滅聞見情。爛漫發幽姿，坦坦履吉貞。揮霍來逸響，波鬱潛虬聲。瞰之魂惝惘，與世何所營。

曾師重創作如此。看來我的成熟絕非徼幸。至於曾師上創作課的情形，我引鄺健行《記曾履川先生（一）》一文以證曾師之所重。

曾先生最重寫詩，有時出題目家裏做，有時要堂上作好。碰到堂上作詩，他進來出了題目後，便離開課室，到學校餐廳喝咖啡去，下課前一兩分鐘，再慢慢來收卷。他時間拿捏得很準，絕不會過早。收卷之後，又拿下眼鏡，身體半俯靠着桌子，一頁一頁稿紙的翻。有時翻得很快，想是上面的作品比較普通；有時會頓一頓，看了又看，那太概是作品還有意思，或者有某些缺點；總之看完了才下課。上課時不見人而喝咖啡去，有些人也許看得十分嚴重，當時年青的我們倒沒有甚麼的不滿。大家埋首苦思，他留不留在課室裏有甚麼關係？曾先生是個脫略小節的人，行止稍稍不同而實際上於事無損，未嘗不可；我反而覺得他這樣做，大有藝術氣味，可以欣賞。

曾師為鼓勵創作，特地把我們的習作彙集，刊成兩輯《新亞心聲》，一時傳為佳話。此外又把同學和他風窮韻的七古長篇，連同他朋友的和作，一併輯成《風窮詶倡詩》一冊。並說「提到同學們和我這均，真是意想不到的奇跡」。這三冊書不但見證我們的成長；也是曾師教學生涯上最大的回報。

曾師重創作，也重創新。所以他出的詩題，不但是《春遊》、《懷古》之類。此外還有《原子彈》、《潛水艇》、《暖水壺》等另類。下面抄鄺健行《原子彈》一首和拙作《潛水艇》

一首，以示曾師教導下舊體詩的新面貌：

原子彈

豈獨誅魑魅，利刃剞人腹。鍊金匪通靈，揮擲惟意欲。東裔氣沴戾，島夷餐虺蝮。喑嗚動鼓鼙，啾啾鬼夜哭。顧盼恣獰笑，元元教臣僕。安知一彈投，深災倚多福。彌空壓劫灰，天半火雲矗。盪戛騰騰升，爆裂乍轉儵。垣熔廣厦頹，沸氣焦萬族。相驚無日亡，自縶階前伏。雖云孽自為，所報亦已酷。遊魂百十萬，終古焉歸宿。鑒茲當怵心，斯事願不復。古人真聖神，放馬岐山牧。儻成移陵海，彈指現平陸。

潛水艇

陰陽違迕動星河。天驚石破橫干戈。甲光輝日怯羲和。巨海翻兮漲碧波。恍疑九龍窟海底。九龍一怒風雲起。萬里千尋魚黿死。浩浩滄溟無止水。幾回北冥徙南冥，萬世生靈痛不已。昔有秦皇伏黑龍。翻教天下號哀鴻。秦皇魂魄驅怪物。千載湘靈罷鼓瑟。

曾師指導我們作詩的方針，可見他的《初學做詩的三部書》一文，論散原詩的好處那四點。就是，第一是「意境淵微」，在超現實之外，意象之中，創出新天地。第二是「句法酷鍊」，那就要避俗，避熟。第三是「意態激昂」，那是用激昂的音調，慷慨的詞句，兀傲的意態描寫出來。第四是「善鑄新詞」，「別人用新名詞，每覺礙眼，但舊瓶新酒鎔鑄一番，便面目不同。」若論古人詩作，曾師認同散原的見解。那就是抑李揚杜。因為李太白氣好而假的太多，杜詩才是正宗。而散原特別推許的只有黃山谷和孟東野及韓昌黎。曾師指導方針既如此，所以他最憎恨人學袁枚。這就是我說「學莫便乎近其人」最大的得著。

末了，該說到曾師對我們習作的批改了。鼓勵同學創作和給他們批改，原是教學的主要部份；這是老一輩的教學方式。我這裏得鄺健行、盧瑋鑾、雷金好三位同學的幫忙，供給我曾師批改習作的原稿，特在這裏道謝。鄺健行在《農圃道的足跡》一書裏，用自己為例，發表了《曾克耑先生怎樣批改詩課》一文，詳述了這一點。所以我引述的例子，就把他的一份按下不表。

我先舉盧瑋鑾《粉筆》一首為例。

原作	改作
玄璧茫茫路，	玄璧茫茫感

原作	改作
棲皇盡此生。	
何如光影逝，	雪光隨日逝
應似絮風輕。	絮影逐風輕
幻化誠難執，	
存亡豈掛驚。	飄飛豈不驚
指間神運處，	
翰府獨留名。	庠序獨留名

把「茫茫路」改為「茫茫感」是突出了「粉筆」的主體。曾師又題點說，「何如」「應似」是律詩少用的，而頷聯改「隨日逝」對「逐風輕」都無改原意，頗為得體。「存亡」云爾，曾師以為說得太重了，所以改為「飄飛」，很切合粉筆飛絮之意。粉筆為學校所用，當然改「庠序」為好。此詩所得之評語是「超以象外」是超出於物象之外的意思。這首詩的佳妙之處，是全首都用了意象，故得曾師之讚好。所做習作得到老師的讚譽是最大的鼓勵，最佳的回報。我們再看盧瑋鑾《中秋月》五古一首：

原作　　　　改作

秋月厭東山，
拚脫東山橫。
初呈競玉盤，
群星愧無爭。
再移眩人目，
樹影迫滿楹。
中天何所有，
微雲黯前程。
中天乏可倚，
回首悲獨明。
俯視大地貌，
荊棘笑旆旌。
宇內皆如此，
留連只傷情。
胡不重歸去，
莫使旅魂驚。

初出似玉盤
群星不欲爭
太清何所有
微雲紛來迎
中天無可倚
高居悲獨明
俯首視大地
旆旌雜棘荊
大宇亂如此
旅魂莫使驚

改詩之妙，在動筆少許，不妨原意，而意境更佳。「不欲爭」表示群星不是不能與之爭，只是不欲與之爭而已，固然意境更佳。下兩句「中天」改為「太清」，自然因為下一句之「中天」重出，欠流暢。至於把「黯前程」改為「紛來迎」，就「微雲」來說，是加添了動態之美。再看將原來的「荊棘笑旆旌」改為「旆旌雜棘荊」更是批改者之神來之筆。末句改「莫使旅魂驚」為「旅魂莫使驚」，恐怕是要把律句改為古體之句之故。

以下引雷金好之《白菊花》為例再說：

原作	改作
葉落秋山瘦，	
霜濃雁滿天。	
結廬三徑遠，	倚松三徑遠
傍竹一枝妍。	
香冷疑沾露，	
妝素幻化仙。	神清欲化仙
西風斜照裏，	
屈指又數年。	別汝又經年

「倚松」與下聯「傍竹」對得很好，而且較「結廬」瀟灑。再說「欲化仙」着一「欲」字，意境便高了許多。「經年」當然較「數年」為活，而且這樣一改平仄才調協。再舉一首雷金好《春晴》七絕看看：

原作

曉來簾影透晴暉，
燕子簷前比翼飛。
雨霽正宜郊野去，
白雲流水載春歸。

改作

燕子簷前兩兩飛。

流雲一舸載春歸。

簷前的燕子「比翼」飛，則只見一對而已，改為「兩兩」飛才有紛飛之意。「流雲一舸」才又增添了動感之美。依改作整首再唸一遍，便發覺改的地方不多，卻確是大有不同。曾師批改詩課，就是如此精采。至於改一字，而意境遂深的，有「寒烟裊裊隨心逝」，改為「隨波逝」；「風前急舞愁露重」改為「愁寒重」。原詩詠螢，寒該是夜寒，與螢之生態甚為貼切。這都是所謂一字師。

說曾師的教學與育才，大有言之不盡之意。近來繼承曾師重創作這育才之風的，就有鄺健行扶持建立的詩社璞社。璞社本以浸大中文系修讀「韻文習作」的十數位同學為主，而鄺健行是該課程的教授，所以理所當然地成為璞社的主要導師。我喜見曾師之風範得以傳之於年青一代。後生可畏也，這真是大大的好事。

□ 責任編輯：何宇君
□ 裝幀設計：簡雋盈　黃希欣
□ 排　版：時　潔
□ 印　務：劉漢舉

頌橘廬詩文

——曾克耑先生作品選

□
作者
曾克耑

□
出版
中華書局（香港）有限公司
香港北角英皇道 499 號北角工業大廈一樓 B
電話：(852) 2137 2338　傳真：(852) 2713 8202
電子郵件：info@chunghwabook.com.hk
網址：http://www.chunghwabook.com.hk

□
發行
香港聯合書刊物流有限公司
香港新界荃灣德士古道 220-248 號
荃灣工業中心 16 樓
電話：(852) 2150 2100　傳真：(852) 2407 3062
電子郵件：info@suplogistics.com.hk

□
印刷
美雅印刷製本有限公司
香港觀塘榮業街 6 號 海濱工業大廈 4 樓 A 室

□
版次
2022 年 2 月初版

□
規格
16 開 (220 mm × 152 mm)

□
ISBN：978-988-8760-65-7